ma douce Audrina

VIRGINIA C. ANDREWS | *ŒUVRES*

VIRGINIA C. ANDREWS

ma douce Audrina

traduit de l'américain par Nicole SELS

Éditions J'ai Lu

Pour Ann Patty, mon éditeur,
Pour Anita et Humphrey,
mes agents,
avec toute ma gratitude

Ce roman a paru sous le titre original :

MY SWEET AUDRINA

Whitefern

Je ne sais quoi d'étrange hantait la maison où j'ai
grandi. Les recoins étaient peuplés d'ombres, les escaliers emplis de chuchotements, le temps était erratique
et la sincérité ne l'était pas moins. Je l'ai toujours su —
mais comment le savais-je ?

Il s'y livrait une guerre permanente, guerre silencieuse, larvée, qui ne faisait pas crépiter les fusils ; les
corps tombés au champ d'honneur n'étaient que des
désirs assassinés, les balles étaient des mots, et quand
le sang coulait, on disait que c'était de l'orgueil.

J'avais sept ans et n'avais jamais été à l'école, pourtant je connaissais par cœur l'histoire de la guerre de
Sécession. Maman et Tante Ellsbeth disaient souvent
que les guerres étaient le sujet de conversation préféré
des hommes ; néanmoins, si d'autres guerres ébranlèrent
le monde, à la maison on n'en parla jamais. Yankee par
la naissance — ses ancêtres avaient combattu contre
ceux de ma mère —, Papa était sudiste par prédilection. Au dîner, il nous régalait d'anecdotes tirées
d'énormes romans sur le général Lee, et nous peignait
les combats aux couleurs les plus effroyables. Ces
récits m'enchantaient mais ma tante préférait la télévision et ma mère ses livres à elle ; elle disait que Papa
sautait les passages les plus palpitants sous prétexte
d'épargner les oreilles innocentes.

Elle voulait dire les miennes et celles de Vera, ma cousine. Tout le monde nous croyait sœurs, mais je savais que Vera était la fille naturelle de ma tante célibataire. Nous affirmions bien haut qu'elle était ma sœur aînée pour lui épargner d'être mise au ban de la société.

J'avais une vraie sœur aînée, légitime, disparue avant ma naissance : elle s'appelait Audrina, comme moi, elle était morte depuis longtemps et pourtant son ombre n'en finissait pas de rôder. Papa ne pouvait se consoler de la mort de sa première Audrina, la Parfaite, et il n'abandonna jamais l'espoir qu'un jour je devienne comme elle : exceptionnelle.

Vera était ravie que les gens nous prennent pour deux sœurs. Elle ne voulait pas me dire son âge véritable. A la maison, personne ne disait jamais son âge. C'est seulement du mien qu'on parlait toute la journée. Vera affirmait qu'elle pouvait avoir tous les âges qu'elle voulait : dix, douze, quinze ans, et même vingt. Elle prenait des poses élégantes et sophistiquées et changeait d'allure et d'expression comme un rien. Elle se moquait de moi parce que je n'avais aucun sens du temps. Elle n'arrêtait pas de me dire que j'étais née d'un œuf d'autruche dont j'avais brisé la coquille tout à trac à l'âge de sept ans. Du célèbre oiseau j'avais hérité la manie d'enfouir la tête dans le sable et de prétendre que tout allait pour le mieux dans le meilleur des mondes. Elle ne savait rien de mes rêves, ni de toute la boue qu'ils charriaient en moi.

J'ai su depuis le début que Vera était mon ennemie même quand elle faisait semblant d'être mon amie. Bien que certains jours j'aie souhaité son amitié à n'importe quel prix, j'ai toujours senti qu'elle me détestait. Elle était jalouse parce que je faisais partie des Audrina et pas elle. Comme j'aurais voulu qu'elle m'aime et qu'elle m'admire! Je l'enviais aussi, parce qu'elle était normale et que personne ne lui demandait de se forcer à ressembler à une morte. Personne ne paraissait se soucier que Vera ne soit pas extraordinaire. Sauf elle. Elle prenait un malin plaisir à répéter que je n'étais pas du tout « exceptionnelle », que j'étais simplement bizarre. A vrai dire, je n'avais pas besoin d'elle pour m'en apercevoir. J'étais incapable de me rappeler le moindre événement de ma petite enfance. Je ne me souvenais jamais de rien, que les choses se soient passées la veille ou la semaine précédente. Je ne me rappelais pas avoir appris ce que je savais et je n'aurais pu dire comment je me trouvais être au courant de tant de choses que j'étais censée ignorer.

Les innombrables horloges disséminées dans les couloirs de notre maison géante ajoutaient encore à mon trouble, car elles égrenaient des heures qui n'étaient pas les mêmes : les aiguilles de la pendule chinoise tournaient à l'envers et, sur la cheminée de mes parents, le cartel rococo était arrêté à minuit ou midi, de toute éternité. Comble à ma détresse, il était impossible de mettre la main sur le moindre calendrier. Jamais les journaux n'arrivaient en temps et en heure. Nous n'avions que des magazines très anciens entassés dans des placards ou soigneusement cachés au grenier. A la maison, on gardait tout, personne ne jetait jamais rien. Un jour, toutes ces collections vaudraient une fortune : ce serait pour notre descendance.

La première Audrina, morte neuf ans exactement avant ma naissance, n'était pas étrangère au sentiment d'insécurité qui m'habitait. Elle avait péri mystérieusement dans les bois, victime de la brutalité de garnements cruels qui l'avaient souillée d'une façon impossible à décrire. Et voilà, maintenant, à cause d'elle, je n'avais plus le droit de les traverser, ces bois, même pour aller en classe. Or ils nous enserraient de toutes parts, à nous étouffer. Sauf d'un côté, derrière la maison, mais par là, c'était la rivière Lyle.

A la maison, il y avait des photos de l'autre Audrina partout, et en plus, sur le bureau de Papa, trois portraits d'elle — à l'âge de un, deux et trois ans —, encadrés. Alors qu'il n'y avait pas une seule photo de moi bébé, pas une. Cela me perçait le cœur. Je regardais les photos de cette petite fille ravissante, adulée, tellement « à part » comme on disait toujours, et je me sentais étrangement hantée, j'aurais voulu être elle au point que j'en étais parfois brisée. Mais l'instant d'après, plus que tout au monde, je souhaitais redevenir moi-même et conquérir par mes propres mérites l'amour qui m'était refusé.

La chambre de Parfaite Audrina avait été conservée intacte, tel le mausolée d'une princesse défunte. Mes parents avaient laissé la pièce dans l'état exact où elle se trouvait le jour où ma sœur s'en était allée à la rencontre de sa destinée — destinée où bien des ombres demeuraient pour moi. La pièce croulait sous les jouets et aurait mérité l'appellation de chambre aux jouets plutôt que de chambre à coucher. Maman, qui avait pourtant le ménage en horreur, ne laissait à personne le soin de faire la chambre, d'épousseter les étagères encombrées. Le seul spectacle de ce sanctuaire suffisait à me persuader que rien n'avait été assez beau pour elle; je n'avais pas tous ces jouets, moi, et d'ailleurs, je n'avais même pas d'étagères. Je me sentais frustrée, flouée. Audrina, première du nom, la meilleure, m'avait volé mon enfance et tout le monde parlait tant d'elle que je n'avais plus de souvenirs à moi. C'était sa faute si j'avais tous ces trous de mémoire.

Ces trous, Papa avait entrepris de les combler. Il voulait tout le temps que je m'asseye sur le fauteuil à bascule de la chambre de ma sœur et il fallait que je me balance en chantant pendant des heures : le but c'était de devenir « toute vide comme une cruche de grès », pour que des choses puissent venir m'emplir. En fait, il voulait que je m'emplisse de ses souvenirs à elle, que je capte ses dons si exceptionnels; elle, elle n'en avait plus besoin puisqu'elle était morte.

Comme s'il n'y avait pas assez d'un fantôme, nous en avions un second qui venait tous les mardis à quatre heures. On appelait cela « le thé ». C'était le « jour » de Tante Mercy Marie. Trônant sur le piano dans un cadre d'argent, son visage gras éclairé d'un sourire vide, elle nous fixait de ses yeux pâles. Sans nous voir, bien sûr, puisqu'elle était morte, mais en même temps elle n'était pas vraiment morte, exactement comme ma sœur.

Ma mère et ma tante lui prêtaient voix à tour de rôle et ce stratagème leur permettait de déverser le venin qu'elles avaient accumulé toute la semaine pour l'occasion. Bizarrement, Vera raffolait de ces thés du mardi et trouvait toujours moyen de s'échapper de l'école pour être là à temps et entendre les horreurs que ma mère et sa sœur avaient à se dire. Les filles White-fern ! Autrefois cela avait sûrement été synonyme de choses prodigieuses. Maintenant cela avait pris un sens plutôt triste. Mais pourquoi ? Cela ne m'était jamais précisé.

En d'autres temps, les Whitefern avaient été la famille la plus en vue du district de Tidewater, et avaient donné à l'Etat de Virginie toute une lignée de sénateurs et de vice-présidents. Puis était venue la dis-grâce, et nous n'étions plus honorés ni même respectés des gens du village. Ni de quiconque.

La maison était éloignée de toute agglomération et pour descendre au village de Whitefern il fallait faire plus de vingt kilomètres par une route de campagne déserte.

Dans notre demeure des hautes terres, nous faisions figure de « châtelains », mais un événement obscur sur lequel le voile ne fut jamais levé avait, dans le passé, déclenché de secrètes hostilités et nous étions cordiale-ment détestés des habitants du bourg, ces « manants », comme les désignait Papa.

Pour faire les cinquante kilomètres qui le séparaient de son bureau d'agent de change, Papa prenait la voi-ture, nous laissant dépourvues de tout moyen de trans-port. Combien de fois n'ai-je pas entendu Tante

Ellsbeth maudire le jour où elle avait vendu sa petite automobile — et ce, pour acheter un poste de télévision.

Ma tante, qui ne s'était jamais mariée, avait une passion pour son appareil portable avec écran de 30 cm. Elle ne me permettait que rarement de regarder la télévision, mais Vera, sa fille, elle, pouvait la regarder tant qu'elle voulait quand elle rentrait de l'école. Ce que je n'arrivais pas à comprendre, c'était pourquoi Vera avait le droit d'aller à l'école et pas moi. L'école constituait un danger pour moi, pas pour elle. Alors naturellement il m'était venu à l'esprit qu'il y avait quelque chose qui clochait terriblement chez moi. Si mes parents me tenaient cachée, c'était sans doute moins pour me protéger des autres que pour me garder de moi-même. Cette pensée était la plus abominable de toutes.

A sept ans, à l'heure où les autres enfants se bousculaient en riant comme des fous pour monter dans le bus jaune de l'école, j'allais m'asseoir à la table de la cuisine et c'était ma mère qui m'apprenait à lire, à écrire, et à faire les additions. Or, si elle jouait du piano à ravir, elle était parfaitement incapable d'enseigner quoi que ce soit à qui que ce soit. Par bonheur, ou par malheur peut-être, Tante Ellsbeth était là. Autrefois, elle avait été institutrice; une institutrice qui ne dédaignait pas d'allonger à l'occasion quelques gifles aux gamins insolents, et des parents sourcilleux l'avaient fait mettre à la porte. Ma tante n'avait plus jamais retrouvé de poste d'enseignante, car les directeurs d'école s'étaient passé le mot. Tante Ellsbeth avait la main leste et un odieux caractère.

Tout comme sa fille Vera, ma tante avait le commentaire pointu, et ne perdait aucune occasion de critiquer ouvertement notre façon de vivre. A l'entendre, nous étions aussi « antédiluviens » que la maison. « Complètement déphasés », disait-elle.

La demeure de Whitefern m'apparaissait souvent en rêve, sa masse imposante étrangement blanche se détachant, lugubre, sur des ciels d'orage. Menaçante la nuit, de jour elle m'accueillait de toute sa chaleur rassurante, comme à bras ouverts. J'avais pris l'habitude d'aller m'asseoir sur la pelouse et restais là de longues heures à contempler le spectacle grandiose de Whitefern. C'était une imposante bâtisse victorienne à l'architecture prétentieuse et tarabiscotée; le crépi blanc s'écaillait par endroits, et les stores étaient déglingués. Elle avait été construite en trois fois et l'arrière, qui comportait un grenier et un sous-sol, donnait sur une vaste pelouse descendant en pente douce jusqu'à la rivière Lyle. Souvent je pensais que j'avais beaucoup de choses en commun avec cette maison. Je me sentais à son image, complètement déphasée, décalée.

Les fenêtres étaient innombrables, certaines ornées de vitraux magnifiques. Les volets, prêts à se décrocher à la moindre rafale de vent, étaient d'un rouge si sombre que de loin on les eût dits noirs, couleur de sang séché. Mais lorsqu'on arrivait de l'extérieur, la merveille des merveilles c'était, ceignant balcons, perrons et vérandas, la ribambelle de balustrades ajourées dont les volutes stylisées multipliaient à l'envi les enroulements de la fougère blanche, emblème de Whitefern (1). Au beau milieu du toit sombre s'élevait un dôme de cuivre rongée de vert-de-gris. La pointe de la coupole s'ornait d'une boule dont la dorure à la feuille s'en allait par morceaux à chaque averse. La coupole avait environ quatre mètres cinquante de diamètre et s'ouvrait par de nombreuses fenêtres à vitraux représentant des scènes de la vie des anges. Partout dans la maison et dans le parc la fougère luxuriante venait à profusion dans de grandes jardinières de vannerie, accaparant l'humidité ambiante au point que toutes les autres plantes finissaient par mourir.

Furtivement, timidement, je jouais à de petits jeux de marelle solitaires dans l'immense vestibule. Les

_____

(1) *Whitefern* : en anglais, littéralement « blanche fougère ».

vitraux de la double porte d'entrée jetaient sur le sol des reflets bariolés. Les couleurs étaient parfois si tranchées qu'elles faisaient comme des coups de poignard dans mon cerveau, le lardant de trous. Pour conjurer la malédiction des couleurs, je récitais des comptines que Vera m'avait apprises :

Si tu marches sur le noir tu vivras dans un placard
Si tu marches sur le vert toujours sale tu auras l'air
Si tu marches sur le bleu tu n'auras pas d'amoureux
Si tu marches sur l'orange tu feras hurler les anges
Si tu marches sur le rouge au tombeau morte ne bouge.

Ainsi, il ne fallait marcher sur aucune couleur. Je longeais les murs avec mille précautions, allant de place d'ombre en place d'ombre, écoutant les balanciers d'horloge distiller leurs heures mensongères et pépier les débiles coucous suisses que l'approche de la nuit rendait fous.

Quand le vent soufflait fort, les volets claquaient, les parquets grinçaient; dans la cave la chaudière toussait, éructait, gémissait et, tout là-haut dans la coupole, on entendait les harpes éoliennes tintinnabuler.

Pourtant, la maison contenait de telles splendeurs que de jour j'avais l'impression d'être Alice perdue dans la maison des bijoux. J'errais dans une forêt de lampes et d'objets d'art Modern Style; les verres délicatement fondus, semi-translucides, des abat-jour Tiffany, les pâtes profondes des Gallé jetaient sur les murs d'autres reflets chatoyants. Au moindre rai de soleil filtrant à travers les rideaux de dentelle, les pendeloques de cristal des appliques murales, des lustres, des lampes à pétrole emprisonnaient la lumière et fulguraient de l'éclat démultiplié de leurs feux arcs-en-ciel.

Sur les plafonds, très hauts, aux moulures précieuses, se déployaient des scènes peintes, dans le goût biblique ou romantique. Dans l'ancien temps, me disais-je, les gens avaient toujours trop de vêtements ou alors pas assez, et le peu qu'ils avaient sur eux n'arrêtait pas de tomber de tous côtés. Les personnages bibliques étalaient leur nudité plus volontiers que les protagonistes de scènes franchement osées. On avait peine à croire que des personnes aussi peu habillées fussent vraiment décidées en leur âme et conscience à suivre Dieu là où il entendait les mener.

Les seins nus foisonnaient; de proportions impressionnantes, ils saillaient effrontément dans toutes les pièces de la maison, sauf dans ma chambre. Jour après jour, George Washington, en compagnie de Thomas Jefferson et de quelques autres, contemplait de ses yeux morts une dame nue étendue sur une méridienne au beau milieu du chemin; elle égrenait pour l'éternité une grappe de raisins dans sa bouche grande ouverte tandis qu'une nuée de petits garçons impudiques lui volait autour en envoyant des flèches un peu partout. Les hommes trouvaient toujours le moyen de voiler modestement leur virilité : ici une feuille, là un drapé, venaient à point nommé aux endroits stratégiques. Les femmes étaient beaucoup moins adroites à se couvrir. Elles avaient la mine timide mais leurs gestes étaient hardis. Un jour, Tante Ellsbeth était arrivée derrière moi et m'avait expliqué avec une certaine amertume que la plupart des artistes étant des hommes, il était naturel qu'ils se délectent à « exploiter » le thème de la femme nue.

— Ne juge pas les femmes d'après les tableaux et les statues, mais uniquement d'après celles qui vivent près de toi. Le jour où il se trouvera fût-ce un homme pour comprendre une femme, ce sera la fin du monde. Les hommes sont des êtres haïssables, répugnants. Ils prétendent vouloir des déesses pour les mettre sur des piédestals. Mais une fois qu'elles sont là-haut, ils arrachent l'auréole, déchirent la robe, coupent les ailes et culbutent le piédestal pour que la femme tombe à leurs pieds; alors ils se mettent à hurler « sale garce » et bien pis encore, tout en la bourrant de coups de pied.

A l'entendre, on eût pu croire que Tante Ellsbeth avait été mariée une bonne douzaine de fois et qu'elle avait connu plus de mille déceptions amoureuses. Autant que je sache, il n'y avait jamais eu qu'un homme dans sa vie.

Nos meubles étaient de styles très incertains. Chaises, tables, sofas, lampes, coussins, poufs et bureaux rivalisaient d'extravagance. Tante Ellsbeth s'en plaignait souvent, mais Maman m'entraînait d'une main ferme de chambre en chambre me vantant avec componction les mérites de telle table « néo-renaissance », chef-d'œuvre venant en droite ligne de chez *Berkey and Gay* à Grand Rapids, Michigan.

— Ce sont des pièces authentiques, Audrina, qui valent leur pesant d'or. Le lit, dans notre chambre, a été fabriqué il y a plus de cinq cents ans; des rois et des reines ont dormi sous ce baldaquin.

Derrière nous, ma tante reniflait avec mépris pour marquer son incrédulité.

Contrairement aux autres gens, qui avaient l'électricité dans toutes les pièces, nous ne l'avions que dans la cuisine et dans les salles de bains. Partout ailleurs, nous utilisions des lampes à pétrole : Maman les trouvait plus flatteuses pour son teint. Ma tante affirmait que, quant à elle, elle en avait plein... la hotte, dirais-je, car je n'étais pas censée répéter les expressions qui lui venaient si facilement à la bouche. Mais ce que Maman préférait par-dessus tout c'était la lueur des bougies, les feux de bois craquant et crépitant dans la cheminée et la danse des flammes sur les murs aux sombres lambris. La cuisine ultra-moderne détonait, mais les gadgets étaient là pour rendre la vie supportable à Maman qui détestait toute espèce de corvée mais adorait cuisiner les repas de gourmet requis par Papa.

Le salon était notre pièce de prédilection. Maman aimait à s'étendre, vêtue d'un déshabillé de star ou d'une robe légère, sur une méridienne de velours mauve dont le galon doré défraîchi se défaisait par endroits, là où les pompons de passementerie avaient lâché. Elle ne paraissait pas remarquer le rembourrage qui s'en allait ici et là et les ressorts qui crevaient le tissu. Alanguie dans des poses élégantes, elle lisait ses chers romans et levait les yeux de temps à autre pour regarder rêveusement dans le vague. Sans doute se voyait-elle dans les bras du bel inconnu qui figurait sur la couverture en couleurs. Je me disais qu'un jour j'aurais le courage de lire ces livres dépravés et sublimes — mais comment pouvais-je savoir qu'ils étaient tout cela? Je n'en avais jamais ouvert un seul. N'empêche que ces gens à moitié dévêtus qu'on pouvait voir sur les couvertures avaient l'air terriblement dépravés.

Sous l'escalier qui menait à la coupole, Papa avait son bureau. C'était une énorme pièce circulaire contenant des milliers de livres anciens et de belles éditions des auteurs classiques que personne n'ouvrait jamais sauf moi et Tante Ellsbeth. Papa disait qu'il n'avait pas le temps mais il continuait à enrichir sa collection de livres — qu'il faisait relier de cuir — pour que tous ses amis pensent qu'il lisait vraiment. Maman cachait ses romans en édition de poche dans les placards de sa chambre à coucher et prétendait aimer, elle aussi, les ouvrages d'une spiritualité élevée, imprimés sur beau papier.

Certains de ces livres classiques contenaient d'ailleurs des passages très osés d'après ce que m'avait dit Vera qui avait à cœur de m'informer en toute circonstance de ce qui était osé ou de ce qui ne l'était pas.

J'aimais bien regarder Maman étendue sur cette méridienne. Derrière elle, il y avait le grand piano de concert que son père lui avait offert à l'occasion d'une médaille d'or reçue à un concours de musique. Elle me disait souvent qu'elle aurait très bien pu donner des concerts dans les plus célèbres salles, mais que Papa n'avait pas voulu que sa femme devienne une musicienne professionnelle. « Avoir trop de talent peut faire le malheur d'une femme, Audrina. Les hommes détestent l'idée que leur épouse puisse gagner plus d'argent qu'eux. » Sa main retombait à la dérive. Sans même regarder, elle trouvait dans la boîte toute proche son chocolat préféré et l'enfournait prestement. Mon père la mettait souvent en garde : le chocolat fait grossir ! Mais elle ne grossissait jamais.

Elle était grande et élancée avec les courbes qu'il fallait là où il fallait. Papa disait souvent qu'elle était la plus jolie femme de toute la côte Est et racontait qu'à l'époque de son premier bal elle avait été la coqueluche de l'année. Les hommes les plus beaux et les plus fortunés avaient demandé sa main, mais les allures de beau ténébreux et le charme de Damian Jonathan Adare l'avaient littéralement soulevée de terre. « Il l'emportait sur tous les hommes que j'avais pu connaître, Audrina. Lorsque ton père est revenu après de longs mois de service en mer, toutes les filles étaient folles de lui. Je me sentais comblée qu'il consente seulement à poser les yeux sur moi. » Mais bientôt le visage de Maman s'assombrissait, peut-être à la pensée d'une autre jeune fille sur qui Papa avait posé ces mêmes yeux.

Pour se moquer d'elle, Vera disait que mon père n'avait épousé ma mère que pour la couleur de ses cheveux. « Cheveux de sorcière », répétait-elle, en parlant de Maman et de moi. « Cheveux caméléons », disait Papa. Cheveux étranges à la vérité, et parfois je ne pouvais m'empêcher de donner raison à Vera. Comme s'ils ne pouvaient se résoudre à être d'une seule nuance, ils les adoptaient toutes. Blonds comme les blés, dorés, auburn, roux, noisette, cuivre, et il y avait même quelques cheveux blancs. Papa raffolait de ces arcs-en-ciel étranges et subtils. Et Première Audrina, elle aussi, avait eu ces cheveux caméléons.

Papa était, pensais-je, l'homme le plus grand qu'on pût voir, mais Vera n'arrêtait pas de me dire qu'il y avait des tas d'hommes beaucoup plus grands que lui, les joueurs de basket-ball, par exemple. Ses cheveux étaient du plus beau noir, presque bleus à la lumière du jour. Il avait des yeux magnifiques en amande, marron si foncé qu'ils semblaient noirs, et ses cils étaient si longs et si épais qu'ils avaient l'air faux. Mais non, ils ne l'étaient pas, je le savais; j'avais tiré dessus car j'avais souvent vu Maman s'en coller dcs faux. Ses yeux de naphte luisaient, sombres, effrayants et merveilleux à voir, jetant parfois des étincelles terribles. Il avait la peau douce et souple, facilement rouge l'hiver, richement hâlée l'été. Quand Maman était fâchée et qu'elle fulminait contre la manière égoïste qu'il avait de dépenser tout l'argent pour lui tout seul, elle le traitait de dandy et de bellâtre. Je devinais qu'elle reprochait à mon immense et puissant Papa de se soucier plus de ses vêtements que des grands principes.

Il avait peur de vieillir, et surtout de perdre ses cheveux. Il vérifiait anxieusement la brosse tous les matins, comptant presque les cheveux qu'il y laissait. Il allait chez le dentiste quatre fois par an et se lavait si souvent les dents que Maman en était dégoûtée. Il allait chez le docteur à peu près aussi souvent. Il se faisait un sang d'encre pour quelques imperfections mineures que personne ne remarquait sauf lui par exemple, il avait les ongles des pieds très épais avec de la corne qu'il avait énormément de mal à tailler. Mais quand il souriait, son charme était irrésistible.

Les principes étaient encore une chose que je n'arrivais pas à comprendre, si ce n'est que Maman prétendait souvent que Papa n'en avait aucun. Je voyais vaguement ce qu'elle voulait dire : Papa savait ce qu'il voulait et les gens avaient intérêt à ne pas se mettre en travers de sa route quand il avait en tête d'obtenir quelque chose. Certains jours, il était tendre et aimant, et il faisait mes quatre volontés. Mais il y avait d'autres jours — effroyables.

A l'époque où ma tante était revenue vivre ici avec Vera alors âgée de un an, il avait été convenu qu'elle se chargerait du ménage en échange du vivre et du couvert, et que ma mère cuisinerait. Mais, dans son entête-ment absurde, ma tante voulait faire la cuisine (tâche qu'elle jugeait plus facile), et pas le ménage, alors que personne n'avait jamais pu avaler ce qu'elle préparait. Maman méprisait les travaux de la maison, mais quand elle jetait des ingrédients dans une casserole, même en vrac, sans mesurer, il en résultait toujours quelque chose de divin. Papa disait qu'elle faisait une cuisine inventive, une cuisine d'artiste, alors qu'Ellie (il était seul à l'appeler ainsi) n'était qu'une bonne à tout faire. Quel regard lui lançait alors ma tante !

Tante Ellsbeth était une personne redoutable. Grande, efflanquée, odieuse, voilà le portrait qu'en fai-sait mon père. « Pas étonnant qu'aucun homme n'ait voulu de vous. Vous avez une langue de vipère. » Elle avait la langue bien pendue, c'est vrai, et elle était aussi méchante avec moi qu'avec Vera ; sa règle d'or était qu'à épargner la férule on gâte l'enfant. Par bonheur mes parents nous laissaient rarement à sa garde. De nous deux, c'était Vera que ma tante semblait détester le plus.

Maman aimait que ma tante punisse sa fille, pour pouvoir, ensuite, ouvrir ses bras tout grand à Vera en lui répétant :

— Allons, allons, calme-toi, ne t'en fais pas, je t'aime, moi ; ta maman, vois-tu, ne sait pas...

— C'est bien là où le bât blesse, Lucietta, disait ma tante d'un ton acerbe. Toi, tu donnes de l'amour à tout ce qui te tombe sous la main.

Comme si sa fille était un objet, pas une personne sensible.

Jamais Tante Ellsbeth ne prononça devant moi le nom du père de Vera. « Un tricheur, un menteur. Son nom, je ne veux même pas m'en souvenir. »

Comment comprendre ce qui se passait dans cette maison ? Des courants souterrains circulaient, aussi peu sûrs que les fleuves qui couraient vers la mer, toute proche.

Qu'elle était grande, ma tante, et plate, avec un long visage maigre; et pourtant elle mangeait trois fois plus que ma mère. Quand Papa lui disait toutes ces choses cruelles, elle pinçait les lèvres et sa bouche n'était plus qu'une ligne. Ses narines frémissaient, elle serrait les poings; si elle en avait eu le courage, elle se serait jetée sur lui.

Etait-ce à cause d'elle que nos amis de la ville passaient si rarement nous voir? Il devait y avoir une raison. Ils ne venaient que lorsque nous donnions une soirée. Alors, comme disait maman, ils grouillaient comme des insectes sortant d'une charpente pour accourir au joyeux festin. Tout le temps de la fête, Papa semblait ravi. Mais dès que les invités étaient partis, il s'en prenait violemment à Maman à propos de quelque incident mineur qu'il qualifiait de « faute de goût » : elle avait regardé tel ou tel homme séduisant avec trop d'insistance, ou dansé plusieurs fois de suite avec lui. Décidément, il était bien difficile d'être une femme. On ne savait jamais comment se comporter exactement, ni jusqu'à quel point on pouvait se montrer amicale. Par exemple, Maman était censée jouer du piano pour distraire les gens, les faire danser ou chanter. En revanche, pas question de témoigner d'une sensibilité pianistique qui émeuve trop les invités et leur fasse dire qu'elle avait été ridicule d'abandonner sa carrière de musicienne pour le mariage.

Jamais personne ne passait nous voir. Les représentants n'avaient pas le droit de nous déranger. Des pancartes étaient apposées partout :

ENTRÉE INTERDITE, CHIEN MÉCHANT, PROPRIÉTÉ PRIVÉE, LES CONTREVENANTS SERONT POURSUIVIS.

J'allais souvent me coucher avec le sentiment d'un malheur dans ma vie : des courants sous-marins me tiraient vers les profondeurs, et je m'enfonçais, je m'enfonçais, prête à sombrer et à me noyer. Il y avait bien une petite voix qui me disait que le vaste monde était plein de fleuves à traverser et d'endroits où aller, mais je n'allais jamais nulle part. Il y avait des tas de gens à rencontrer, et des quantités de choses amusantes à faire, mais je ne connaîtrais jamais rien. Quand je m'éveillais, les harpes éoliennes tintaient et elles me disaient que ma place était dans cette maison, que je resterais là pour toujours et que rien de ce que je pourrais entreprendre n'aurait d'importance. Frileusement, je serrais les bras sur ma poitrine chétive. Sans relâche, la voix de Papa revenait à mon oreille : « Ta place est ici, protégée par ta maison et par ton père. »

Pourquoi fallait-il que j'aie eu cette sœur de neuf ans morte et enterrée ? Pourquoi fallait-il que j'aie le même nom qu'une morte ? Ce n'était pas naturel, pas comme les autres. Je détestais Première Audrina, la Parfaite, la Sublime, l'Infaillible. Il faudrait pourtant que je me calque sur elle en tout point, si je tenais à conquérir l'amour de mon père. Je détestais d'aller tous les dimanches en famille sur sa tombe où nous portions des fleurs achetées chez le fleuriste comme si celles du jardin n'étaient pas assez jolies pour elle.

Un matin, comme j'accourais à la rencontre de Papa, il me souleva de terre et me tint serrée contre lui. En dehors du tic-tac implacable des vieilles horloges, il régnait un silence de mort dans les couloirs de la maison déserte.

— Les autres ne sont pas là ? dis-je à voix basse, regardant craintivement autour de moi.

— Elles sont au jardin, dit-il, me serrant plus fort encore contre lui. C'est samedi, ma chérie. Je sais que le temps ne compte pas pour toi, le temps ne compte jamais pour les petites filles « à part » qui ont des dons exceptionnels. Mais pour moi les heures du week-end sont les meilleures. Je savais que tu serais malheureuse de te retrouver seule dans la maison vide, et je suis resté à t'attendre pendant que les autres allaient récolter au potager la récompense de leurs efforts.

— Papa, pourquoi je n'arrive pas à me rappeler les

choses, comme tout le monde ? Pourquoi je n'arrive pas à me rappeler l'année dernière ni l'année d'avant ?

— Nous sommes tous prisonniers de la dualité de notre héritage génétique, dit-il d'une voix douce, caressant mes cheveux et me balançant doucement dans le vénérable fauteuil à bascule où mon arrière-arrière-arrière-grand-mère avait bercé ses douze enfants. Chaque enfant hérite des gènes de son père et de sa mère. Ils déterminent la couleur de ses cheveux et de ses yeux, ses traits de caractère. La personnalité des bébés dépend de ces gènes aussi bien que de l'environnement. Toi, tu attends encore de t'emplir des dons de ta sœur morte, et le moment venu rien de ce qui est bon et beau ne te sera refusé, car le monde lui appartenait. Mais en attendant ce jour merveilleux où l'urne sera pleine, je me donne un mal de tous les diables pour que tu aies ce qu'il y a de mieux.

Juste à ce moment-là, ma tante et ma mère entrèrent dans la cuisine, suivies de Vera portant un panier de haricots verts, frais cueillis.

Tante Ellsbeth avait sûrement tout entendu. Elle dit à Papa d'un ton sarcastique :

— Vous auriez dû faire une carrière de philosophe, Damian. Au moins vous auriez eu un public pour écouter toutes ces paroles de haute sagesse.

Je me mis à la dévisager, quelque chose de vague tentait de remonter à ma mémoire incertaine, un rêve, peut-être. Peut-être même était-ce un rêve ayant appartenu à la première Audrina. Mais avant que j'aie rien pu capter de cette sollicitation fugace, tout s'était enfui, enfui.

Je soupirai, mécontente de moi, des adultes qui me gouvernaient, de ma cousine qui continuait à prétendre que la seule véritable sœur que j'aie jamais eue c'était elle, parce que ce qu'elle voulait, c'était prendre ma place, cette place que Première et Parfaite Audrina m'avait déjà volée.

Et maintenant je devais modeler ma conduite sur

celle de cette morte, parler comme elle, être ce qu'elle avait été... Mais mon être vrai, mon moi, où fallait-il qu'ils aillent ?

Vint le dimanche. Aussitôt après l'office religieux, Papa nous conduisit directement en voiture au cimetière de famille, non loin de la maison. Lentement, nous passâmes la grille au fronton de laquelle était gravé le nom des Whitefern. On accédait à pied aux rangées de sépultures. Nous étions habillés de nos plus beaux vêtements et avions apporté des fleurs coûteuses. Papa me délogea de la voiture en me tirant par le bras, car je résistais furieusement. Je ne voulais pas descendre, cette tombe à laquelle il fallait rendre visite et cette enfant morte qui me volait l'amour du monde entier me faisaient horreur.

— Voici le lieu où gît ma première Audrina.

J'eus l'impression que, pour la première fois, je pourrais retenir clairement ces paroles que Papa avait certainement prononcées à d'innombrables reprises. Affligé, il contemplait la stèle élancée où je lisais mon propre nom gravé, avec ses dates à elle. Mes parents finiraient-ils par guérir de ce deuil ? Seize années n'avaient pu cicatriser le choc, il n'y avait pas de raison de penser qu'un siècle y parviendrait. La vue de cette tombe m'était intolérable; je me tournai vers le beau visage de mon Papa, tout là-haut — curieuse perspective en contre-plongée, privilège de l'enfance —, avec son menton fort et carré, la ligne lourde et boudeuse de la lèvre inférieure, le dessin frémissant des narines et enfin la double et sombre frange des cils ourlant les paupières qui se fermaient pour refouler les larmes. C'était comme de lever les yeux vers Dieu. Il était si puissant, si maître de lui. Mais voilà qu'il se remettait à sourire.

— Ma première Audrina est là dans ce tombeau, morte à l'âge de neuf ans. Merveilleuse Audrina, si « à part ». Tout comme toi aussi, tu es merveilleuse et « à part ». Pas un seul instant tu ne dois douter d'être aussi exceptionnelle et douée. Crois ce que Papa te dit et tu seras toujours dans le droit chemin.

J'avalai ma salive. Cette visite funèbre, ces évocations sempiternelles de la morte me nouaient la gorge. Bien sûr que non, je n'étais pas merveilleuse, mais comment le lui dire, alors qu'il avait l'air si convaincu ? Dans ma logique d'enfant, je m'imaginais que je ne compterais jamais pour lui qu'en fonction de la fille merveilleuse que je deviendrais un jour.

— Oh Papa! s'écria Vera. (Elle avançait en trébuchant à ses côtés, et étreignit sa main.) Je l'aimais tant. Elle était si gentille, si extraordinaire. Et si belle aussi. Même si le monde dure un million d'années, il n'y aura jamais plus d'Audrina comme elle. (L'espace d'un éclair, son sourire méchant me signifia une fois de plus que jamais je n'arriverais à être aussi jolie que Parfaite Audrina.) Et puis aussi, elle était si brillante en classe ! C'est terrible d'être morte de cette façon, vraiment terrible. Si la chose devait m'arriver, j'aurais si honte que je préférerais mourir.

— Tais-toi! rugit Papa d'une voix si forte qu'il fit s'envoler les canards sur la rivière.

Il se hâta de placer son pot de fleurs sur la tombe et, saisissant ma main, il m'entraîna vers la voiture.

Maman se mit à pleurer.

Vera avait raison, je le savais. Quels qu'aient été les dons prodigieux de Première Audrina, ils étaient perdus, elle les avait emportés dans sa tombe.

Sous la coupole

Ni désirée, ni valeureuse, ni jolie, ni exceptionnelle, voilà les mots qui me trottaient par la tête tandis que je montais l'escalier et m'engouffrais dans le grenier.

J'aurais voulu que Première Audrina ne soit jamais née. J'enjambai tout un bric-à-brac poussiéreux, me frayant un passage vers l'escalier en colimaçon qui conduisait à la rotonde à travers une trappe du plancher autrefois protégée par une rambarde branlante que Papa remplacerait un jour ou l'autre.

Le plancher, octogonal, était recouvert d'un tapis de Turquie rectangulaire, de tous les tons de pourpre, de bleu et d'or. Chaque fois que je venais, je peignais les franges du tapis avec les doigts, machinalement; du même geste que Papa se passant la main dans les cheveux quand il était contrarié ou exaspéré. Il n'y avait aucun meuble, à part un coussin posé à terre, où je m'asseyais. Les rayons du soleil filtrant à travers les vitraux jetaient sur le sol des enroulement chatoyants pareils à des plumes de paon qui embrouillaient les dessins du tapis dans un lacis de reflets. Mes jambes et mes bras aussi étaient bariolés de couleurs qui faisaient comme un tatouage éphémère. Tout là-haut, à l'apex du dôme pointu, de longues lames rectangulaires de verre teinté étaient suspendues à des cordons de soie cramoisis. C'étaient les carillons éoliens. Ils étaient placés si haut que le vent ne les faisait jamais bouger; mais n'empêche : je les entendais tout de même tinter, tinter. S'ils avaient pu osciller un tout petit peu, ne fût-ce qu'une fois pendant que je les regardais, cela m'aurait tranquillisée, et j'aurais pu croire que je n'étais pas folle.

Je me laissai tomber sur le coussin et me mis à jouer avec les vieilles poupées de papier que j'avais l'habitude d'aligner le long du mur. A chacune j'avais donné un nom, le nom de quelqu'un que je connaissais, mais comme je ne connaissais pas beaucoup de monde, il y en avait plusieurs qui portaient le même nom. Une seule s'appelait Audrina. J'arrivais vaguement à me rappeler que dans le temps il avait dû y avoir des poupées garçons et des poupées filles. A présent, il ne restait plus que des filles et des dames.

J'étais si absorbée dans mes pensées que je n'entendis pas approcher. La voix me fit sursauter.

— C'est à moi que tu penses, adorable Audrina ?

Je tournai la tête. Vera était là, debout dans la lumière bariolée et surnaturelle de la coupole. Ses cheveux raides étaient de cette couleur abricot pâle que je n'avais jamais vue ailleurs mais qui n'était pas rare dans notre famille. Des yeux très noirs, comme ceux de sa mère, comme ceux de mon père aussi.

Les vitraux embrasaient la pièce de lueurs colorées qui tatouaient son visage de motifs barbares, et ses yeux — comme les miens sûrement — étincelaient de mille feux, telles les facettes de deux sombres diamants. La coupole était un lieu magique.

— Tu m'écoutes, Audrina ? demanda-t-elle d'une voix insidieuse, inquiétante. Pourquoi restes-tu là assise sans répondre ? Tu as perdu tes cordes vocales ? Comme ta mémoire alors ?

Je détestais qu'elle vienne dans la rotonde. Cet endroit était à moi et à personne d'autre, c'était un lieu spécial, privé, où j'essayais de retrouver, en maniant les poupées et en faisant semblant qu'elles étaient de la famille, mes souvenirs enfuis. Je tentais de faire correspondre chaque poupée à une certaine année de ma vie, cherchant ainsi à reconstituer le secret qui m'échappait et à le faire surgir. Un jour, un jour merveilleux, je retrouverais grâce à ces poupées tout ce dont je n'arrivais pas à me souvenir, et je redeviendrais une vraie personne, entière, et aussi merveilleuse que ma sœur morte.

Récemment Vera s'était cassé le bras gauche et on venait de lui enlever son plâtre. Elle le remuait avec précaution en pénétrant dans mon petit sanctuaire.

En dépit de mon antipathie intermittente pour Vera, j'étais sincèrement désolée qu'elle ait pu se casser le bras rien qu'en se cognant. Elle avait déjà eu onze os cassés, tandis que moi, ça ne m'était jamais arrivé. Il lui suffisait de heurter une table pour avoir une fracture du poignet. Un choc à peine moins brutal et d'énormes bleus venaient la marquer pour des semaines. Elle pouvait se casser une jambe, une cheville, un avant-bras, n'importe quoi, rien qu'en tombant de son lit sur un tapis de haute laine.

— Ton bras te fait toujours mal?

— Ne me regarde pas de cet air apitoyé! ordonna Vera qui s'avança en clopinant, tandis que ses talons crissaient d'une manière qui me mettait mal à l'aise. (Ses yeux noirs me taraudaient comme une vrille.) J'ai une ossature fragile et délicate, et si mes os cassent si facilement, c'est parce que j'ai plus de sang bleu que toi dans les veines.

Son sang bleu, elle pouvait le garder, si cela impliquait de se rompre les os deux fois par an. Par moments, elle était si méchante avec moi que je pensais que le Bon Dieu la punissait. Mais d'autres fois je me sentais coupable que mes os à moi soient si durs et refusent de casser même si je tombais.

Parfaite Audrina était-elle, elle aussi, de complexion aristocratique?

— Naturellement, j'ai mal! cria Vera. (Ses yeux sombres lançaient des feux alternés, bleus, rouges, verts.) Cela me fait un mal d'enfer. (Sa voix se fit plaintive.) On se sent si désarmée quand on s'est cassé le bras. C'est pire qu'une jambe cassée, on ne peut rien faire toute seule. Mais toi qui ne manges guère, je me demande pourquoi tu ne te casses pas plus facilement les os... Tu as sans doute une charpente de paysanne.

Je ne savais quoi dire.

— Dans ma classe, il y a un garçon qui me regarde tout le temps si gentiment, il me porte mes livres, il me parle, et il me pose un tas de questions. Il est si beau que tu n'en croirais pas tes yeux. Il s'appelle Arden Lowe. Tu ne trouves pas que c'est un nom romantique et étrange pour un garçon? Audrina, tu sais, je crois que j'ai un ticket avec lui... il m'a embrassée deux fois dans les vestiaires...

— Qu'est-ce que c'est un vestiaire ?

— Oh ! Qu'est-ce que tu peux être bête ! Des trous dans le beffroi et une araignée au plafond, voilà la douce Audrina à son papa !

Elle me narguait, mais je n'avais aucune envie de commencer une dispute. Elle se remit à parler de son copain qui s'appelait Arden Lowe.

— Il a des yeux couleur d'ambre, les plus beaux qu'on puisse imaginer. Quand on est très près de lui, on s'aperçoit qu'ils sont pleins de paillettes vertes. Il a les cheveux châtain foncé avec des reflets roux quand le soleil joue dessus. Et en plus, il est très élégant. Il a un an de plus que moi, mais ça ne veut pas dire qu'il est bête ; c'est qu'il a tellement voyagé qu'il a pris du retard dans ses années d'école.

Elle soupira et devint toute rêveuse.

— Quel âge il a, ton Arden Lowe ?

— Attends, attends. Hier j'avais vingt ans, alors bien sûr Arden était plus jeune que moi. Il n'a pas le don comme moi d'avoir l'âge qu'il veut. Je crois qu'il a onze ans. Bien sûr, pour moi qui en ai vingt, c'est un bébé, mais un bébé si beau garçon !

Elle souriait, mais je savais parfaitement qu'elle ne pouvait pas avoir plus de... de douze ans ? Je me remis à jouer avec les poupées.

— Audrina, tu aimes ces poupées plus que tu ne m'aimes, moi.

— Mais non, mais non...

Ma voix n'était pas très assurée.

— Alors donne-moi toutes les poupées hommes et les poupées garçons.

— Il n'y a plus de poupées hommes ni de poupées garçons ; celles-là, elles sont toutes parties, répondis-je d'une drôle de voix tendue.

Vera ouvrit ses yeux tout grands.

— Et pourquoi les poupées garçons sont-elles parties, Audrina ? chuchota-t-elle d'un ton si bizarre et inquiétant que j'en frissonnai.

— Je ne sais pas, chuchotai-je à mon tour. (J'étais effrayée, pour des raisons que je discernais mal. Je jetais des regards affolés autour de moi. Les harpes éoliennes tintinnabulaient là-haut, tandis que les rectangles de verre demeuraient parfaitement immobiles. Je me recroquevillai sur moi-même.) Je pensais que tu les avais prises.

— Tu es méchante, Audrina, tu es vraiment une méchante fille. Un jour tu te rendras compte à quel point et tu n'auras qu'une envie c'est d'être morte.

Elle rit nerveusement et se détourna.

Mais qu'est-ce que j'avais donc pour qu'elle cherche constamment à me faire du mal ?

Un sourire narquois éclaira le visage pâle au teint cireux. Vera semblait être le mal personnifié. Quand elle tourna la tête, sa chevelure abricot se zébra de rouge, de bleu, de violet :

— Je veux toutes les poupées, donne-les-moi, ça m'est égal que les mieux soient parties au diable.

Elle tendit la main et tenta de s'emparer des cinq ou six poupées qui étaient à sa portée.

Rapide comme l'éclair, je les lui arrachai. Puis je me précipitai pour ramasser les autres. Vera, à quatre pattes, se mit à me griffer les jambes de ses ongles très longs et limés pointu. Je parvins à la maintenir à distance et je rassemblai en hâte le dernier carré des poupées et leurs costumes. Les bras chargés, je la repoussai du pied, si bien qu'elle tomba à la renverse et bientôt je fus hors d'atteinte, descendant quatre à quatre l'escalier en colimaçon, sûre qu'elle n'arriverait pas à me rattraper; pourtant voilà qu'elle était juste derrière moi et hurlait :

— Audrina, arrête ! Si je tombe ce sera ta faute.

Elle me gratifia par surcroît de quelques épithètes dont la signification m'échappait.

— Audrina, tu ne m'aimes pas, l'entendis-je gémir. (Ses chaussures aux épaisses semelles faisaient un bruit sourd sur les escaliers de métal.) Si tu m'aimais vraiment comme une sœur, tu ferais tout ce que je te demande, et tu me donnerais tout ce que je veux, pour me consoler de ce que je souffre. (Je l'entendis s'arrêter et chercher péniblement sa respiration.) Audrina, tu n'oseras pas cacher les poupées. Tu n'oseras pas. Elles sont autant à moi qu'à toi.

Ce n'était pas vrai. Je les avais découvertes la première dans une vieille malle. « Chose trouvée, chose gardée », c'était la règle, et moi je croyais aux règles, aux adages, aux maximes parce qu'ils étaient à l'épreuve du temps et que le temps en savait plus que moi sur tous et sur tout.

Je n'eus aucun mal à échapper à sa vue pendant qu'elle peinait pour descendre. Je soulevai une lame du plancher qui ne tenait plus guère, et j'entassai là les poupées et leurs beaux costumes edwardiens qui sûrement leur conféraient un rang élevé dans la société. C'est alors que j'entendis Vera hurler.

Bon Dieu ! Elle était encore tombée. Je me précipitai. Elle était là, par terre, toute recroquevillée, la jambe gauche (qu'elle s'était déjà cassée deux fois) déjetée de façon grotesque. Je tournai la tête, je n'avais pas envie de voir un bout d'os surgir de ses chairs déchirées. Elle saignait abondamment.

— C'est ta faute, gémit-elle, dans un tel accès de souffrance que son joli visage en était tordu et enlaidi. Tout ce qui m'arrive, c'est ta faute. Il pourrait bien y avoir quelqu'un qui me donne ce que je veux, des fois, quand même.

— Je vais te les donner, les poupées, dis-je d'une voix faible, prête à faire toutes ses volontés maintenant qu'elle avait mal. Mais d'abord je cours chercher Maman et ta mère.

— J'en veux plus maintenant de tes satanées poupées, cria-t-elle. Va-t-en et fiche-moi la paix. D'abord, si tu n'étais pas là c'est moi qui aurais tout. Tu me le paieras, un jour tu me paieras tout ce que tu m'as volé,

Audrina. Et puis, c'est moi qui devrais passer en premier et être la préférée, pas toi...

Cela me rendait malade de la laisser là toute seule, avec cette jambe gauche d'où giclait le sang. Je remarquai alors que son bras gauche était dans une position bizarre, lui aussi. Seigneur Dieu ! Il s'était de nouveau cassé ! Maintenant elle allait avoir un bras et une jambe cassés. Mais même dans l'état où elle était, Dieu ne lui enseignait pas l'humilité comme il avait si bien su le faire pour moi. Mais... mais pourquoi pensais-je cela ?

Dévalant les escaliers, je me heurtai à Papa.

— Je t'avais dit de ne pas aller dans la coupole, rugit-il, empoignant mon bras d'un geste brusque pour m'empêcher de rejoindre Maman. Je t'interdis d'aller là-haut jusqu'à ce que j'aie réparé cette rambarde. Tu risques de tomber et de te faire mal.

Je n'avais aucune envie d'annoncer moi-même à Papa que Vera s'était encore brisé les os. Mais il refusait de me lâcher le bras et j'y fus obligée.

— Elle est là-haut, elle saigne, Papa. De gros caillots de sang comme ça... Si tu ne me laisses pas appeler l'ambulance, elle va mourir.

— J'en doute !

Pourtant il hurla à l'adresse de Maman :

— Lucky, appelle l'ambulance. Vera s'est rompu les os une fois de plus. Mon assureur ne va plus marcher, si ça continue.

Mais ce fut tout de même lui, finalement, qui alla calmer Vera, puis s'assit à côté d'elle dans l'ambulance et lui tint la main. Et voilà Vera sur un brancard dans cette ambulance qu'elle connaissait si bien, en route pour l'hôpital le plus proche où on allait de nouveau lui plâtrer un bras et une jambe.

Debout près de la porte d'entrée, je regardai disparaître l'ambulance au tournant de l'allée. Ma mère et ma tante avaient toutes deux refusé de retourner à l'hôpital, d'attendre pendant des heures et d'assister une fois de plus à la pose du plâtre. Au dernier plâtrage, le docteur avait dit que si Vera continuait comme cela, sa jambe pourrait très bien ne pas grandir comme l'autre.

Maman me réconfortait.

— Ne t'inquiète pas, chérie. Ce n'est pas de ta faute. Nous avons répété cent fois à Vera de ne pas monter l'escalier en colimaçon. C'est pour cela que nous ne voulons pas que tu ailles là-haut, nous savons bien qu'elle veut toujours te rejoindre pour voir ce que tu fais. Et puis, tu sais, les médecins font craindre le pire pour qu'on se sente redevables envers eux lorsque leurs prédictions ne se réalisent pas. La jambe de Vera grandira exactement comme l'autre, mais Dieu sait comment elle fait son compte pour toujours se casser la même avec cette constance !

Tante Ellsbeth se taisait. Elle semblait bien plus préoccupée par la recherche éperdue dans toute la maison d'un vieil aspirateur que par les fractures de sa fille. Elle finit par retrouver l'instrument dans un placard sous l'escalier. Elle se dirigea vers la grande salle à manger ; celle où les six présidents des Etats-Unis contemplaient la dame nue grapillant ses raisins.

— Je peux t'aider, Tante Ellsbeth ? demandai-je.

— Non, répondit ma tante d'un ton coupant. Tu ne fais rien convenablement et à la fin cela me donne toujours double travail. Veux-tu me dire pourquoi tu as refusé de donner les poupées de papier à Vera quand elle te les a demandées ?

— Tout ce qu'elle voulait, c'était les déchirer.

Ma tante renifla fortement, elle nous dévisagea d'un air irrité, ma mère et moi, puis sans un mot elle disparut dans le couloir, remorquant l'aspirateur.

— Maman, murmurai-je, pourquoi Vera ment-elle tout le temps ? Elle a dit à Papa que je l'avais poussée dans l'escalier, or je n'étais pas près d'elle. Même le jour où elle est tombée à l'école, elle m'a accusée de l'avoir poussée. Maman, pourquoi est-ce qu'elle dit ça puisque je n'ai jamais été à l'école ? Pourquoi je ne peux pas aller à l'école ? Est-ce que Première Audrina allait à l'école ?

— Oui, naturellement, dit Maman. (On eût dit qu'elle avait une grenouille dans la gorge.) Vera est une petite fille très malheureuse, et c'est pourquoi elle ment. Sa mère se soucie peu d'elle, et Vera sait bien que toi, au contraire, tu es très gâtée. C'est difficile, bien sûr, d'aimer une petite fille si méchante et si haineuse, mais il faut essayer. Il y a chez Vera une pointe de cruauté qui me tourmente. J'ai si peur qu'elle fasse un jour quelque chose qui pourrait te blesser, nous blesser tous. (Le regard de ses yeux violets errait dans la pièce.) Dire qu'il a fallu que ta tante revienne vivre ici ! Comme si notre existence n'était pas déjà assez compliquée !

— Quel âge a Vera, Maman ?

— Quel âge t'a-t-elle dit qu'elle avait ?

— Quelquefois elle dit qu'elle a dix ans, quelquefois douze, et d'autres jours qu'elle a seize ou vingt ans, et puis elle rit, elle se moque de moi... parce que je ne sais pas mon vrai âge.

— Mais si, bien sûr, tu le sais, tu as sept ans. Est-ce que nous ne te l'avons pas répété des centaines de fois ?

— Mais je ne me rappelle plus l'anniversaire de mes sept ans. Est-ce que tu avais fait un goûter ? Et Vera, elle a des anniversaires ? Je ne me souviens pas d'un seul.

— Vera a trois ans de plus que toi, dit Maman très vite. Nous ne pouvons plus nous permettre de faire des goûters d'anniversaire. Ce n'est pas pour l'argent mais tu sais bien que les anniversaires réveillent des souvenirs tragiques. Ni ton père ni moi ne pouvons plus supporter ces fêtes. Alors nous avons décidé de renoncer définitivement à ces anniversaires et nous avons choisi de rester à l'âge que nous aimons le mieux. Moi, c'est vingt-deux ans. (Elle eut un petit rire et m'embrassa de nouveau.) C'est un très bel âge, ni trop jeune ni trop vieux.

Mais moi je voulais parler sérieusement, j'étais écœu-
rée de toutes ces dérobades.

— Alors Vera n'a pas connu ma sœur défunte ? Elle,
elle dit qu'elle l'a très bien connue; comment est-ce
possible si elle n'a que trois ans de plus que moi ?

De nouveau, ma mère parut désemparée :

— Oui, d'une certaine façon, elle l'a connue. Tu sais,
nous avons tellement parlé d'elle. Trop, même, peut-
être.

Et voilà : des faux-fuyants, comme toujours, et
comme toujours elle ne m'avait rien dit, en tout cas
rien de ce que je voulais savoir : des choses auxquelles
on peut croire.

— Quand est-ce que je pourrai aller à l'école ?
demandai-je.

— Un jour, murmura Maman, un jour, bientôt.

— Maman, insistai-je en la suivant dans la cuisine et
en me mettant à éplucher avec elle les légumes pour la
salade, moi je ne tombe pas, je ne me casse pas en
mille morceaux comme Vera. Donc l'école sera moins
dangereuse pour moi que pour elle.

— Non, tu ne tombes pas, grâce à Dieu, dit-elle
d'une voix tendue. Mais tu as d'autres façons de te faire
mal, n'est-ce pas ?

Vraiment ?

Le rêve de Papa

Avant que la nuit n'emporte les dernières lueurs du
crépuscule, Papa fut de retour avec la blessée. Il transporta Vera dans le salon néo-Renaissance avec tant d'aisance qu'elle paraissait légère comme une plume; or
son plâtre montait vraiment jusqu'à la hanche. Il la
déposa tendrement sur la méridienne de velours

mauve dont Maman aimait à se réserver l'exclusivité. Vera semblait ravie : elle tenait une énorme boîte de chocolats dont elle avait déjà mangé la moitié en route. Elle ne m'en offrit pas; pourtant je mourais d'envie d'en manger un. Papa lui avait également acheté un puzzle.

— Ne t'inquiète pas, chérie, me dit-il, je t'ai apporté des chocolats et un puzzle à toi aussi. Mais tu devrais surtout t'estimer heureuse de ne pas avoir à tomber et à te briser les os dans le but unique d'attirer l'attention sur toi.

Immédiatement Vera jeta violemment son puzzle à terre et repoussa les chocolats qui tombèrent de la table. Papa tenta de l'apaiser : « Allons, allons. »

Il ramassa les boîtes et les lui tendit.

— Je t'ai acheté un très grand puzzle, tandis que celui d'Audrina est tout petit. Tu as une boîte de bonbons d'un kilo. Audrina n'a qu'une boîte d'une livre.

Rassérénée, Vera entreprit alors de me singer :

— Merci, Papa, tu es si bon pour moi !

Elle lui tendit les bras pour l'embrasser. Je rentrai dans ma coquille. J'avais horreur qu'elle l'appelle « Papa »; et d'abord il n'était pas son père. J'en voulais à Papa d'avoir posé ce baiser sur sa joue, j'étais jalouse de l'énorme boîte de bonbons, et en plus elle avait eu un plus grand puzzle avec de plus belles couleurs.

Incapable d'en supporter davantage, je m'éloignai pour aller m'asseoir sur la terrasse derrière la maison. Le spectacle des reflets dans l'eau sombre de la rivière m'apaisa. La lune était dans son croissant et je croyais apercevoir dans la corne d'argent le profil du vieux bonhomme tout ratatiné. La plainte solitaire du vent me disait que bientôt les arbres allaient perdre leurs feuilles; je n'avais guère profité de l'été. J'avais le vague souvenir d'étés plus heureux ou plus chauds, mais tout cela était si confus : aucune image ne se présentait clairement à mon esprit. J'enfournai un chocolat tout rond dans ma bouche, et tant pis si c'était bientôt l'heure du dîner. Décidément ce mois d'août ressemblait plutôt à un mois d'octobre.

Comme attiré par un appel, Papa vint me rejoindre. Il humait l'air, le nez au vent, vieux tic de marin.

— Papa, les oies sauvages volent vers le sud, mais on est encore en été. Je croyais que c'était à l'automne qu'elles partaient pour les pays chauds?

— Eh bien, c'est qu'elles en savent plus que nous sur le temps; elles veulent sans doute nous avertir de quelque chose.

Il me passa la main dans les cheveux, en une caresse légère.

Je me disposais à prendre un second chocolat, mais il me dit :

— Surtout, n'en mange qu'un seul, de ceux-là.

Sa voix était toujours radoucie quand il me parlait, plus gentille, comme si j'étais en verre, comme les os de Vera.

— J'ai très bien vu que tu étais jalouse quand j'ai embrassé Vera. Tu n'acceptes pas que je lui aie fait ces cadeaux! Mais elle a très mal et il faut bien que quelqu'un la dorlote un peu. Tu sais bien que tu es l'unique lumière de ma vie, le cœur de mon cœur.

— Tu as aimé Première Audrina plus que moi, hoquetai-je. Je n'arriverai jamais à capter le don, même si je me balance sans arrêt dans le fauteuil. Pourquoi faut-il absolument que j'aie ce don? Pourquoi ne me prends-tu pas telle que je suis?

Il mit son bras autour de mes épaules et répéta encore qu'il ne voulait qu'une chose, me donner confiance.

— Ce fauteuil a quelque chose de magique à te communiquer. Bien sûr, je t'aime telle que tu es. Je veux juste te donner ce petit quelque chose de plus qu'elle possédait et qui lui est désormais inutile. Si toi tu peux en faire ton profit, qu'y a-t-il de mal à cela? Ainsi ta mémoire s'emplira à ras bord au lieu d'être trouée comme un fromage de gruyère, et je m'en réjouirai pour toi.

J'étais sûre que je n'avais absolument rien à gagner à me balancer dans ce fauteuil. Ni don ni rien. C'était encore un mensonge pur et simple qui me terrorisait à la mesure de l'espoir dont il semblait le combler. Sa voix implorait maintenant l'adhésion :

— J'ai besoin que quelqu'un croie en moi de tout son cœur, sans arrière-pensée, Audrina. J'ai besoin de toi pour me rendre la confiance qu'elle me donnait. Voilà le don que je voudrais que tu retrouves. Le don de croire en moi, en toi-même. Ta mère m'aime, je sais. Mais elle ne croit plus en moi. Depuis que Première Audrina n'est plus, c'est sur toi que je compte pour me rendre le sentiment d'être quelqu'un de bien, quelqu'un de merveilleux. Je veux que tu aies besoin de moi comme elle avait besoin de moi, que tu aies confiance en moi comme elle avait confiance en moi. C'est lorsqu'on aspire au meilleur qu'on obtient ce qu'il y a de meilleur.

C'était même pas vrai. Je m'arrachai à son étreinte.

— Non, Papa. Si elle aspirait tellement au meilleur, et si elle avait tellement confiance en toi, pourquoi est-elle allée dans les bois contre ta volonté ? Est-ce qu'elle aspirait au meilleur le jour où on l'a trouvée morte sous l'arbre à pluie ?

— Qui t'a raconté ça ? dit-il d'un ton brusque.

— Je ne sais pas, m'écriai-je bouleversée par mes propres paroles.

Je ne savais même pas ce que c'était que l'arbre à pluie(1).

Il enfouit son visage dans mes cheveux et sa main enserra mon épaule avec tant de force qu'il me fit mal. Quand finalement il trouva quelque chose à dire, sa voix semblait venir d'ailleurs, à des centaines de mil-

(1) Il s'agit du *saman*, un arbre tropical aux ramures étalées.

liers de kilomètres, elle semblait venir de ces pays chauds où s'en allaient les oies sauvages.

— D'une certaine façon tu as raison. Peut-être aurions-nous dû lui donner des explications plus claires, ta mère et moi. Mais nous étions embarrassés et nous ne lui en avons probablement pas dit assez. Rien de tout cela n'était sa faute.

— Rien de tout cela, quoi, Papa?

— Le dîner est servi! claironna la voix de Maman comme si elle avait tout entendu et voulait interrompre la conversation exactement à cet instant.

Ma tante était déjà à table, la mine renfrognée. Papa transporta Vera dans la salle à manger. Elle faisait la tête, elle aussi. Ma tante ne semblait avoir d'affection pour sa fille que lorsque celle-ci se trouvait hors de sa vue. En présence de Papa, elle pouvait être d'une telle cruauté envers Vera que même moi je grimaçais de douleur. Avec moi, elle n'était pas aussi méchante. Elle me traitait avec indifférence, la plupart du temps, à moins que je trouve le moyen de l'irriter, ce qui se produisait souvent.

Papa serra Vera dans ses bras avant d'aller s'asseoir à table.

— Tu te sens mieux, chérie?

— Oui, Papa, dit-elle avec un grand sourire, je me sens bien maintenant.

Dans le même instant, Papa m'adressa un sourire radieux et me fit un clin d'œil complice. Vera le remarqua, j'en suis sûre. Elle baissa les yeux et se mit à regarder fixement le fond de son assiette, refusant de prendre sa fourchette et de manger.

— Je n'ai pas faim, répondit-elle à ma mère qui tentait avec des cajoleries de la persuader de manger.

— A présent tu vas manger, lui ordonna Tante Ellsbeth, ou tu n'auras rien d'autre jusqu'au petit déjeuner demain matin. Damian, c'est vraiment tout ce que vous avez trouvé : donner des chocolats aux enfants avant le dîner?

— Ellie, j'en ai plein... le dos de vos histoires — pour ne pas mentionner une autre partie de mon individu que la bienséance m'interdit de nommer en présence de ma fille. Vera ne va pas mourir d'inanition parce qu'elle ne mange pas ce soir. Demain elle recommencera à s'empiffrer comme à l'accoutumée.

Il étendit la main et pressa les doigts pâles et fuselés de Vera.

— Allez, chérie, mange. Montre à ta mère que tu peux t'en mettre jusque-là : deux fois plus qu'elle.

Vera se mit à pleurer.

Papa était parfois d'une cruauté terrifiante. Après dîner, je fis comme Maman, je courus en haut des escaliers. Je me jetai sur mon lit et me mis à brailler, littéralement. Ce que je voulais c'était une vie toute bête, avec une terre ferme sous mes pieds. Ici, tout ce que j'avais, c'étaient des sables mouvants. Je voulais des parents honnêtes, francs, logiques avec eux-mêmes jour après jour, et non versatiles au point qu'on ne puisse compter sur leur amour plus de quelques minutes à la suite.

Une heure plus tard, le pas de mon père résonna dans le couloir. Il ne s'embarrassa pas de frapper et poussa si fort la porte de ma chambre que la poignée alla cogner contre le mur de plâtre et creusa un peu plus l'encoche qui y était déjà. Il y avait bien une clef dans la serrure mais je n'osais pas m'en servir de peur qu'il n'enfonce la porte à coups de pied. Il entra à grandes enjambées dans la chambre; il s'était changé et m'annonça que maman et lui se préparaient à sortir. Il avait pris une douche, il était rasé de frais et ses cheveux faisaient des vagues douces, parfaitement peignées. Il s'assit au bord du lit et prit ma main : ses grands ongles carrés, longuement polis, étaient tout brillants. Les minutes passaient, il était toujours là à me tenir la main, main minuscule perdue dans la sienne si grande. Par la fenêtre, j'entendais les oiseaux de nuit ululer dans un demi-sommeil. La petite pendule de ma table de nuit indiquait minuit mais ce n'était pas vraiment l'heure. J'entendis au loin la sirène d'un bateau qui levait l'ancre.

— Bon, dit-il enfin au bout d'un long moment, qu'avons-nous donc encore fait pour blesser ton ego si fragile ?

— Tu es gentil avec Vera pendant cinq minutes et tout de suite après tu es méchant avec elle. Et d'abord c'est pas moi qui ai poussé Vera dans l'escalier.

Ma voix était mal assurée et les propos que je tenais n'étaient malheureusement pas de ceux que tout le monde s'empresse de croire immédiatement.

— Je sais très bien que tu ne l'as pas poussée, dit-il avec une certaine impatience. Tu n'as pas besoin de me le dire. Audrina, je t'en prie, ne te mets pas à confesser des crimes avant même qu'on t'accuse de quoi que ce soit. (Ses yeux d'ébène luisaient dans la pénombre de la chambre. Il m'effrayait.) Ta mère et moi allons passer la soirée en ville avec des amis. Ce n'est pas la peine d'aller te balancer dans le fauteuil, cette nuit. Sois sage, et dors d'un sommeil sans rêves.

Croyait-il donc que je pouvais contrôler mes rêves ?

— Quel âge j'ai, Papa ? Le fauteuil à bascule ne me le révèle jamais.

Il s'était levé mais, sur le pas de la porte, il se retourna. Les lampes à pétrole du couloir jetaient des reflets sur son épaisse chevelure sombre.

— Tu as sept ans, bientôt huit.

— Quand, bientôt huit ?

— Dans pas longtemps. (Il revint vers moi et s'assit.) Quel âge veux-tu avoir ? demanda-t-il.

— Je veux avoir l'âge que j'ai vraiment, c'est tout.

— Tu ferais un excellent avocat, Audrina. Tu ne fournis jamais de réponse franche et directe.

Lui non plus. Je prenais ses habitudes.

— Papa, redis-moi encore pourquoi je ne peux jamais me rappeler ce que j'ai fait l'année dernière et l'année d'avant.

Il poussa un soupir douloureusement lassé, comme chaque fois que je posais trop de questions.

— Mon doux cœur, combien de fois dois-je te le répéter ? Tu es une petite fille d'une espèce à part dotée de talents si extraordinaires que tu n'as pas conscience du temps qui passe. Tu vas, seule, dans un espace qui n'appartient qu'à toi.

Je savais déjà cela.

— Je n'aime pas mon espace qui n'appartient qu'à moi, Papa. On est tout le temps tout seul. Je veux aller à l'école comme Vera. Je veux monter dans le bus de l'école. Je veux avoir des petits amis pour jouer... je ne me rappelle pas mes goûters d'anniversaire.

— Tu te souviens des goûters d'anniversaire de Vera ?

— Non.

— C'est parce que nous ne célébrons aucun anniversaire dans cette maison. C'est beaucoup plus sain d'oublier que le temps passe et de faire comme s'il n'y avait ni horloge ni calendrier. Ainsi, on ne vieillit jamais.

Son histoire ressemblait trop à celle de Maman... beaucoup trop. Le temps comptait au contraire, et les anniversaires aussi. Beaucoup plus qu'il ne le prétendait.

Il me souhaita bonne nuit et referma la porte, me laissant seule sur mon lit, avec mes questions.

Une nuit je fus réveillée par des hurlements. Les miens. J'étais assise dans mon lit, agrippant les draps que j'avais remontés jusqu'au menton. Bientôt j'entendis dans le couloir le martèlement sourd des pieds nus de Papa. Il arrivait en courant. Il s'assit au bord du lit, me prit dans ses bras et se mit à lisser mes cheveux tout ébouriffés, apaisant mes cris et répétant sans arrêt :

— Calme-toi, tout va bien. Ici rien ne peut t'arriver de mal.

Je m'endormis dans la chaleur de ses bras.

Le jour m'éveilla. Papa était sur le pas de la porte, un grand sourire aux lèvres, comme s'il était resté là toute la nuit.

— C'est dimanche, chérie, lève-toi et brille; mets vite ta belle robe, nous sortons.

Je le regardai fixement, toute désorientée, les yeux encore gonflés de sommeil. Etait-ce la semaine dernière que Vera s'était cassé la jambe? Ou y avait-il de cela beaucoup beaucoup plus longtemps? Je le lui demandai.

— Chérie, nous sommes en décembre. Dans cinq jours, c'est Noël. Tu ne vas pas prétendre que tu as oublié.

Si, j'avais oublié. Le temps fugace me dépassait avec une telle agilité! Mon Dieu... ce que Vera disait de moi était sûrement vrai. J'avais la tête vide, j'oubliais tout, peut-être n'avais-je pas de cerveau.

— Papa, lui dis-je craintivement avant qu'il referme la porte pour que je puisse m'habiller, pourquoi, à l'église, Maman et toi faites-vous croire à tout le monde que vous êtes les parents de Vera alors qu'elle est la fille de Tante Ellsbeth?

— Ecoute Audrina, nous n'avons pas le temps de discuter de cela maintenant. D'ailleurs je t'ai déjà dit plusieurs fois que ta tante, après deux ans d'absence, était revenue ici avec une petite fille qui avait alors à peine un an. Elle espérait naturellement que le père de Vera allait l'épouser. Nous ne pouvions laisser raconter partout qu'une fille Whitefern avait eu un enfant hors du mariage. Est-ce un crime de faire passer Vera pour notre fille et d'épargner le déshonneur à ta tante? Nous ne sommes pas à New York ici, Audrina. Nous sommes dans un pays qui est resté très attaché aux Saintes Ecritures et les bons chrétiens sont tenus de se conformer aux préceptes édictés par Notre-Seigneur.

Vera était la fille d'un inconnu et dans sa générosité mon père avait agi selon ce que la simple décence lui commandait de faire; j'étais toujours sa fille unique, du moins la seule encore en vie. Vera faisait comme s'il était son père mais il n'était pas son vrai père.

— Je suis bien contente d'être ta fille unique... du moins la seule à être encore en vie.

Pendant un instant très court, il eut un regard vitreux, dénué d'expression, et ses lèvres ne furent plus qu'une ligne mince. On m'avait si souvent dit « les yeux sont le miroir de l'âme », qu'ignorant cette bouche je me concentrai sur le regard qui paraissait comme voilé. J'y vis passer quelque chose de dur, une lueur de méfiance.

— Ta mère ne t'a rien dit d'autre, au moins ?

— Non, Papa, elle, elle ne m'a rien dit : c'est Vera.

Brusquement il se mit à rire. Il me serra si fort que les côtes me faisaient mal.

— Ce que raconte Vera n'a aucune importance. Bien entendu, elle voudrait que je sois son père. Après tout, je suis le seul père qu'elle ait jamais connu. Et si les autres croient que Vera est la fille de ta mère, laissons-les le croire. Toutes les familles ont leur « squelette dans le placard », et nos squelettes à nous ne sont ni meilleurs ni pires. Le monde serait bien monotone si tout le monde savait toujours tout sur tout le monde. Le sel de la vie, c'est le mystère. C'est le mystère qui nous permet de continuer à vivre, car nous avons envie de découvrir le plus de secrets possible.

Moi, je pensais que le monde serait un endroit bien plus agréable sans tous ces squelettes et tous ces mystères. Mon monde à moi, je l'aurais trouvé parfaitement vivable si les gens qui m'entouraient consentaient à témoigner d'un peu de franchise.

Le fauteuil à bascule

Ce soir-là, Vera vint dans ma chambre. Je venais de me mettre au lit, bien décidée à ne laisser que des pensées agréables me traverser l'esprit avant de m'endormir car je voulais faire de beaux rêves. Elle poussa la porte. Elle se déplaçait maintenant sur ses béquilles avec une habileté consommée et transportait ses affaires dans des sacoches en bandoulière — mais celle qu'elle avait ce soir sur l'épaule, je la voyais pour la première fois.

— Et voilà, dit-elle en jetant le cartable sur mon lit. Instruis-toi. Ce que j'ai à t'apprendre, les deux femmes qui sont à la cuisine ne te l'enseigneront certainement jamais.

Bien qu'un peu sceptique, j'étais agréablement surprise qu'elle s'intéresse à mon éducation. Je savais très bien qu'en n'allant pas à l'école je manquais beaucoup de choses. Elle renversa le contenu du cartable sur le lit et des douzaines et des douzaines de photos découpées dans des magazines tombèrent sur la couverture en un magma tout agglutiné par de la colle fraîche. Je ne pus tout d'abord en croire mes yeux : je les pris et essayai de les décoller, ne pouvant détacher mon regard de ces images qui, toutes, représentaient des hommes et des femmes entièrement nus, surpris dans les postures les plus impudiques et les embrassements les plus étranges. J'entendis un bruit de pas et reconnus la démarche pesante de Papa. J'étais atterrée. Vera l'avait fait exprès ! Elle savait très bien que Papa venait toujours dans ma chambre vers cette heure-ci.

— Je me sauve, dit Vera avec un sourire ravi. (Elle se dirigea en claudiquant vers la porte de la chambre attenante, elle avait bien l'intention d'échapper à

Papa.) Et ne t'avise pas de lui raconter que je suis venue ici si tu ne veux pas le payer cher !

Cependant, sur ses béquilles, elle n'avançait pas bien vite. Papa ouvrit brusquement la porte et nous regarda toutes les deux d'un air furieux.

— Qu'est-ce qui se passe ici ?

Le corps du délit me collait aux doigts et j'hésitai un moment avant de répondre. Vera en profita :

— J'ai trouvé la sacoche dans un placard et comme il y avait les initiales d'Audrina Première gravées dessus, j'ai pensé que c'était une bonne idée de la donner à l'autre Audrina.

Fronçant les sourcils, Papa vint rapidement vers moi et m'arracha les images des mains. Il y jeta un coup d'œil et poussa un cri de rage; puis vif comme l'éclair il projeta brutalement son bras en avant et envoya Vera valdinguer. Comme si elle n'était pas assez démantibulée ! Elle se mit à hurler comme une folle, on eût dit qu'on l'assassinait.

— D'abord, pourquoi tu me frappes ? C'est pas à moi, c'est à elle.

Papa la releva et la saisit comme un chiot ramassé dans le ruisseau. Il la tint gigotante au-dessus du lit.

— Maintenant, emporte-moi tout ça, lui ordonna-t-il d'un ton rude. Jamais ma première Audrina n'aurait regardé une seule de ces cochonneries, pas plus qu'elle ne t'aurait enduite de goudron et de plumes ! Mais si tu continues à m'agacer, c'est ce que je vais faire, moi. Tu vas me manger tout ça ! ajouta-t-il quand elle eut saisi les photos dans sa main tremblante.

Je pensais qu'il plaisantait.

— Je vais me mettre à crier pour que ma mère vienne, répliqua-t-elle. J'ai mal. J'ai la jambe et le bras cassés ! Je pourrais mourir ! Laisse-moi ou demain je vais à la police et je t'accuse de mauvais traitements à enfants.

— Mange ça ! rugit-il. La colle que tu as mise là-dessus n'est sûrement pas plus mauvaise que la cuisine de ta mère.

— Papa, gémit-elle, ne m'oblige pas à manger du papier et de la colle.

Avec un reniflement de dégoût, il l'entraîna hors de la pièce. Quelques secondes plus tard, j'entendis de nouveau Vera hurler. Ça y était, il frappait sa peau nue à coups de ceinture ! Je ne pouvais pas être sûre qu'elle était nue, mais j'aurais parié à dix contre un que c'était ce qu'elle me raconterait. Cependant comme Vera était capable de se mettre à hurler pour une simple mouche qui se posait sur son bras, pour savoir vraiment, il aurait fallu que je me lève et que j'aille voir. Je ne bougeai pas. J'avais bien trop peur que ce ne soit vrai. Les minutes passaient. Mon cœur battait à grands coups. Finalement les cris de Vera s'apaisèrent.

Quelque part, au rez-de-chaussée, une horloge sonna dix coups, mais cela ne voulait absolument rien dire. Chaque parcelle de mon corps me faisait mal, chaque muscle était tendu à se rompre. Je savais que cette nuit il faudrait que j'aille m'asseoir dans le fauteuil à bascule.

Finalement au moment où je sentais que je n'allais pas supporter une seconde de plus la tension de cette attente, j'entendis une porte se refermer et les pas lourds résonnèrent dans le couloir. La démarche de Papa était régulière, pesante, les lattes du plancher vétuste craquaient.

Il ouvrit doucement, tout doucement, la porte de ma chambre et entra. Tranquillement, il la referma derrière lui. Il semblait sourdre de la pénombre comme un monstre; son ombre s'étirait dans le clair-obscur de la chambre éclairée par la lune.

— Alors, dit-il de sa voix traînante aux intonations sudistes soigneusement cultivées pour masquer son accent yankee d'origine, alors, maintenant tu y as pris goût, hein, à regarder ces photos obscènes qui vont te souiller l'esprit ? Cela me fait honte, Audrina, vraiment honte.

— Ce n'est pas moi, Papa. C'est Vera qui les a apportées mais, s'il te plaît, ne la bats plus. Tu pourrais lui casser l'autre bras ou l'autre jambe et même lui rompre le cou. Il ne faut pas la fouetter quand elle a mal.

— Je ne l'ai pas fouettée, dit-il d'un ton brusque. Je l'ai grondée, c'est tout, et elle s'est mise à hurler que je ne l'aimais pas. Comment veux-tu aimer quelqu'un d'aussi odieux ? Et même si c'est elle qui a apporté ces vilaines images et qui te les a données, il ne fallait pas les regarder.

Ah non ?

— Je pensais que tu étais bien au-dessus de cela. Ne laisse pas Vera détruire ce que tu as de mieux.

— Pourquoi les garçons sont-ils dangereux pour moi et pas pour Vera, Papa ?

— Certaines filles sont nées pour devenir des créatures du genre de Vera. Les garçons savent les repérer à des kilomètres. Je ne me fais aucun souci pour elle, cela ne servirait à rien. C'est pour toi que je me fais du souci parce que c'est toi que j'aime. J'ai été un garçon moi aussi, et je sais ce que les garçons pensent. Je suis désolé de t'apprendre qu'on ne peut leur faire aucune confiance, du moins pour la grande majorité d'entre eux. C'est pourquoi je te défends d'aller dans les bois, il faut rester près de la maison. L'école présente trop de danger pour une petite fille comme toi, belle et sensible. Quand tu seras grande, tu appartiendras à cette sorte de femmes qui sont la rédemption du genre humain. C'est pour cela que je lutte. Je me bats pour te préserver de la contamination.

— Mais, mais Papa...

— Ne discute pas, accepte simplement que tes parents s'inquiètent. Les adultes en savent bien plus sur la vie, surtout lorsqu'il s'agit de leur propre chair et de leur propre sang. Nous avons conscience que tu es hypersensible. Nous souhaitons t'épargner les souffrances inutiles. Nous t'aimons. Nous voulons que tu aies une jeunesse heureuse et que tu grandisses sainement, c'est tout.

Il vint s'asseoir au bord du lit. Couchée sur le dos, glacée, j'essayais de retenir ma respiration. Je fermai les paupières très fort, puis je les entrouvris à peine pour le regarder : allait-il croire que je dormais ou même que j'étais morte? Peut-être cette mort simulée conférait-elle à mon visage la noblesse de traits d'Audrina la Parfaite, et alors il ne me contraindrait plus jamais à m'asseoir dans le fauteuil. Mais il s'approcha. Il tira le drap et d'une poigne de fer enserra mes épaules. Ses doigts puissants me labouraient la chair. J'ouvris les yeux tout grands. Croisant, heurtant nos regards, nous nous affrontions en silence dans un duel de volontés. Je luttai, luttai, mais tout devint vague, flou dans mon esprit. Une fois de plus il avait gagné.

— Allons, allons! (Il me caressait les cheveux, apaisant.) Ce n'est pas si désagréable, non? Tu l'as déjà fait, tu peux bien recommencer. Je suis absolument certain qu'un jour ou l'autre tu finiras par capter le don, si tu sais être patiente et persévérante. Aide-moi, Audrina.

— Mais, mais... bégayai-je.

Je voulais qu'il se taise, mais il continuait à m'inonder de paroles pour me persuader que ses désirs devaient être aussi les miens.

J'avais peur. Pourtant mon amour pour lui me rendait docile, espérant être flattée, cajolée, espérant me résoudre à l'idée de n'être aimée que par anticipation, pour des dons qu'il me restait à acquérir.

— Tout ce que je te demande, Audrina, c'est de rêver. Seulement de rêver.

Rêver, toujours rêver. C'était précisément ce que je ne voulais pas faire. Est-ce qu'il allait continuer ainsi indéfiniment, même quand je serais vieille? Ou est-ce que j'allais être capable de capter le don de Première Audrina? Dieu fasse en tout cas que ce don m'emporte vers un autre destin que le sien. Apparemment, il ne pensait jamais à cela. Pourquoi ?

— Rêve, Audrina, mon amour, ma douce. Shakespeare, là-dessus, a écrit de bien belles choses : « Dormir, rêver peut-être. » Rêver pour connaître la vérité. Reviens-moi, Audrina, et donne-moi tes rêves. Comble les espoirs de ton père.

Médusée, je ne pouvais quitter du regard cet homme assis là sur mon lit : les yeux sombres avaient perdu leur éclat inquiétant; pleins d'amour, ils imploraient l'adhésion. Comment lui résister davantage ? C'était mon père et il incombe aux pères de faire le partage du bien et du mal. Je lui devais tout.

— Oui, Papa, consentis-je à voix basse, je veux bien; rien qu'une fois et puis c'est tout.

— Cela sera peut-être suffisant.

Un sourire illumina son visage. Tout heureux, il me prit la main et me conduisit vers la chambre du fond. Il prit une grosse clef et ouvrit la porte. Je frissonnais. C'était le froid de la tombe qui soufflait jusqu'à moi.

Je n'aurais pu dire combien de fois j'étais venue, mais je restais fascinée par la chambre comme au premier jour. Aucun autre lieu n'avait, comme cette pièce, le pouvoir de pénétrer tout entier dans les cases vides de ma mémoire et de s'y fixer; c'était le seul endroit où l'expérience sensible prenait cette densité. Chaque fois que je venais, cela me faisait un choc d'entendre les harpes éoliennes tinter, tinter doucement là-haut dans la coupole. Même dans le noir, j'avais l'impression d'une sarabande de couleurs. Peut-être avais-je pu enfin capter un souvenir : celui de cette chambre trop familière. Peut-être le bénéfice de mes stations ici commençait-il à se faire sentir ?

Si cette chambre n'avait pas été la *sienne* autrefois, j'aurais souhaité qu'elle soit ma chambre. Immense, elle était meublée d'un lit à baldaquin fantaisie et de deux armoires géantes en bois foncé, qui contenaient encore tous les jolis vêtements qu'elle avait portés et qu'on me défendait de mettre. Les chaussures étaient alignées en rangées bien nettes, des chaussons de bébé aux escarpins de fillette. Certaines d'entre elles étaient très usées, mais d'autres étaient flambant neuves. Les robes, suspendues « au fur et à mesure », s'allongeaient progressivement, évoquant tous les âges de l'enfance.

Le long du mur couraient des étagères surchargées de tout ce dont une petite fille peut rêver : poupées de tous les pays en costumes régionaux, services à thé et services de table miniature, livres d'images ou d'aventures, ballons, cordes à sauter aux poignées amusantes, boîtes à malices, boîtes à jeux, puzzles. Rien n'était trop beau pour Audrina la Parfaite, Première du Nom. Sur ces étagères plongées dans la pénombre, parmi les jouets en deuil attendant pour l'éternité qu'on vienne les chérir de nouveau, des dizaines d'animaux en peluche aux couleurs pastel semblaient suivre chacun de mes mouvements de leurs petits yeux en bouton de bottine, brasillant dans les ténèbres.

On avait même conservé les hochets avec les petites marques de dents et les minuscules bottines avec lesquelles elle avait fait ses premiers pas. Personne n'avait gardé ni les miennes ni celles de Vera.

Sous les grandes fenêtres aux rideaux volantés, il y avait une maison de poupée. Sur la table, quatre couverts attendaient en vue d'une réception qui n'avait jamais eu lieu. De petits tapis de toutes les couleurs étaient jetés sur le sol, simulant les dalles d'une allée, serpentant dans la pièce, créant des chambres dans la chambre − labyrinthe dans le labyrinthe.

Tout était immobile, tout était suspendu, comme dans l'attente de notre venue. Quittant le seuil, nous nous glissâmes dans la chambre comme des voleurs dans le temple. Comme Papa, j'avais laissé mes pantoufles dans le couloir, en signe de vénération pour les lieux où avait autrefois régné la perfection des perfections. Le seul fait de devoir baisser les yeux et parler bas instillait la peur dans mes veines. Lui, il gardait les yeux rivés sur moi comme s'il s'attendait d'un instant à l'autre à ce que l'essence sublime de Première Audrina pénètre soudain dans mon cerveau pour emplir les pauvres trous de ma mémoire des plus inestimables dons.

Il ne me quittait pas des yeux, guettant je ne sais quoi, mais moi je ne faisais que tourner en rond, regardant une chose et l'autre. Alors il commença à s'énerver et se mit à gesticuler en silence, désignant l'unique siège pour adulte qu'il y eût dans la chambre — un fauteuil à bascule magique, au dossier de bois ajouré comme de la dentelle, avec des motifs de zantedeschias. J'avançai comme un escargot, exprès, à contre-cœur, retenant ma respiration. Je finis par m'asseoir sur le coussin de velours rose. Quand je fus là, toute raide, il vint s'agenouiller à mes côtés. Puis il commença son rituel, répandant une pluie de baisers sur mes cheveux, sur mon visage et même sur mes bras et mes mains, tous ces baisers signifiant que maintenant il m'aimait davantage. Le souffle chaud et humide, il murmurait des tendresses à mon oreille mais, soudain, avant que j'aie pu réagir, il bondit et se précipita hors de la pièce dont il claqua la porte. Il ferma à clef de l'extérieur.

Je hurlai :

— Non, Papa ! (La panique me prenait. Tout, dans la pièce, m'inspirait de la terreur.) Ne me laisse pas toute seule !

— Tu n'es pas seule, cria-t-il de l'autre côté de la porte. Dieu est avec toi et je suis avec toi, moi aussi. Je reste là. J'attends ici, je te regarde par le trou de la serrure, j'écoute, je prie. Cela ne peut te faire que du bien de te balancer dans ce fauteuil. Sois-en sûre, Audrina, rien que de bénéfique ne viendra t'emplir l'esprit et remplacer tes souvenirs perdus.

Je fermais les yeux, fort, fort, maintenant. J'entendais s'enfler la clameur des harpes éoliennes, là-haut, encore plus haut.

— Chérie, ne pleure pas, il n'y a rien dont tu doives

avoir peur. Aie confiance en moi, fais ce que je te dis, et ton avenir resplendira plus éclatant que le soleil dans le ciel.

Près du fauteuil, sur une table de nuit, il y avait une Bible, *sa* Bible, posée à côté d'une lampe. Jc saisis le livre relié de cuir noir et le serrai contre mon cœur. Je me répétai, comme chaque fois, qu'il n'y avait rien à craindre. Les morts ne peuvent plus faire de mal à personne. Mais alors — pourquoi étais-je si épouvantée ?

J'entendais la voix doucereuse de Papa derrière la porte fermée à clef.

— Tu les as, ces dons, Audrina, vraiment. Je sais que tu ne me crois pas, pourtant je sais que tu les as. C'est moi qui sais. Je suis persuadé que si jusqu'ici tes efforts ont échoué, c'est que je restais dans la chambre. C'est ma présence qui gâche l'expérience et compromet tes chances de réussir. Désormais je sais que la solitude est nécessaire pour mettre en œuvre le processus. Il faut que ton cerveau se libère de toutes tes angoisses. Ne ressens ni peur, ni ravissement, ni affolement. N'attends rien et tout te sera donné. Estime-toi seulement heureuse d'être en vie, d'être celle que tu es, là où tu es. Ne demande rien, reçois tout. Reste là, assise, et absente-toi de tout ce qui t'inquiète et t'effraye. Laisse cette quiétude te détendre le corps et l'esprit, et si le sommeil se manifeste, laisse-le t'envahir. Tu m'entends ? Tu écoutes ? Pas d'affolement. N'aie pas peur. Papa est là.

Ce discours m'était familier. « N'aié pas peur. » Toujours la même rengaine alors que la peur me suffoquait, au contraire. Je gémis une dernière fois.

— Papa, s'il te plaît, ne m'oblige pas...

— Oh, dit-il sur un ton de lassitude profonde, pourquoi faut-il toujours que je doive te forcer ? Pourquoi ne peux-tu te contenter de croire ? Laisse-toi aller en arrière, appuie la tête contre le dossier, accroche-toi aux bras du fauteuil et commence juste à te balancer.

Chante, si cela doit t'aider à laver ton esprit de tes peurs et de tes émotions. Chante, chante, jusqu'à ce que tu deviennes toute vide, comme une cruche de grès. Les cruches vides peuvent contenir beaucoup, beaucoup de choses, tandis que les cruches pleines, on n'y peut plus rien verser.

Oh oui, je connaissais déjà tout cela ! Je savais ce qu'il voulait. Il voulait me changer en Audrina Première — ou alors, faire de moi l'instrument grâce auquel il communiquerait avec elle. Mais si jamais je devenais *elle*, je ne penserais qu'à une chose : le détester. Il continuait à répandre à travers la porte apaisements et cajoleries, et si je tenais à ne pas rester là toute la nuit, il fallait en passer par ce qu'il voulait.

Je promenais mes yeux tout autour de la pièce pour mémoriser une fois de plus tous les détails. De petites voix me titillaient, tentatrices : je pouvais être elle, j'étais elle ; alors qu'en réalité je savais parfaitement qu'elle n'était plus qu'un tas d'ossements dans une tombe. Non, non, il fallait avoir les pensées voulues, et donner à Papa ce qu'il demandait. L'idée me vint qu'après tout ce lieu n'était qu'une chambre pleine de vieux jouets. J'aperçus une énorme araignée qui tissait sa toile d'une poupée à l'autre. Décidément, Maman n'aimait vraiment pas le ménage, même quand il s'agissait de nettoyer cette chambre. L'ordonnance de la pièce était celle d'un mausolée mais la propreté laissait à désirer. J'étais réconfortée à la pensée que Maman n'accordait d'importance qu'en paroles à cette fameuse propreté « nickel » qui fait la respectabilité. Quant à Tante Ellsbeth, elle avait toujours refusé de mettre les pieds dans cette chambre.

Machinalement, je commençai à me balancer.

Un vieil air, presque oublié, s'était infiltré en moi. La musique et les paroles me trottaient par la tête. Les mots me berçaient, la mélodie me picotait la colonne vertébrale et calmait les battements de mon cœur. La paix venait en intruse alourdir mes paupières... et j'entendais vaguement s'élever ma voix frêle :

Rien qu'une chambre aux jouets
Pour seul horizon
C'est Papa qui veut
Que je reste à la maison
Nulle part où aller
Pour l'éternité
Rien qu'une chambre aux jouets
A l'abri de ma maison.

La chambre aux jouets d'Audrina la Parfaite. Elle, au moins, n'aurait pas donné tout ce mal à mes parents. Je n'avais aucune envie de chanter sa chanson, mais je ne pouvais plus m'en empêcher, l'air se chantait tout seul. J'essayai de garder les yeux ouverts : les animaux en peluche me regardaient gentiment. Je détournai la tête et ils se mirent à grogner.

Le papier des murs était violet-bleuâtre, déteint, plein de traînées argentées. Les araignées étaient partout. L'une d'elles tissait une toile géante, emprisonnant plusieurs poupées à la fois, une autre s'était logée dans la cavité orbitaire d'une poupée dont les cheveux étaient de la même couleur que les miens.

— Balance-toi, Audrina, balance-toi, m'ordonnait Papa. Fais craquer les lattes du plancher. Les brumes vont t'envelopper, les murs s'évanouiront, entends tinter les carillons éoliens. Ils te ramènent aux lieux de ta mémoire et tu y recueilleras les dons qui furent les siens. Désormais, ils ne lui sont plus d'aucun usage, et tu en feras ton profit. Chante...

« Chante, chante », psalmodiait-il comme si, pour m'hypnotiser, il lui fallait participer à l'incantation, mais il ne connaissait pas les paroles. Papa m'aime, oui, il m'aime. Papa a besoin de moi, oui, il a besoin de moi.

Jésus m'aime, je le sais
C'est la Bible qui le dit.

A mesure que je me balançais la quiétude me gagnait, j'étais plus sereine, plus paisible. Je n'avais plus à m'en faire, rien ne clocherait plus chez moi puisque j'allais incessamment être changée, devenir quelqu'un de bien mieux...

Le sommeil me gagnait, irrésistible, un sentiment d'irréalité s'emparait de moi. La flamme orangée des lampes à pétrole vacillait, accrochant les fils d'argent et d'or du papier mural. Toutes les couleurs de la pièce commencèrent une sarabande étincelante, comme si subitement une forêt de diamants s'embrasait. Les notes du carillon éolien dansaient dans mon cerveau, racontant mille journées heureuses là-haut dans la coupole, puis les sonorités devinrent sournoises et insinuèrent des choses à propos d'un certain jour, effroyable. Qui s'amusait donc à lancer ces éclairs fulgurants dans mes yeux avec une pendeloque de cristal taillé ? Et comment le vent pouvait-il souffler dans mes cheveux, alors que toutes les fenêtres étaient fermées ? Etait-ce un courant d'air là-haut dans la coupole ? Y avait-il des fantômes dans le grenier ? Qu'est-ce qui me faisait dresser ainsi les cheveux sur la tête ? Je n'avais pas envie de devenir l'Autre Audrina, même si elle était plus belle et plus douée. Cette histoire de cruche vide qui devait s'emplir de tout ce qu'il y a de plus merveilleux au monde n'avait aucun sens. Pourtant je me balançais et je chantais tout de même, sans pouvoir m'en empêcher. Mon cœur battait moins fort, mon pouls ralentissait sa course affolée. J'entendais une musique magnifique dominée par une voix d'homme chantant au-dessus de moi ou peut-être derrière moi.

Quelqu'un avait besoin de moi et m'appelait; quelqu'un qui appartenait aux années à venir m'attendait;

et comme je n'opposais plus aucune résistance, je vis dans le vertige d'une ivresse un peu langoureuse les murs se dissoudre, les particules de matière se défaire et de grandes brèches s'ouvrir, où je dérivais sans difficulté. Bientôt je fus à l'air libre et le jour succéda promptement à la nuit.

Libre! J'étais libre de la chambre aux jouets. Libre de Papa! Libre de Whitefern!

Je rentrais de l'école et gambadais joyeusement sur le chemin de la maison. C'était mon anniversaire, mon jour à moi. Et j'étais moi. Je dansais avec allégresse le long du sentier boisé. Je sortais de l'école et cela ne m'étonnait pas, je ne me posais pas de question, pourtant j'aurais bien dû savoir que je n'avais jamais été à l'école. Quelque chose de sagace me disait que je m'étais introduite à l'intérieur d'Audrina la Parfaite, et que j'allais la connaître comme je me connaissais moi-même. J'étais elle, et elle était moi, et *nous* portions une robe en crêpe de Chine avec mon plus beau jupon — celui avec la dentelle anglaise et les trèfles brodés.

C'était mon neuvième anniversaire. Bientôt j'aurais dix ans, et dix ans ce n'était pas si loin de onze, et quand j'aurais douze ans, toutes les choses magiques qui arrivent lorsqu'on devient femme seraient proches.

Je tournais sur moi-même comme une toupie pour voir ma jupe plissée monter comme une corolle jusqu'à la taille. Je penchais la tête pour voir mon beau jupon.

A cet instant je crus entendre un craquement, puis un rire étouffé. Abruptement, comme par magie, le ciel s'assombrit et se zébra d'éclairs. Le tonnerre gronda du plus profond, comme un avertissement. J'étais aussi glacée qu'une statue de marbre. Mon cœur se mit à battre sauvagement comme un tambour de jungle. Un sixième sens s'éveilla en moi et me hurla que quelque chose de terrifiant allait se produire.

Douleur! Honte! Terreur! Voilà les mots qu'il prononce, le sixième sens. Maman, Papa, au secours! Ne les laissez pas me faire du mal, ne les laissez pas! Je suis allée au catéchisme toutes les semaines, je n'ai jamais manqué, même quand j'étais enrhumée, j'y allais. J'ai mérité d'avoir ma Bible avec mon nom gravé sur la couverture de cuir noir et j'ai la médaille d'or. Pourquoi le fauteuil à bascule ne m'a-t-il pas avertie, pourquoi ne m'a-t-il pas dit comment faire pour leur échapper? Dieu? Tu es là, Dieu? Tu vois ce qui m'arrive? Fais quelque chose! Fais n'importe quoi! Au secours!

Ils jaillissent des buissons. Ils sont trois. Cours, plus vite, plus vite! Ils ne pourront pas m'attraper, si je cours vite. Mes jambes se détendent, je me mets à courir, mais... pas assez vite.

Hurle, vas-y, hurle fort, plus fort!

Je me débats, à coups de pied, à coups d'ongle, à coups de tête en plein dans la mâchoire du garçon qui m'attache les mains derrière le dos.

Mais Dieu ne m'entend pas crier à l'aide. Personne n'entend. Hurle, hurle, hurle encore! Mais bientôt, je ne peux plus hurler. Il n'y a plus que la honte, l'humiliation; et les mains impitoyables qui arrachent, déchirent, profanent.

Un quatrième garçon sort des fourrés et reste là, comme paralysé. Il me dévisage. La pluie, qui tombe à seaux, lui colle les cheveux sur le front. Le voilà qui s'enfuit en courant...

... Alerté par mes hurlements, Papa vola littéralement dans la pièce.

— Chérie, chérie! s'écria-t-il, tombant à genoux près de moi. (Il me prit dans ses bras, me berça contre sa poitrine. Il me caressait le dos, les cheveux.) Tout va bien, je suis là. Je serai toujours là.

— Tu n'aurais pas dû, tu n'aurais pas dû!

Je hoquetais, tremblant encore, sous le choc.

— Qu'as-tu rêvé cette fois-ci, mon amour?

— De vilaines choses. Toujours la chose horrible.

— Il faut tout dire à Papa. Laisse Papa effacer la douleur et la honte. Tu comprends maintenant pourquoi je te demande de ne pas aller dans les bois? C'est ta sœur que tu as vue, Audrina, ta sœur morte. Il ne faut pas que cela t'arrive à toi. Tu en restes toujours à cette scène; alors que moi, je veux que tu ailles plus loin que le bois, et que tu captes ce je ne sais quoi d'extraordinaire qu'elle avait. Tu as vu à quel point elle pouvait être heureuse, joyeuse et vibrante? Tu as senti combien la vie était merveilleuse pour elle quand elle n'était pas dans les bois? C'est cela que je veux pour toi. Oh, ma douce Audrina, murmura-t-il, le visage enfoui dans ma chevelure. Un jour tu t'assiéras pour te balancer et chanter et tu feras le détour, sans passer par le bois, tu oublieras les garçons pour ne ressentir que la splendeur d'être en vie. Et alors tous les souvenirs oubliés, les bonnes choses reviendront à profusion et tu seras une petite fille pleinement accomplie.

Ce qui voulait dire, et il le disait avec les meilleures intentions du monde, que je n'étais pas pleinement accomplie pour l'instant. Qu'étais-je donc, alors? Folle?

— Demain soir, nous reviendrons. Aujourd'hui c'était déjà mieux. Tu t'en es sortie toute seule et tu es revenue à moi.

Je n'avais qu'une idée : éviter désormais à tout prix de retourner dans cette chambre et dans ce fauteuil. Il fallait que j'arrive à le convaincre que j'étais passée au delà du bois et que j'avais pris possession des dons dont maintenant Première Audrina n'avait plus besoin.

Il me mit au lit et me borda tendrement. Il s'agenouilla pour dire une prière. Il demanda aux anges du ciel d'attirer sur moi les rêves les plus doux et de protéger mon sommeil. Il m'embrassa et me dit qu'il m'aimait et tandis qu'il refermait la porte, je cherchai un moyen de le persuader de renoncer à ces séances. Tout à la fois je détestais ce qu'il me forçait à faire, et j'aspirais de toute mon âme à être selon ses vœux. Comment était-ce possible? Comment me préserver alors qu'il tentait de me changer en l'Autre?

Pendant des heures je restai étendue à regarder fixement le plafond, cherchant à retrouver mon passé dans les enroulements tarabiscotés des moulures. J'avais un certain nombre d'éléments, je savais déjà quelques-unes des choses qui étaient susceptibles de le rendre heureux. Il voulait de l'argent, beaucoup d'argent, pour lui, pour Maman et pour moi. Il voulait rénover la maison de fond en comble. Il fallait qu'il tienne ses promesses, les promesses qu'il avait faites à Lucietta Lana Whitefern, la belle héritière dont les hommes les plus en vue de la côte Est avaient rêvé de faire leur épouse, jusqu'à ce qu'elle lui accorde sa main, à lui. Quel beau parti ma mère était en ce temps-là! Si seulement elle avait pu ne pas donner le jour à deux Audrina!

Le thé du mardi

Noël arriva, puis s'en alla comme il était venu, sans me laisser le moindre souvenir, si ce n'est celui d'une poupée princesse apparue sous l'arbre et dont Vera fut jalouse bien qu'elle n'eût cessé de répéter bien haut qu'elle était trop grande maintenant pour jouer à la poupée.

Cela m'affolait que le temps s'envole si vite. Avant même que j'aie pu me rendre compte qu'il s'annonçait, le printemps était là. Les jours s'engouffraient dans ma mémoire comme dans un tourbillon sans fond. Vera me torturait en me disant que c'est être folle que de n'avoir pas la notion du temps.

Nous étions mardi, et nous attendions Tante Mercy Marie pour le thé. Il me semblait cependant que sa dernière visite datait d'hier.

Ce matin-là, à la table du petit déjeuner, Papa prenait son temps avant de partir travailler. Il exposait doctement ses théories sur les difficultés de l'existence devant Vera et ma tante qui avalaient crêpe sur crêpe comme si c'était leur dernier repas. Posément Maman préparait canapés et friandises pour le thé.

— Quelle belle époque ! La pire des époques !

Papa n'avait que cette phrase à la bouche. A Maman, cela lui portait sur les nerfs. A moi aussi. Penser à l'avenir au-delà de la journée du lendemain devenait une chose effrayante, à l'entendre.

Il était intarissable sur son jeune temps, époque sans pareille que je n'avais aucune chance de voir jamais revenir. En ce temps-là, la vie était belle et les gens plus gentils qu'aujourd'hui; les maisons étaient construites pour durer éternellement et non pour tomber en ruine au bout de six mois comme de nos jours. Les chiens, eux aussi, étaient bien mieux quand Papa était petit, c'étaient des chiens de toute confiance; on pouvait compter sur eux pour rapporter tous les bâtons qu'on leur lançait. Même le temps était meilleur, moins chaud l'été, moins froid l'hiver, sauf quand il y avait une tempête de neige. Alors là, aucun blizzard actuel ne pouvait prétendre rivaliser avec la férocité glacée des blizzards que Papa avait eu à affronter pour se rendre à l'école.

— Trente kilomètres dans la tourmente, et par tous les temps, pluie, grésil, grêle et verglas. (Rien ne pouvait le retenir à la maison — pas même une pneumonie.) J'appartenais à l'équipe de football du lycée : quand je me suis cassé la jambe, ma fracture ne m'a pas empêché d'aller à pied à l'école tous les jours. J'étais courageux, ambitieux, fermement décidé à acquérir la meilleure éducation qui soit, pour devenir ce qu'il y a de mieux.

Maman reposa si brusquement l'assiette qu'elle tenait en main que celle-ci se cassa.

— Damian, cesse ces exagérations. (Son ton était âpre, impatient.) Tu ne vois pas que tu mets dans la tête de cette enfant des notions complètement fausses ?

— Ah! Parce que tous les deux vous lui avez déjà inculqué des notions d'un autre genre? s'enquit aigrement Tante Ellsbeth. Si Audrina est normale à l'âge adulte, ce sera un vrai miracle.

— Amen! Je souscris! lança Vera.

Elle grimaça un sourire à mon adresse, après quoi elle me tira la langue. Papa ne remarqua rien, trop occupé à riposter avec véhémence :

— Normal? Qu'est-ce qui est normal? A mon avis, le normal n'est rien d'autre que ce qui est ordinaire, médiocre. La vie appartient à quelques individus rares et exceptionnels qui osent être différents.

— Damian, veux-tu cesser, je te prie de prêcher devant cette enfant qui est beaucoup trop jeune pour comprendre que tu n'es une autorité en rien sauf en l'art de parler pour ne rien dire.

— Silence! rugit Papa. Il ne sera pas dit que ma femme doive me ridiculiser en présence de ma fille unique. Lucky, je veux des excuses immédiatement.

Pourquoi Tante Ellsbeth arborait-elle ce sourire entendu? J'étais convaincue que ma tante adorait voir mes parents se disputer. Vera émit un gloussement étouffé, puis au prix de difficultés certaines elle se leva et se dirigea vers le vestibule. Dans quelques minutes, elle serait dans le bus de l'école. J'aurais vendu mon âme pour pouvoir être avec elle, et avec les autres enfants qui n'étaient pas comme moi — exceptionnels. Mais non, il fallait que je reste à la maison, seule, sans amis avec qui jouer, entourée de ces grandes personnes qui me farcissaient la tête d'un magma de notions contradictoires et remuaient le tout avec une cuillère de sorcière. Pas étonnant que je ne sache même plus qui j'étais, ni quel était le jour de la semaine du mois ou même de l'année. Moi je n'avais pas d'époques belles ou moins belles à évoquer. Je vivais en permanence dans un théâtre, un théâtre où les personnages, sur scène, étaient les gens de ma famille, et moi aussi j'avais un rôle à jouer — seulement je n'arrivais pas à savoir lequel.

Tout d'un coup, sans raison, en regardant les murs de cette cuisine, je me souvins d'un grand chat roux qui dormait toujours près du vieux poêle de fonte.

— Je voudrais que Tweedle Dee revienne à la maison, dis-je, envahie d'une vague nostalgie.

Papa sursauta. Maman me dévisagea fixement.

— Mais Tweedle Dee est parti depuis très très longtemps, Audrina, dit-elle d'une voix tendue, désolée.

— Oui, bien sûr, répliquai-je vivement, je sais, mais je veux qu'il revienne. Papa, tu ne l'as pas emmené à la fourrière, en ville, n'est-ce pas ? Tu n'aurais pas voulu que mon chat s'endorme pour toujours uniquement parce qu'il te faisait éternuer ?

Il me jeta un regard douloureux, inquiet, puis se força à sourire.

— Non, Audrina, je fais de mon mieux pour combler tous tes désirs, et si le chat avait voulu rester, j'aurais continué à souffrir en silence pour l'amour de toi.

— Souffert, peut-être, mais sûrement pas en silence, marmonna ma tante.

Je vis mes parents s'embrasser : mon père se décidait enfin à partir.

— Amusez-vous bien au thé, cet après-midi, lança-t-il à Maman avant de prendre le chemin du garage, mais Dieu sait que je préférerais que tu laisses Mercy Marie, cette pauvre morte, là où elle est. Nous aurions plutôt besoin que quelqu'un vienne habiter ce cottage vide que nous possédons; cela pourrait être précisément l'occasion pour toi d'avoir une charmante voisine qui vienne prendre le thé.

— Damian, dit Maman avec douceur, tu es libre de sortir et d'avoir tes distractions, n'est-ce pas ? Laisse-nous avoir les nôtres, Ellie et moi, puisque tu nous tiens enfermées.

Il se contenta de grommeler et je me précipitai à la

fenêtre pour voir démarrer la voiture. Il fit un signe de la main et bientôt il fut hors de vue. J'aurais souhaité qu'il ne parte pas. Je détestais ce thé du mardi.

En principe, le thé commençait à quatre heures, mais depuis que Vera avait décidé de « sécher » la dernière heure de classe pour être à la maison à quatre heures, le thé avait été avancé d'une heure.

J'étais là, assise, dans ma belle robe, et j'attendais que le rituel commence. On me demandait d'être présente, cela faisait partie de mon éducation mondaine et lorsque Vera était malade et restait à la maison de façon licite, elle était conviée, elle aussi. D'ailleurs c'était à se demander si Vera ne se brisait pas les os uniquement pour pouvoir rester à la maison et écouter ce qui se disait le mardi dans le grand salon.

Mon cœur battait plus vite à mesure que l'heure approchait.

Maman arriva la première, très élégante dans sa tenue d'après-midi, une robe de voile de laine fluide, couleur corail, avec un liseré violet pour répondre à la couleur de ses yeux. Elle portait un collier de plusieurs rangs de perles, et des boucles d'oreilles assorties. Elle m'avait souvent montré ces bijoux, qui lui venaient de sa famille, et je savais qu'un jour ils me reviendraient. Elle avait relevé la masse superbe de ses cheveux en un chignon dont s'échappaient des boucles folles qui en adoucissaient l'austérité.

Puis ma tante entra; elle avait mis son plus beau tailleur, le bleu marine, avec un chemisier blanc. Elle portait son épaisse chevelure soyeuse en chignon torsadé, formant un huit, noué bas sur la nuque. Les lobes de ses oreilles étaient ponctués de petits brillants et à l'annulaire elle portait une belle bague de rubis. Elle faisait très bas-bleu.

— Ellie, veux-tu faire entrer Mercy Marie? dit Maman d'une voix douce.

Le mardi était le seul jour où ma mère s'autorisait à appeler sa sœur par ce petit nom d'amitié. En principe, il n'y avait que Papa qui avait le droit de l'appeler Ellie tant qu'il voulait.

— Oh, chérie, comme tu es en retard, s'exclama Tante Ellsbeth qui s'était levée et soulevait le couvercle du piano dont elle extirpa le portrait au lourd cadre d'argent. (C'était la photographie d'une femme au visage doux.) Vraiment, Mercy Marie, cette fois nous pensions que tu arriverais à l'heure. Tu as toujours eu cette habitude agaçante d'arriver en retard. Pour faire sensation, j'imagine. Mais ma chère, tu ferais sensation de toute façon. (Maman eut un petit rire étouffé. Ma tante alla se rasseoir et croisa les mains dans son giron, l'air pointu.) Le piano n'est pas trop dur avec toi, chérie ? Ou alors, j'espère au moins qu'il est suffisamment vigoureux ! (De nouveau, Maman pouffait de rire. Je me tortillai, mal à l'aise, car le pire était encore à venir, je le savais.) Oui, Mercy Marie, bien sûr, nous comprenons pourquoi tu es toujours en retard. Ce doit être difficile de s'arracher à ces passionnants sauvages. Mais au fait, il faut que je te dise ce qu'on raconte sur toi. Le bruit a couru qu'un chef cannibale t'avait fait cuire dans sa marmite pour son dîner. Lucietta et moi sommes ravies de constater qu'il ne s'agissait que d'une rumeur.

Ma tante croisa les jambes. Elle ne quittait pas des yeux le portrait qu'elle avait placé sur le piano, là où s'empilaient habituellement les partitions. Il revenait maintenant à Maman d'aller allumer le chandelier... Dans la cheminée crépitait un feu de bois et les pendeloques de cristal taillé renvoyaient dans toute la pièce des fulgurances alternées.

— Ellsbeth chérie, disait alors ma mère, répondant en lieu et place de la morte qu'on faisait participer à la conversation même si son fantôme se montrait parfois récalcitrant, tu n'as donc, à te mettre, que cet ensemble ? Tu le portais déjà la semaine dernière et la semaine d'avant. Et tes cheveux, mon Dieu ! Pourquoi ne changes-tu pas un peu de coiffure? Celle-ci te donne soixante ans.

La voix de Maman était toujours terriblement douce-reuse quand elle parlait à la place de Mercy Marie.

— Cette coiffure me plaît, répondit ma tante, d'un ton pincé, en suivant des yeux ma mère qui approchait la table roulante chargée des friandises préparées pour l'occasion. Je ne me soucie nullement, moi, de ressem-bler à une grue, ni de plaire à un maniaque sexuel doublé d'un égoïste. Je sais bien, il n'est pas le seul en son genre et tous les hommes se valent. C'est justement pourquoi j'ai choisi de rester célibataire.

— Je suis absolument persuadée que c'est là l'uni-que raison, répliqua ma mère, reprenant sa voix à elle. (Puis elle parla de nouveau à la place de la dame du piano.) Mais, au fait, Ellie, je crois me souvenir d'un temps où tu étais toi aussi follement amoureuse d'un maniaque égoïste. Suffisamment, en tout cas, pour accepter de coucher avec lui et d'avoir un enfant. Quel dommage qu'il n'ait cherché à satisfaire qu'une vile concupiscence et qu'il ne soit jamais tombé vraiment amoureux de toi!

— Oh! Celui-là! dit ma tante, reniflant avec dégoût. C'était juste une passade, une fantaisie. Son magné-tisme animal m'a attirée momentanément, mais j'ai été assez raisonnable pour l'oublier et passer à autre chose. Je sais qu'il en a aussitôt trouvé une autre. Les hommes sont tous les mêmes — égoïstes, cruels, exi-geants. Aujourd'hui je suis sûre qu'il aurait fait un piè-tre mari.

— C'est vrai que tu n'as pas eu comme ta sœur Lucky la chance de tomber sur un homme de la classe du beau Damian, dit la voix doucereuse de l'habitante du piano tandis que ma mère allait se rasseoir pour grignoter un amuse-gueule.

La femme de la photo ne me rappelait rien, mais Maman m'avait dit qu'elle m'avait connue toute petite. En tout cas, elle avait l'air très riche avec ses brillants aux oreilles, son collier de diamants et ses bagues à tous les doigts. Encadré par ce grand col de renard, le visage paraissait vissé directement sur les épaules. Si Mercy Marie se levait, elle apparaîtrait sûrement vêtue comme une reine du Moyen Age avec des bandes de fourrure le long des manches et au bas de sa jupe évasée.

Mercy Marie était allée jusqu'au fin fond de l'Afrique dans l'espoir sincère d'évangéliser quelques âmes païennes à la dérive. En fait, désormais, elle faisait partie intégrante de leur communauté de mécréants puisque, dans un même mouvement de ferveur, elle avait été dévorée après avoir été dûment assaisonnée pour la cuisson.

D'après ce que j'avais entendu dire durant ces thés, Tante Mercy Marie avait eu autrefois un penchant ridicule pour les canapés au concombre et à la laitue confectionnés avec des tranches de pain de mie ultra-minces. Pour combler ce vœu, ma mère cuisait elle-même le pain, puis enlevait la croûte et aplatissait la mie avec le rouleau à pâtisserie. Pour finir, elle découpait des formes amusantes avec des moules à pâtisserie.

— Vraiment, Mercy Marie, disait ma tante d'un ton revêche, ceux au jambon, au fromage, au poulet et au thon ne sont pas aussi méprisables que tu le penses. Nous mangeons de ces mets tous les jours... n'est-ce pas, Lucietta ?

Le visage de Maman se renfrogna. Je redoutais d'entendre sa réponse qui n'allait pas manquer d'être mordante.

— Si Mercy Marie aime les amuse-gueule à la laitue et au concombre, Ellie, je ne vois pas pourquoi tu ne lui en laisses pas davantage au lieu de t'en empiffrer. Quelle goulue tu fais ! Apprends à partager, je t'en prie !

— Lucietta chérie, s'écria la voix perchée de la locataire du piano, modulée cette fois par le truchement de ma tante, je t'en prie, fais preuve d'un peu de respect pour ta sœur aînée. Tu lui donnes des portions si congrues aux repas qu'elle est bien obligée de compenser ta pingrerie en se jetant sur mes sandwichs préférés.

— Oh, Mercy, tu es si adorable, si gracieuse. Certes, je suis bien placée pour savoir que ma sœur est dotée d'un appétit inextinguible. Un trou sans fond, voilà l'estomac d'Ellie ! Mais peut-être tente-t-elle de combler ainsi le grand vide de son existence ? Peut-être est-ce pour elle un substitut de l'amour ?

Et patati, et patata, le rituel allait son train, à la lueur des bougies parfumées et du feu de bois crépitant d'étincelles.

Tante Ellie avalait tous les sandwichs, même ceux au pâté de foie de volaille que j'aimais tant — et Vera en faisait autant. J'étais obligée d'en prendre d'une sorte que je détestais et je les grignotais du bout des lèvres. Tante Mercy Marie devait être comme ça : humide, grasse, molle.

— Ecoute, Lucietta, dit Tante Ellsbeth pour le compte de la chère défunte, tu devrais faire quelque chose pour l'appétit de cette petite. Elle n'a que la peau sur les os et puis ces immenses yeux hallucinés. Et cette tignasse ridicule. Pourquoi est-elle si spectrale ? Il suffirait d'un coup de vent pour l'emporter, sans compter que rien ne dit qu'elle ne va pas perdre l'esprit avant de perdre les os ! Lucietta, que faites-vous donc à cette enfant ?

A peu près à ce moment-là, j'entendis grincer la porte d'entrée et Vera entra à pas de loup dans la pièce. Elle alla se cacher derrière une fougère en pot pour que nos mères ne puissent pas la voir; comme je la regardais, elle mit un doigt sur les lèvres. Elle avait apporté avec elle une lourde encyclopédie médicale avec des planches anatomiques hors texte et en couleurs représentant l'homme et la femme sans le moindre vêtement sur eux.

Je me faisais toute petite. Derrière moi, Vera étouffait des gloussements. Je rentrais en moi-même; je me renfonçais dans ma tête, dans une cachette de mon cerveau où je me sentais à l'abri, mais j'avais l'impression d'être en cage. Je me sentais toujours enfermée quand le fantôme de Tante Mercy Marie condescendait à nous rendre visite.

C'était *elle* qui était morte et irréelle, mais je ne sais pourquoi, c'était *moi* que sa venue changeait en ombre dépourvue de substance. Il me semblait n'être pas « en vrai » comme les autres filles de mon âge. Ma main voletait craintivement à la rencontre de mon visage, de mes yeux « hallucinés », de mes joues maigres.

— Mercy, articula ma mère d'un ton réprobateur, comment peux-tu te montrer si insensible avec ma fille ?

Elle était là, debout, élancée comme un jeune saule, dans sa robe fluide.

Je regardai cette robe, soudain troublée. J'étais sûre que Maman était entrée dans la pièce avec une robe corail. Comment le lainage pouvait-il avoir changé de couleur ? Etait-ce la lumière du jour qui le faisait paraître violet, vert et bleu ? Ma tête commençait à me faire mal. Etait-ce l'été, le printemps, l'hiver ou l'automne ? J'avais envie de courir à la fenêtre pour regarder les arbres; eux au moins n'étaient pas trompeurs.

D'autres choses furent dites. J'essayais de ne pas entendre. Puis Maman se dirigea vers le piano et se mit à jouer les cantiques préférés de Tante Mercy Marie. Dès qu'elle tirait la banquette du piano, le miracle se produisait : sa présence scénique était telle qu'on eût dit que des milliers de gens étaient là, prêts à applaudir. Ses longs doigts fuselés planèrent d'abord au-dessus du clavier, théâtralement, puis ils redescendirent, plaquant un accord péremptoire, pour réclamer l'attention. « Les Rocks des Siècles », annonça-t-elle, et elle se mit à chanter un chant si mélancolique que j'eus envie de pleurer. Ma tante chantait avec elle, mais moi non : c'était au-dessus de mes forces. Les paroles n'étaient que mensonges. Dieu n'était pas du tout là-haut. Il ne venait jamais quand on l'appelait. Il n'était jamais venu et ne viendrait jamais pour personne.

Maman vit mes larmes et brusquement elle changea de rythme. Cette fois, elle jouait vraiment dans le style rock et les cadences bondissaient à travers la pièce. « Venez à l'église dans le bois, venez à l'église dans le vallon », chantait-elle en se balançant d'un côté et de l'autre, faisant tressauter ses seins.

Ma tante se remit à manger. Découragée, Maman abandonna le piano et vint s'asseoir sur le sofa.

— Maman, demandai-je d'une toute petite voix, qu'est-ce que c'est, un vallon ?

— Lucietta, pourquoi n'apprends-tu jamais rien qui vaille à ta fille ? interrogea la voix implacable sur le piano.

Je tournai vivement la tête. Tante Ellsbeth sirotait une tasse de thé brûlant dont je savais pertinemment qu'il était copieusement arrosé de bourbon. Comme celui de Maman d'ailleurs. Peut-être était-ce l'alcool qui mettait toute cette cruauté dans la conversation des deux femmes ? Je n'arrivais pas à comprendre : avaient-elles vraiment aimé Mercy Marie autrefois ou l'avaient-elles de tout temps regardée de haut ? Ce que je savais, c'est qu'elles tenaient à continuer à tourner en dérision les circonstances de sa mort affreuse et qu'elles refusaient de croire Papa qui m'avait expliqué plus d'une fois que tante Mercy Marie pouvait très bien avoir épousé un chef africain et être toujours en vie.

— Dans de nombreuses sociétés primitives, m'avait-il dit, les grosses femmes sont très prisées. Elle est partie comme missionnaire et a disparu quinze jours après son arrivée. Ne crois pas tout ce qu'on te raconte, Audrina.

Mais c'était là mon problème : que fallait-il croire ou ne pas croire ?

Avec de petits rires, Maman versa un peu de thé dans la tasse vide de ma tante, et dans la sienne, puis elle

68

prit la bouteille de cristal marquée « Bourbon » et finit de remplir les tasses. Elle s'aperçut de la présence de Vera :

— Tu veux une tasse de thé, chérie?

Bien sûr, Vera en voulait, mais elle se rembrunit quand elle vit que pour elle on n'ajouterait pas de bourbon.

— Qu'est-ce que tu fais ici à cette heure-ci? Pourquoi es-tu rentrée si tôt? explosa ma tante.

— Il y avait la réunion des professeurs, et on nous a libérés plus tôt.

— Vera, dis la vérité en présence de la morte vivante! pouffa ma mère, déjà bien éméchée.

Vera et moi échangions des regards. C'était une des rares circonstances où nous communiquions vraiment tant nous nous sentions toutes deux déplacées et déconcertées.

— Quelles sont donc tes distractions, Ellie? demanda ma mère de cette voix sucrée, haut perchée qu'elle prenait lorsqu'elle incarnait tante Mercy Marie. Tu dois sûrement commencer à en avoir assez de vivre dans cette cambrousse, seule et sans amis. Toi, tu n'as pas dans ton lit un beau mari pour te tenir chaud et te donner du bonheur.

— Penses-tu, Mercy! répondit ma tante, regardant droit dans les yeux son interlocutrice de papier. Comment pourrais-je m'ennuyer une minute avec des gens aussi fascinants que ma sœur et son agent de change de mari, qui aiment tant se disputer qu'ils ne cessent de hurler dans leur chambre? Je me sens plus en sûreté toute seule dans mon lit qu'avec une belle brute aimant à manier sa ceinture en guise de fouet.

— Ellsbeth, comment oses-tu raconter de telles absurdités à ma meilleure amie? Damian et moi aimons jouer à des jeux, c'est tout. Cela ajoute à son plaisir et au mien. (Maman souriait comme pour s'excuser auprès de la photographie.) Malheureusement,

Ellsbeth ne connaît rien aux nombreuses façons de plaire aux hommes et de leur donner ce qu'ils aiment.

Ma tante eut son reniflement de mépris.

— Mercy, je suis sûre que jamais tu n'aurais permis à Horace ces sortes de jeux, tout juste bons pour des obsédés sexuels.

— Si elle l'avait fait, elle n'en serait pas là où elle est, gloussa Maman.

Vera ouvrait de grands yeux. Nous étions toutes deux assises, muettes, immobiles. Elles semblaient avoir complètement oublié notre présence.

— Je t'en prie, Mercy Marie, il faut excuser ma sœur, elle est un peu saoule. Comme je le disais tout à l'heure, je vis avec des gens si passionnants qu'on n'a vraiment pas le temps de s'ennuyer : une de leurs filles trouve la mort dans les bois, une autre arrive, et ces clowns lui donnent le même nom.

— Ellsbeth ! (Maman s'était redressée, abandonnant ses poses alanguies.) Si tu détestes à ce point ta sœur et ton beau-frère, pourquoi ne quittes-tu pas cette maison en emmenant ta fille ? Il y a sûrement quelque part une école prête à t'accueillir. Et avec la langue bien pendue que tu as, tu ferais merveille pour dresser les enfants.

— Non, répondit calmement ma tante en continuant à siroter son thé, je ne quitterai jamais ce musée du bric-à-brac. Il est autant à moi qu'à elle.

La façon dont elle tenait le petit doigt en l'air faisait mon admiration. Je n'arrivais pas à garder le mien aussi longtemps dans cette position.

C'était étrange : ma tante avait des manières chichiteuses et des vêtements tout simples et Maman qui portait des vêtements si chichiteux, avait des façons tout à fait naturelles. Ma tante s'asseyait les genoux serrés tandis que Maman les écartait. Ma tante se tenait raide sur sa chaise comme si elle avait avalé un manche à balai, tandis que ma mère se transformait en poupée molle et prenait des poses langoureuses. Elles faisaient tout pour être à l'opposé l'une de l'autre.

Je ne participais jamais à la conversation pendant le thé, à moins d'y être expressément encouragée. Ordinairement, Vera se tenait tout aussi tranquille dans l'espoir d'entendre de nouveaux secrets. Cet après-midi-là, elle s'était assise derrière le sofa avec sa jambe malade étendue toute droite et l'autre jambe repliée sous le menton. Elle feuilletait avec application l'encyclopédie médicale. En tête de l'ouvrage, juste sous la couverture, une première planche anatomique constituée de plusieurs feuillets cartonnés superposés était consacrée à l'Homme. La première figurine, découpée, montrait simplement un homme tout nu. Puis, si on la tournait comme une page, l'homme découpé était alors montré avec tout son appareil circulatoire : artères en rouge et veines en bleu. Le troisième homme, en dessous, ne cachait rien de ses organes vitaux. La dernière planche montrait le squelette, dont Vera se fichait complètement d'ailleurs. Il y avait aussi la Femme, nue, et les tripes à l'air, mais elle n'avait jamais présenté le moindre intérêt pour Vera. Il y avait longtemps qu'elle avait retiré le fœtus de l'utérus et qu'elle utilisait ce bébé amovible comme signet pour ses livres de classe. Morceau par morceau, Vera entreprit de démonter l'homme nu, détachant ses organes de papier numérotés et les scrutant l'un après l'autre avec la plus grande attention. On pouvait remettre les organes à leur place en réintroduisant les onglets dans les fentes adéquates. De sa main gauche, elle étreignait les parties viriles, tout en continuant à éplucher le cœur, puis le foie, les tournant et les retournant.

Comme les hommes sont bizarrement faits, pensai-je, tandis qu'elle s'efforçait de reconstituer la planche dans son intégrité. Elle y arriva parfaitement et recommença aussitôt à la démonter. Je détournai les yeux.

Cette fois, ma mère et Tante Ellsbeth étaient complètement ivres.

— Tes folles espérances ont donc toutes été comblées?

Nostalgique, le regard de Maman croisa celui, adouci, de ma tante.

— J'aime encore Damian, même s'il n'a pas su tenir ses promesses. Après tout, peut-être avais-je des illusions sur moi-même lorsque je croyais avoir l'étoffe d'une pianiste de concert. Peut-être ne me suis-je mariée que pour ne pas m'avouer que j'étais médiocre musicienne...

— Lucietta, je n'en crois rien, dit ma tante sur un ton de compassion surprenant. Tu es infiniment douée, tu le sais bien. C'est Damian qui t'a mis dans la tête que, de toute façon, tu ne serais arrivée à rien. Combien de fois ne te l'a-t-il pas répété?

— Des dizaines et des dizaines de fois, chantonna ma mère d'une voix creuse qui me donna envie de pleurer. N'en parlons plus, Ellie. Je ne veux pas m'apitoyer sur mon sort. Mais quelle déception pour Mr Johanson! J'espère qu'il est mort avant d'avoir appris que je ne suis jamais arrivée à rien.

— Tu l'aimais donc, Lucietta? demanda ma tante avec gentillesse.

Je relevai la tête. Vera laissa tomber l'homme nu à qui elle venait d'arracher le cœur.

Mr Ingmar Johanson avait été le professeur de musique de Maman quand elle était jeune fille.

— J'avais quinze ans et encore toutes mes illusions; oui, je croyais l'aimer. (Maman poussa un long soupir et écrasa une larme. Elle détourna la tête, en sorte que je vis son beau profil se détacher sur la vitre. Les rideaux ne laissaient filtrer qu'une lumière tamisée; des reflets pâles jouaient sur le tapis d'Orient.) C'est lui qui m'a donné mon premier vrai baiser... Bien sûr, avant, il y avait eu les garçons à l'école, mais lui, c'était le premier vrai baiser.

Les baisers n'étaient donc pas tous pareils?

— Tu aimais qu'il t'embrasse?

— Oui, Ellie, beaucoup. Ses baisers me rendaient toute languide. Ingmar m'a éveillée sexuellement, mais il m'a laissée inassouvie. Que de nuits je suis restée étendue dans mon lit, sans dormir, à penser à lui, et maintenant encore je me réveille en regrettant qu'il ne soit pas allé plus loin. Mais je m'étais refusée à lui et m'étais gardée pour Damian.

— Ne le regrette pas, Lucietta, tu as eu raison. Damian ne t'aurait jamais épousée s'il avait pu soupçonner que tu n'étais plus vierge. Il prétend avoir les idées larges, mais il est victorien jusqu'à la moelle des os. Tu sais très bien qu'il n'a jamais pu supporter ce qui est arrivé à Audrina, cela lui a été intolérable. Tout autant qu'à elle...

Que voulait-elle dire? Comment Première Audrina aurait-elle pu supporter, tolérer quoi que ce soit alors qu'on l'avait trouvée morte dans les bois? Maman se retourna brusquement. J'étais à moitié dissimulée derrière les fougères. Elle me regarda fixement, comme si elle avait besoin de mettre ses idées en place avant de parler.

— Audrina, pourquoi te caches-tu? Sors de là et prends une chaise, comme une vraie demoiselle. Pourquoi restes-tu muette? Participe à la conversation de temps en temps. Personne ne recherchera jamais ta compagnie si tu n'apprends pas à donner la réplique.

— Qu'est-ce que Première Audrina n'a pas supporté et Papa non plus? demandai-je en me relevant d'un bond et en me laissant tomber sur une chaise, mais pas tellement comme une demoiselle...

— Audrina, attention à ta tasse!

— Maman, qu'est-ce qui est arrivé à ma sœur morte? Elle a été tuée par un serpent?

— Assez! Ce n'est pas cela, participer à la conversation! s'écria Maman furieuse. Vraiment, Audrina, nous t'avons déjà raconté tout ce que tu as besoin de savoir sur l'accident de ta sœur. Rappelle-toi que si elle avait été obéissante elle serait toujours parmi nous. J'espère que tu t'en souviendras la prochaine fois que tu auras envie de t'obstiner, ou de désobéir à tes parents qui ne pensent qu'à te rendre heureuse.

— Est-ce que Première Audrina était très désobéissante?

J'espérais vaguement m'entendre répondre qu'elle n'avait pas été si parfaite que cela.

— Quand j'ai dit « assez », cela veut dire « assez », répondit Maman, sur un ton plus gentil. Rappelle-toi : défendu d'aller dans les bois. Point final.

— Mais Vera, elle y va bien, dans les bois...

Vera avait émergé de derrière le sofa et souriait à ma mère d'un air entendu qui voulait dire qu'elle en savait long sur les causes de la mort de ma sœur. Pourvu qu'elle n'ait pas surpris l'avertissement de Maman! Il lui donnerait une arme de plus contre moi.

Le rituel du thé tourna court. J'en conclus que je ne serais jamais la coqueluche des salons. Tante Ellsbeth rangea le portrait dans le piano. Vera monta péniblement dans sa chambre, emportant avec elle un morceau d'homme nu, et je restai là, assise dans le salon néo-Renaissance, à méditer les leçons de l'après-midi : si je voulais obtenir des réponses, il fallait que je renonce à poser des questions directes. Il fallait que j'apprenne à dissimuler, comme tout le monde, faute de quoi personne ne me dirait jamais rien, pas même l'heure exacte.

Quelques jours après, le jour de la Saint-Valentin, Vera revint de l'école portant un sac en papier plein de cartes de vœux de ses admirateurs. Elle entra dans ma chambre avec une énorme boîte de chocolats en forme de cœur, recouverte de satin rouge.

— C'est le garçon qui m'aime le plus qui me l'a donnée, dit-elle d'un ton arrogant, m'arrachant la boîte des mains après me l'avoir tendue pour que je l'examine, mais sans même m'offrir un chocolat. Un jour il va m'emmener et m'épouser. Je peux le lire dans ses yeux, ses magnifiques yeux d'or. Bientôt il va déménager — mais tu n'as pas besoin de savoir où il va habiter. En tout cas, il m'aime. Je le sais...

— Quel âge il a, déjà?

— Qu'est-ce que ça peut te faire? (Elle s'assit sur mon lit et commença à picorer dans la boîte, en me jetant des regards bizarres.) Il peut avoir dix ans, douze ans, quatorze ans, seize ans, tous les âges. Parce que j'ai attrapé le truc magique de Super-Audrina, la Parfaite, la Sublime. « Miroir, Miroir magique, quelle est la plus belle Audrina? » Et le Miroir répondit : « Vera, tu es la plus belle de toutes. »

— Tu es complètement folle, dis-je, en reculant. Tu ne peux pas capter le don : il n'est que pour les filles qui s'appellent Audrina. C'est Papa qui l'a dit.

— Oh, si tu es assez stupide pour croire tout ce que Papa raconte! Je ne suis pas bête à ce point! Ma mère a été assez idiote pour se laisser enjôler par un type qui l'a mise dans son lit, mais moi on ne m'y prendra pas. Si quelqu'un doit séduire l'autre, ce sera moi. Et je sais comment on fait. Le livre de médecine m'a appris tout ce que j'ai à savoir. Les cours d'éducation sexuelle de l'école sont bien trop tartes; on n'a pas assez d'éléments.

Bientôt tous les chocolats furent mangés, et Vera ne me laissa que la boîte en forme de cœur, vide. Je ne sais pourquoi, la vue de ce cœur rouge me touchait. Comme ce garçon était gentil d'avoir donné ces friandises à Vera. Je n'aurais pas cru que Vera pouvait inspirer l'amour; même sa mère se détournait d'elle.

Loups et agneaux

Un jour j'entendis le facteur des paquets dire à Maman : « Belle journée de printemps, n'est-ce pas, madame ? » Avec le froid qu'il faisait, je n'aurais jamais deviné que c'était le printemps. Les bourgeons n'étaient pas éclos et les oiseaux ne chantaient pas. J'étais contente de connaître au moins la saison, mais pour le mois je n'osais pas demander de peur qu'on ne me regarde avec pitié. Cela n'avait rien de bien « sublime » de n'avoir pas la notion du temps — c'était simplement dingue. Et c'était pour cela peut-être qu'on avait honte de me dire la vraie raison de la mort de Première Audrina. Elle était peut-être aussi dingue que moi.

Au risque qu'il se moque de moi, je courus derrière le facteur et lui posai ma question idiote.

— Eh bien, nous sommes au mois de mars, ma petite fille. Il commence comme le loup, mais finira comme l'agneau !

Il faisait très froid, le vent soufflait férocement, et je n'eus aucun mal à faire le rapprochement avec le loup. Le jour suivant, le soleil était là, les écureuils et les lapins gambadaient sur la pelouse et tout était pour le mieux dans le meilleur des mondes selon Papa et Maman.

Mais, ce soir-là, le dîner s'acheva dans les hurlements. Papa vociférait à l'adresse de Vera :

— Sors de la cuisine ! Nous savons que tu as été surprise à découper des photos obscènes dans des magazines au centre commercial. Il n'y a pas de fumée sans feu, et si tu voles déjà comme cela, à ton âge...

— Je n'ai rien fait, Papa, sanglotait Vera.

Plus tard, dans ma chambre, elle s'en prit à moi avec violence.

— Dieu a voulu me maudire en me donnant ces os de verre, mais toi c'est ton cerveau qui est fragile; et de nous deux, c'est moi qui ai la meilleure part. (Elle se mit cependant à pleurer.) Papa t'aime plus que moi... Je te déteste, Audrina, vraiment je te déteste.

J'étais confondue. J'étais la fille de Papa, c'était tout naturel qu'il m'aime plus. J'essayai de le lui dire.

— Oh! toi! hurla-t-elle. D'abord tu ne connais rien à rien. Tu es gâtée, chouchoutée, cajolée comme si tu étais trop bien pour ce bas monde... mais finalement c'est moi qui gagnerai. Attends un peu, tu vas voir!

J'étais décidée à faire quelque chose pour elle. J'allai parler à Papa. Il arpentait le grand salon. Quelque chose semblait l'agiter terriblement. Il regardait sans arrêt sa montre, à son poignet. Je n'aurais sûrement pas le droit de regarder l'heure, moi.

— Qu'est-ce que tu veux, Audrina? demanda-t-il avec impatience.

— Je voudrais te parler, Papa. De Vera.

— Et moi je n'ai aucune envie de parler de Vera, Audrina.

J'eus un mouvement de recul.

— Ce n'est pas parce qu'elle n'est pas ta fille que tu dois être méchant avec elle.

— Qu'est-ce qu'elle t'a encore raconté? demanda-t-il, soupçonneux. Elle a essayé de t'expliquer pourquoi tu faisais ce rêve, c'est cela?

J'ouvris de grands yeux. Je n'avais jamais parlé de ces cauchemars à Vera. Il était le seul à être au courant. J'étais sûre qu'il préférait que Maman n'en sache rien. Ce rêve était ma damnation et ma honte. Jamais je n'en aurais dit un mot à Vera. Je secouai la tête en signe de dénégation tout en reculant.

— Pourquoi joues-tu cette comédie? Tu as peur de ton propre père? C'est cette fille qui t'a bourré le crâne avec ses histoires immondes?

— Non, Papa.

— Ne mens pas, ma fille. Je sais très bien voir quand tu mens. Tes yeux te trahissent.

Il était de trop méchante humeur. Je tournai les talons et m'enfuis en courant. Je me cognais dans tout un tas de choses, dans les porte manteaux, les porte-parapluies; enfin je finis par me laisser tomber dans un coin pour reprendre ma respiration. C'est alors que j'entendis approcher ma tante en compagnie de mon père.

— Je me fiche de ce que vous racontez, Ellie, je fais de mon mieux pour qu'elle guérisse. Je fais aussi tout ce que je peux pour Vera et ce n'est pas facile, croyez-moi! Seigneur Dieu! Que n'avez-vous donné naissance à une enfant comme Audrina?

— Il ne nous manquerait plus que cela, répondit froidement ma tante. Une Audrina de plus.

— Ecoutez-moi, Ellie, écoutez-moi bien. Eloignez Vera de ma fille. Vous allez donner l'ordre à Vera de la fermer une bonne fois pour toutes, ou je lui arrache la peau du dos et je la scalpe. Si jamais je découvre que d'une manière ou d'une autre, Vera a été mêlée...

— Elle n'a été mêlée à rien! Absolument à rien!

Le bruit de leurs voix s'éloigna. Tapie dans l'ombre, je sentis la nausée m'envahir. J'essayai de comprendre ce que tout cela signifiait. Vera connaissait la raison secrète pour laquelle je n'étais pas comme les autres. Elle savait pourquoi j'avais perdu la mémoire. Il fallait absolument que Vera me raconte tout. Mais Vera me détestait. Elle ne me racontait rien. Il fallait trouver un moyen pour qu'elle cesse de me haïr, pour qu'elle m'aime. Alors peut-être accepterait-elle de me dire mon propre secret.

Le matin suivant, au petit déjeuner, Maman était toute joyeuse et souriante.

— Devine! dit-elle. Nous allons avoir des voisins. Ton père a loué le cottage qui était resté vide depuis la mort de Mr Willis.

Le nom avait une résonance vaguement familière. Avais-je connu ce Mr Willis?

— Ils emménagent aujourd'hui, poursuivit Maman. Si nous n'attendions pas tante Mercy Marie cet après-midi, nous aurions pu aller faire un tour à travers bois pour leur souhaiter la bienvenue. Juin est si agréable, cette année.

Je la regardai bouche bée.

— Mais Maman, hier, le facteur des paquets a dit que nous étions en mars.

— Mais non, chérie, nous sommes en juin. Il y a des mois qu'on ne nous livre plus rien. (Elle soupira.) J'aimerais tant qu'on nous livre les provisions tous les jours; au moins j'aurais quelque chose d'autre à attendre que le retour de Damian.

Devoir constater une fois de plus que j'avais la mémoire détraquée gâchait mon plaisir d'avoir des voisins. Vera, qui entrait dans la cuisine en boitillant, me jeta un regard mauvais. Elle se laissa tomber sur une chaise après avoir demandé ses œufs au bacon, ses crêpes et ses beignets.

— Tu dis que nous allons avoir des voisins, Maman?

« Maman »? Pourquoi appelait-elle ma mère « Maman »? Je lui rendis son regard méchant, espérant que Maman ne s'apercevrait de rien. Elle était occupée à la confection d'un pâté de foie de dinde pour le thé, et me parut fatiguée, soucieuse. Pourquoi se donnait-elle tout ce mal pour une morte, alors qu'elle savait parfaitement que Tante Ellsbeth serait seule à s'empiffrer de toutes ces bonnes choses?

— Je sais qui sont les nouveaux voisins, minauda Vera d'un air triomphant. Le garçon de ma classe qui m'a donné la boîte de chocolats m'a dit qu'il allait peut-être déménager pas très loin. Il a onze ans, mais il est si grand qu'on lui en donne treize ou quatorze!

Ma tante venait d'entrer dans la cuisine de son pas décidé. Sa mine rébarbative était de mauvais augure.

— Alors, il est beaucoup trop jeune pour toi, trancha-t-elle.

Tiens! Vera était peut-être vraiment beaucoup plus vieille que je ne l'avais cru. Zut et zut, pourquoi ne pouvais-je jamais savoir l'âge des autres? Ils savaient bien le mien, eux.

— Tu es priée de cesser immédiatement de tourner autour de ce garçon, Vera, sinon Damian va nous flanquer à la porte toutes les deux.

— Papa ne me fait pas peur. Les hommes, ça me connaît. Un baiser, un sourire, et ils fondent.

— Tu es une grande séductrice, tout le monde le sait. Mais tu vas laisser ce garçon tranquille, Vera, tu entends?

— Oui, Maman, répondit Vera avec insolence. Bien sûr que j'entends. Tu réveillerais un mort. Et je n'ai aucune envie de sortir avec un mouflet de onze ans, si tu veux savoir. J'en ai ma claque de vivre au fin fond de cette cambrousse, avec pour seule compagnie les péquenauds du village.

Papa descendait prendre son petit déjeuner. Il portait un costume neuf, fait sur mesure. Il s'assit et se passa une serviette sous le menton pour protéger sa cravate de soie.

— C'est vrai qu'on est en juin, Papa? demandai-je.

— Pourquoi cette question?

— Je croyais que mars, c'était hier. Le bonhomme qui a apporté sa nouvelle robe à Maman a dit que c'était le mois de mars.

— Il y a des mois de cela, chérie, des mois. Naturellement nous sommes en juin. Regarde ces fleurs, et l'herbe toute verte. Tu sens comme il fait chaud? En mars, il n'y a pas de journées comme celle-ci.

Vera se leva, laissant la moitié de ses crêpes et alla prendre ses livres de classe dans le vestibule. Elle avait raté son examen de passage et devrait suivre les cours de rattrapage pendant les mois d'été.

— Tu me suis partout, maintenant?

J'avais décidé de me faire aimer de Vera et je m'y tenais.

— Pourquoi tu me détestes comme ça, Vera?

— Je n'ai pas le temps de te faire la liste des raisons. A l'école, tout le monde pense que tu es bizarre; ils disent que tu dois être cinglée.

Je marquai le coup :

— Mais ils ne me connaissent même pas!

Elle se tourna vers moi et sourit :

— Je leur raconte tout sur toi et sur tes manières de faux jeton : que tu restes dans les coins d'ombre et que tu hurles toutes les nuits, et que tu es si « à part » que tu ne sais même pas le jour, ni le mois, ni l'année!

Comme c'était lâche d'étaler les secrets de famille de cette manière. Elle m'avait blessée et je me sentais faiblir dans ma détermination de me faire aimer d'elle. Je n'y croyais plus vraiment.

— Je te prierais de ne pas parler de moi à des gens qui ne peuvent pas comprendre.

— Comprendre quoi? Que tu es un monstre à tête de linotte qui n'a pas de mémoire? Justement, ils comprennent, et très bien même; et personne, absolument personne, ne voudra jamais de toi comme amie.

Je sentis un poids me broyer la poitrine. Je m'éloignai avec un soupir.

— J'avais simplement envie de savoir ce que tout le monde sait, sauf moi, c'est tout.

— Ça, chère petite sœur, c'est totalement impossible. Tu n'as même pas de cerveau!

Je me retournai vivement :

— Je ne suis pas ta sœur! J'aimerais mieux être morte!

Je restai sur le perron longtemps encore après qu'elle eut disparu dans le tournant de l'allée. Peut-être étais-je vraiment folle.

Une fois de plus, à trois heures, Tante Mercy Marie vint trôner sur le piano. Comme toujours, ma tante et ma mère prenaient leur tour pour parler en ses lieu et place. Le thé fut servi avec du bourbon et on me donna ma tasse de coca avec deux cubes de glace. Il fallait que je fasse semblant que c'était du thé chaud. Je m'assis, mal à l'aise dans ma belle robe blanche. J'eus tôt fait d'être totalement oubliée. Les deux femmes étaient trop occupées à leurs prises de bec. Ce fut une véritable empoignade. Elles s'étaient plus ou moins contrôlées pendant la semaine, mais maintenant les rancœurs se donnaient libre cours.

— Ellsbeth! hurla Maman en réponse à quelque propos offensant sur sa demeure chérie, ton problème c'est que tu meurs de jalousie parce que j'étais la préférée de notre père. Tu es assise là, à dire des horreurs sur cette maison parce que tu crèves d'envie qu'elle t'appartienne. Et c'est exactement pour la même raison que tu pleures toutes les larmes de ton corps la nuit, seule dans ton lit, te tournant et te retournant sans trouver le repos : tu es jalouse. Alors que tu aurais très bien pu avoir tout ce que je possède si tu avais su fermer ta grande gueule.

— Toi, en tout cas, tu ne crains pas d'ouvrir la tienne! aboya ma tante. Tu as passé toute ta vie à te promener dans ce mausolée et à te récrier sur sa magnificence. Alors naturellement, c'est à toi que notre père a laissé la maison. Tu me donnais envie de vomir avec tes airs sucrés. Tu t'es arrangée pour me dépouiller de tout ce qui me plaisait. Même quand les garçons venaient pour me voir, tu étais là à leur faire des sourires et des coquetteries. Tu flirtais même avec notre père, tu le flattais tant que je lui semblais froide et indifférente. Mais c'est moi qui faisais tout le travail, ici, et je continue! Tu prépares les repas et tu crois que c'est suffisant. Eh bien, non, cela n'est pas suffisant. J'en ai marre! J'en ai ma claque d'être l'esclave de tout le monde. Et en plus, tu inculques tes sales manières à ta fille!

Le beau visage de ma mère flamboyait d'indignation.

— Je te conseille de continuer et tu n'auras plus de

toit au-dessus de la tête! Je sais ce qui t'échauffe la bile, ne t'imagine pas que je ne le sache pas. Tu crèves d'envie que tout cela t'appartienne.

— Tu n'es qu'une pauvre idiote. Mariée à un pauvre idiot. Damian Adare ne voulait qu'une chose : la fortune dont il croyait que tu avais hérité. Mais tu lui as caché jusqu'au dernier moment que notre cher père n'avait pas payé ses impôts et n'avait jamais fait la moindre réparation dans la maison. Tu prétends bien haut aimer la lumière des lampes à pétrole, mais la vérité, c'est que tu sais très bien que s'il y avait l'électricité dans les pièces, Damian s'apercevrait tout de suite du degré de décrépitude de la maison. Nous passons notre vie entre la cuisine et ce salon. La cuisine est si violemment éclairée que quand il met les pieds ici, il peut à peine distinguer la forme des meubles. A ta place, j'aurais au moins été franche, mais si la franchise est un péché, alors que Dieu te garde, tu es parfaite!

— Ellsbeth! glapit la voix de l'occupante du piano, cesse tes méchancetés envers ta sœur bien-aimée.

— Va te faire voir! hurla Tante Ellsbeth.

— Mercy Marie, dit ma mère de sa voix la plus arrogante, je crois que tu ferais mieux de prendre congé. Etant donné que ma sœur est incapable de la moindre gentillesse, que ce soit envers les invités, envers ma fille, ou quand elle parle de cette maison, étant donné qu'elle est également incapable de la moindre attention pour sa propre chair et son propre sang, je pense, Mercy Marie, qu'il n'y a plus aucune raison de perpétuer ces thés de dames. Adieu donc, et à regret, car je t'aimais et je déteste penser à toi comme à une morte. Je ne peux supporter de voir mourir les gens que j'aime. J'ai tenté de te garder vivante dans nos mémoires. Ces thés en furent le témoignage pitoyable. (Puis, s'adressant à ma tante, sans la regarder :) Ellsbeth, veux-tu avoir l'amabilité de quitter la pièce avant de répondre quoi que ce soit qui te rendrait plus détestable encore?

Maman était au bord des larmes. Sa voix se brisait. Avait-elle oublié que tout cela n'était qu'un jeu, que c'était pour faire semblant? Mais à ses yeux, n'étais-je pas moi aussi « pour faire semblant »? N'étais-je pas moi aussi une tentative pitoyable pour garder vivante sa bien-aimée Audrina?

Le lendemain matin, c'était donc mercredi. J'étais toute contente de m'être écrit ce petit mot à moi-même pour me souvenir qu'hier c'était mardi. Désormais j'avais prise sur la réalité. Mercredi. Ce soir, j'écrirai cela. J'avais enfin trouvé le moyen de garder une trace des jours.

Comme je passais devant sa chambre pour aller prendre mon petit déjeuner, ma mère m'appela. Elle brossait ses longs cheveux avec une brosse ancienne, en argent. Papa courbait sa haute taille pour se voir dans la glace de la coiffeuse, et faisait son nœud de cravate. Tours et détours, torsions et boucles : il était à son affaire.

— Dis-lui, Lucky, dit Papa d'une voix douce.

Il paraissait prêt à exploser de joie. Maman souriait, elle aussi.

Je me précipitai dans ses bras, pour me sentir serrée contre le doux renflement de ses seins.

— Cher cœur, tu te plains toujours de n'avoir personne avec qui jouer, à part Vera. Eh bien, quelqu'un d'autre va arriver : finie la solitude. Fin novembre, début décembre, tu vas avoir ce que tu as si longtemps désiré...

L'école! Ils allaient m'envoyer à l'école!

— Chérie, ne nous as-tu pas souvent répété que tu voulais un petit frère ou une petite sœur? Eh bien, tu vas avoir l'un ou l'autre.

Je ne savais pas quoi dire. Les visions d'heureuses

journées de classe s'évanouirent. Mes vœux à moi ne se réalisaient jamais. J'étais là, frissonnant dans les bras de Maman, Papa me caressait doucement les cheveux, quand inopinément je sentis une vague de bonheur m'envahir. Un bébé. Mais bien sûr! C'était lui, petite sœur ou petit frère, qui allait me libérer de la sollicitude ombrageuse dont j'étais entourée. Maintenant mes parents auraient peut-être envie de me savoir au dehors — à l'école. Je tenais ma chance. Il fallait que ce soit ma chance! Maman eut pour Papa un long regard implorant, plein de significations inexprimées.

— Damian, cette fois nous aurons sûrement un garçon, non?

Pourquoi prenait-elle les choses sur ce ton? Elle n'aimait donc pas les filles?

— Du calme, Lucky. Les augures sont de notre côté. Oui, cette fois nous aurons un garçon. (Comme s'il avait pu lire en moi, Papa m'adressa un grand sourire aimant.) Nous avons déjà une fille, une fille belle et « à part », Dieu nous doit un fils.

Ah oui, vraiment, Dieu lui devait bien ça, après lui avoir enlevé Audrina la Parfaite, et n'avoir offert que moi à la place.

Ce soir-là, à genoux au pied de mon lit, je joignis les mains sous mon menton, fermai les yeux et prononçai cette prière :

— Dieu tout là-haut, tant pis si mes parents préfèrent un garçon, moi, ça m'est complètement égal que vous leur envoyiez une fille. Mais, je vous en prie, qu'elle n'ait pas les yeux violets et les cheveux de toutes les couleurs. Qu'elle ne soit pas « à part ». On est si épouvantablement seul quand on est « à part ». Moi j'aurais tellement voulu être comme les autres et avoir une mémoire. Si Sublime Audrina est là-haut avec vous, ne faites pas ce bébé à son image, ni à l'image de Vera. Faites que le bébé soit réussi, mais qu'il puisse quand même aller à l'école. (Au moment de conclure, j'ajoutai :) Et, Seigneur, dépêchez-vous et faites que les voisins arrivent vite. J'ai besoin d'un ami et tant pis si c'est Vera qu'il aime.

Je tenais désormais un journal pour venir au secours de ma mémoire défaillante. Ce mardi-là ma tante et ma cousine apprirent les nouvelles que je connaissais déjà depuis vingt-quatre heures.

— Oui, Ellie, Lucky est de nouveau enceinte. C'est une merveilleuse nouvelle, n'est-ce pas ? Et, bien sûr, puisque nous avons déjà une fille, maintenant nous allons demander un fils.

Ma tante jeta à ma mère un regard alarmé.

— Mon Dieu, dit-elle d'un ton morne. Il y a vraiment des gens à qui la vie n'apprend jamais rien.

La pâleur maladive de Vera s'accrut. Son teint devint plus cireux encore. La panique semblait décolorer jusqu'à ses yeux sombres. Quand elle s'aperçut que je la regardais, elle se reprit.

— Je vais voir un ami, je ne serai pas de retour avant le dîner, dit-elle en se levant.

Elle restait là à attendre que quelqu'un fasse une objection, mais personne ne dit mot. Comme si tout le monde se fichait comme d'une guigne qu'elle rentre ou pas. Hargneusement, Vera sortit de la cuisine, toujours boitant.

Je la rejoignis sur le perron.

— Où vas-tu ?

— Ça ne te regarde absolument pas.

— Mais nous n'avons aucun voisin ! Et c'est très loin pour aller chez les McKenna !

— T'occupe pas, dit-elle, les larmes aux yeux. Toi tu n'as qu'à rester là à écouter parler du bébé, moi je vais chez mon copain. De toute façon, il ne pourrait pas t'encaisser.

Elle s'éloigna sur le chemin de terre. Je me demandais où elle allait. Mais peut-être n'allait-elle nulle part et voulait-elle seulement trouver un endroit où pleurer tranquille.

Papa était toujours à la cuisine.

— Ils ont déjà emménagé quelques affaires la semaine dernière, mais ils ne se sont installés qu'hier. Je ne les ai pas encore rencontrés, mais l'agent immobilier m'a dit qu'ils avaient habité le village pendant plusieurs années et avaient toujours payé leur loyer à temps. Penses-y, Lucky, maintenant tu vas avoir une vraie voisine en chair et en os à inviter prendre le thé. Et nous pouvons dire adieu à Mercy Marie. Je sais bien que vous adoriez son esprit cruel, mais je préfère que vous abandonniez ce jeu. C'est trop malsain pour Audrina d'assister à ces cérémonies bizarres. Et puis Mercy Marie pourrait très bien ne pas être morte. Il n'est pas du tout impossible qu'elle ait épousé quelque chef de tribu...

Mais ma mère et ma tante refusaient mordicus de croire qu'un homme, quel qu'il fût, ait pu vouloir de Mercy Marie.

— C'en est fait du thé du mardi, dit Maman tristement, comme si elle devait renoncer à toute vie brillante, maintenant qu'elle attendait un enfant.

Je me glissai dans la conversation :

— Papa, dis-je en me rasseyant, quand est-ce que j'ai vu tante Mercy Marie vivante pour la dernière fois ?

Papa m'embrassa la joue, par-dessus la table. Puis il changea sa chaise de place afin de pouvoir mettre son bras autour de mes épaules. Ma tante alla s'asseoir dans le grand fauteuil à bascule, et se mit à tricoter rageusement. Un instant après, elle était si en colère contre son tricot qu'elle le jeta au loin, prit un plumeau et commença à épousseter les meubles dans la pièce voisine, mais toujours près de la porte, pour pouvoir entendre.

— Tu as rencontré Mercy Marie il y a de cela des années et des années. Naturellement tu ne te souviens pas d'elle. Cher cœur, cesse de te pressurer les méninges pour essayer de te rappeler le passé. Ce qui compte c'est aujourd'hui et non pas hier. Les souvenirs n'ont d'intérêt que pour les vieilles personnes qui n'ont plus rien à attendre de l'existence. Tu n'es encore qu'une enfant et tu as tout l'avenir, un bel avenir à perte de vue, et le meilleur est devant toi. Tu n'arrives pas à te rappeler les détails de ta petite enfance, mais moi je n'y arrive pas non plus. Le poète a dit : « Le meilleur est encore à venir », et j'y souscris. Papa est fermement décidé à ce que tu aies le destin le plus brillant qui soit. Chez toi, les dons s'affirment de jour en jour, et tu sais pourquoi, n'est-ce pas ?

Le fauteuil. Le fauteuil magique qui devait me donner le cerveau de Parfaite Audrina et effacer tous mes propres souvenirs. Oh, celle-là, je la détestais. Ne pouvait-elle donc rester où elle était, morte et enterrée ? Je ne voulais pas de sa vie à elle, je voulais la mienne. Je m'arrachai à l'étreinte de Papa.

— Je vais jouer dans le jardin, Papa.

— Surtout ne va pas dans les bois ! cria-t-il.

Sur la pelouse, les paroles de Papa continuaient à me trotter par la tête. Il ne m'aimait pas vraiment. C'était elle qu'il aimait, la Parfaite, la Sublime. Pour toujours j'étais condamnée à être à la hauteur des normes qu'elle avait établies. Mais comment devenir ce qu'elle avait été, alors que j'étais *moi* ?

J'avais mijoté de m'échapper quelques instants à travers bois pour aller voir les nouveaux voisins, mais ma tante me demanda de rentrer pour l'aider, et je restai avec elle toute la matinée. Maman ne se sentait pas bien. Quelque chose qui avait nom « nausée du matin » l'obligeait à courir au cabinet de toilette toutes les cinq minutes, ce qui avait l'air de faire très plaisir à ma tante qui marmonnait sans arrêt des choses à propos des imbéciles qui croient pouvoir braver la malédiction du Seigneur.

Vera rentra vers trois heures. Elle était en nage, pâle et épuisée. Elle me lança un regard noir, puis monta pesamment l'escalier. Il m'importait de savoir ce qu'elle comptait faire, car j'avais l'intention de filer chez les voisins. Je ne voulais pas qu'elle me suive. Elle irait sûrement tout raconter à Papa.

Vera n'était pas dans sa chambre. Pas non plus dans la mienne, où elle allait souvent, dans l'espoir de trouver quelque chose à chaparder dans mes tiroirs. Je continuai mes recherches, espérant la surprendre. Ce fut elle qui me surprit.

La chambre d'Audrina était ouverte. Vera était assise dans le fauteuil au dossier délicatement ajouré. Le fauteuil magique! Elle se balançait et chantonnait des comptines comme Papa me forçait à le faire. Je ne sais pourquoi cela me rendit folle furieuse de la voir là. Pas étonnant que je n'attrape pas le don! Vera était en train de me le voler!

— Sors de ce fauteuil! hurlai-je.

Elle revint à elle, ouvrant à contrecœur ses yeux sombres et qui luisaient exactement comme ceux de Papa. Ses lèvres se retroussèrent en un ricanement hautain :

— Tu n'as tout de même pas la prétention de m'en déloger, ma petite fille?

— Si! répliquai-je, attaquant bravement, fonçant au milieu de la chambre funeste, prête à défendre par tous les moyens mon droit exclusif à m'asseoir dans ce fauteuil.

Avant que je l'aie atteinte, Vera était debout.

— Maintenant écoute-moi, Audrina Bis! A la longue, c'est moi qui finirai par prendre la place de Première Audrina. Tu n'as rien — et tu n'auras jamais rien — de commun avec elle. Papa essaye désespérément de te métamorphoser, mais c'est un lamentable ratage et il en a conscience. C'est pourquoi il m'a dit que je pouvais commencer à me mettre dans le fauteuil. Parce qu'à présent il veut que ce soit moi qui aie le don.

Je n'en croyais pas un mot, mais tout de même, quelque chose de fragile craqua à l'intérieur de moi et me fit mal. Elle le sentit :

— Ta mère t'aime mille fois moins que Première Audrina. Elle fait semblant de t'aimer, mais c'est tout. Tes parents n'hésiteraient pas, entre toi et elle, si ta mort pouvait leur rendre la petite fille qu'ils aimaient.

— Cesse de dire des choses pareilles !

— Personne ne m'empêchera jamais de dire ce qu'il y a à dire.

— Laisse-moi tranquille, sors de cette chambre ! Tu es un faux jeton, Vera, et de la pire espèce !

Dans un élan de fureur, je frappai. Si elle n'avait pas esquissé un mouvement à cet instant précis, mon poing l'aurait probablement manquée. Il l'atteignit en pleine mâchoire. Elle retomba dans le fauteuil qui culbuta. Elle se mit à hurler.

Tante Ellsbeth accourut.

— Qu'as-tu encore fait à ma fille ? glapit-elle, se précipitant pour aider Vera à se relever.

Puis elle fonça sur moi et me gifla. Prestement, j'esquivai un second coup. J'entendis Vera hurler :

— Maman, au secours ! Je ne peux plus respirer !

— Mais si, tu peux respirer ! répliqua ma tante avec impatience.

Une nouvelle visite du Service des Urgences nous apprit que Vera avait des côtes cassées. Les infirmiers faisaient une drôle de tête et regardaient Maman et ma tante comme s'ils n'arrivaient pas à croire que Vera puisse continuellement se faire mal toute seule.

Ce soir-là, je fus envoyée au lit sans dîner. Papa ne devait rentrer à la maison que tard dans la soirée, à cause d'un rendez-vous d'affaires, et Maman monta se coucher tôt, laissant ma tante s'occuper de tout. J'entendais Vera gémir et haleter sans parvenir à s'endormir. Au milieu de la nuit, elle entra dans ma chambre, pliée en deux comme une vieille femme et m'envoya son poing dans la figure.

— Un jour je ferai sauter la maison et tous ses habitants! dit-elle d'une voix sifflante, et c'est toi que j'abattrai la première. Même si tu as la mémoire pourrie, souviens-toi de cet avertissement, Audrina la Pire!

Arden Lowe

Le lendemain matin, je ne pensais plus qu'à mon projet d'escapade chez les voisins. Ellsbeth soignait Vera. Maman était restée au lit à cause de sa nausée, et j'en profitai pour m'esquiver sans que personne s'en aperçoive. C'était la première fois de ma vie.

Dans les bois, l'ombre était épaisse. Je désobéissais, exactement comme Parfaite Audrina, mais la vue du ciel bleu, tout là-haut, me disait qu'il ne pleuvrait pas, et je savais que sans la pluie il était impossible que la chose se reproduise.

La lumière jouait dans les entrelacs de l'épaisse frondaison et faisait des flaques de soleil dorées sur le sentier. Les oiseaux chantaient, les écureuils bondissaient de branche en branche, les lapins couraient, et moi j'étais libre, libre de Whitefern, et je me sentais délicieusement bien malgré une légère inquiétude. Si je voulais me faire des amis bien à moi, il fallait faire le premier pas, ne serait-ce que pour me prouver ce dont j'étais capable.

Les nouveaux locataires venaient d'emménager dans la maison du jardinier. Le cottage était resté inoccupé pendant plusieurs années. Je ne connaissais pas le bois de ce côté-là, pourtant je ne me sentais pas dépaysée. A un croisement, comme j'hésitais, très loin au fond de moi un obscur sixième sens me dit qu'il fallait tourner à droite et laisser le petit sentier continuer tout seul ses méandres. Le moindre craquement m'immobilisait, aux aguets. Et si c'était le rire? Le rire étouffé que je connaissais si bien pour l'avoir entendu dans le cauchemar de Première Audrina ? J'entendais comme des chuchotements parmi les branches. Dans ma tête, de petits papillons affolés voletaient. A mon oreille résonnaient les mises en garde : « Danger dans les bois, risques dans les bois, mort dans les bois. » Peureusement, je hâtai le pas. Je chantais, comme les sept nains sifflent dans la forêt pour se donner du courage... mais cela, c'était ses pensées, à elle.

Il était vraiment temps que j'affronte le monde par moi-même. A chacun des pas qui m'éloignait de cette maison aux recoins obscurs, emplie de murmures sinistres, je me sentais plus légère, plus heureuse. Non, je n'étais ni débile, ni trop gâtée, ni inadaptée. J'étais aussi courageuse et intelligente que n'importe quelle petite fille de... sept ans ? Je ne sais quoi dans ces bois, dans l'éclat du soleil à travers les feuilles, dans la couleur des arbres, me parlait, comme si la nature tentait de me dire ce dont je ne me souvenais plus. Bon. Si je laissais ce genre d'idées m'envahir, dans une minute j'allais me mettre à courir et à hurler de peur que la chose ne m'arrive. Mais non, il n'y avait aucune crainte à avoir : la foudre ne frappe jamais deux fois à la même place. A la lisière d'une clairière, au milieu du bois, apparut la petite maison blanche au toit rouge. Un garçon en sortit, portant un seau et un rateau. Dissimulée derrière un vieux noyer blanc d'Amérique, je l'observai. Il était grand et mince, et je savais qui il était. C'était lui qui avait donné la boîte de chocolats à Vera le jour de la Saint-Valentin.

D'après ce qu'elle avait dit, en juillet il aurait douze ans. C'était le garçon le plus populaire de la classe — bon élève, intelligent, vif, drôle et... amoureux d'elle.

A l'ardeur qu'il déployait pour nettoyer ce maquis de broussailles, de ronces, de pissenlits et d'herbe-à-chat, on voyait qu'il était dur à la tâche.

Il portait des jeans délavés et très serrés qui lui donnaient l'air d'avoir grandi trop vite. De temps en temps, il s'arrêtait pour souffler un peu et imitait un cri d'oiseau. Puis il s'y remettait et régulièrement vidait le seau plein de broussailles dans un énorme bac à ordures. Tout compte fait, ce garçon-là ne me faisait pas peur du tout, en dépit des mises en garde de Papa et du cauchemar du fauteuil à bascule, qui m'enseignaient à vivre dans la terreur des garçons.

Tout à coup il ôta ses vieux gants de toile, les jeta par terre et me fit face.

— Tu ne trouves pas que cela commence à bien faire? demanda-t-il, vidant une dernière fois les mauvaises herbes dans le bac à ordures. Allez, sois gentille, sors de là. Je ne vais pas te mordre.

Malgré sa voix amicale, je fus incapable de répondre.

— Je ne te ferai pas de mal, si c'est de cela que tu as peur. Je sais même comment tu t'appelles : Audrina Adèle Adare, la petite fille aux cheveux de toutes les couleurs. Tous les garçons parlent de vous, les filles de Whitefern, et disent que c'est toi la plus belle. Pourquoi ne vas-tu pas en classe comme les autres filles? Et d'abord pourquoi ne m'as-tu même pas écrit un mot pour me remercier de la boîte de chocolats que je t'ai envoyée il y a des mois? Tu es drôlement mal élevée, tu sais! Tu aurais pu me téléphoner, au moins!

J'avais le souffle coupé. Les chocolats étaient donc pour moi? Pas pour Vera?

— Je ne savais pas que tu me connaissais, et personne ne m'a donné cette boîte, dis-je d'une petite voix rauque.

Même maintenant je n'arrivais pas à croire qu'il avait pu envoyer un si beau cadeau à une fille totalement inconnue. C'est Vera qu'il voyait dans sa classe et elle était quand même assez jolie...

— Bien sûr que je te connais. Sinon je ne t'aurais pas écrit ce mot avec les chocolats. Je te vois souvent avec tes parents... Mais le problème c'est que tu ne tournes jamais la tête. Je suis dans la classe de ta sœur. Je lui ai demandé pourquoi tu n'allais pas à l'école et

93

elle m'a répondu que tu étais folle, mais je ne la crois pas. Quand les gens sont fous, cela se voit dans leurs yeux. Alors je suis allé au bazar et j'ai acheté la plus jolie boîte que j'aie pu trouver. J'espère que Vera t'a au moins donné un chocolat.

Il connaissait donc suffisamment Vera pour ne pas s'étonner qu'elle ait gardé la boîte pour elle.

— Vera m'a dit que ce cadeau lui était destiné...

— Maman s'en est doutée! Elle me l'avait dit! Mais même si tu n'en as pas eu un seul, j'espère que tu comprends ce que j'ai voulu te dire : qu'il y a un garçon qui pense à toi et que tu es la plus jolie fille qu'il ait jamais vue.

— Merci pour les chocolats, murmurai-je.

— Je gagne de l'argent en distribuant les journaux dans les boîtes aux lettres. C'est la première fois que je dépense des sous pour faire un cadeau à une fille.

— Mais pourquoi as-tu fait cela?

L'espace d'un éclair, il tourna la tête et je pus voir la jolie couleur de ses yeux d'ambre clair.

— Quelquefois, Audrina, on sait immédiatement, en regardant quelqu'un juste une fois, qu'on va l'aimer beaucoup. Et si cette personne ne jette jamais les yeux sur vous, il faut absolument faire quelque chose de frappant pour qu'elle vous remarque. Mais tu vois, là, ça n'a servi à rien.

Je ne savais pas quoi dire. Je tournai un petit peu la tête pour qu'il puisse voir mon visage.

— Je ne comprends vraiment pas pourquoi tu ne vas pas à l'école.

Je ne le savais pas moi-même.

— Puisque tu ne m'as pas demandé mon nom, je me présente : je m'appelle Arden Nelson Lowe. (Il s'approcha doucement.) Mon nom commence par un A, si cela te dit quelque chose, et je pense que oui.

— Ah, bon? Tu penses que ça veut dire quoi? demandai-je perplexe. Et ne viens pas plus près. Sinon, je m'enfuis en courant.

— Si tu cours, je t'attraperai, voilà tout.

— Je cours très vite, dis-je. Qu'est-ce que tu ferais si tu m'attrapais ?

Il rit et tourna sur lui-même comme une toupie.

— Je ne sais pas, sauf que je pourrais voir de près si c'est vrai que tu as les yeux violets, ou s'ils sont seulement bleu foncé.

— Ça changerait quelque chose ?

J'étais un peu désolée. Ma couleur d'yeux était comme ma couleur de cheveux : elle changeait selon mon humeur : violette, bleue, ou mauve foncé.

— Non, des clous. Ça ne changerait rien du tout.

Une voix de femme appela :

— Arden, qui est là ?

— C'est Audrina, répondit-il. Tu sais bien, M'man, les deux filles qui habitent dans la grande maison bizarre de l'autre côté du bois : eh ben, c'est la plus petite ! Elle est très belle, mais je n'ai jamais vu une fille aussi timide. Elle est cachée derrière l'arbre et elle dit qu'elle va partir en courant si j'approche. Elle n'est pas du tout comme sa sœur, je t'assure. Drôle de façon de faire connaissance avec un garçon !

On entendit le rire de sa mère, de l'intérieur de la maison.

— C'est en tout cas la meilleure façon d'attirer l'attention de mon fils. Il adore les énigmes.

Je tendis le cou pour admirer la belle dame brune qu'on pouvait voir dans l'encadrement de sa fenêtre ouverte. On aurait dit une artiste de cinéma tant elle était séduisante avec cette masse de longs cheveux d'un noir bleuté qui tombait jusqu'aux épaules. Les yeux étaient noirs et le teint aussi transparent que de la porcelaine.

— Sois la bienvenue, Audrina. Tu peux venir nous voir tant que tu voudras, dit-elle avec chaleur. Mon fils est un très gentil petit garçon. C'est quelqu'un de bien qui ne te fera jamais le moindre mal.

Le bonheur me coupait la respiration. J'avais bravé

la malédiction des bois, j'avais désobéi comme Première Audrina mais le sort était conjuré : au lieu d'être anéantie, je m'étais fait des amis, mes premiers amis.

J'étais toute prête à parler, maintenant, à me montrer à découvert à ces étrangers, sur leur propre terrain. Mais au moment même où je sortais de ma cachette, j'entendis du fond des bois s'élever l'appel répété de mon nom crié d'une voix impérieuse. La voix, lointaine, me parvint d'abord faiblement, mais à chaque appel elle s'enflait, plus proche.

Papa ! Il savait donc que j'étais là ? Pourquoi était-il de retour si tôt ? Etait-ce Vera qui l'avait averti que je n'étais ni à la maison ni dans le jardin ? Je serais punie, j'en étais sûre. Certes, cette partie du bois n'était pas dans la zone proscrite, mais de toute façon il m'interdisait de sortir du champ de vision de mes anges gardiens.

— Salut, Arden, m'écriai-je en hâte, agitant la main. (Je fis aussi un signe à sa mère toujours à sa fenêtre.) Au revoir, madame. Je suis contente d'avoir fait votre connaissance à tous deux, et merci de bien vouloir que je sois amie avec vous. J'ai grand besoin d'amis, et je reviendrai bientôt, promis.

Arden eut un grand sourire.

— A bientôt.

Je pris mes jambes à mon cou. J'espérais rejoindre Papa avant qu'il devine d'où je venais. Je lui rentrai dedans littéralement, sur le sentier à peine tracé.

— Où étais-tu ? demanda-t-il, m'empoignant le bras et me faisant prestement virevolter. Pourquoi cours-tu ?

Il me dominait de sa haute taille. Comme toujours, il était merveilleusement élégant, son nouveau costume étant coupé à la perfection. Il lâcha mon bras et brossa du plat de la main les feuilles mortes accrochées à sa manche. Il examina son pantalon pour voir si les ronces n'avaient pas fait d'accroc. Cette rapide inspection le rassura : son costume était toujours irréprochable. Il trouva la force de sourire, comme pour dissiper un peu ma peur.

— Je t'appelle depuis dix minutes, Audrina. Combien de fois t'ai-je répété de ne pas aller dans les bois ?

— Mais il fait si beau, Papa. Je voulais voir courir les lapins, et cueillir des fraises et des airelles, et trouver des myosotis. Je voulais du muguet qui sent bon, pour ma chambre.

— Tu n'as pas été au bout du sentier, au moins ?

Un je ne sais quoi passa dans ses yeux sombres : je compris qu'il ne fallait pas lui dire que j'avais fait la connaissance d'Arden Lowe et de sa mère.

— Non, Papa. Je me suis bien rappelé ma promesse, et j'ai laissé le lapin continuer tout seul. Tu sais, Papa, les lapins courent si vite !

— Bon, dit-il. (Il saisit ma main et m'entraîna.) J'espère que tu ne me mens pas, Audrina. Les menteuses finissent toujours mal.

J'avalai ma salive, craintivement.

— Pourquoi es-tu rentré si tôt, Papa ?

Il se retourna brusquement, les sourcils froncés.

— Je m'en doutais. Déjà ce matin, au petit déjeuner j'ai bien vu que tu me cachais quelque chose. Au bureau j'y ai repensé et je me suis dit que tu mijotais sûrement d'aller voir les nouveaux locataires. Maintenant, écoute-moi, ma petite fille : je t'interdis d'aller là-bas. Compris ? Que nous ayons besoin de l'argent du loyer, c'est une affaire entendue, mais ces gens-là ne sont pas de notre monde. Alors laisse-les où ils sont.

Il est terrible d'avoir un père qui lit dans vos pensées ! J'avais tant besoin d'amis. Il fallait qu'il le comprenne.

— Mais, Papa, je croyais que tu avais dit à Maman qu'elle pouvait inviter la nouvelle voisine au thé du mardi ?

— Oui, mais plus maintenant, après les renseignements que j'ai recueillis. « Même plumage fait assemblage » : je fais le plus grand cas de ces vieux dictons qui courent de par le monde, et je ne veux pas que mon doux oiseau aille s'assembler au-dessous de sa condition. Souviens-toi : « Qui passe la nuit dans la mare se réveille cousin des grenouilles. » Tu es exceptionnelle, et ces gens n'auront de cesse que tu ne sois rentrée dans le rang comme les autres. Je te veux hors du commun. Audrina, les gens ne sont que des moutons bêlants : si tu as la force d'être différente, c'est toi que les autres suivront. Tu n'as pas à te soucier de te faire des amis puisque la famille s'agrandit. Pense comme il sera amusant d'avoir un petit frère ou une petite sœur ! Quel couple d'amis vous ferez !

— Comme Maman et sa sœur, alors ?

Il me lança un regard dur.

— Audrina, ta mère et ta tante sont à plaindre. Elles vivent sous le même toit et partagent les mêmes repas, mais elles refusent ce que chacune pourrait apporter de meilleur à l'autre. Plût au ciel qu'elles eussent su briser le mur du ressentiment et passer outre ! Mais elles en sont incapables. Elles sont trop orgueilleuses. L'orgueil est une chose admirable mais parfois excessive. Cette rivalité, que tu constates tous les jours, n'est que l'envers de l'amour.

Je ne comprenais rien à ce qu'il racontait. Les grandes personnes étaient aussi changeantes que des reflets sur l'eau, et leurs explications embrouillaient tout.

— Chérie, promets-moi que tu n'iras plus jamais dans les bois. (Il me serrait les doigts, à les broyer. Je promis. La pression se relâcha.) Maintenant, voilà ce que j'attends de toi. Ta mère a besoin de toi, elle supporte mal sa grossesse. Cela arrive parfois. Fais tout ce que tu peux pour l'aider. Et ne disparais jamais sans me dire où tu vas.

Mais me permettrait-il jamais d'aller où que ce soit ? Que craignait-il ? Que je m'enfuie ?

Je me mis à pleurer :

— Oh, Papa ! dis-je en me jetant à son cou, je ne te quitterai jamais ! Je resterai avec toi, je prendrai soin de toi quand tu seras vieux. Je t'aimerai toujours, quoi qu'il arrive !

Il secoua la tête, attristé :

— Tu dis cela maintenant, mais le jour où tu rencontreras un garçon que tu croiras aimer, tu ne t'en souviendras plus. Tu m'oublieras, tu ne penseras plus qu'à lui. La vie est ainsi faite, les vieux cèdent la place aux jeunes.

— Non, Papa, tu pourras rester avec moi, même si je me marie...

— Je n'y compte guère. Les maris ont une façon bien à eux de faire comprendre qu'ils ne veulent pas des parents. Les vieux, personne n'en veut, ils encombrent l'existence et coûtent de l'argent. Non, tout ce qu'il me reste à faire c'est de mettre de l'argent de côté pour ma vieillesse et celle de ta mère.

Je levai les yeux. J'avais le sentiment que jamais la vieillesse n'aurait prise sur lui. Il était fort; invincible. Non, le temps ne ferait pas grisonner ses cheveux et ne creuserait pas de rides sur son visage.

— Et les dames âgées ? Personne n'en veut non plus ?

Il eut un sourire amer :

— Il y aura toujours quelqu'un pour vouloir la compagnie de ta mère. Et si aucun homme ne veut d'elle, elle t'aura, toi... c'est pourquoi il faudra être là quand elle aura besoin de toi, et quand, moi aussi, j'aurai besoin de toi.

Je frissonnai. C'était le genre de conversation sérieuse que je détestais; surtout aujourd'hui où je venais de rencontrer le premier garçon de ma vie que je pourrais aimer. Les arbres commençaient à s'espacer, nous arrivions en bordure du parc. Papa reprit :

— Douce, il y a une vieille dame que tu ne connais pas, à la maison. Ta mère et moi, nous désirons tellement avoir un garçon que nous ne pouvons pas attendre la naissance pour connaître le sexe du bébé. Et j'ai su que cette dame, Mrs Allismore, a le don de prédire le sexe des enfants à naître.

Nous nous engagions dans l'allée centrale. La vétuste demeure se dressait devant nous pareille à une énorme pièce montée, à un gâteau de noces décrépit au sommet duquel on aurait oublié de placer les mariés. Du dehors, les fenêtres étroites semblaient des yeux mi-clos, sinistres, à l'affût.

Papa me tirait toujours par la main, pressé de rentrer. Une drôle de petite voiture noire était rangée sur le bas-côté de l'allée. J'évitais soigneusement de marcher sur les herbes qui poussaient dans les interstices entre les dalles. Je tentai de me libérer de la poigne de Papa. Je ne voulais pas qu'on me force à assister à une chose dont je pressentais qu'elle me ferait peur. Mais Papa me poussa dans le vestibule. Les portes se refermèrent derrière nous; il lâcha ma main. Je m'efforçai de ne pas poser les pieds sur les écailles de lumière irisée que le soleil filtrant à travers les vitraux jetait sur le sol.

Ma mère était dans le grand salon avec Tante Ellsbeth et Vera. Une vieille dame était là. Maman était étendue sur la méridienne de velours mauve. La vieille dame fit glisser l'alliance que ma mère portait à l'annulaire et l'accrocha à un bout de ficelle. Vera, très intéressée, s'approcha. Lentement, très lentement, la vieille femme fit osciller l'anneau au-dessus du ventre de Maman.

— Si l'anneau se balance à la verticale, ce sera un garçon, grommela-t-elle. Et s'il tourne en rond, ce sera une fille.

Tout d'abord, l'anneau indécis bougea de façon erratique; puis il s'immobilisa et parut vouloir changer de tactique. Papa esquissa un sourire. L'anneau amorça un cercle. Papa se pencha pour mieux voir et commença à respirer très fort. Tante Ellsbeth était assise toute droite sur son siège; ses yeux noirs témoignaient de la même attention intense. Vera s'approcha, ouvrant tout grands ses yeux de jais. Maman leva la tête et tendit le cou pour voir ce qui se passait.

— Il y a quelque chose qui ne va pas? demanda-t-elle, inquiète.

— Il faut rester calme, croassa Mrs Allismore. (Son visage de sorcière se crispa jusqu'à n'être plus qu'une petite prune ridée. Des heures semblèrent s'écouler, non des secondes. L'anneau changeait constamment de direction, n'indiquant rien de décisif.) Votre médecin vous a-t-il parlé de jumeaux?

— Non, dit Maman dans un murmure, plus alarmée encore. La dernière fois, il a seulement précisé qu'on entendait le cœur battre.

Papa lui prit la main et la porta à son visage, la frottant contre sa barbe piquante. On put entendre un léger bruit de râpe. Puis il embrassa Maman sur la joue.

— Lucky, ne te fais pas de souci. De toute façon, ce sont des sornettes. Dieu nous enverra l'enfant que nous attendons; nous n'avons pas à être inquiets.

Maman insista pour que Mrs Allismore tente encore de savoir. Cinq minutes insoutenables passèrent; finalement la vieille femme détacha l'anneau de la ficelle et rendit son alliance à Maman.

— Madame, il m'est très pénible de devoir dire une chose pareille, mais ce que vous portez n'est ni garçon ni fille.

Maman lança un cri affreux.

Jamais je n'avais vu Papa dans un tel état: la fureur le jetait hors de ses gonds.

— Sortez d'ici! hurla-t-il. Regardez dans quel état vous avez mis ma femme! Elle est à moitié morte de frayeur.

Il poussa la vieille dame vers la porte en lui fourrant un billet de vingt dollars dans la main. Je n'en revenais pas. Pourquoi lui donnait-il tout cet argent?

— C'est cinquante dollars, monsieur.

— Ce sera vingt dollars ou rien du tout pour une consultation comme celle-là, vociféra Papa.

Il claqua la porte sur elle. Je retournai au salon. Vera

était dans la pénombre et observait Papa avec un regard dur. Elle tenait à la main l'entame du gâteau au chocolat qu'on avait mise de côté pour mon dessert... Hier soir, elle en avait déjà mangé deux fois sa part.

Croisant mon regard, elle eut un rire méchant et finit de se lécher les doigts.

— Et voilà! Terminé, chère Audrina! Plus rien pour toi! Que veux-tu? Tu n'avais qu'à pas te sauver de la maison! Où étais-tu donc, douce Audrina?

— Ferme-la! ordonna Papa, tombant à genoux à côté du divan où Maman, toujours étendue, pleurait.

Il essaya de la consoler en disant qu'il fallait avoir le cerveau un peu fêlé pour solliciter pareille consultation. Maman se jeta à son cou :

— Damian, qu'a-t-elle voulu dire? Tout le monde affirme que ses prédictions se réalisent toujours.

— Eh bien, pas cette fois-ci!

Vera chiffonna le papier qui enveloppait le gâteau, elle en fit une boule qu'elle fourra dans sa poche.

— Eh bien, moi, je suis sûre que Mrs Allismore a raison à cent pour cent. Un nouveau monstre est en route vers la noble demeure de Whitefern. Je le sens : c'est dans l'air.

En disant ces mots, elle se hâtait vers la porte. Pas tout à fait assez vite. Rapide comme l'éclair, Papa bondit et la plaqua sur ses genoux. Il lui arracha sa jupe et lui administra une fessée si violente qu'on pouvait voir la peau devenir rouge à travers le slip de nylon blanc. Elle criait, elle se débattait, mais elle n'était pas de taille.

— Assez, Damian! hurlaient en chœur ma mère et ma tante. Assez!

Brutalement, Papa repoussa Vera qui tomba sur le sol. Elle se tortillait, essayant de rajuster sa jupe.

— Damian, comment avez-vous osé? demanda ma tante. Vera est une jeune fille, maintenant. Elle ne vous le pardonnera jamais, et permettez-moi de vous dire que je ne l'en blâmerai pas.

Sur quoi nous passâmes à table. Tout le monde était de si méchante humeur que seules Vera et ma tante réussirent à vider leurs assiettes. Ce soir-là, j'entendis Maman sangloter dans les bras de Papa.

— Damian, je ne sais pas ce qui se passe avec ce bébé. Par moments, il bouge sans discontinuer, je ne peux pas dormir; et d'autres fois, il ne remue pas du tout.

Il la réconfortait doucement :

— Allons, allons. Chaque bébé a sa personnalité. Nous sommes bien portants tous les deux et bébé sera bien portant lui aussi. Cette vieille femme n'en sait pas plus que toi ou moi.

L'été qui aurait pu être si merveilleux fut gâché : Vera me suivait constamment, où que j'aille. J'essayais de filer dans les bois sans qu'elle s'en aperçoive mais elle semblait lire dans mes pensées, et retrouvait toujours ma trace. La mère d'Arden tenait absolument à ce que nous l'appelions par son prénom. Cela me paraissait bizarre, mais elle insista et finalement je m'habituai à l'appeler Billie. Jamais je n'avais rencontré de grande personne disposée comme elle à partager son savoir d'adulte et à le transmettre de façon si accessible. Bien sûr, j'aimais mieux les jours où je pouvais y aller seule, sans Vera — laquelle savait, comme personne, accaparer toute la conversation. Nous nous demandions souvent elle et moi, pourquoi Billie ne nous invitait jamais à entrer. J'étais trop timide pour en toucher un mot. Quant à Vera, qui avait la prétention d'avoir de bonnes manières, elle n'y fit pas la moindre allusion, elle non plus.

Un jour, j'entendis Arden dire à Billie que Vera avait douze ans. Je le dévisageai, emplie du sentiment étrange qu'il en savait plus que moi sur Vera.

— C'est elle qui te l'a dit ? demandai-je.

— Bien sûr que non ! répondit-il en riant. Vera a des

idées beaucoup trop tordues là-dessus. J'ai vu sa date de naissance sur le registre des inscriptions, à l'école. (Il eut un petit sourire.) Tu ne vas tout de même pas me dire que tu ne connais pas l'âge de ta sœur.

Aussitôt, je corrigeai le tir :

— Bien sûr, je sais l'âge qu'elle a. Mais elle raconte des choses différentes à chacun pour brouiller les cartes d'avance. Comme ça, quand elle sera vieille, personne ne saura exactement son âge, même en essayant de se souvenir.

Nous eûmes tout de même de bons moments, cet été-là. Billie était trois fois plus gentille avec moi qu'avec Vera. J'ai honte à le raconter, mais elle paraissait se soucier davantage de mon bien-être que ma propre mère. Il faut dire que Maman n'allait pas très bien. Elle marchait péniblement, une main soutenant son dos. Elle ne jouait plus de piano et avait cessé de lire ses romans brochés. Elle s'endormait sur la méridienne mauve, son livre ouvert retourné sur ses seins épanouis. Je restais là, à la regarder dormir; je l'aimais tant et j'avais si peur pour elle et pour le bébé qui n'était ni garçon ni fille. Vera répétait que ce serait un bébé « neutre », sans sexe, comme les poupées.

— Rien entre les jambes! Cela arrive quelquefois. Une bizarrerie de la nature, c'est tout. Ça existe. C'est écrit dans les livres de médecine.

Une fois par mois, Vera, qui avait des règles douloureuses, restait au lit. C'était l'occasion de mes plus belles escapades chez Billie et Arden. Arden et moi allions pique-niquer et nous disposions sous les arbres des nappes à carreaux rouge et blanc. Je n'avais pas peur de lui. Le jour où il osa me toucher, ce fut seulement pour m'effleurer les cheveux. Et je n'y vis pas d'objection.

Plus tard, il demanda :

— C'est quand, ton anniversaire?

Etendue sur le dos, je m'efforçais de voir de grands navires dans la forme des nuages, à travers les branches.

— Le neuf septembre, répondis-je tristement. J'avais une sœur qui est morte neuf ans exactement avant ma naissance. Elle s'appelait comme moi, exactement comme moi.

Arden était très occupé à marteler la jante d'une petite roue cabossée qu'il se proposait d'utiliser pour je ne sais trop quoi. Il leva la tête et me dévisagea d'une drôle de façon.

— Une sœur ? Qui s'appelait comme toi ?

— Oui, on l'a trouvée morte dans les bois sous l'arbre à pluie, le saman doré, si tu préfères. C'est pour ça, maintenant, qu'on me défend de venir ici.

— Mais tu es tout de même ici, dit-il d'une voix changée. Tu as eu le courage de venir ?

Je lui souris :

— Je ferais n'importe quoi pour voir Billie.

— Pour voir ma mère ? C'est trop aimable ! Et moi alors ?

Je me tournai sur le côté, pour qu'il voie mon visage.

— Eh bien, disons que je peux m'arranger de toi !

Je le regardai du coin de l'œil. Il était là, assis, jambes croisées, en short blanc ; au soleil sa peau dorée faisait comme du satin.

— Bon, dit-il. (Il ramassa son marteau et recommença à taper sur la petite roue.) Tu as encore pas mal de chemin à faire avant de devenir une grande fille, ou alors c'est que tu n'es pas tellement différente de ta sœur.

— Vera est ma cousine, Arden, pas ma sœur. Mes parents la font passer pour leur fille pour éviter que la honte ne rejaillisse sur ma tante. Ma tante est revenue vivre à la maison après une absence de deux ans, avec son bébé. Elle était sûre que le père de Vera l'épouserait dès qu'il verrait le bébé. Mais les choses ne se sont pas passées de cette façon. Le père de l'enfant avait épousé une autre femme.

Arden ne répondit pas. Il se contenta de sourire, pour bien montrer qu'il se fichait carrément de Vera.

Je n'aurais jamais cru qu'un garçon puisse aimer sa mère à ce point. Lorsqu'elle l'appelait, il se précipitait. C'est lui qui allait pendre le linge et qui le décrochait. Il mettait les ordures dehors, ce que Papa ne faisait jamais. Arden avait des principes bien établis sur la franchise, la loyauté, l'entraide, l'ardeur au travail, et il avait aussi quelque chose d'autre, dont il ne parlait jamais, mais que j'avais remarqué. Il avait un sens de la beauté qui n'était pas celui de tout le monde. Un jour, je le vis travailler pendant des heures dans les bois pour dégager un morceau de quartz qui ressemblait à un énorme diamant rose.

— Je veux en faire un pendentif pour la fille que j'épouserai. Mais je ne sais pas encore quelle forme lui donner. Qu'en penses-tu, Audrina ?

J'étais jalouse de cette fille. Je pris le morceau de quartz, le tournai et le retournai en tous sens. Les cristaux étaient disposés selon d'étranges arrangements chaotiques, mais le cœur de la pierre était un tel bonheur de transparences flamboyantes qu'on eût dit une rose.

— Pourquoi pas une rose ? Mais toute ouverte, pas en bouton.

— Eh bien, soit. Ce sera une rose épanouie, dit-il, mettant le quartz dans sa poche. Quand je serai riche, je donnerai à la fille que j'aime tout ce dont elle rêve, et je ferai de même pour ma mère. (Une ombre passa sur son visage.) Seulement l'argent ne peut rien pour combler son plus cher désir, à elle.

— Et c'est quoi, son plus cher désir, si ce n'est pas trop personnel ?

— Si, c'est personnel, beaucoup trop personnel.

Il se tut. Nous restâmes silencieux, mais cela ne me gênait pas.

Nous pouvions passer des heures sans parler et nous sentir tout de même à l'aise l'un avec l'autre. Etendue sur l'herbe, je le regardais réparer son vélo; de temps en temps, il jetait un coup d'œil vers la fenêtre ouverte par laquelle on apercevait sa mère occupée à faire un gâteau. Voilà, pensais-je, comment devait vivre une vraie famille, sans cris, ni disputes ni empoignades. A la maison, la pénombre perpétuelle dans laquelle nous vivions jetait son voile jusque dans les esprits. Ici, les ombres étaient légères, toujours passagères.

— Audrina, dit soudain Arden, tout en bricolant les rayons de sa bicyclette, que penses-tu vraiment de moi ?

Je l'aimais davantage que je ne voulais l'admettre, mais pour rien au monde je n'aurais voulu qu'il le sache. Pour quelle raison un garçon de douze ans perdrait-il son temps avec une fille de sept ans ? Vera lui plaisait sûrement plus que moi, mais je ne voulais pas non plus parler de cela.

— Je n'ai jamais eu d'ami avant toi, Arden, et je suis très contente que tu t'inquiètes de moi.

Son regard croisa le mien, le temps d'un éclair, et je vis briller dans ses yeux quelque chose qui ressemblait à des larmes. Y avait-il de quoi pleurer dans ce que je venais de dire ?

— Un jour il faudra que je te dise quelque chose, et quand je te l'aurai dit, alors tu ne m'aimeras plus.

— Ne me le dis pas, alors. Tu sais, je n'ai pas du tout envie de ne plus t'aimer, Arden.

Il s'éloigna. Qu'avait-il de si grave à me dire ? Il avait donc un secret, lui aussi ? Comme les autres ?

A quelque temps de là, un matin tôt, je courais à la rencontre d'Arden. Nous étions convenus qu'il allait m'apprendre à pêcher au vif. Bien que j'eusse tout fait pour m'échapper sans être vue, Vera était sur mes talons. Je n'aimais pas beaucoup empaler les vers sur l'hameçon, aussi Arden eut-il tôt fait de tirer son nécessaire à mouches artificielles et décida-t-il de m'apprendre à lancer de la berge. Il se tenait sur un escarpement, pour faire une démonstration plus probante.

Assise près de moi, Vera se penchait à mon oreille et me chuchotait des choses sur Arden et son slip de bain bleu; elle pouffait et montrait du doigt l'endroit d'où viennent tous les bébés.

— Je ne crois pas un mot de ce que tu racontes, murmurai-je.

J'étais devenue toute rouge. Je savais parfaitement qu'elle disait vrai. Pourquoi, avec elle, tout devenait-il si vulgaire ? Mais même si je détestais Vera, il me fallait reconnaître qu'elle avait le don de mettre en pleine lumière certaines réalités que personne ne voulait aborder. Les livres de médecine lui en apprenaient certainement plus sur la vie que je n'en saurais jamais.

— Je parie qu'avec Arden vous avez déjà joué à « montre-moi et dis ».

Riant de plus belle, elle m'expliqua de quoi il s'agissait. Pour la peine, je lui donnai une tape. Comment avait-elle seulement pu imaginer cela ?

— Il y a des jours où je te déteste, Vera.

— Hé, vous deux, regardez ! cria Arden, se tournant vers nous pour nous faire admirer sa prise. C'est vraiment un gros énorme ! C'est une perche. Il y en a pour tout le monde ! Apportons-la à Maman, elle la fera griller pour le déjeuner !

— Oh ! Arden ! s'exclama Vera battant des mains et ouvrant de grands yeux emplis à dessein d'une admiration effarée. Je crois bien que c'est l'ancêtre de tous les poissons, celui que les pêcheurs du coin essayent d'attraper depuis des années et des années. Quand je pense que c'est toi qui l'as eu ! Quel formidable pêcheur tu es !

Alors que d'habitude, Vera agaçait plutôt Arden, cette fois, il lui sourit, visiblement flatté.

— Oh, tu sais, Vera, après tout, il s'est contenté de sauter sur ma ligne !

J'étais furieuse qu'il soit dupe de ces flagorneries débiles, qu'il ne s'aperçoive pas que Vera était capable de dire n'importe quoi pour capter son attention. Je me levai d'un bond et courus derrière les buissons où j'avais laissé ma robe bain de soleil. Mais mes affaires n'y étaient plus, même mes sandales avaient disparu. J'avais déjà enlevé mon maillot de bain blanc : il gisait sur le sol, humide et boueux, et je continuais à chercher partout, pensant que peut-être mes vêtements avaient été emportés par le vent.

— Vera, c'est toi qui as caché mes affaires ?

A ce moment, j'aperçus l'éclair d'une main preste qui s'emparait de mon maillot. Je reconnus la bague. C'était Vera. Je me mis à crier et me lançai à sa poursuite, mais Arden était là et j'étais nue comme un ver.

— Arden, criai-je, arrête Vera ! Elle m'a piqué mes affaires et même mon maillot de bain.

Toute nue, en larmes, je cherchais désespérément quelque chose pour me couvrir.

J'entendais Arden battre les fourrés, appelant Vera. Il se rapprocha, faisant plein de bruit exprès pour m'avertir.

— Audrina, je ne trouve pas Vera. Elle ne peut pas courir très vite, elle s'est sûrement cachée. Tu n'auras qu'à mettre ma chemise. Elle est suffisamment longue et tu pourras rentrer chez toi.

Risquant un œil, je le vis se diriger vers l'endroit où il avait posé ses vêtements.

— Hé ! cria-t-il, mes affaires se sont envolées, elles aussi ! Mais ne t'inquiète pas, Audrina. Reste où tu es, je vais courir à la maison demander à Maman qu'elle te prête quelque chose pour rentrer chez toi.

Ce fut à cet instant précis que nous entendîmes arriver mon père. Il courait à travers les broussailles, fou furieux. Il hurla à l'adresse d'Arden :

— Où est ma fille ? Où est Audrina ? Qu'est-ce que vous en avez fait ?

Sous le choc, frappé de mutisme, Arden secoua la tête. Il était incapable d'articuler la moindre syllabe. Mon père le menaçait maintenant de ses énormes poings serrés. Il retrouva sa voix :

— Monsieur, elle était là, il y a un instant. Elle doit être sur le chemin du retour.

— Non, gronda Papa. Si c'était le cas, je l'aurais croisée. Elle n'est ni à la maison ni ici. Alors ? Où est-elle ? Je sais qu'elle vient souvent vous voir, vous et votre mère. Vera me l'a dit. Maintenant, allez-vous me révéler où est Audrina, nom d'un chien ?

Il y eut une pointe d'affolement dans la voix d'Arden :

— Je ne sais vraiment pas, monsieur. (Il se pencha pour ramasser sa prise.) J'étais en train d'apprendre à Audrina comment on pêche à la ligne. Mais comme elle n'aime pas accrocher les vers à l'hameçon, je lui ai montré le lancer à la mouche. C'est elle qui a pris ces deux gros-là, et Vera en a pris un. Celui-là, c'est moi qui l'ai attrapé.

Papa me tournait le dos. Je résolus de m'esquiver tout doucement : il n'y verrait que du feu. A pas de loup, je tentai de prendre le large. Une brindille craqua. Je me sentis violemment projetée en avant. Je basculai, le visage en plein dans un buisson piquant. La douleur m'arracha un hurlement.

Papa cria mon nom comme un enragé. Il chargea dans ma direction, battant les broussailles, furieux de me trouver nue. Il ôta son veston d'été et en couvrit mes épaules. Puis, faisant demi-tour, il se rua sur Arden, le saisit aux épaules et le secoua.

— Assez, Papa ! Arden n'a rien fait de mal ! On était en train de pêcher, c'est tout, et on avait mis les maillots de bain pour ne pas abîmer nos affaires. C'est Vera qui m'a pris ma robe, et puis quand j'ai enlevé mon maillot pour me rhabiller, elle l'a pris aussi, et elle s'est enfuie.

— Tu as enlevé ton maillot de bain ? rugit Papa, la figure congestionnée.

Il fonça sur Arden, le geste menaçant.

— Papa, hurlai-je, Arden n'a rien fait de mal. C'est la première fois que je suis amie avec quelqu'un, et maintenant, voilà, tu le punis parce qu'il m'aime !

Je me précipitai vers eux et essayai de m'interposer.

Papa me regarda d'un air méchant et tenta de m'écarter, mais je me suspendis à ses bras, pesant de tout mon poids.

— J'étais allée me changer derrière les buissons; Arden était toujours en train de pêcher. Vera avait piqué toutes mes affaires, et elle a pris aussi mon maillot de bain, à ce moment-là, alors lui il a dit qu'il allait me prêter sa chemise, mais elle la lui avait prise aussi. Juste avant que tu n'arrives, il voulait courir chez lui pour demander à sa mère de me donner un vêtement — ce n'est pas juste ! Tu veux le punir et c'est Vera qui a tout fait !

Arden saisit la balle au bond :

— Si vous avez tellement besoin de punir quelqu'un, punissez donc Vera ! Audrina n'a rien fait ! C'est toujours Vera qui joue ce genre de sales tours. Telle que je la connais, elle a dû vous raconter ce que nous comptions faire aujourd'hui, espérant que vous imagineriez le pire.

— Et le pire, c'est quoi ? demanda Papa d'un ton sarcastique, en me tenant tout contre lui.

Sa veste glissait sans cesse de mes épaules. Je cherchais désespérément à la rattraper pour la remettre en place.

La colère de Papa s'apaisa, mais en partie seulement. Il desserra son étreinte.

— Jeune homme, c'est très bien de votre part d'essayer de protéger ma fille, mais de toute façon elle a mal agi, ne fût-ce qu'en venant ici. Vera ne m'a rien raconté du tout. Je n'ai pas vu cette misérable enfant depuis le dîner hier soir. Non, il m'a suffi de regarder les yeux de mon Audrina, ce matin au petit déjeuner. Elle avait le regard si brillant que je me suis immédiatement douté de quelque chose. (Il se tourna vers moi avec un sourire à la fois charmeur et mauvais.) Tu vois, chérie, tu n'as pas de secrets pour ton père. Je devine très bien ce qui se passe, sans avoir besoin de cette cafarde de Vera. Tu devrais pourtant savoir qu'il y a mieux à faire que d'aller voir les garçons en cachette dans les bois. (Avec un sourire narquois, Papa mit sa main à plat sur la poitrine d'Arden et le repoussa.) Quant à vous, jeune homme, si vous tenez à votre joli nez, vous feriez mieux de laisser ma fille tranquille.

Arden vacilla en arrière, mais ne tomba pas.

— Au revoir, Arden, lui criai-je, tirant Papa par la main, de peur qu'il ne veuille de nouveau rudoyer mon ami.

Papa choisit un chemin épouvantable, envahi de ronces, pour rentrer à la maison. J'étais tout égratignée, aux joues, aux jambes, aux pieds. Il finit par me lâcher la main pour écarter les branches basses qui lui lacéraient le visage.

J'avais beaucoup de mal à faire tenir le veston. A plusieurs reprises, je trébuchai sur les manches qui traînaient. Papa, agacé, finit par me les nouer autour du cou comme une écharpe.

Désespérée, je levai les yeux vers lui. Comment pouvait-il être cruel à ce point ?

— Tu regrettes ce que tu as fait, au moins ? Tu regrettes d'avoir si inconsidérément risqué de déplaire à ton père ? Ce garçon gâcherait ce que tu as de mieux. C'est une petite ordure, indigne de toi.

— Ce n'est pas du tout une ordure, Papa. (Je gémissais, mes pieds étaient blessés, les jambes me grattaient.) Tu ne connais pas Arden.

— Toi non plus ! vociféra-t-il. Et maintenant je vais te montrer quelque chose !

Il s'empara de ma main et me traîna de force dans une autre direction. Je renonçai à lui résister. Brusquement, il s'arrêta.

— Tu vois cet arbre ? dit-il en désignant la ramure étalée d'un grand arbre au feuillage luxuriant, luisant, qui frissonnait au souffle de la brise. C'est l'arbre à pluie, le saman doré. (Sous l'arbre, il y avait un talus, où bourdonnaient des abeilles.) C'est ici que nous avons trouvé ta sœur, étendue, morte, froide comme le marbre. Nous étions en septembre. Il pleuvait. Fort. Le temps était à l'orage, il faisait sombre, et des éclairs zébraient le ciel. Nous avons d'abord cru qu'elle avait été frappée par la foudre, mais il nous fut bientôt clair que ce n'était pas là l'œuvre de Dieu. (Mon cœur bondissait frénétiquement dans ma poitrine, telle une bête féroce à l'étroit dans sa cage.) Maintenant, écoute-moi, Audrina. Que les fautes des autres t'enseignent la voie droite. Tire les leçons avant qu'il soit trop tard. Je ne tiens pas à te retrouver morte, comme ta sœur.

Des murs se refermaient sur moi, à m'étouffer. Les arbres m'appelaient, ils me voulaient à eux, morte, car moi aussi j'étais une Audrina et je leur appartenais.

La leçon n'était pas finie. Implacable, Papa m'entraînait plus loin. Maintenant je pleurais, anéantie, soumise à ses raisons. Jamais plus je ne désobéirais. Comment avais-je pu oublier l'Autre Audrina ?

Il me conduisait au caveau de famille. Je haïssais cet endroit. Je m'assis par terre, refusant d'avancer, mais il me tira par le poignet. J'avançais, raide comme un pantin de bois, vers la stèle élancée qui semblait symboliser les formes frêles d'une très jeune fille. Pour la centième fois, il répéta la phrase, et pour la centième fois, mon sang se glaça dans mes veines tandis qu'il prononçait ces mots :

— Voici le lieu où gît ma première Audrina, Sublime Audrina qui voyait en moi son Dieu. Elle croyait en moi, en moi elle avait foi. Jamais amour ne fut plus total. Dieu a choisi de me la reprendre et, en ses lieu et place, de t'envoyer à moi. Tout cela doit avoir un sens. C'est à toi qu'il incombe de donner sens à cette mort. Si je savais qu'elle était morte en vain, la vie serait intolérable, Audrina. Tu dois capter les dons de ta sœur morte, faute de quoi la colère de Dieu se déchaînera contre toi. Si tu m'aimais comme il faut, tu saurais que je mets tout en œuvre pour t'épargner de connaître le sort qui fut le sien. Le fauteuil à bascule ne t'a-t-il pas prodigué suffisamment d'avertissements sur les garçons et sur les bois?

Je ne pouvais quitter des yeux son puissant visage, ravagé de larmes; je me tournai vers lui, lui mis les bras autour du cou et enfouis mon visage au creux de son épaule.

— Papa, je ferai tout ce que tu voudras, si tu me permets d'aller voir Arden et Billie de temps en temps. Oui, j'irai m'asseoir dans le fauteuil et j'essaierai de toutes mes forces de capter le don. Je te jure que maintenant je vais m'appliquer.

Ses bras vigoureux m'étreignirent. Je sentis ses lèvres dans mes cheveux; il prit son mouchoir et essuya ma figure toute sale avant de m'embrasser.

— D'accord. Tu pourras aller voir ces gens une fois par semaine à condition que Vera aille avec toi et que tu te fasses raccompagner à la maison par ce garçon. Mais n'y va jamais à la nuit tombée, ni s'il pleut.

Je n'en demandais pas plus.

Rivalité

— Tu n'arriveras jamais à la cheville de ta sœur morte!

Vera était si péremptoire qu'on aurait juré qu'elle l'avait connue. Elle s'exerçait à repasser une chemise de Papa car elle voulait lui faire voir qu'elle en était capable, mais en fait, tout ce qu'elle était fichue de faire c'était de l'abîmer définitivement. Le fer à repasser collait au tissu et laissait sur la chemise une empreinte roussie. On voyait même les traces plus claires des jets de vapeur.

— Parfaite Audrina repassait les chemises comme une vraie repasseuse de fin, dit-elle, pesant de tout son poids sur le fer. Et elle était toujours si nette, si bien coiffée. Tandis que toi avec ta tignasse ébouriffée !

Elle ne s'était pas regardée, avec ses mèches dans la figure ; on aurait dit de l'étoupe. Je ne voyais vraiment pas ce que ses cheveux à elle avaient de si sensationnel. Blond filasse aux pointes et roux à la racine.

Cheveux de soleil, cheveux de feu.

— Je n'arrive pas à comprendre comment on a pu donner à quelqu'un d'aussi stupide que toi le nom d'une fille aussi intelligente. Tu ne sais rien faire convenablement, poursuivit-elle. Et tu es loin d'être aussi jolie qu'elle. En plus, ta compagnie est absolument lugubre. (Elle diminua la chaleur du fer, mais... trop tard ! Vivement contrariée, elle examinait les marques de roussi et essayait de trouver comment réparer le désastre.) Maman, cria-t-elle, si je brûle la chemise de Papa, qu'est-ce qu'il faut faire ?

— Va te faire pendre, répliqua ma tante, collée à son poste de télé.

— Espèce d'idiote, me dit Vera, va demander à ta mère ce qu'il faut faire pour ôter les taches de roussi sur une chemise.

— Je suis trop bête pour comprendre ce que tu me dis, rétorquai-je en remuant mes céréales.

— Pauvre Audrina Bis ! Trop bête même pour aller à l'école. Parce que personne ici n'a envie que tout le monde sache à quel point tu peux être idiote, avec une mémoire pleine de trous.

Elle alla prendre une bouteille d'eau de javel dans le placard, et en versa un peu sur une éponge puis elle frotta la chemise rose. La vilaine tache de brûlé était juste sur le devant.

Je m'approchai pour mieux voir. L'eau de javel paraissait agir.

Juste à ce moment-là, Papa fit son entrée dans la cuisine, d'un air affairé. Il était torse nu, rasé de près, impeccablement coiffé et il s'apprêtait à partir. Il marqua un temps à la vue de Vera. C'est vrai qu'elle devenait jolie. Et elle était déjà presque formée, sa taille avait minci. Puis le regard de Papa se posa sur moi. Me comparait-il à elle ? L'indécision se peignit sur ses traits. Que voyait-il donc ?

— Qu'est-ce que tu fabriques avec ma chemise, Audrina ? demanda-t-il.

— Elle a voulu repasser ta chemise, Papa, répondit Vera, s'approchant de lui comme pour se ranger à ses côtés. Et cette petite sotte était si occupée à m'embêter qu'elle a oublié le fer posé à plat sur ta chemise neuve.

— Bon Dieu ! s'écria-t-il s'emparant de la chemise d'un mouvement vif. (Il examina la chemise à contre-jour et poussa un gémissement. Des trous apparaissaient au milieu de la tache de roussi.) Regarde-moi ce que tu as fait ! rugit-il. Une chemise cent pour cent soie naturelle. Tes fantaisies me coûtent cent dollars. (Apercevant la bouteille d'eau de javel :) Tu brûles ma chemise et après tu mets de l'eau de javel ? Mais ça n'a pas le sens commun, ma fille !

— Ne t'énerve pas, dit Vera lui prenant vivement la chemise des mains. Laisse-moi y veiller, je réparerai les dégâts. Après tout, Audrina ne fait jamais rien de bon, c'est bien connu.

Il me regarda méchamment, puis se tourna vers elle :

— Comment espères-tu remettre en état une chemise brûlée par l'eau de javel ? Elle est fichue, un point c'est tout. Justement, j'avais un rendez-vous important et je comptais la mettre.

De rage, il jeta violemment par terre sa cravate lie-de-vin, puis regarda son pantalon gris clair, et se dirigea vers la porte.

— Papa, dis-je, ce n'est pas moi qui ai brûlé ta chemise.

— Ne mens pas, je t'en prie, dit-il. Je t'ai vue près de la planche à repasser avec cette eau de javel.

— Mais je ne sais pas repasser, Papa. Je suis bien trop bête pour faire quoi que ce soit convenablement, c'est Vera qui l'a dit.

— Elle ment, Papa. En plus je lui avais dit d'utiliser une patte-mouille, mais elle n'a pas voulu m'écouter. Tu sais comment elle est.

Il vit le désespoir dans mon regard.

— Très bien, Vera. Cela suffit. Si tu me sauves cette chemise, je te donnerai dix dollars, dit-il avec un sourire canaille.

Le soir même, quand Papa rentra, Vera triomphante lui montra la chemise rose. Elle était comme neuve. Il la lui prit des mains, la retourna en tous sens.

— Je n'en crois pas mes yeux, dit-il. (Il se mit à rire et sortit son portefeuille. Il tendit dix dollars à Vera.) Je t'ai sous-estimée, ma douce.

— Je l'ai donnée à stopper à un spécialiste de la soie naturelle, Papa. (Elle baissait les yeux, modestement, une vraie sainte-nitouche.) Ça m'a coûté quinze dollars; de l'argent que j'avais économisé.

Il l'écoutait avec attention. Il avait la plus grande considération pour les gens qui savent faire des économies.

— Tu avais mis de l'argent de côté ? Comment l'as-tu gagné ?

— Je fais les courses pour les vieilles personnes, dit-elle d'une toute petite voix. Le samedi, je fais le chemin à pied jusqu'au village pour aller rendre quelques services à des gens âgés. Ou bien alors je garde des enfants.

Je n'en revenais pas. Bien sûr, de temps à autre, Vera disparaissait le samedi, mais on avait peine à imaginer qu'elle faisait quarante kilomètres à pied aller et retour... Papa fut si impressionné qu'il lui allongea un autre billet de dix dollars.

Il ne me regarda même pas. Il planta un baiser retentissant sur la joue de Vera.

— Tu me surprends, petite. Je pensais que tu te soucierais comme d'une guigne que ma chemise soit abîmée. Je croyais même que tu ne m'aimais pas.

— Oh, Papa, dit-elle, les yeux brillants. Je t'aime du

sommet de ton crâne jusqu'au bout de tes ongles des pieds.

Pour quelque obscure raison, il s'écarta d'elle et jeta un coup d'œil inquiet à ses pieds, comme s'il avait pu voir la corne épaisse de ses ongles à travers les chaussures. Il s'éclaircit la gorge :

— Je suis très touché. Peut-être est-ce un peu exagéré; en tout cas, le compliment est sincère et spontané; tu me fais très plaisir.

J'étais abasourdie. Il sortit de la pièce sans me jeter le moindre regard. Ce soir-là, il ne monta pas m'embrasser.

Maintenant, le matin, c'était Vera qui versait le café dans la tasse de Papa. Maman semblait dépérir. Elle était toute pâle et Vera la relayait au petit déjeuner. Ce matin-là, elle fit griller trois tranches de pain, les surveillant avec vigilance. Papa aimait le pain grillé bien doré à l'extérieur, tendre à l'intérieur. Elle fit frire le bacon à la perfection et Papa n'eut pas une seule remarque à faire. Il la remercia de s'être occupée de lui, et se leva pour partir au travail. Boitillant derrière lui, Vera lui prit la main.

— Papa, même si tu n'es pas mon vrai père, ne pourrions-nous faire semblant que tu l'es... ?

Elle le mettait mal à l'aise. Il ne savait pas quoi dire, mais en même temps il paraissait touché. Papa était à moi et à Maman, pas à Vera. Ma tante était là, maussade, les lèvres pincées. Comme j'aurais voulu qu'elles s'en aillent, toutes les deux, qu'elles aillent au diable.

Papa était prêt. Je voulais voir sa voiture tourner dans l'allée. Bientôt il s'engagerait sur l'autoroute, et il arriverait en ville. Il déjeunerait avec d'autres hommes d'affaires et appellerait cela du travail. Mais voilà qu'il arrête la voiture au bout de l'allée et ouvre la boîte aux lettres. Tiens! Il n'a donc pas pensé à prendre le courrier hier soir? Il était donc si pressé de rejoindre Maman pour savoir comment elle allait?

J'attendis que la voiture reparte et courus à la boîte, qui débordait de journaux et de magazines. Tant bien que mal, je m'emparai de l'énorme courrier. Il y avait là tout ce dont j'avais besoin. Maintenant je savais comment reconquérir l'amour de Papa. Je savais ce qu'il lui fallait, je connaissais son obsession : devenir riche. Le « don » allait me servir à lui faire gagner beaucoup d'argent. Comme ça, c'est moi qu'il préfére- rait, et pour toujours. Remontant l'allée, j'essayais déjà de lire les gros titres du *Wall Street Journal.* De retour à la cuisine, je jetai le courrier sur la table. Puis je me dépêchai de trouver les objets indispensables : un crayon, du papier, un bout de ficelle et une épingle.

Dans le placard, sous l'escalier du fond, je trouvai la série complète des numéros précédents du *Journal.* J'étalai les pages consacrées à la cote de la Bourse, et commençai à faire une liste des titres les plus dynamiques. En prenant en compte la cote sur quinze jours, j'aurais certainement une marge d'évaluation suffisante. Là-haut, Vera se disputait avec sa mère. J'entendais le bruit de leurs voix. Ma tante aurait voulu que sa fille l'aide à la lessive, mais Vera avait envie d'aller au cinéma avec un copain.

— Non ! hurlait ma tante. Tu es beaucoup trop jeune pour sortir avec des garçons. (Je ne pus saisir la réponse de Vera.) Non, non et non ! reprit la voix de ma tante. Quand j'ai dit non, c'est non. Et ne compte pas sur moi pour dire non d'abord et puis dire oui, comme certaines personnes ici.

— Laisse-moi faire ce que je veux, ou j'irai raconter nos secrets de famille à tout le village, au beau milieu de la grand-rue, dit Vera d'une voix stridente. Comme ça tout le monde saura qui est mon père, et ce que tu as fait — et le nom de Whitefern tombera encore plus bas.

— Je te conseille de la fermer, Vera, ou tu n'auras plus un sou, ni de moi, ni de qui que ce soit. Ne peux-tu comprendre que si tu te conduis comme il faut, nous avons une chance de profiter de tout cela un jour ou l'autre ? Tu te mets constamment Damian et Lucietta à dos. Tu es pour eux un sujet continuel d'irritation. Alors que si tu essayais seulement de te conduire correctement, cela pourrait être payant pour nous deux. Dieu sait si j'ai souvent regretté le jour où tu as été conçue, combien de fois j'ai pensé que j'aurais dû me faire avorter... Mais quand tu as réparé la chemise de Damian, et que j'ai vu à quel point tu l'avais touché, j'ai repris espoir. (Sa voix se fit persuasive.) Audrina n'a pas à être la chouchoute, ici, Vera. Ce qui lui est arrivé t'a donné un gros avantage sur elle. Mets-le à profit. Tu connais Damian, tu sais parfaitement ce qu'il lui faut. Admire-le. Respecte-le. Flatte-le et tu seras sa préférée.

Il y eut un grand silence. Puis des chuchotements. Je sentais comme une boule de plomb m'écraser la poitrine. Elles complotaient contre moi. Elles, elles savaient — et pas moi.

Dire que j'avais pu croire que Tante Ellsbeth m'aimait bien. Je découvrais en elle une ennemie de plus. Je repris mon travail à la table de la cuisine, plus décidée que jamais à détecter le titre sur lequel il suffirait de miser pour faire fortune.

Je possédais une petite bague avec une pierre de lune. Je l'attachai à un bout de ficelle, comme je l'avais vu faire à Mrs Allismore : grâce à son truc, j'allais faire gagner un tas d'argent à Papa. Il m'avait toujours dit que la spéculation boursière était non pas une science, mais un art, et ce que j'allais faire me semblait d'une extrême créativité. Une épingle que j'accrochai à la bague avec un bout de fil allait me servir d'index pour préciser la position de mon pendule. Par deux fois, l'épingle s'immobilisa sur le nom d'une même action. J'essayai de toutes mes forces qu'elle s'y arrête une troisième fois. Car, en toutes choses, trois était un chiffre magique. Mais rien à faire, même en essayant de guider la bague : elle paraissait vraiment dotée d'une volonté autonome. Exactement comme l'alliance, quand elle se balançait au-dessus du ventre de Maman : les mêmes hésitations, la même indécision.

C'est alors que j'entendis un hurlement.

— Où sont passées mes boucles d'oreilles en diamants ? criait Tante Ellsbeth. Et la bague de fiançailles de ma mère ? Les seuls bijoux qu'elle m'ait laissés. Tout a disparu ! Vera, c'est toi qui les as pris ?

— Non, hurla Vera. Tu les as rangés n'importe où. Comme tu le fais constamment pour toutes tes affaires.

— Il y a des années que je ne mets plus cette bague. Tu sais bien que mes bijoux sont toujours sous clef dans ce coffret. Vera, ne mens pas. Tu es la seule à entrer dans ma chambre. Où sont-ils ?

— Va demander ça à Audrina !

— Ne sois pas ridicule. Cette gamine est incapable de voler quoi que ce soit ; elle a bien trop de principes. Mais toi, par contre, tu n'en as aucun.

Je commençai à replier les journaux, et mis soigneusement de côté les pages qui donnaient les cours de la Bourse.

— Maintenant je comprends ce que tu as fait avec la chemise de Damian, dit ma tante avec mépris. Tu as volé les boucles d'oreilles et la bague et tu es allée les mettre au clou, grâce à quoi tu as pu racheter une chemise neuve. Espèce de petite garce ! Puisque c'est cela, tu n'iras pas au cinéma. Ni aujourd'hui ni aucun autre samedi. Tu seras privée de sortie jusqu'à ce que tu aies gagné assez d'argent pour aller dégager mes bijoux.

Je m'étais glissée au bas de l'escalier pour mieux entendre ; me parvint alors le bruit sourd d'une chute. Vera dévala l'escalier, ma tante derrière elle.

— Tu resteras enfermée à double tour dans ta chambre tout l'été !

Vera se rua dans le vestibule. Elle avait mis sa belle robe et ses chaussures neuves, les blanches. J'étais sur son passage. Elle me bouscula et ouvrit la grande porte. Ma tante était encore au bas de l'escalier du fond.

— Audrina, tu peux dire à cette vieille imbécile que je la déteste. Comme je vous déteste tous, toi, ta mère, ton père, et cette maison. Et maintenant je vais au village vendre mon corps au plus offrant. Je vais me poster devant chez le coiffeur pour hommes, là où va Papa et je crierai : « Qui veut d'une fille Whitefern ? Allons-y pour une Whitefern ! » Tous les hommes de la ville accourront ! Et je me ferai un tas d'argent.

— Sale putain ! hurla ma tante, fonçant sur Vera. Viens ici immédiatement. Ne t'avise surtout pas de sortir.

Mais avant qu'elle ait pu faire un geste, Vera claqua la porte. De la fenêtre, je la regardai disparaître dans le tournant de l'allée. Le village était à vingt kilomètres. La ville à cinquante. Allait-elle faire du stop ?

Ma tante vint me rejoindre :

— Je t'en prie, ne va pas raconter cela à ton père. Il y a des choses qu'il vaut mieux passer sous silence.

Elle me faisait pitié.

— Je peux faire quelque chose pour toi ? demandai-je.

Toute raide, elle secoua la tête.

— Et surtout ne réveille pas ta mère. Elle a besoin de repos. Moi, je monte. Tu n'as qu'à préparer ton petit déjeuner toute seule.

Le départ de Vera m'avait coupé l'appétit. J'étais absolument persuadée qu'elle allait faire ce qu'elle avait dit. Elle voulait notre perte, notre anéantissement. J'essayai de ne pas penser à Arden et à sa mère : que diraient-ils ?

Mon esprit n'était qu'un pauvre chantier de réflexions vaseuses, de questions sans réponse. Pourquoi Papa était-il ainsi fait : aimable et détestable à la fois, égoïste et pourtant généreux ? Il avait constamment besoin d'avoir quelqu'un à ses côtés, surtout le matin pour le regarder se raser, et comme Maman était ordi-

nairement à la cuisine, à ce moment-là, occupée à préparer le petit déjeuner, c'était moi qui écoutais, perchée
sur le bord de la baignoire, toutes les choses intéres-
santes qu'il avait à raconter sur son métier d'agent de
change.

Je lui posais des questions sur le marché des valeurs.
Pourquoi les cours montaient-ils ? « C'est la demande »,
répondait-il. Et pourquoi baissaient-ils ? « Les espoirs
déçus », telle était son explication. Les rumeurs de
fusion et d'O.P.A. sont excellentes pour provoquer un
boom, mais le grand public n'en profite pas car il n'est
jamais averti assez tôt. Toutes les banques et les gros
investisseurs ont déjà acheté et sont prêts à vendre au
plus haut cours au pauvre acheteur ignorant. Si on n'a
pas de relations, il vaut mieux garder son argent en
banque. Peu à peu grâce à Papa, j'emmagasinais des
connaissances sur le marché financier. C'était sa façon
à lui de m'enseigner l'arithmétique. Je ne comptais pas
en dollars mais en points. J'avais appris à connaître les
valeurs réputées sûres qui avaient toutes les chances de
dégringoler, et les obscures dont personne ne savait
encore qu'elles allaient s'envoler. Il m'avait appris à
lire la cote de la Bourse, en dépit des railleries de
Maman qui disait que j'étais bien trop jeune pour comprendre. « Absurde, répondait-il, les jeunes cerveaux
sont vifs ; elle comprend mieux que n'importe qui. » Ces
jours-là, j'éprouvais pour mon père un amour infini.
Peut-être ne me rendrait-il pas la mémoire, mais du
moins naissait en moi une confiance en l'avenir. Un
jour, il aurait son propre bureau d'agent de change et
je serais son conseiller. « Avec les dons que tu as, nous
sommes sûrs de réussir. Tu vois ça d'ici, Audrina !
D.J. Adare et Compagnie ! »

De nouveau, je dépliai la cote pour refaire le truc de
la ficelle et de nouveau l'épingle désigna deux fois le
même titre. Le bonheur gonflait ma poitrine. Les augures étaient avec moi. J'allais raconter à Papa que j'avais
vu cela en rêve, et grâce à moi il ferait fortune. Alors

jamais plus je n'aurais à m'asseoir dans le fauteuil. Le don, je l'avais.

Je montai m'habiller, quatre à quatre. Maintenant j'étais sûre de retrouver la mémoire. Et si j'essayais le truc de la ficelle sur la Bible ? Je riais toute seule.

Quand je redescendis à la cuisine, finissant d'attacher le nœud de ruban qui fermait ma ceinture, Maman était là, avec de gros bigoudis sur la tête.

— Audrina, dit-elle d'une voix lasse, tu veux bien surveiller le bacon pendant que je bats les œufs ? (Elle avait de grands cernes sous les yeux.) Je n'ai pas dormi de la nuit. Le bébé est extrêmement agité. Finalement je commençais à m'endormir, au petit matin, mais le réveil a sonné et ton père s'est levé. Il s'est mis à tenir de grands discours, me disant de ne pas m'inquiéter de cette vieille femme. Il prétend que je n'ai rien du tout, que je suis seulement déprimée et il s'est mis dans la tête d'inviter vingt personnes pour ce soir. Peut-on rêver quelque chose de plus ridicule ? Je suis dans mon sixième mois, si fatiguée que je peux à peine me sortir du lit et tout ce qu'il trouve pour me remonter c'est de me faire préparer un buffet pour ses amis. Ah, s'il pouvait se toquer de tennis, de golf ou de n'importe quoi qui absorberait un peu son énergie et l'éloignerait d'ici pendant les week-ends !

Je comprenais tout maintenant, je savais la vraie raison de cette fête ! Il avait dû deviner que maintenant j'avais le don. Il m'avait toujours dit qu'il ferait une fête le jour où j'attraperais le don. Et je l'avais. Sans quoi, la bague n'aurait pas désigné par deux fois la même action en Bourse, alors qu'il y en avait neuf autres sur ma liste.

— Où sont Ellsbeth et Vera ? demanda Maman.

Il ne fallait pas qu'elle sache, ni la dispute ni ce que Vera avait menacé de faire : déshonorer le nom de jeune fille de Maman, alors que c'était son bien le plus cher.

— Où est Ellsbeth ? répéta Maman.

— Elle a trébuché et elle est tombée, Maman.

— Ah, zut! murmura Maman en m'effleurant l'épaule pour que je retourne les tranches de bacon. Quelle maison de fous! Ils vont nous rendre cinglées, toi et moi. Audrina, je ne veux plus que tu ailles encore t'asseoir dans ce fauteuil. Ta sœur aînée n'avait aucun don particulier, si ce n'est un extraordinaire amour et une vénération infinie pour ton père. C'est cela qui lui manque. Elle croyait dur comme fer tout ce qu'il disait. Elle prenait pour argent comptant ses idées à dormir debout. Mais toi, pense par toi-même. Ne le laisse pas avoir barre sur toi. Le seul avertissement à prendre au sérieux c'est de ne pas aller dans les bois.

— Mais, Maman, répliquai-je, mal à l'aise, Arden Lowe habite dans les bois. Et c'est mon seul ami. Si je ne pouvais plus aller le voir, j'aurais envie de mourir.

— Je sais que tu n'as pas d'amis de ton âge, et que tu es bien seule. Mais le bébé va arriver. Et tu peux inviter Arden à la maison. Et nous dirons à sa mère de venir pour le thé, maintenant que Mercy Marie a été chassée.

Je courus me blottir contre elle. J'explosais de joie.

— Tu aimes beaucoup Arden, n'est-ce pas?

— Oui, Maman. Il ne ment jamais. Il tient toujours ses promesses. Il ne fait pas de chichis et n'a pas peur de se salir les mains, comme Papa. Nous parlons de choses vraies. Par exemple, Arden m'a dit qu'il avait lu quelque part que les lâches meurent de plusieurs morts. Il m'a raconté qu'une fois il avait lui-même agi en lâche : il ne se le pardonnera jamais.

Les beaux yeux de Maman s'emplirent de pitié.

— Dis-lui que lorsque la lutte est trop inégale, il vaut mieux fuir pour survivre et se battre ensuite.

Que voulait-elle dire? J'aurais voulu continuer la conversation, mais elle avait fini de préparer le petit déjeuner.

— Mets la table, chérie, et cesse d'avoir cet air inquiet. Arden fera sûrement honneur au noble prénom qu'il porte. Tâche seulement de rendre à ton père l'amour qu'avait pour lui sa fille aînée, et il cessera de t'obliger à te balancer dans ce fauteuil.

— Maman, quand il va revenir, je vais lui demander de décommander les invités.

— C'est impossible, répondit-elle tristement. Il est allé en ville faire les courses et acheter des fleurs. Dès que son rendez-vous d'affaires sera terminé, il va rentrer. Vois-tu, quand il était jeune, il ne pouvait jamais inviter d'amis dans sa maison, et maintenant tous les prétextes sont bons pour faire des fêtes. Les hommes restent toujours de petits garçons, au fond de leur cœur, Audrina. Au contraire, quand j'étais petite, j'aurais voulu que mes parents ne donnent jamais de réceptions, car je devais alors rester dans ma chambre, mourant d'envie de descendre. J'ai dû attendre l'âge de seize ans pour pouvoir danser dans ma propre maison.

— Où dansiez-vous ?

— On roulait les tapis et nous dansions dans le salon néo-Renaissance, ou alors dans le petit salon. Quelquefois je me sauvais par la fenêtre pour aller rejoindre un flirt qui m'emmenait en voiture à une soirée. Ma mère laissait toujours la porte de derrière ouverte pour que je puisse filer, et mon père ne s'est jamais aperçu de rien. Quand ma mère m'entendait rentrer, elle venait dans ma chambre, s'asseyait au bord du lit, et je lui racontais tout. Je veux que les choses aillent de même entre nous. Quand tu seras en âge d'aller danser, je m'arrangerai pour que cela te soit possible...

L'espoir que le « don » me libère de l'emprise de Papa était peut-être aléatoire, mais Maman serait mon alliée.

— Tu avais beaucoup de flirts, Maman ?

— Oui, je dois l'avouer. (Nostalgique, son regard errait dans le vague.) Je m'étais promis de ne pas me marier avant l'âge de trente ans. Je tenais à faire une carrière de musicienne. Mais tu vois...

— Je suis désolée, Maman.

Elle me caressait les cheveux d'une main légère.

— Chérie, pardon, je parle trop. Il ne faut pas te sentir coupable. C'est moi qui ai fait ce choix. Je suis tombée amoureuse de ton père et l'amour fait fi de toutes les autres considérations. Il m'a attirée, et s'il ne m'avait pas forcée à le suivre, je serais morte de chagrin, le cœur brisé. Ne laisse pas l'amour couper les ailes à tes ambitions. Ton père te farcit le crâne de tout un tas d'idées absurdes, mais sur un point il a raison. Tu es « à part ». Tu es infiniment douée, même si tu ne sais pas en quoi consistent tes dons. Ton père est un homme foncièrement bon, seulement, parfois, il s'y prend mal.

Je la dévisageai. Je comprenais de moins en moins. D'abord elle disait que Papa m'inculquait des notions absurdes, et ensuite elle soutenait la plus folle de toutes ces notions, à savoir que j'étais « à part ».

Bientôt Papa fut de retour, les bras chargés de provisions et de fleurs. Vera le suivait, traînant les pieds, sale, les cheveux en bataille. Visiblement elle avait pleuré.

— Maman, sanglota-t-elle en se précipitant vers ma mère. (J'eus envie de me jeter sur elle : non seulement elle voulait me prendre mon père, mais maintenant elle disait « Maman » à ma mère.) Il m'a forcée à monter dans la voiture en me traînant par les cheveux, et justement je venais de me faire une mise en plis hier soir.

— Lucky, ne la console pas, s'écria Papa. (Il saisit Vera et la poussa sur une chaise de la cuisine avec tant de brutalité qu'elle se mit à geindre.) Cette belle menteuse déambulait sur la grand-route. Quand je lui ai intimé l'ordre de monter dans la voiture, elle m'a déclaré qu'elle avait l'intention d'aller faire la putain, pour nous faire honte à tous. Ellsbeth, si vous ne savez pas vous y prendre pour la mater, je vous jure que je vais m'en charger. Vera, monte dans ta chambre et restes-y jusqu'à ce que je te dise de redescendre, vociféra-t-il. Tu n'auras rien à manger jusqu'à ce que tu viennes nous faire des excuses. Et sois-nous au moins reconnaissante d'avoir place dans cette maison.

— Je n'ai aucune reconnaissance à avoir! (Vera se releva péniblement.) Et je redescendrai quand je voudrai!

Papa bondit.

— Maman, retiens-le, m'écriai-je. Il va la fouetter!

Ma mère soupira. Son visage accusait la fatigue.

— Laisse-la, Damian. Elle a été suffisamment punie.

Pourquoi ma tante ne prenait-elle pas la défense de sa fille? Elle semblait parfois détester Vera tout autant que Papa.

Là-haut, Vera hurlait à gorge déployée :

— Personne ne m'aime! Tout le monde s'en fout! N'essaye plus jamais de porter la main sur moi, Damian Adare! Sinon, j'irai le dire! Tu sais très bien à qui j'irai le dire et tu le regretteras.

Papa se leva, vola dans les escaliers. Cette idiote de Vera continuait à glapir. On entendit sa porte s'ouvrir brutalement, et il y eut un bruit sourd. Puis vint un hurlement à vous glacer le sang. Un second coup sourd... et le silence total. Restées dans la cuisine, nous levions la tête vers la chambre de Vera.

Enfin Papa redescendit.

— Qu'as-tu fait à Vera? demanda Maman, brusquement, le regard dur. Ce n'est qu'une enfant, Damian. Il n'y a pas lieu d'être aussi implacable avec une enfant.

— Je ne lui ai rien fait du tout! rugit-il. J'ai ouvert la porte. Elle a reculé pour m'éviter et elle s'est cognée dans une chaise. Elle est tombée et s'est mise à beugler. Ensuite elle s'est relevée et a voulu s'enfermer dans le cabinet de toilette, mais elle a trébuché de nouveau et elle est encore tombée. Je l'ai laissée par terre, en train de pleurer. Vous feriez mieux de monter, Ellie. Elle a dû se casser quelque chose, une fois de plus.

Stupéfaite, je regardai Papa. Si j'étais tombée, moi, il se serait précipité pour me relever. Il m'aurait embrassée, soutenue, et m'aurait dit plein de choses gentilles. Et voilà que pour Vera il ne faisait rien, il la laissait toute seule. Hier encore, il avait été si gentil avec elle !

— Je monterai après le petit déjeuner, répondit ma tante en se rasseyant. Si c'est une fracture, je vais encore avoir l'appétit coupé.

Maman se leva. Puisque c'était ainsi, c'était elle qui monterait.

— Assieds-toi, ordonna Papa. Tu t'évanouis de fatigue ; je veux que tu sois fraîche et reposée pour nos invités, ce soir.

Bouleversée, je me levai et me dirigeai vers l'escalier. Papa me cria de revenir, mais je ne l'écoutai pas. Je montai quatre à quatre.

— J'arrive, Vera !

Mais Vera n'était pas dans sa chambre. Je courus partout. Où était-elle passée ? Un faible chant s'élevait de la chambre de ma sœur Audrina :

> *Rien qu'une chambre aux jouets*
> *Pour seul horizon*
> *C'est Papa qui veut*
> *Que je reste à la maison*
> *Nulle part où aller*
> *Pour l'éternité*
> *Rien qu'une chambre aux jouets*
> *A l'abri de ma maison.*

J'étais saisie. Jamais de ma vie je n'avais entendu quelque chose d'aussi poignant. Vera aurait vendu son âme au diable pour être moi et pour que mon père la force à s'asseoir dans cet horrible fauteuil.

A regret, je redescendis à la cuisine.

— Comment va Vera ? demanda Maman.

Je répondis que Vera allait bien et qu'elle ne s'était rien cassé. Je ne parlai pas du fauteuil. Vera avait sûrement volé la clef dans le trousseau de Papa.

— Je ne sais pas si je te l'ai dit, Lucky, mais dès

qu'Audrina aura fini son *brunch,* nous irons tous deux faire un tour à la rivière.

Papa lança sa serviette qui alla comme un fait exprès atterrir dans sa tasse à café à moitié pleine. Maman enleva la serviette et lui adressa un regard expressif du style : « Tu prouves une fois de plus que tu n'es qu'un goujat... »

Il me prit par la main. Derrière la maison, la pelouse descendait en pente douce vers la rivière. La journée était superbe. L'onde était transparente, à peine traversée de petites rides étincelantes. Il me sourit :

— Demain, c'est ton neuvième anniversaire, chérie.

— Mais Papa, m'écriai-je stupéfaite, comment cela se peut-il ? Je n'ai que sept ans !

Un instant, il parut décontenancé. Puis, comme chaque fois qu'il ne trouvait aucune explication immédiate, il me caressa les cheveux et effleura ma joue.

— Ma douce, ne t'ai-je pas dit et répété que si nous ne t'envoyons pas à l'école, c'est que tu fais partie de ces individualités rares qui n'ont absolument aucune notion du temps ? (Il détachait ses mots avec netteté, et me regardait droit dans les yeux comme pour graver en moi cette notion.) Nous ne célébrons pas les anniversaires, parce que d'une certaine façon cela brouillerait le calendrier tout à fait spécial que tu portes en toi. Oui, tu as eu sept ans, un jour, il y a deux ans, et c'était hier.

Ce qu'il disait était impossible ! Pourquoi ne m'avait-il pas avertie plus tôt que j'avais huit ans et pas sept ? Essayait-il délibérément de me rendre folle ?

— Audrina chérie, reste calme. Ne cherche pas à te rappeler. Fais confiance à ton Papa. Demain, tu auras neuf ans. Papa t'aime et Maman aussi et même Ellie si elle osait se l'avouer. Mais elle ne le peut pas, parce qu'il y a Vera et que Vera est jalouse. Vera pourrait t'aimer aussi, si je pouvais lui témoigner davantage d'affection. D'ailleurs, je suis prêt à essayer, ne serait-ce que pour que tu n'aies pas une ennemie sous ton toit.

J'avais une boule dans la gorge, les larmes aux yeux. Il y avait dans ma vie quelque chose de diabolique. Oui, je le savais, j'étais spéciale, Papa me l'avait dit assez souvent mais personne ne pouvait oublier une année entière, ça n'existait pas. D'ailleurs je demanderais à Arden ! Non ! Je ne lui demanderais rien. Je ne voulais pas qu'il sache que je n'étais pas comme les autres.

Puis je vins à résipiscence : il fallait que je croie Papa, finalement. Je n'étais qu'une enfant, et tant pis si j'avais sauté une année. Si le temps passait trop vite pour que j'en garde le compte, qu'importait ?

Mais les peurs inconscientes essayaient de se faufiler tout de même, insinuantes, menaçant ma résolution d'être obéissante. Dans mon cerveau les couleurs papillotaient, je sentais dans mon corps un mouvement de balancier, des voix chantantes parlaient d'un huitième anniversaire où je portais une robe blanche avec des ruchés soulignés par un ruban de satin violet.

Mais cela ne voulait sans doute rien dire, sinon que Parfaite Audrina avait mis une robe à ruchés pour son anniversaire. Ces images étaient celles de ses anniversaires à elle. Où aller pour savoir la vérité ?

Papa m'entraînait à ses côtés sur la pente herbue. Le soleil était haut dans le ciel et me faisait chaud à la tête. Le temps me paraissait interminable. Chaque parole prononcée par Papa diluait les images claires que j'avais dans l'esprit et les remplaçait par de petits brouillards nébuleux. Les oies sauvages et les canards se pressaient en foule, voguant vers l'endroit où Maman avait coutume de leur donner à manger.

— Parle-moi de tes rêves de cette nuit, dit Papa. Je t'ai entendue geindre. Quand je suis allé voir, tu t'agitais dans ton lit, marmonnant dans ton sommeil des choses incompréhensibles.

Prise de court, j'avisai un pivert à tête rouge, frappant à coups répétés le tronc d'un de nos plus beaux noyers blancs :

— Va-t'en de là ! criai-je. Va chercher des vers sur les camélias !

— Audrina, dit Papa, ne te soucie pas des arbres. Ils seront encore là des années après nous. Dis-moi ce que tu as vu dans le fauteuil.

Papa avait, dans une certaine mesure, cru au truc de la bague et de la ficelle. Cela lui plairait sans doute de savoir que j'avais utilisé le même procédé. J'allais le lui raconter lorsque, tournant la tête, je vis, à une fenêtre du deuxième étage, Vera se balancer dans le fauteuil. A son gré, après tout ! Le don n'existait peut-être que dans la tête de quelqu'un qui avait envie d'un peu de magie dans sa vie. Et ce don, peut-être, c'était finalement l'imagination elle-même !

— Allons, chérie, dis-moi juste ce que tu as rêvé la nuit dernière.

Je nommai la valeur cotée en Bourse que l'épingle avait pointée deux fois, puis encore deux fois. Papa parut incrédule puis contrarié. J'avais eu tort de lui dire cela.

— Audrina, est-ce que je t'ai demandé un tuyau de Bourse ? Je te demande de me raconter tes rêves. Je veux t'aider à retrouver la mémoire, voilà pourquoi je veux que tu fasses usage du fauteuil. Je t'ai laissé croire que ton amnésie était naturelle, elle ne l'est pas.

Je n'en crus pas un mot. Tout ce qu'il voulait, c'était me transformer en Audrina Première ! C'est à cela que servaient les livres sur la magie et la perception extra-sensorielle qu'il cachait dans les tiroirs de son bureau.

Bouleversée, je jetai de nouveau un regard vers la fenêtre. Vera se balançait toujours. Et si elle faisait le rêve que j'avais fait ? Allait-elle hurler ? Papa se précipiterait-il pour la secourir ?

— Voilà, Papa. J'étais une grande personne, je travaillais dans une énorme salle pleine de machines informatiques pour les affaires, les écrans luisaient, changeaient de couleur, parlaient avec des voix caverneuses et envoyaient des messages. J'enseignais à toute une grande classe le maniement de ces instruments. Les lettres que je t'ai dites étaient marquées sur toutes les machines, toutes sans exception, Papa : IBM.

Pour toute réponse, il eut un petit sourire forcé et m'embrassa.

— C'est très bien, tu as essayé de m'aider financièrement, mais ce n'est pas cela qui importe. Je veux des souvenirs, Audrina. Remplis les trous de ton cerveau avec de *bons* souvenirs. Nous essayerons encore le fauteuil et nous verrons si la prochaine séance ne te remet pas les idées en place.

J'étais sur le point de fondre en larmes car j'avais effectivement eu un drôle de rêve à propos de ces machines.

— Ne pleure pas, mon amour, dit-il, m'embrassant de nouveau. Je comprends et je pourrais même mettre un peu d'argent sur ces actions. Même si elles viennent bientôt à échéance et renchérissent de trente pour cent à cette occasion...

Me relevant d'un bond, je m'enfuis pour échapper à ses ruminations gênantes. Allait-il mettre de l'argent sur cette valeur ? Qu'arriverait-il si elle continuait à baisser après le versement des coupons ? Pauvre Maman qui trimait comme une esclave à la cuisine pour préparer cette stupide réception alors qu'elle se sentait si lasse. Je courus vers la maison. Papa s'était relevé et faisait des ricochets dans la rivière...

Maman ne fit aucune allusion à mon neuvième anniversaire qui tombait le lendemain. Etait-ce parce qu'en vérité demain n'était pas le moins du monde mon anniversaire ? J'allai regarder les journaux dans le placard sous l'escalier. Demain était bien le neuf septembre, oui. Est-ce que le fait d'atteindre l'âge de neuf ans avait réellement un sens ? Oui, décidai-je. La journée avait passé sans que personne, sauf Papa, ne mentionne mon anniversaire.

Les premiers invités arrivèrent vers neuf heures, après quoi on m'expédia au lit. Le brouhaha de la fête (où étaient conviés vingt des meilleurs amis de Papa) parvenait jusqu'à ma chambre. Tous ces gens étaient banquiers, avocats, médecins, n'ayant qu'un souci en tête : l'argent. Ils aimaient nos fêtes; la nourriture était raffinée, l'alcool coulait à flots et surtout il y avait Maman. Dès qu'elle s'asseyait au piano, la soirée s'animait. Elle était artiste et elle attirait d'autres artistes désireux de jouer avec elle : les amis de Papa amenaient avec eux leurs enfants. Certains de ces adolescents étaient des musiciens confirmés et avec Maman pour inspiratrice, ils organisaient des jam-sessions.

En chemise de nuit, pieds nus, du haut de l'escalier, je la regardais de tous mes yeux. Elle portait une robe de soie rouge avec un décolleté si profond qu'il en montrait plus que Papa ne l'aurait souhaité. Tous les hommes présents s'agglutinaient autour du piano, se penchaient sur les épaules de Maman et l'encourageaient à jouer, à jouer plus vite, à donner plus encore de rythme alors que son tempo me semblait à moi déjà passablement frénétique. Ses doigts volaient. Souriant à ceux qui l'entouraient, Maman jouait d'une main et tenait de l'autre une coupe de champagne. Aux dires de Papa, Maman était une artiste prête à toutes les métamorphoses. Si son public voulait de la musique classique, elle lui en donnait; s'il voulait des chansons populaires, c'était d'accord. Si on lui demandait quelle musique elle préférait, elle répondait : « J'aime tous les genres. » Comme c'était merveilleux d'être si ouverte d'esprit et si éclectique ! En dehors de Grieg, Tante Ellsbeth n'aimait rien.

A voir Maman s'amuser à ce point, qui aurait deviné qu'elle s'était plainte toute la journée d'avoir à trimer pour ces gens qui ne lui étaient rien ?

— Vraiment, Damian, tu m'en demandes trop. Je suis dans mon sixième mois, et ça se voit. Tu veux donc que j'apparaisse dans cet état ?

— Tu es splendide et tu le sais bien. Enceinte ou pas, tu es toujours sensationnelle. Quand tu te maquilles, quand tu portes des couleurs vives et que tu souris.

— Ce matin, tu m'as dit que j'étais à faire peur !

— Et ça a marché, non ? Tu as sauté du lit, tu t'es fait un shampooing, tu as verni tes ongles, et je ne t'ai jamais vue aussi jolie.

Cette conversation résonnait encore dans ma tête tandis que j'admirais Maman au piano. Elle était si belle. Dans sa robe imprimée, ma tante semblait fagotée.

Soudain je poussai un petit cri de douleur. Vera était là, en chemise de nuit, et venait de me pincer le bras. Elle ne pouvait jamais s'approcher de moi sans me faire mal.

— Ta mère se conduit mal, chuchota-t-elle. Une femme enceinte comme elle l'est ne devrait pas se montrer.

Je regardai ma cousine et vis de l'admiration dans ses yeux tandis qu'elle esquissait un pas de danse au rythme du piano.

— Audrina Première jouait du piano exactement de la même manière, ajouta Vera. Elle lisait les partitions à livre ouvert. Et les aquarelles qu'elle peignait ! En comparaison, tu ne sais rien faire !

— Toi non plus ! répondis-je. (Une fois de plus elle m'avait blessée.) Allez, bonne nuit, Vera ! Tu ferais mieux d'aller te coucher toi aussi. Si Papa te voyait, tu serais sévèrement punie.

Je regagnai ma chambre. Remontant l'escalier, à mi-course, je vis Vera qui se tenait d'une main au rideau de perles et qui battait la mesure du pied. Elle allait sûrement rester là jusqu'à la fin.

Les bruits de la fête s'apaisèrent et je tombai dans un sommeil sans rêve... pour me réveiller quelques secondes plus tard, du moins il me le sembla. Mes parents se disputaient violemment. Pas étonnant que Maman n'aime pas recevoir. Chaque fois, cela finissait de la même façon. Mon Dieu, priai-je, me glissant hors du lit, aujourd'hui, c'est mon neuvième anniversaire. Il commence mal. Faites qu'il soit comme le mois de mars et s'achève, lui aussi, doux comme l'agneau.

Vera était déjà à genoux sur le tapis du couloir, lorgnant par le trou de la serrure. Elle posa un doigt sur ses lèvres et me fit signe de m'en aller. Je n'aimais pas qu'elle espionne mes parents et je refusai de partir. M'agenouillant à côté d'elle, je tentai de la repousser. La voix forte de Papa nous parvenait à travers la porte.

— Dans ton état! Tu dansais comme une pute! Tu t'es rendue ridicule, Lucietta!

— Laisse-moi tranquille, Damian! répliqua Maman, phrase que j'avais entendue dans sa bouche je ne sais combien de fois. Tu invites des gens sans me prévenir! Tu achètes des alcools, des fleurs, du champagne, tu me tends un verre, et quand je suis saoule, tu deviens enragé. Qu'est-ce que je suis censée faire pendant ces soirées? M'asseoir et te regarder béatement?

— Tu ne te conduiras jamais correctement! cria Papa.

Quand il était en colère, il avait une voix à vous crever le tympan. Il réservait sa voix douce et sucrée aux gens dont il avait besoin. Pourquoi n'était-il pas plus attentionné avec Maman, alors qu'elle avait un besoin si évident d'être comprise? Il ne pensait donc pas au bébé qui pouvait très bien ressentir sa fureur? Je frémissais d'indignation intérieure, je tremblais pour la santé de Maman. Etait-ce cela de l'amour? De retour dans ma chambre je mis ma tête sous l'oreiller, mais je les entendais toujours. Ecœurée, je ne savais pas quoi faire. Je me relevai et retournai à la porte, près de Vera. Elle aussi était toute tremblante mais de rire retenu. Je lui aurais volontiers tapé dessus!

— Tu as flirté, Lucietta. Dans ton état! Tu te pressais contre ce garçon qui jouait du piano sur la banquette à côté de toi et vous sembliez ne faire qu'un.

— Tais-toi! glapit-elle. Tu n'es qu'une brute, un rustre, un égoïste, et tu te contredis sans arrêt. Tu veux que je joue du piano mais quand les feux des projecteurs ne sont plus sur toi, tu deviens fou furieux. Je te l'ai déjà dit, et je te le redirai encore et encore : tu n'as aucun talent, sauf celui de discourir du matin au soir ! Et tu es d'une jalousie grotesque !

Et voilà ! Il ne lui ferait pas de quartier maintenant. Lentement, lentement, je me laissai tomber à genoux à côté de Vera. Je mis un œil au trou de la serrure et vis Papa donner une gifle retentissante à Maman. Je criai de tout mon être juste en même temps que Maman. Sa douleur et son humiliation étaient les miennes.

Vera se mit à rire et elle me repoussa.

— Audrina, chuchota-t-elle, il enlève sa ceinture. Ta mère va recevoir ce qu'elle mérite. Et tant mieux ! Il est temps qu'il la punisse — comme il devrait le faire avec toi !

Je la frappai rageusement et, la repoussant sur le côté, j'accrochai la poignée de la porte qui s'ouvrit. Je m'écroulai sur Vera et nous tombâmes toutes les deux en plein dans la chambre. Papa, torse nu, la fermeture éclair de son pantalon à moitié défaite, se retourna brusquement. Son visage était le masque même de la fureur. Maman était recroquevillée sur le lit, protégeant de ses bras son ventre proéminent.

— Qu'est-ce que vous foutez là ? rugit Papa, jetant sa ceinture par terre. Sortez ! Et ne vous avisez pas de revenir nous espionner !

Je me relevai d'un bond et hurlai :

— Ne t'avise pas de frapper une fois encore ma mère, ou de la fouetter avec cette ceinture ! Ne t'avise pas de recommencer !

Il me lança un regard méchant. Ses yeux sombres avaient un éclat féroce. Il empestait l'alcool. Je soutins son regard et il reprit peu à peu son sang-froid. Il se passa la main sur le visage, jeta un coup d'œil à son reflet dans la glace et parut avoir un choc.

— Je n'ai jamais frappé ta mère, tu devrais le savoir, dit-il, comme effrayé ou peut-être honteux que je l'aie vu. (Dans le couloir, Vera eut un petit rire idiot. Il hurla :) Combien de fois t'ai-je répété que cette partie de la maison m'appartenait ? Vera, veux-tu me foutre le camp !

— Oh Papa, s'il te plaît, ne crie pas ! Ce n'est pas de ma faute. C'est Audrina qui m'a réveillée et m'a emmenée. Quand elle ne peut pas dormir, elle va toujours vous espionner.

Il me fit face.

— Retourne dans ta chambre, Audrina, ordonna-t-il. Et ne m'espionne plus jamais. Je ne te croyais pas comme cela. J'ai peut-être l'air d'une brute, mais je suis le seul homme dans cette maison de femmes acharnées à me démolir. Même toi, oui ! Et, maintenant, ouste ! Dehors !

— Tu ne feras pas de mal à Maman ?

Je restais ferme sur mes positions et attendais sa réponse.

— Mais non, je ne ferai pas de mal à Maman. (Il y avait du sarcasme dans sa voix.) Si je la frappais et que je lui fasse mal, il faudrait payer la note du médecin, n'est-ce pas ? Et puis elle porte mon fils, et je pense à lui !

Péniblement, ma mère s'assit et me demanda de venir près d'elle. Je m'approchai : ses baisers étaient humides sur mon visage.

— Obéis à ton père, chérie. Il ne me fera pas de mal. Il ne m'a jamais fait vraiment mal — physiquement parlant.

Mes regards allaient d'elle à Papa, occupé à repousser Vera hors de la pièce. Puis il se dirigea vers moi. Je craignais des coups mais il me prit dans ses bras.

— Je suis désolé de t'avoir réveillée. Quand je bois trop et que je me regarde dans le miroir, je vois un imbécile qui ne sait pas s'arrêter. Alors, j'ai envie de punir quelqu'un mais c'est moi qui suis en faute.

Je ne comprenais rien à ce qu'il disait.

— Tout va s'apaiser, la soirée est finie. (Il y avait des sanglots dans sa voix, de la douleur dans ses yeux, de la honte, aussi.) Va te coucher et oublie tout ce que tu viens d'entendre et de voir. Je t'aime et j'aime ta mère. Cette réception était la dernière. Je ne donnerai plus jamais de fête.

Je m'étendis sur mon lit, agitée, envahie de doutes sur les hommes, sur le mariage. Cette nuit-là, je décidai de ne jamais me marier, dussé-je vivre un million d'années. Tous les hommes étaient-ils comme mon affreux et merveilleux papa ? Fourbe autant que séduisant et séduisant autant que cruel : maniant la ceinture, proférant des injures, critiquant tout, détruisant la confiance en soi et instillant dans les êtres la détestation de soi-même.

Cauchemar en plein jour

Cette nuit-là, je me tournai et me retournai dans mon lit, rongeant mon frein jusqu'au petit matin. Je finis par m'endormir d'un sommeil traversé de cauchemars. Des êtres squelettiques passaient à pas lents un pont qui ne menait nulle part.

Je luttai en rêve pour me forcer à me réveiller. Mon oreiller était trempé de larmes : mauvais présage que la journée dont je n'attendais rien de bon allait confirmer. Je pris un bain, m'habillai et me faufilai sans bruit dans l'escalier. La maison était plongée dans la pénombre. Par la fenêtre de la cuisine, j'apercevais un ciel sombre et fuligineux. La pluie menaçait. Des brumes basses et épaisses surplombaient la Lyle. Au loin, la corne de brume lançait son appel et les sirènes mugissaient, mélancolique adieu d'un navire qui prenaît la mer. Les cris des goélands me parvenaient assourdis, leur plainte me donnait la chair de poule.

Mon Dieu, faites qu'il y ait du soleil, faites qu'il y ait de la lumière. Aujourd'hui j'ai neuf ans. C'est le jour où Parfaite Audrina est morte.

Je guettai, près de l'escalier, espérant le bruit des pas de Maman, ou la jolie façon qu'elle avait de fredonner au lever, ou le clic-clac charmant de ses mules de satin. Dépêche-toi de descendre, Maman, j'ai besoin de toi.

Elle chasserait ma peur.

Quelque part, il devait bien y avoir un calendrier pour marquer d'un rond rouge le jour de mon anniversaire. Mais pourquoi vouloir un rond rouge puisque c'était *son* anniversaire, aussi ? Aujourd'hui, elle aurait eu dix-huit ans. Comme Maman devait être jeune quand elle avait épousé Papa. Regardant par la fenêtre, je vis tomber les premières grosses gouttes de pluie. Mon Dieu, est-ce qu'il pleuvait toujours le neuf septembre ?

Travaille. Tante Ellsbeth disait toujours que, quand elle travaillait ses soucis se dissipaient. J'allais suivre ce conseil. Je ferais frire le bacon, battrais les œufs, préparerais les omelettes, laverais les assiettes après le repas et Maman pourrait rester se reposer, se réjouissant de m'avoir si bien appris toutes ces choses. Si seulement Tante Ellsbeth et Vera pouvaient se taire.

Je n'avais pas plutôt mis la poêle à frire sur la plaque que je me sentis repoussée rudement sur le côté.

— Mais qu'est-ce que tu fabriques ? aboya ma tante.

— J'aide Maman !

Cette pauvre Tante Ellsbeth cuisinait comme un pied. Personne ne la voulait à la cuisine sauf pour laver le carrelage ou faire les vitres.

— Qu'est-ce que tu rumines encore ? reprit-elle, me relayant pour le bacon.

Elle mit immédiatement la chaleur de la plaque au maximum. Elle n'aurait rien voulu savoir si j'avais dit qu'il fallait laisser la plaque à petit feu.

Je sortis la vaisselle pour cinq. Une tasse me glissa des mains et se cassa. Je restai figée. C'était la tasse à déjeuner préférée de Papa.

Ma tante me jeta un coup d'œil dédaigneux.

— Regarde ce que tu as fait. Tu serais d'une aide plus grande si tu restais hors de la cuisine. Cette tasse était la dernière d'un service donné à tes parents en cadeau de mariage. Ton père va piquer une crise quand il saura ce que tu as fait.

— Qu'est-ce que cette idiote d'Audrina a encore fait? demanda Vera en entrant dans la cuisine. (Elle se laissa tomber sur une chaise et s'affala sur la table, la tête dans les bras.) J'ai encore sommeil. On ne peut jamais dormir suffisamment, ici. Il y a un tel bruit dans cette maison!

Mettre la table était la seule chose que je pensais savoir faire, mais voilà que maintenant ma tante me reprochait d'utiliser trop de vaisselle.

— Trois couverts, ma fille, cela suffira.

Je la dévisageai, stupéfaite.

— Pourquoi trois seulement?

Elle continua de retourner le bacon dans la poêle.

— Les contractions de ta mère ont commencé au petit matin. C'est vraiment comme un fait exprès : ses enfants s'annoncent toujours au moment où je commence enfin à m'endormir.

— Est-ce que les contractions veulent dire que le bébé de Maman est en route?

— Bien sûr.

— Mais alors le bébé arrive avant la date?

— Cela se produit parfois. Il n'y a pas moyen de prédire exactement la date. Ta mère va sur son septième mois. Evidemment, ça va un peu bousculer le bébé!

Oh zut, moi qui espérais que le bébé aurait tout son temps pour avoir plein de cheveux et de jolis ongles des pieds et des mains!

— Combien de temps ça met pour qu'un bébé naisse ? demandai-je timidement.

— Pour quelqu'un comme Lucietta, qui aime faire une montagne des choses les plus simples et les plus naturelles, il faudra sûrement la journée pleine et entière, sinon davantage. (Tante Ellsbeth eut un sourire méchant.) Elle a été gâtée toute sa vie parce qu'elle était plus jolie que la plupart des petites filles.

— Mais Papa a appelé pour dire que Maman avait mal ? Il a dit qu'elle perdait le bébé ?

J'avais envie de hurler. Pourquoi était-elle si avare de paroles alors qu'il s'agissait de ma mère et du bébé : mon frère, ma sœur.

— Audrina est gâtée, elle aussi, répliqua Vera, et pourtant elle est loin d'être la plus jolie.

J'essayai d'avaler l'abominable mixture que ma tante avait concoctée.

— Allons, mange, ça te remplumera un peu !

Vera pouffa.

Le bacon était bon à jeter. Si sec et parcheminé que ma tante elle-même n'en mangea pas. Les omelettes, elles aussi, étaient immangeables.

— Ça va être dur d'aimer la nourriture maintenant que Maman ne s'en occupe plus.

Vera appuya sur le « Maman ». Elle voulait voir ma tante tiquer. Tante Ellsbeth fit mine de n'avoir rien entendu.

Je restai pour ranger la cuisine. Pendant que ma tante retournait à sa télévision, je balayai. Vera finissait en toute hâte de s'habiller pour partir à l'école.

— Et toi, n'est-ce pas, tu restes à la maison ! claironna ma tante, de la pièce voisine. Il pleut et ton père m'a bien recommandé de ne pas te laisser aller traîner. S'il arrête de pleuvoir, tu pourras jouer sur la pelouse — mais ne t'en écarte pas.

— Et pour moi, qu'est-ce qu'il a dit, Papa ? demanda Vera, sur le seuil, prête à courir vers le bus.

— Damian n'a pas parlé de toi !

Ma tante fit passer un courant d'air glacé dans sa voix. Elle n'avait guère d'égards pour sa bâtarde de fille.

Je m'étais à peine formulé cette réflexion qu'elle me fit sourire. Pour avoir souvent regardé la télévision en cachette, je savais que les héros préférés de ma tante avaient souvent des bébés hors des liens du mariage.

— Ne fais pas confiance à Audrina quand il s'agit d'Arden, cria Vera. Vous feriez mieux de boucler portes et fenêtres sinon elle s'échappera pour aller le voir. Crois-moi, tôt ou tard, elle va lui faire...

— Lui faire quoi ? demandai-je furieuse.

— Vera ! cria ma tante, pas un mot de plus ! File ou tu vas rater le bus.

Envieuse, je regardai Vera s'éloigner. Juste avant de disparaître au tournant, elle me fit un pied de nez. Je restai plantée là, pensant à Maman. Avait-elle mal ? Perdait-elle son sang ?

Pourquoi Papa ne m'appelait-il pas ? Je restai des heures suspendue dans l'attente d'un coup de téléphone. La pluie avait cessé. L'ambiance de la maison, le silence me tordaient les nerfs. J'allai marcher un peu le long de la rivière, derrière la maison. Dans la faible lumière du soleil, sous le ciel pâle, je fis ricocher des cailloux comme j'avais vu Papa le faire.

Papa ne téléphona pas de toute la journée. Je m'inquiétais, rongeais mon frein, marchais de long en large. Vera rentra de l'école. Elle se traînait. Elle récrimina au dîner parce qu'elle n'aimait pas le ragoût de légumes préparé par Tante Ellsbeth. C'est alors que j'aperçus par la fenêtre Arden arrivant à vélo dans l'allée, avec une grande boîte attachée à son guidon. Je courus à sa rencontre, avant que ma tante ne le voie et ne dise à mon père qu'il était venu.

— Bon anniversaire ! cria-t-il, avec un grand sourire. (Il freina et descendit.) Je n'ai qu'une seconde — je t'ai apporté un truc que ma mère a fait pour toi, et un petit cadeau de ma part.

Comment savait-il que c'était mon anniversaire ? Je ne pensais pas le lui avoir dit. Jusqu'à hier, je ne le savais pas moi-même. Les yeux brillants, il me regarda défaire le grand paquet. C'était une robe violette, splendide, avec un col et des poignets de dentelle blanche. Le décolleté s'ornait d'un bouquet de violettes, aux pétales de soie.

— C'est Maman qui l'a faite pour toi. Elle a pris tes mesures rien qu'en te regardant. Elle te plaît ? Tu crois qu'elle t'ira ?

Dans un élan, je me jetai à son cou. J'étais si heureuse que j'en aurais pleuré. Il était le seul à s'être souvenu de mon anniversaire. A la fois gêné et ravi, il me tendit une boîte plus petite.

— Ce n'est vraiment pas grand-chose, mais comme tu m'as dit que tu tenais un journal pour t'aider à te rappeler les choses, j'ai cherché un cahier qui aille avec la robe, mais on n'en fait pas en violet, alors je t'en ai acheté un blanc avec des violettes dessinées dessus. Si tu peux, fais un saut chez nous vers cinq heures. Maman a confectionné un gâteau d'anniversaire tout décoré, exprès pour toi. S'il t'est impossible de venir, je te l'apporterai.

Je m'essuyai les yeux et ravalai mes larmes.

— Arden, le bébé va arriver aujourd'hui. Ma mère est partie au petit matin et nous n'avons aucune nouvelle. Je viendrai si Papa appelle et dit que Maman et le bébé vont bien. Tant qu'il n'a pas appelé, je ne peux pas m'en aller d'ici.

Délicatement, comme s'il avait peur que je me mette à crier ou à lui résister, il me serra brièvement dans ses bras puis me laissa aller.

— Ne t'inquiète donc pas, des millions de bébés naissent à chaque seconde. C'est tout naturel. Je parie que ta tante a complètement oublié ton anniversaire. Non ?

Je baissai la tête, pour qu'il ne puisse pas voir que j'avais de la peine.

Le « journal » qu'il m'avait donné fermait avec une petite clef d'or. Pour mettre mes secrets à l'abri des lecteurs indiscrets. Des secrets, j'en avais une cargaison. L'ennui, c'est qu'ils restaient des secrets même pour moi.

— Je t'attendrai à la lisière du bois, dès que j'aurai fini de distribuer mes journaux. J'attendrai jusqu'au coucher du soleil, et si tu ne viens pas, je t'apporterai ton gâteau d'anniversaire.

Il n'en était pas question. Papa s'apercevrait qu'il était venu.

— Non, je viendrai sûrement demain. Remercie Billie pour la robe. Elle est ravissante et me plaît beaucoup. Et merci aussi pour le cahier, il est exactement comme je voulais. Ne m'attends pas à la lisière, surtout aujourd'hui. Il arrive des choses épouvantables dans les bois. Je ne veux pas que tu restes là après la tombée de la nuit.

Le regard qu'il me jeta était étrange, lourd d'un savoir qui m'échappait. Il enfourcha son vélo :

— A bientôt, Audrina. Je suis content que tu aies neuf ans.

Et le voilà parti. Mais je me sentais tout de même moins seule, moins malheureuse.

Le dîner était si médiocre que ma tante elle-même mangea du bout des lèvres. Et Papa qui n'appelait toujours pas.

— C'est tout à fait lui, dit Vera. Il n'a aucun égard pour les sentiments des autres. En ce moment, il est sûrement dans un bar à fumer cigare sur cigare. En tout cas, je te parie tout ce que tu voudras que lorsque le bébé sera là, fini pour toi d'être la préférée.

Ma nuit s'écoula entre veille et cauchemars. Des centaines de bébés à naître, flottant dans les nuages, braillaient à qui mieux mieux. Tous voulaient être l'enfant de Maman. Papa, armé d'une énorme batte de base-ball, envoyait valdinguer de par l'univers tous les bébés filles. Il empoigna un énorme bébé garçon qu'il désigna du nom de « fils ». Ce frère tant désiré devint alors gigantesque et me piétina. Papa n'y prêta aucune attention.

Lorsque je m'éveillai, une lumière blafarde baignait ma chambre. Le soleil n'était encore qu'une lueur à l'horizon. Épuisée, je me rendormis et cette fois Maman vint me visiter en rêve. Me prenant dans ses bras, elle me dit que j'étais la meilleure et la plus merveilleuse des filles, et que nous allions nous revoir bientôt. « Sois sage, obéis à Papa », murmura-t-elle en m'embrassant. Je n'entendais pas le son de sa voix : ses paroles pénétraient en moi sans être prononcées. Son image s'estompa jusqu'à se confondre avec le nuage couleur de rose dont elle était nimbée et qui rappelait certaines de ses plus chatoyantes robes.

Quelle sensation bizarre de me réveiller sachant que mes parents n'étaient pas là. Il me semblait encore plus étrange d'avoir rêvé d'eux. Ordinairement je ne rêvais que des gens qui me faisaient du mal. Par exemple, je rêvais très souvent de Vera.

Cette seconde journée fut pareille en tout point à la précédente. Mon attente angoissée devint si intense que j'appelai Billie au téléphone pour lui demander de remettre le goûter d'anniversaire.

— Je comprends, chérie, ton gâteau attendra. Et si besoin est, j'en ferai un autre.

Vers quatre heures, ma tante m'appela dans la cuisine.

— Audrina, dit-elle en sortant le mixer du placard, ton père a téléphoné. Le bébé est né. On l'a appelée Sylvia.

Elle évitait mon regard. Je détestais qu'on me parle sans me regarder. Pour une fois, Vera était occupée. Elle épluchait les pommes de terre.

— Maintenant, tu l'as dans le baba, espèce de caboche creuse, dit-elle avec un sourire méchant. Il va l'aimer plus que toi.

— Vera ! Je ne veux plus jamais t'entendre parler à

Audrina de cette façon ! (Jamais ma tante n'avait ainsi pris ma défense. Je la regardai avec gratitude.) Vera, monte faire tes devoirs. Audrina finira d'éplucher les pommes de terre.

Ma gratitude s'évanouit. Toutes les corvées étaient toujours pour moi. J'étais vraiment la Cendrillon du logis.

— Je suis désolée, Audrina, dit ma tante d'un ton plutôt gentil, mais je veux te parler seule à seule.

— Maman va bien, au moins ? demandai-je timidement.

— Audrina, j'ai quelque chose à te dire, répondit ma tante, semblant hésiter.

Je pouvais voir dans l'encadrement de la porte dépasser une mèche de cheveux abricot. Vera nous épiait.

— Assez, Ellie, dit Papa entrant juste à ce moment-là, par l'autre porte. (Il se laissa tomber sur une chaise, visiblement épuisé.) Je le lui dirai, moi, à ma façon.

Il avait surgi de nulle part, si soudainement et si silencieusement que je fus une fraction de seconde sans le reconnaître. Sa barbe avait poussé, ses vêtements étaient tout fripés. Il avait les yeux gonflés, avec de grands cernes sombres. Son regard croisa brièvement le mien puis il mit les coudes sur la table et se cacha le visage dans les mains. Ses épaules tremblaient. Alarmée, je m'élançai vers lui et l'entourai de mes bras.

— Papa, tu as l'air si fatigué !

J'avais le cœur chaviré. Pourquoi tremblait-il ? Pourquoi se cachait-il le visage ? Etait-il si déçu que le bébé soit une fille ? Etait-ce l'idée d'avoir une seconde fille dans mon genre qu'il ne supportait pas ?

Il eut un frisson et releva la tête. Il crispa les poings et donna plusieurs coups sur la table, si fort que le vase de fleurs se renversa. Ma tante accourut pour réparer les dégâts. Elle alla chercher l'éponge et j'allai remettre de l'eau.

— Papa, vite! Parle-moi de Maman! Il me semble maintenant qu'elle est partie depuis un mois.

Ses yeux sombres étaient noyés de larmes. Il secouait la tête d'un côté à l'autre comme un chien mouillé. Il y avait de la panique dans son regard, et quand il parla son élocution pâteuse me figea de terreur.

— Audrina, tu es une grande fille, maintenant. (Je le regardai fixement. Je détestais ce genre d'avant-propos.) Tu te rappelles ce que tu me disais concernant le thé du mardi? Que Mercy Marie te donnait l'impression que la vie et la mort se livraient en ce monde une bataille constante? Eh bien, c'est vrai encore. La vie et la mort sont une part de notre expérience humaine, comme le jour et la nuit, le sommeil et la veille. L'un naît, l'autre meurt. Nous perdons, puis nous gagnons. C'est ainsi qu'il faut voir les choses pour rester sain d'esprit.

— Papa, sanglotai-je, tu ne vas pas me dire...

— Oh, assez! s'écria ma tante. Damian, allez donc droit au fait! Vous ne pouvez pas protéger éternellement Audrina des choses de la vie! Plus vous l'en tiendrez éloignée, plus dure sera la chute quand elle sera finalement obligée d'affronter la réalité. Renoncez à faire vivre cette enfant dans un monde de fantasmes!

Rudes étaient ces paroles, et mordante était la voix. Papa eut vers moi un regard de regret.

— Vous avez sans doute raison, dit-il avec un soupir. (Des larmes glissèrent sur ses joues. Il m'attira, me prit sur ses genoux et me serra sur son cœur. Il s'éclaircit la gorge.) Cher cœur, ce n'est pas facile à dire. Je n'ai jamais eu à annoncer une telle nouvelle, et encore moins à mon enfant chérie. Tu sais peut-être que ta mère a eu beaucoup de mal à te mettre au monde.

— Oui, oui, je le sais, mais elle avait eu du mal avec Première Audrina, aussi.

— Elle a passé de pires moments encore pour Sylvia. (Il me tint serrée plus étroitement.) Je crois t'avoir expliqué il y a quelque temps comment le bébé chemine à travers le canal de naissance de la mère pour venir au monde. (Il hésitait. J'étais figée d'angoisse.) La pauvre petite Sylvia est restée coincée là, trop longtemps peut-être. (Une fois encore, il se tut. Mon cœur battait si fort que je pouvais entendre ses coups sourds. Vera était entrée dans la cuisine. Elle savait déjà. Ses yeux étaient sombres, d'un noir d'encre.) Chérie, tiens-moi fort maintenant. Il faut que je le dise, et tu dois entendre. Ta maman est partie, chérie. Partie au ciel... Elle est morte peu avant que Sylvia ne soit délivrée.

J'entendis mais je n'en crus rien. Non, non, rien de tout cela n'était vrai. J'avais besoin de ma mère. Il me la fallait. Dieu avait déjà emporté Parfaite Audrina. Etait-il sans cœur au point de frapper de nouveau mon père de cette façon ?

— Non, Papa, Maman est trop jeune et trop jolie pour être morte.

Je sanglotais. Je n'étais qu'une petite fille. Qui allait m'aider à grandir ? Je le regardai fixement. J'attendais qu'il sourie et cligne de l'œil. Ce n'était sûrement qu'une vilaine farce imaginée par Vera. Je jetai un coup d'œil à ma tante. Debout, tête basse, elle se tordait les mains sur son tablier immaculé. Vera paraissait aussi atterrée que moi. Papa inclina la tête sur mon épaule, et il pleura.

— Je l'aimais, Audrina, sanglota mon père. Même si je n'ai pas été tout ce que j'aurais dû être pour elle, je l'aimais. Elle m'a tant sacrifié. Je l'ai empêchée de faire la carrière à laquelle elle aspirait, je le sais. J'essayais de me persuader qu'elle ne serait arrivée à rien, mais si je n'étais pas entré dans sa vie elle aurait réussi. Elle décourageait tous les hommes, elle était décidée à devenir une pianiste en renom, mais je ne lui ai pas laissé le temps de refuser ma demande. Je la voulais et je l'ai eue; et quand je l'ai eue, je lui ai dit et répété qu'elle n'était qu'une médiocre musicienne : plus pour me tromper moi-même, d'ailleurs, que pour la consoler. Je voulais être le centre de son monde, et elle a fait en sorte que je le sois. Elle m'a tant donné, elle a essayé d'être selon mes désirs, même si mes désirs n'étaient pas les siens. Elle a appris à me plaire, et j'aurais dû lui en donner acte. Je ne lui en ai jamais manifesté la moindre reconnaissance.

A cet instant, il s'interrompit pour sécher ses larmes et s'éclaircir la gorge.

— Elle t'a mise au monde, Audrina, et tu es mon bien le plus précieux. Elle m'a fait bien d'autres présents inestimables, et maintenant qu'il est trop tard, j'ai conscience de ne pas les avoir appréciés à leur juste valeur.

Mais à moi s'imposait, dans l'état de panique glacée qui m'avait envahie, la vision de Papa brandissant sa ceinture au-dessus d'elle. J'entendais encore la voix de Maman, cette terrible nuit où je l'avais vue vivante pour la dernière fois. « Il ne m'a jamais fait vraiment mal — physiquement parlant. » Et pourquoi Papa ne parlait-il pas de l'enfant prodigieuse qu'elle lui avait donnée, celle qui était morte et enterrée ?

— Non, répétait Papa, tremblant de tout son corps, voulant que je sombre dans sa propre douleur, non, j'ai été loin de l'apprécier comme je l'aurais dû.

J'en voulais à Papa d'avoir commencé ce bébé. J'en voulais à Dieu d'avoir emporté Maman. J'en voulais à Vera et à tous ceux qui avaient une mère alors que je n'en avais plus. Maintenant je n'avais plus qu'une tante qui me détestait, et Vera qui ne valait guère mieux. Et Papa, quelle sorte d'amour me vouait-il ? Pas celui dont j'avais vraiment besoin, sur quoi j'aurais pu compter, m'appuyer. A qui me confier maintenant ? Qui m'apprendrait quoi faire pour qu'un homme m'aime ? Papa était si égoïste et si cruel dans son amour !

— Où est le bébé ? demandai-je d'une voix brisée.

— Chérie, chérie, commença Papa, bientôt il ira très bien, vraiment! (Je me reculai pour le regarder sans indulgence : il mentait. Ses larges épaules s'affaissèrent.) Bon, bon, laisse-moi t'expliquer. Les nouveaunés sont toujours fragiles, surtout les prématurés. Sylvia est très petite, elle pèse seulement trois livres et demi. Elle n'est pas tout à fait terminée. Elle n'a encore ni cheveux ni ongles et nécessite une surveillance médicale que nous ne pouvons lui assurer ici. Elle est en couveuse pour l'instant; c'est une sorte de boîte de verre chauffée qui permet aux infirmières de veiller constamment sur elle. Voilà pourquoi elle doit rester encore à l'hôpital.

— Je veux la voir! Emmène-moi à l'hôpital! Et puis Maman pourrait très bien ne pas avoir eu de bébé du tout et être morte de... de...

Mais, en mon âme et conscience, quel que fût mon désir de l'en accuser, je ne pus lui dire qu'il l'avait tuée.

— Cher cœur, poursuivit-il d'une voix blanche, avec une immense lassitude dans le regard, Sylvia est un petit, un minuscule bébé. Les enfants de ton âge véhiculent beaucoup de germes microbiens. On ne te laisserait pas approcher. Peut-être même ne survivra-t-elle pas; prépare-toi aussi à sa mort.

Dieu! Si elle mourait, alors la mort de Maman n'aurait aucun sens — mais la mort avait-elle jamais eu le moindre sens? Non! Sylvia vivrait, car j'allais prier matin, midi et soir. Et quand enfin elle quitterait l'hôpital, c'est moi qui serais sa mère.

— Si petite et déjà la cause de tant de chagrins, murmura Papa avec lassitude, s'affalant une fois de plus sur la table.

Il ferma les yeux et sembla dormir. Tante Ellsbeth semblait ne pas savoir comment le consoler. Elle voulut toucher son visage mais très vite elle enleva sa main, se contentant de le caresser des yeux. Comme s'il avait perçu sa présence, il releva la tête et la regarda droit dans les yeux. Un défi muet passa dans son regard fatigué mais inébranlable.

— J'espère que vous pourrez vous payer une nurse pour Sylvia quand elle arrivera ici, dit Tante Ellsbeth d'une voix blanche. (A son tour elle le défia du regard :) Si vous croyez que je vais gâcher le reste de mes jours à torcher deux mômes qui ne sont même pas les miennes, vous vous leurrez, Damian Adare.

Un long moment, leurs volontés s'affrontèrent en silence. Ce fut elle qui baissa les yeux.

— Si, Ellie, vous resterez, car vous serez maîtresse du domaine de Whitefern et de tout ce qu'il contient.

Avait-il insisté sur le « tout » ? Peut-être était-ce seulement mon imagination.

Ce soir-là, Vera se glissa dans ma chambre. Je pleurais. Elle me chuchota à l'oreille que Papa aurait pu sauver la vie de ma mère s'il n'avait pas tant tenu au bébé.

— Il n'aimait pas assez ta mère, affirma-t-elle cruellement. Il voulait ce bébé, il voulait son fils. Je te parie tout ce que tu voudras que s'il avait deviné que ce ne serait qu'une fille comme toi, il aurait dit aux docteurs de laisser le bébé et de sauver la mère.

— C'est même pas vrai, sanglotai-je. Papa ne m'a pas dit qu'il avait eu à choisir.

— Il ne voulait pas que tu saches. Tu vois bien, il ne t'a même pas dit que ta mère avait le cœur malade; c'est pour ça qu'elle était toujours couchée sur la méridienne mauve. Après ta naissance, le docteur leur avait dit qu'il ne fallait pas qu'elle ait d'autre bébé. Alors, quand Sylvia est restée coincée dans ce que ton père appelle le canal de naissance, il aurait dû dire aux docteurs de sauver la vie de ta mère et d'oublier le bébé. Mais il voulait ce bébé. Il voulait un garçon. Tous les hommes veulent un fils. Voilà pourquoi ta mère est couchée en ce moment sur une plaque dure et froide, à la morgue. Demain matin tôt ils transféreront ses restes dans un hall mortuaire, où des hommes viendront et la videront de tout son sang. Ils coudront ses lèvres et ses paupières et lui mettront même du coton dans...

— Vera ! rugit mon père, fonçant dans la chambre et la prenant par les cheveux. Comment oses-tu venir dans la chambre de ma fille et lui bourrer le crâne avec ces effroyables sornettes ? De quelle sorte de folie es-tu donc possédée ?

Toute la journée des funérailles, il plut. Il n'avait cessé de pleuvoir depuis trois jours. Notre petite famille se groupa sous le dais gris-brun. La bruine ruisselait de la tenture sur le luxueux cercueil couvert d'un tapis de roses rouges. A la tête du cercueil, dressée, il y avait une croix de roses blanches avec un ruban violet portant mon nom en lettres dorées : *A Maman, sa fille aimante, Audrina.*

— Papa, chuchotai-je, qui a envoyé cette croix pour moi ?

— C'est moi, répondit-il à voix basse. Les roses rouges, ses roses préférées sont de moi tandis que les roses blanches représentent l'amour d'une enfant pour sa mère. Ce sont nos amis de la ville qui ont envoyé les autres fleurs.

Je n'avais jamais vu tant de belles fleurs rassemblées dans un endroit si sinistre. Autour de nous des gens habillés de sombre se pressaient en foule avec des visages affligés. Je ne m'étais jamais sentie aussi seule : pourtant d'un côté je m'accrochais au bras de Papa et de l'autre Arden me tenait la main.

— Chers amis, commença le pasteur, nous sommes réunis en ce jour pluvieux pour rendre un dernier hommage à l'une des nôtres, chère à nos cœurs. Belle et talentueuse dame qui savait éclairer une journée maussade comme celle-ci du soleil de sa présence. Elle réussit à embellir nos vies et les rendit meilleures. Parce qu'elle vécut, nous sommes plus riches. Parce qu'elle était généreuse, des enfants du village de Whitefern ont trouvé des jouets et des vêtements neufs sous l'arbre de Noël. Il y avait de la nourriture à la table des pauvres parce qu'elle y veillait...

La liste des bonnes actions de ma mère me parut interminable. Elle n'avait pourtant jamais laissé soupçonner qu'elle contribuait à des œuvres charitables. Ma tante avait tant de fois traité Maman d'égoïste et d'enfant gâtée !

Un vent glacé se mit à souffler. On aurait juré qu'il allait neiger. J'avais froid. M'approchant de Papa, je pressai sa main gantée.

— Oui, je marche dans la vallée où plane l'ombre de la mort, mais je ne crains pas le mal car tu es avec moi... dit le pasteur.

La pluie tombait fort. Je croyais entendre la voix claire de ma mère chanter en réponse.

« Je suis venue seule en ce jardin... tandis que la rosée est encore sur les roses... »

L'ascenseur allait descendre son cercueil au fond du trou. Je ne la reverrais jamais plus.

— Papa, sanglotai-je, dis-leur de ne pas mettre Maman dans ce trou humide. Je veux qu'elle aille dans une petite maison de marbre.

Comme il me parut triste !

— Je n'ai pas les moyens de payer un mausolée de marbre, chuchota-t-il en réponse. Mais quand nous serons riches, nous en ferons construire un. Tu m'entends, Audrina ?

Non, je n'entendais pas. Mon esprit était ailleurs. Je regardais la tombe de Parfaite Audrina. Pourquoi ne mettaient-ils pas ma mère à côté d'elle ? Je le demandai à Papa. Il releva fièrement le menton.

— Lorsque je mourrai, je veux reposer entre ma femme et ma fille.

— Où est-ce que je reposerai, moi, alors ? demandai-je. Je ne serai donc jamais chez moi nulle part ? Même dans la mort ?

— Tu connaîtras ta place tôt ou tard, répondit-il

d'une voix tendue. Tais-toi maintenant, Audrina. Les gens du village nous observent.

Je regardai l'assistance. Ils ne venaient jamais nous voir, ils ne nous parlaient jamais, ils ne nous faisaient jamais signe quand nous passions en voiture dans la rue. « Ils nous détestent pour beaucoup de raisons, disait mon père, mais aucune n'est de notre fait. » Ils étaient tout de même venus pour l'enterrement de Maman. Etaient-ce eux, les pauvres qu'elle avait nourris et habillés et à qui elle avait donné de l'argent ? Mais alors pourquoi ne pleuraient-ils pas ? J'avalai mes larmes et relevai la tête, me voulant brave et forte; Maman m'aurait approuvée. « Les gens cultivés ne montrent jamais leurs sentiments; ils les réservent pour les moments de solitude. »

La cérémonie prit fin. La foule s'écoula lentement. Papa m'ouvrit la portière de la voiture.

— J'ai l'intention d'aller à New York, dis-je, m'asseyant à la place du passager. J'ai décidé de devenir pianiste et rien, absolument rien, ne pourra m'en empêcher.

Arden était tout proche de moi, prêt à monter dans la voiture avec nous, et à s'asseoir avec Vera et ma tante sur le siège arrière.

— Tu ne sais pas jouer du piano, répondit Papa durement. A ton âge, ta mère avait déjà des années de pratique derrière elle. Tu n'as jamais posé les mains sur un clavier. Tu n'es sûrement pas attirée par la musique.

— Elle non plus n'était pas attirée par la musique étant enfant. Papa, ses parents l'avaient forcée et finalement elle a pris goût à ses leçons. Moi aussi, j'aimerai la musique une fois que je saurai jouer.

— Donnez sa chance à Audrina, dit Arden.

J'avais un peu de peine parce que Billie n'était pas venue à l'enterrement.

— Restez en dehors de tout cela, jeune homme, gronda Papa, jetant à Arden un regard haineux. Tu n'es qu'une enfant, Audrina, tu ne sais pas ce qui est bon pour toi. Tu as bien d'autres dons, et mieux à faire que de taper sur des touches. C'est un projet stupide !

— Laissez-moi parler, monsieur. Pourquoi tyrannisez-vous Audrina ? Vouloir réaliser les rêves de sa mère n'est pas un projet stupide. Audrina est exactement de ces êtres sensibles, intelligents qui font les grands musiciens. Et je sais le professeur qu'il lui faut. Il s'appelle...

— Je ne veux pas entendre son nom ! cria Papa. C'est vous qui allez payer ses leçons, mon garçon ? Parce que si vous comptez sur moi, vous pouvez toujours courir. Le père de ma femme a dépensé une fortune, pensant que sa fille deviendrait mondialement connue, et elle n'a pas répondu à ses espérances.

Ainsi il avait oublié ce qu'il m'avait dit le jour de la mort de Maman. Il n'avait aucun regret ! Pas le moindre !

— C'est parce qu'elle t'a épousé, Papa !

Les gens qui n'avaient pas encore quitté le cimetière tournèrent la tête vers nous, stupéfaits. Je blêmis et me détournai. Mes yeux se portèrent sur la frêle stèle blanche qui se détachait contre le ciel d'orage. Quelle angoisse de voir son propre nom gravé sur une tombe !

— Je ne veux pas de ce genre de discussion, en ces lieux, dit Papa. (Une fois de plus il s'adressa à Arden :) Et vous, jeune homme, désormais, je vous prierai de rester en dehors de la vie de ma fille. Elle n'a besoin ni de vous ni de vos conseils.

— A bientôt, me dit Arden.

Il prit congé d'un signe de la main, défiant Papa à sa façon.

— Ce garçon n'apportera jamais que des ennuis à tout le monde, grogna mon père.

Maman disparue, la maison était vide, sans âme. Papa semblait avoir oublié le fauteuil. Une nuit, une idée me vint à l'esprit; s'il était vrai, comme le croyait Papa, que je pouvais entrer en contact avec Première Audrina rien qu'en me balançant et en chantant, pourquoi ne pourrais-je aussi communiquer avec Maman? Je n'aurais pas peur. Je ne crierais pas. L'idée m'empêchait de dormir. Oserais-je me faufiler dans cette chambre et me balancer toute seule, sans Papa dans le couloir? Oui, il me fallait grandir. Quelqu'un devait m'apprendre comment on s'y prenait et Maman, reconnaissant les fautes qu'elle avait commises, m'aiderait à éviter les embûches.

Silencieusement, je pris le couloir sur la pointe des pieds, passai devant la chambre de Vera qui avait allumé la radio. Dans la chambre aux jouets, j'allumai une faible lampe avant de refermer la porte et je promenai mon regard autour de la pièce. Elle était encore plus sale qu'avant la mort de Maman. Tante Ellsbeth disait qu'elle avait trop à faire avec la cuisine, le ménage et le linge. Les araignées avaient proliféré sans vergogne et tissaient leurs toiles dans la dentelle de bois du fauteuil. Dégoûtée, je pris une robe de bébé sur un portemanteau et époussetai le fauteuil, puis j'utilisai la robe pour protéger mes chaussures avant d'écraser les araignées une à une. Un truc dégueulasse, à vous donner le frisson. Je m'assis avec précaution, prête à m'enfuir s'il arrivait quoi que ce soit. Le silence était total. Me détendre, il fallait me détendre. Il me fallait devenir cette fameuse cruche de grès vide afin de m'emplir de tranquillité consentante, et alors Maman viendrait à moi. Tant que je penserais à Maman et non à l'autre Audrina, les garçons des bois ne pourraient rien me faire.

Je choisis une chanson de Maman :

« ... Et il marche avec moi !

Et il me parle !

Et il me dit : " Tu es mienne ! " »

Le fauteuil ne m'effrayait plus; Maman m'attendait, comme si elle avait deviné. Derrière mes paupières fermées, je la vis, âgée de dix-neuf ans environ, en tenue printanière, courant au milieu des fleurs des champs, tenant le bébé que j'étais dans les bras. C'était bien moi, pas l'autre Audrina, car la petite fille avait au cou ma bague à la pierre de lune, suspendue à une chaîne dorée. Puis je vis Maman qui m'aidait à faire un beau nœud de ruban à ma ceinture. La dernière vision fut la plus surprenante : j'étais à ses côtés sur la banquette du piano; elle m'enseignait les premières gammes. J'avais grandi, et la pierre de lune, je la portais maintenant à l'index.

En sortant de la chambre, j'étais terriblement agitée. Non seulement rien d'affreux n'était arrivé mais j'avais découvert un secret. Un souvenir perdu avait réussi à se nicher dans mon cerveau. A l'insu de Papa, Maman avait dû me donner quelques leçons de piano.

Ce savoir, je l'emportai dans mon lit, serré fort sur mon cœur. Car maintenant je savais. C'était Maman elle-même qui avait désiré que je fasse la carrière de pianiste dont l'amour l'avait frustrée.

La musique reprend

Notre vie changea du tout au tout après la mort de Maman. Je ne me réfugiais plus sous la coupole pour y trouver le réconfort de la solitude. J'allais m'asseoir dans le fauteuil si longtemps détesté, pour me sentir plus proche de Maman.

La vie s'ouvrait à moi, et je ne me souciais plus guère de Vera. Elle avait de la difficulté à monter les escaliers, et boitait toujours, surtout les jours de pluie. Il était difficile de ne pas remarquer qu'elle accordait désormais une grande importance à son aspect extérieur. Elle se lavait les cheveux tous les jours, les mettait en plis et se faisait les ongles si souvent que la maison sentait perpétuellement le dissolvant. Elle repassait tout : son linge, ses robes et même ses pull-overs. Elle s'appliquait à parler d'une voix douce, et non plus perçante. Elle s'efforçait avec ardeur d'égaler le charme de ma mère et prenait ses manières — alors que tout cela n'appartenait qu'à moi.

Maman était morte à la fin de l'automne. Les jours raccourcissaient. Thanksgiving et Noël furent des fêtes bien mornes dont la célébration nous serra le cœur. Vera elle-même regardait avec tristesse la chaise vide au bout de la table. Papa partait chaque jour au travail et je restais seule dans cette maison hostile. J'étais l'ombre de moi-même. Je m'accrochais désespérément au souvenir de Maman, voulant conserver d'elle une image nette dans le flou de ma mémoire nébuleuse.

Papa me tenait quasiment prisonnière. Lui aussi s'accrochait désespérément, mais à moi. Et d'une manière qui me faisait pitié. Tout ensemble je l'aimais, je le haïssais et j'avais besoin de lui. J'étais censée ne plus rencontrer Arden, mais je m'échappais très souvent pour aller les voir, lui et sa mère.

Chaque fois que je le pouvais, j'allais m'asseoir au piano, essayant de placer mes mains sur le clavier. J'aurais voulu qu'il en sorte un air, comme par magie. Pendant des heures, je m'acharnais. Bientôt je me rendis compte qu'il n'en sortait que des bruits discordants. Je ne savais pas jouer. Je n'avais aucunement hérité du talent de Maman. En cela non plus, je n'étais en rien comparable à Parfaite Audrina. Je n'étais pas douée, pas douée, et je tournais en rond.

Je me confiai à Arden.

— Audrina, me dit-il un jour, personne ne peut jouer spontanément comme par magie.

— Ecoute, lui dis-je, je vais demander à Papa la permission de prendre des leçons. Il acceptera bien de payer si j'arrive à le convaincre.

— Sûrement, répondit-il, regardant ailleurs, mal à l'aise.

La main dans la main, nous étions sur le chemin du cottage. Billie était à sa fenêtre, mais pas plus que d'habitude elle ne m'invita à entrer. Arden et moi, assis sur le perron, lui parlions à travers la fenêtre ouverte. Les mouches entraient et sortaient à leur guise. Ma tante serait devenue folle, mais Billie ne semblait pas s'en inquiéter. Elle parut heureuse de me revoir.

Le soir même, je posai à Papa la question des leçons.

— Je t'ai entendue massacrer le clavier. Si quelqu'un a besoin de leçons, c'est bien toi ! Ta mère aurait été ravie. Pour moi, je ne demande pas mieux.

Il semblait très seul. Je lui mis les bras autour du cou. Peut-être, après tout, allait-il me laisser être heureuse.

— Papa, je suis désolée d'avoir dit toutes ces vilaines choses à la mort de Maman. Je ne te déteste pas, et je ne pense plus qu'elle est morte par ta faute. Si seulement Sylvia pouvait venir vivre ici, Maman ne serait pas morte en vain. S'il te plaît, ramène Sylvia à la maison.

— Ma chérie, dit-il, le regard dans le vague, je te le promets. Dès que les médecins me donneront le feu vert, je t'amènerai ta petite sœur.

Cette nuit-là, je me dis que Dieu avait sûrement ses raisons. S'il m'avait arraché la mère dont j'avais si désespérément besoin, au moins Sylvia n'en souffrirait-elle pas. Elle m'aurait, moi ; je me promis d'être tout pour elle.

Le professeur de musique dont Arden avait parlé venait de rentrer d'un long séjour à New York. Par un jour de la mi-août, Arden me prit sur son vélo et me conduisit au village de Whitefern pour me présenter à Lamar Rensdale. Grand et mince, le front haut, les cheveux en bataille, les yeux bruns, il me toisa d'un air approbateur, sourit, puis me fit asseoir au piano et me demanda de montrer ce que je savais faire.

— Amuse-toi comme tu le fais d'habitude, dit-il.

Il resta debout derrière moi. Arden alla s'asseoir, après m'avoir adressé un sourire d'encouragement.

— Ce n'est pas si mal que cela, dit Mr Rensdale. Tu as les mains petites mais tu peux aller à l'octave. Ta mère jouait de façon exceptionnelle, n'est-ce pas ?

Voilà comment se passa la première leçon. Bien sûr, Papa savait très bien qu'Arden m'y avait emmenée et qu'il m'avait raccompagnée. Il n'y vit pas d'objection.

— Ne joue pas avec lui dans les bois, ne reste pas seule avec lui. Jamais. Tu m'entends ?

— Papa, écoute-moi bien, répondis-je en le regardant dans les yeux. Arden n'est pas le genre de garçon que tu crois. Nous ne nous rencontrons pas dans les bois, mais à la lisière. Sa mère est assise à la fenêtre et elle nous parle. Nous nous éloignons rarement. Elle est si belle, Papa, si tu savais ! Ses cheveux sont noirs, tout comme les tiens, et elle a les yeux d'Elizabeth Taylor. Plus jolis, même.

— Tout cela n'est-il pas exquis ? dit-il d'un ton incrédule (comme s'il était impossible qu'aucune femme du voisinage puisse égaler une vedette de cinéma). Audrina, chacun de nous est un individu unique. Jamais il n'y aura d'autre Elizabeth Taylor, ni d'autre Lucietta Lana Whitefern Adare, ni d'autre toi ou d'autre moi. Si jamais j'avais la chance de rencontrer une autre femme aussi belle que ta mère, aussi chaleureuse et aimante, je tomberais à genoux et remercierais Dieu. Mais c'est impossible, alors je reste seul, seul, Audrina.

Il était très seul, c'était vrai. Il avait les yeux cernés, il mangeait à peine.

— Papa, Billie est vraiment belle. Je n'exagère pas.

— Je me fiche d'elle ! J'ai suffisamment vécu la vie de couple. Maintenant je veux consacrer toute mon énergie à prendre soin de toi.

Oh, Dieu, non ! Je n'avais aucune envie qu'il consacre

toute son énergie à prendre soin de moi! Cela signifiait qu'il allait s'acharner à me transformer en Première, en Parfaite Audrina. Et puis s'il était tellement persuadé que chaque être est unique, pourquoi voulait-il à toute force que je devienne *elle*? Comme toujours avec lui, la confusion la plus totale régnait.

Arden se rendait tous les jours au village et je pouvais prendre cinq leçons par semaine. Bientôt j'aurais rattrapé le temps perdu. Chaque fois, je restais une bonne heure chez Lamar Rensdale, et je m'appliquais à retenir tout ce qu'il m'enseignait. Aux dires de Rensdale, j'étais une élève très douée, exceptionnelle. Je voulais croire qu'il disait la vérité. Arden se dépêchait de livrer ses journaux du soir pour être là à temps pour la fin de la leçon.

Un soir, huit mois après la mort de Maman, j'osai me glisser dans le grand salon et m'asseoir au piano. Quelles sonorités superbes, incomparablement plus belles que celles du pauvre piano d'étude de mon professeur. Avant ces leçons, je ne m'étais même pas avisée qu'un piano pût avoir une qualité sonore particulière. Assise là, au cœur de la nuit, jouant mon petit morceau bêta, je fermai les yeux et m'imaginai être Maman, avoir ses doigts agiles, capables d'exprimer les plus subtiles nuances. Mais le résultat n'était pas fameux. Mon jeu était loin de donner le frisson. Découragée, je rouvris les yeux : décidément je ferais mieux de garder un œil vigilant sur la partition et de ne pas me piquer d'improviser. C'est alors que j'entendis un léger bruit. Je me retournai. Vera était sur le seuil de la porte. Elle eut un sourire espiègle. Je me sentis gênée.

— Te voilà confite en musique, tout d'un coup! dit-elle. Comment est-il donc, ton Mr Rensdale?

— Gentil.

— Ce n'est pas ce que je veux dire, idiote. Les filles de l'école disent qu'il est jeune, séduisant et célibataire.

— Oui, peut-être. En tout cas, il est trop vieux pour toi, Vera. Les gamines ne l'intéressent sûrement pas.

— Personne n'est trop vieux pour moi. En revanche, exquise Audrina, tout le monde sera trop vieux pour toi. Quand tu échapperas à ton père, tu auras les articulations qui craqueront et tu porteras des lunettes assorties à tes cheveux gris.

Elle avait raison, je le savais, et c'était bien là le pire de tout ! Papa avait de plus en plus d'emprise sur moi. J'écoutais ses histoires de Bourse avec plus de patience et de compréhension que Maman n'en avait jamais eu.

— Je vais obtenir de Papa qu'il me fasse aussi donner des leçons de musique, déclara Vera avec un regard dur.

Je savais qu'elle me ferait une vie d'enfer si elle n'obtenait pas ce qu'elle voulait.

Le lendemain matin, elle avait passé sa plus jolie robe. Son étrange chevelure mettait en valeur son visage très pâle. L'expression de ses yeux sombres était vraiment inquiétante.

— Tu fais toujours tout pour Audrina, et rien pour moi, dit-elle à Papa. Et c'est ma mère qui fait la cuisine, et le ménage, et le repassage, et tu ne lui donnes jamais d'argent. Je veux apprendre la musique, moi aussi. J'ai tout autant de sensibilité qu'Audrina, et tout autant de talent.

Il la regarda. Elle finit par rougir et se détourna, comme chaque fois qu'elle mijotait quelque chose.

— Moi aussi j'ai besoin d'un peu de beauté dans ma vie, dit-elle, baissant les yeux et tripotant une mèche de cheveux.

— Pour toi, ce sera une fois par semaine. Tu vas à l'école, et tu as des leçons à apprendre. Audrina a une leçon par jour, parce que je ne veux pas qu'elle ait l'esprit oisif et qu'elle batte la campagne.

Assez bizarrement, Vera sembla se satisfaire de l'arrangement.

Le vendredi, j'emmenai donc Vera pour la présenter à Mr Rensdale.

— Eh bien, la beauté est vraiment de famille, chez les Whitefern, dit-il avec un grand sourire. Je ne pense pas avoir jamais rencontré deux sœurs aussi jolies.

Vera lui serra la main si longtemps et si fort qu'on eût dit qu'elle n'allait plus le lâcher.

— Oh, je suis loin d'être aussi jolie qu'Audrina, dit-elle, d'une petite voix timide, battant des cils. (Elle s'était fait les yeux pour l'occasion.) J'espère avoir seulement la moitié de son talent.

Je n'en croyais pas mes yeux. La fille qui parlait à Mr Rensdale n'avait rien à voir avec la Vera que je connaissais. Elle lui plaisait, c'était visible, et il était heureux d'avoir une nouvelle élève. Il était flatté de la manière dont elle le regardait.

Sur le chemin du retour, elle me débita tout ce que ses amies de classe racontaient à propos de lui.

— Il est très pauvre, c'est un artiste qui lutte. A ses heures de loisir, il compose. Il espère vendre ses chansons à un producteur de Broadway.

— Je souhaite de tout mon cœur que cela se réalise.

— Personne ne le souhaite plus que moi! dit-elle avec ferveur.

Ma petite sœur restait invisible et je m'inquiétais de plus en plus. Le temps passait si vite! J'étais sûre qu'elle existait vraiment puisque mon père était allé la voir plusieurs fois avec ma tante. Mais pas une seule fois je n'avais eu la permission de les accompagner. Papa me sortait beaucoup, et m'emmenait au cinéma, au zoo, et bien sûr sur la tombe de Première Audrina. Sylvia restait hors d'atteinte.

Plus d'un an s'était écoulé depuis la mort de Maman... et la naissance de la petite sœur.

— Elle pèse sûrement plus de trois kilos, maintenant?

— Oui, je la trouve grandie chaque fois que j'y vais.

Il disait cela sur un ton de regret.

— Papa, elle n'est pas aveugle, au moins ? Elle a bien des bras et des jambes, et tout ce qu'il faut pour une petite fille ?

— Oui, dit-il d'une voix lasse. Elle a tout ce qu'il faut, mais elle n'est pas encore assez solide. (Papa me répétait cela pour la millième fois.) Elle n'est pas tout à fait normale, Audrina. Mais ne m'en demande pas plus pour l'instant.

Je n'arrivais pas à me sentir complètement heureuse. Je pensais à Sylvia sans cesse. Je faisais les poussières, je passais l'aspirateur et je me languissais d'elle. Vera ne passait jamais l'aspirateur parce que cela lui faisait mal à la jambe. Elle ne pouvait pas non plus épousseter parce qu'elle contrôlait mal ses mains et qu'elle laissait tomber les objets qu'elle prenait. Ce qui la dispensait également de mettre la table et de débarrasser. Je faisais toutes les corvées ménagères à sa place, y compris son lit. Peut-être parce qu'elle m'en savait gré, elle recherchait davantage ma compagnie. J'essayais de me montrer confiante, comme avec une amie.

— Comment ça se passe, tes leçons de musique ? Je ne t'entends jamais travailler ton piano.

— Je travaille chez Lamar, répondit-elle avec un petit sourire. Je lui ai raconté que tu ne voulais pas que je me serve du piano de ta mère et il m'a crue. (Elle pouffa et poursuivit :) Il est si beau que j'en ai des frissons des pieds à la tête quand je le regarde.

— Oui, sûrement, si on aime ce genre.

— Ce n'est pas ton genre, hein ? C'est ça ? Moi, je pense qu'il est d'une beauté exceptionnelle. Il m'a tout raconté. Je parie qu'à toi il ne t'a rien raconté du tout. Il a vingt-cinq ans et il est diplômé de l'Ecole Julliard de musique. En ce moment même, il compose le livret d'une comédie musicale. A New York il a fait la connaissance d'un producteur qui va la lui prendre.

Elle se pencha et me murmura à l'oreille :

— Pourvu qu'il réussisse ! Alors, il m'emmènera avec lui.

— Mais, Vera, Papa ne te laissera jamais partir. Tu es trop jeune.

— Papa n'a rien à y voir. Ça ne le regarde pas. D'abord, ce n'est pas mon père. Et toi ne va surtout pas lui raconter que j'ai des vues sur Lamar Rensdale. Dis, Audrina, soyons comme des sœurs l'une pour l'autre... veux-tu ?

Tout heureuse, je lui promis de ne rien dire.

Des souhaits se réalisent

Le printemps était de nouveau là. Maman était morte depuis un an et demi mais elle était loin d'être oubliée. Je me plongeai dans ses livres de jardinage et appris à prendre soin de ses roses. Chaque pétale me rappelait sa peau lumineuse, sa chevelure resplendissante, ses joues rosées.

Vera était tantôt détestable et tantôt gentille avec moi. Mais malgré ma bonne volonté, je ne parvenais pas à me sentir en confiance. Depuis que Vera avait émis la prétention de se balancer elle aussi dans le fauteuil, j'y allais moins.

— Tu m'as dit que tu avais quel âge, déjà ? demanda un jour Mr Rensdale.

Il venait de m'expliquer une fois de plus qu'il était tout aussi important d'avoir le sentiment de la musique que de ne pas faire de fausses notes.

— Je ne sais pas, répondis-je d'une voix plaintive. Tout le monde me ment. J'ai la mémoire toute floue. Dans ma tête, des fois, il y a de petites voix qui me disent que je suis allée à l'école, mais Papa et ma tante m'assurent que je n'y ai jamais mis les pieds. Quelquefois je pense que je suis folle et que c'est pour ça qu'on ne veut pas m'envoyer en classe.

Il avait une façon exquise de se lever, comme un ruban qui se déroule. Je le sentis approcher derrière moi, lentement. Ses mains, bien plus petites que celles de Papa, se mirent à caresser mes cheveux et mon dos.

— Vas-y, parle, continue. Tu sais, cela m'intéresse beaucoup lorsque tu me racontes comment ça se passe, en toi. Tu es étonnante, Audrina. Si jeune et si mûre. Tes yeux semblent habités, comme hallucinés. Je voudrais tant chasser ce regard. Aide-moi.

Il parlait d'une façon tendre. J'avais une confiance totale en lui. Je lui dis tout, et tout sortit comme un fleuve qui rompt les digues. Je lui dis tout : ce qui m'angoissait, ce qui me troublait, y compris l'insistance de Papa à me faire asseoir dans le fauteuil à bascule. Je lui parlai de ma sœur morte et du « don » qu'il fallait que je capte.

— Je déteste porter son nom ! m'écriai-je enfin. Pourquoi ne m'ont-ils pas donné un nom à moi toute seule ?

— Mais c'est un très joli nom, Audrina. Il te va si bien. Il ne faut pas en vouloir à tes parents d'être restés attachés au souvenir d'une autre petite fille aussi exceptionnelle. Accepte, toi aussi, d'être exceptionnelle. Tu l'es peut-être bien davantage !...

Je ne sais quoi dans sa voix laissait deviner qu'il était au courant de quelque chose. Et c'était justement cette chose qu'il *fallait* que je découvre.

Il me prit le menton et me regarda au fond des yeux. Je ne m'y attendais pas ! Quelle étrange sensation me donnait la proximité d'un homme qui n'était pas mon père !

Je m'écartai vivement, agitée d'un mélange de trouble et d'émotion. Je l'aimais bien, mais quand même je ne voulais pas qu'il me regarde ainsi.

— Qu'est-ce qu'il y a, Audrina ? dit-il. Je ne veux pas t'effrayer : au contraire, je veux te rassurer. Tu n'es nullement folle. Tu es même absolument prodigieuse, à ta façon. Tu mets une telle passion dans ton jeu, et il y a de la passion aussi dans tes yeux quand tu n'es pas sur tes gardes. Un jour, Audrina, la nature va s'éveiller en toi; alors ta beauté s'épanouira et te rendra à toi-même. Laisse-la éclore, Audrina. Ne l'étouffe pas. C'est là ta chance de liberté, et alors ta sœur morte aura fini de te hanter.

Il me redonnait espoir. Je ne le quittai pas des yeux, l'implorant, muette, incapable de formuler mes désirs. Il comprit.

— Audrina, si tu veux aller à l'école, je ferai en sorte que tu y ailles. Il est contraire aux lois de l'Etat de garder un enfant mineur à la maison à moins qu'il s'agisse d'un handicapé, mental ou physique. Je parlerai à ton père ou à ta tante... et tu iras, je te le promets.

Je le croyais. Il pensait vraiment ce qu'il disait. Ça se voyait dans ses yeux. Il promit de rendre visite à ma tante le lendemain même. Je l'avais prévenu que mon père ne l'écouterait pas.

Cet été-là, Arden, Vera et moi allions souvent nager à la rivière. Nous pêchions et nous avions appris à piloter le petit bateau dont Papa avait récemment fait l'acquisition. Papa s'était mis à gagner beaucoup d'argent ces derniers temps. Il avait décidé d'arranger la maison et dessinait des plans. Il voulait faire des transformations et redonner à Whitefern son lustre d'antan. En tout cas, il en parlait beaucoup.

Ma tante était moins maussade. En fait, je lui voyais souvent un visage presque heureux. Papa avait renoncé à ses remarques sarcastiques à propos de son visage et de sa silhouette efflanquée. Il lui faisait même des compliments car elle avait changé de coiffure et commençait à se maquiller un peu.

Papa refusait toujours de dire pourquoi il ne voulait pas ramener Sylvia à la maison. J'avais acheté sur mon argent de poche des hochets et des tétines, mais maintenant elle était trop grande pour tout cela. D'ailleurs, à l'hôpital, elle ne pouvait avoir ses propres jouets, m'avait dit Papa. Je ne comprenais toujours pas.

Arden avait quinze ans, maintenant, mais il était très mûr pour son âge. Il pensait déjà à ce qu'il ferait plus tard.

— J'espère que tu ne vas pas te moquer de moi. Depuis toujours je veux devenir architecte. Je veux construire des villes. Fonctionnelles et belles. Avec plein de jardins au milieu des maisons. Et des autoroutes à plusieurs niveaux pour prendre le minimum d'espace. (Il souriait.) Tu verras, Audrina, les villes splendides que je construirai !

Je partageais son enthousiasme. Mais pourquoi, par moments, me donnait-il le sentiment de s'être lié à moi par devoir ?

Il était tantôt gai, tantôt soucieux, selon les jours. Il aimait vivre en plein air, c'était sûrement la raison pour laquelle il ne me fallait jamais rentrer chez lui. Quant à Billie, elle devait avoir des goûts exactement opposés, car elle ne sortait jamais. Pas une fois elle ne m'avait invitée à entrer. Bien sûr, à cause de Papa, je n'invitais pas non plus Arden à la maison. Alors peut-être s'agissait-il d'une simple réaction d'amour-propre. Vera me retournait le couteau dans la plaie, disant que Billie ne me trouvait pas assez bien pour son fils et à plus forte raison pour sa maison.

Par une fin d'après-midi, Arden et moi étions arrêtés à la lisière des bois pour nous dire au revoir. Le soleil descendait à l'horizon. La masse sombre de Whitefern se détachait solitaire sur le ciel violet sombre, barré de traînées pourpres.

— Tu as vu ce ciel ? murmurai-je, serrant sa main.

— Ciel de marin, dit-il d'une voix contenue. Belle journée en perspective, demain.

C'était bien d'Arden de dire cela, même s'il n'en pouvait rien savoir. Mon regard erra au loin, vers le cimetière familial. Je m'éclaircis la gorge.

— Arden... tu me connais depuis combien de temps, exactement ?

Pourquoi lâcha-t-il ma main, à cet instant ? Pourquoi devint-il rouge et se détourna-t-il ? C'était donc une question si terrible ? Lui donnait-elle la conviction que j'étais vraiment folle ?

— Audrina, dit-il après un long silence, d'une voix terriblement tendue, la première fois que je t'ai vue, tu m'as dit que tu avais sept ans.

Ce n'était pas la réponse que je voulais.

— Allons, cesse de faire la tête. Rentre vite. Je veux te voir pousser la porte. Dépêche-toi. Cours.

Sur le seuil, je me retournai et lui fis signe de la main. Il me fit signe en retour. A regret, je m'enfonçai dans la pénombre de Whitefern.

Le temps ralentissait. Août se traînait littéralement. La chaleur orageuse, accablante, humide, me faisait rêver à des lieux de vacances où l'air serait plus vif, mais nous n'allions jamais nulle part. La maison restait fraîche, les pièces étaient si sombres...

A la rentrée des classes, en septembre, alors que Vera avait repris le chemin de l'école, je dis à Papa :

— Papa, c'est deux ans ou trois ans qu'elle a de plus que moi, Vera ?

— Elle a trois ans de plus que toi, presque quatre, répondit-il sans réfléchir. Quel âge t'a-t-elle dit avoir ?

— Peu importe, elle me ment tout le temps. Mais elle a dit à Arden qu'elle était plus vieille que lui.

— Vera a quatorze ans, dit Papa d'un ton indifférent. Son anniversaire tombe le douze novembre.

Peut-être était-ce vrai. A tout hasard je le notai. Tout en sachant que chez nous les anniversaires n'en étaient pas vraiment. Et que l'anniversaire manqué de Parfaite Audrina avait définitivement aboli tous les autres.

Le jour de mes onze ans, Arden me fit cadeau de la

rose de quartz. Je la suspendis à une fine chaîne d'or et la portai à mon cou. Je me sentais très fière. A la maison personne ne m'avait fait de cadeau, on ne m'avait même pas souhaité bon anniversaire.

Je pratiquais toujours le truc de la bague attachée à une ficelle et faisais part de mes pronostics boursiers à Papa. Quelquefois, je retrouvais mes notes dans la corbeille à papier de son bureau; d'autres fois, je le voyais regarder longuement le nom des titres que j'avais inscrits, comme s'il avait voulu les mémoriser, puis brusquement, il froissait la liste et la jetait.

Un jour de novembre, je le pris sur le fait :

— Et voilà ! Tu veux que je t'aide, mais tu ne tiens aucun compte de ce que je fais. Papa, pourquoi te donnes-tu tout ce mal pour me persuader que je suis exceptionnelle ? On ne le dirait pas. Tu déchires toutes mes listes !

— Eh, oui, vois quel idiot je fais. Je veux réussir par moi-même ! Tu crois que je ne t'ai pas vue manigancer ton petit truc du pendule au-dessus de la page financière du journal ! Ce que je veux de toi ce sont des récits de vrais rêves, pas des rêves inventés de toutes pièces. Quand tu mens, je m'en aperçois immédiatement. Que tu le veuilles ou non, je ferai de toi ce qu'il faut que tu deviennes, même si cela doit m'occuper pour le restant de mes jours — et des tiens.

Glacée par l'implacable détermination que je percevais dans sa voix, je lui demandai :

— Comment veux-tu donc que je sois ?

— Comme Première Audrina, dit-il résolument.

Je pris la fuite. C'était lui qui était cinglé, pas moi. Ses yeux noirs me suivaient, comme m'intimant silencieusement de revenir vers lui et de l'aimer comme elle l'aimait, elle. J'en étais incapable. Et puis je ne voulais pas être elle, mais moi.

Au hasard, je poussai une porte. Dans le grand salon,

je me trouvai nez à nez avec Vera, vautrée une fois de plus sur la méridienne de velours mauve. Depuis peu, elle avait pris goût à rester des heures étendue là sur le sofa favori de Maman, à lire les romans qu'elle adorait. Elle disait qu'ils lui apprenaient des choses sur la vie et sur l'amour.

— Vera, demandai-je pourquoi ne mets-tu pas ta jambe en traction comme le docteur te l'a conseillé? Comme cela elle redeviendra de la même longueur que l'autre!

— Non, ça fait mal. Je ne peux pas supporter d'avoir mal.

— Mais le résultat n'en vaudrait-il pas la peine?

— Oui, tout un temps je l'ai cru, mais j'ai changé d'idée. Si je marchais normalement, ma mère me chargerait de toutes les corvées. Tandis que maintenant je peux vivre une vie de luxe, exactement comme ta mère, pendant que la mienne trimait jusqu'à l'épuisement. (Elle sourit méchamment.) Je ne suis pas folle, moi, je n'ai pas la cervelle creuse. Je pense tout le temps. Ma jambe estropiée va m'être incomparablement plus utile que ne le seront jamais tes deux guibolles normales.

Le lendemain après-midi, j'allai rejoindre Arden à travers bois. La bise soufflait en rafales glacées, faisant tourbillonner les feuilles mortes. La neige s'annonçait. Que faisions-nous donc à errer dans les bois par ce temps de chien, emmitouflés jusqu'aux oreilles? Etions-nous donc des parias, que nous ne pussions aller l'un chez l'autre comme la plupart des gens?

— Arden, tu sais bien que je ne peux pas t'inviter à Whitefern. Mais je ne comprends pas pourquoi Billie ne me demande jamais de venir chez vous! Trouve-t-elle que je ne suis pas assez bien pour passer son seuil?

— Je sais ce que tu penses. Je te comprends. (Il baissa la tête, gêné.) C'est que, tu vois, elle arrange la maison en ce moment. Je l'aide à repeindre et à mettre des papiers aux murs. Et puis elle coud de nouvelles housses, des rideaux. Elle y travaille depuis que nous sommes ici, mais elle doit s'interrompre constamment pour des travaux de couture qu'on lui confie. Nos aménagements à nous passent toujours en dernier. Aussi la maison est encore en chantier. Mais bientôt, très bientôt, ce sera fini, et tu nous rendras une gentille visite.

Mais Thanksgiving, Noël et le Jour de l'An passèrent sans qu'Arden ni Billie trouvent leur maison assez belle pour m'inviter. Pendant ce temps, Papa avait fait venir à Whitefern des ouvriers par escouades pour peindre, remplacer des vitraux, frotter les parquets, en somme refaire toute la maison. Le cottage d'Arden, lui, n'avait que cinq pièces.

Un jour, je me décidai :

— Arden, pourquoi cela vous prend-il tant de temps d'arranger la maison, à vous deux ? Tu sais, moi je m'en fiche que ce soit fini ou non chez vous !

J'aurais voulu qu'il me regarde dans les yeux et qu'il me réponde franchement. Au lieu de cela, il prit ma main et la compara à la sienne. Un truc à lui pour éviter de croiser mon regard. Ses doigts étaient deux fois plus longs que les miens.

— Tu sais, quelque part, j'ai un père. Mais il est parti quand... quand... (Il hésita, rougit, il semblait saisi de panique.) C'est Maman...

— Elle ne m'aime pas, quoi, c'est ça ?

— Mais bien sûr qu'elle t'aime.

Brusquement, il me prit par le bras avec autorité, comme s'il avait décidé d'entrer avec moi, que sa mère soit d'accord ou non.

— Ce n'est pas très facile de parler de cela, Audrina. Surtout qu'elle m'a demandé de me taire. Depuis le début, je lui dis qu'il vaudrait mieux avouer carrément la vérité aux gens, que la franchise nous éviterait bien des déboires, mais elle ne veut pas m'écouter. J'ai bien vu que tu te posais un tas de questions. Finissons-en. Il est temps que tu saches.

Nous atteignîmes le cottage. La fumée sortait de la

cheminée, emportée par le vent en lambeaux d'écharpe. On entendait la plainte déchirante des goélands. Nous nous disposions à franchir le seuil, mais je m'arrêtai net :

— Attends. Réponds d'abord à une question. Il y a combien de temps exactement que nous nous connaissons ? Tu ne m'as jamais donné de réponse claire. Cette fois j'en veux une.

Une question pourtant simple ! Pourtant, il détourna le regard.

— Quand j'essaie de me souvenir, il me semble que je t'ai toujours connue. Peut-être avais-je rêvé de toi avant de te rencontrer. Quand tu es venue pour la première fois ici, et que tu t'es cachée derrière l'arbre, c'était comme si un rêve devenait vrai. C'est ce jour-là, en réalité, que je t'ai vue pour la première fois, mais je te connais depuis que je suis né.

Ses paroles jetaient un châle magique de réconsur mes épaules. Les yeux dans les yeux, nous nous tenions la main. Il ouvrit la porte du cottage et s'effaça pour me laisser entrer.

Cette fois, Billie n'était pas à sa fenêtre. Elle n'était pas non plus dans la pièce où nous avions pénétré.

— De toute façon, Maman aurait perpétuellement remis l'invitation. Aie confiance. Tout se passera très bien.

Ce furent là ses seules paroles. Combien de fois depuis, ne me suis-je pas demandés pourquoi il ne m'en avait pas dit davantage !

Billie

Arden claqua la porte sur nous. Fort. Très fort. Pour avertir sa mère, sans doute. Quelques feuilles mortes étaient entrées avec nous, poussées par le vent. Rapidement, je me baissai pour les ramasser. Comme le living-room était joli avec son divan et ses deux fauteuils recouverts de chintz aux couleurs vives! Comparé à nos énormes pièces, comme il semblait petit! Quelles que soient les sommes dépensées pour ressusciter ses splendeurs perdues, les salons de Whitefern n'auraient jamais ce charme douillet. Ici la claire lumière d'hiver entrait à flots.

— M'man! Audrina est là! Viens. Tu ne peux pas garder ce secret indéfiniment!

Encore des secrets! Tout le monde avait donc des secrets! Visiblement, Arden était anxieux. Il avait enfoncé ses mains dans ses poches et me regardait avec appréhension. J'allais avoir à passer un test. Mon Dieu, je ne sais pas de quoi il s'agit, mais faites que je m'en tire!

— J'arrive, répondit Billie de loin.

Sa voix, aussi anxieuse que celle de son fils, avait perdu sa chaleur coutumière. J'étais mal à l'aise. J'avais envie de partir. Arden ne me quittait pas des yeux. Non, cette fois, je n'allais pas fuir. J'apprendrais au moins un secret.

Arden ne quittait pas des yeux la porte, probablement celle de la chambre de Billie. Je rejetai mon capuchon d'une secousse, mais gardai mon manteau. L'attente se prolongeait.

Je remarquai une étagère où étaient alignées des douzaines de médailles d'or avec les dates et les noms. Irrésistiblement attirée, je m'approchai. Ravie, je virevoltai, et adressai un sourire radieux à Arden.

— Arden! Billie a été championne de patin à glace? Mais c'est formidable! Toutes ces médailles! Pourquoi ne m'en as-tu jamais parlé? Quand Papa va savoir ça!

Qu'est-ce que j'avais dit de mal? Il semblait encore plus gêné! J'imaginais Billie effleurant la glace, tourbillonnant en mille arabesques, vêtue d'un collant scintillant de paillettes! Elle tournoyait, faisait ces choses appelées « double axel », et retrouvait par miracle l'équilibre. Jamais ni elle ni Arden n'avaient fait la moindre allusion à tout cela!

Un petit bruit m'arracha à ma rêverie. Billie était entrée et s'était assise. Tiens! Pourquoi portait-elle une robe du soir au beau milieu de l'après-midi?

Elle avait rassemblé ses beaux cheveux noirs sur le haut de sa tête en une masse de bouclettes, et cela suffisait à changer complètement sa physionomie. Elle était très maquillée, presque trop. Ses cils étaient longs et savamment recourbés. Elle portait une quantité incroyable de bijoux. J'esquissai un pâle sourire. Elle m'apparaissait déguisée, vulgaire même. Dire qu'elle était si belle d'habitude!

— Maman, dit Arden, avec un sourire forcé, il était inutile de te donner tout ce mal.

Oui, Billie, c'était inutile. Je t'aimais bien mieux avant!

— Arden, tu aurais pu me prévenir!

Mes yeux allaient de l'un à l'autre. Je devinais qu'il devait se passer quelque chose de terrible. Le courant qui passait entre eux était si intense que j'en frissonnai. Mais il y avait un tel appel dans les yeux d'Arden. Il me suppliait de faire semblant de ne rien remarquer. Je souris et m'avançai pour serrer la main de Billie. Puis je m'assis en face d'elle et amorçai une conversation stupide. Il était si facile de lui parler quand elle était à sa fenêtre! Et maintenant nous étions comme des étrangères! N'y tenant plus j'inventai un prétexte. Je devais rentrer pour aider Tante Ellsbeth.

— Tu ne veux pas rester dîner? demanda Arden.

Je lui adressai un regard de reproche. Au moins Papa, lui, était carrément hostile et n'éprouvait pas le besoin de dissimuler son inimitié sous des dehors aimables. Je sentis des larmes me monter aux yeux. Vera me l'avait dit : je n'étais pas assez bien pour Billie. Etais-je donc folle au point que les gens ne veuillent pas de moi dans leur maison ? Mon regard croisa celui d'Arden — le mien accusateur, le sien implorant mon indulgence. Je t'en prie, je t'en prie, disaient ses yeux. Je résolus de rester.

Quelque chose brûlait dans le four. Peut-être avais-je interrompu des préparatifs culinaires et était-elle contrariée ?

— Billie... ça sent le brûlé, voulez-vous que j'aille voir ?

Elle pâlit, secoua la tête, fit un signe furtif à Arden. Elle se força à sourire.

— Non, merci, Audrina. Arden va s'en occuper. Mais reste dîner, je t'en prie. A la fortune du pot !

L'angoisse incontrôlable qui se peignait sur ses traits démentait ses paroles.

Réellement désolée, je baissai la tête.

— C'est très gentil à vous. Mais vous savez que Papa n'aime pas que je vienne ici.

— Maman, cela passe la mesure. Ne peux-tu le lui dire, tout simplement ?

Elle rougit. Mais maintenant je n'avais plus envie de savoir. Tout ce que je voulais c'était partir. Je me levai.

Brusquement, Billie explosa :

— Oh, après tout, pourquoi pas ? Audrina, ma chère enfant, tu as devant toi celle qui fut autrefois la championne olympique de patin à glace. J'ai fait ensuite une carrière professionnelle qui dura environ dix-huit ans. J'ai connu la célébrité et j'ai eu une existence passionnante. J'ai vécu une vie de voyages, et Arden là-dessus peut te raconter des histoires à n'en plus finir. Un jour, je fis une chute. Quelqu'un avait perdu une épingle à cheveux sur la glace. Je me fis une simple entaille avec

177

mon patin. Cette coupure aurait pu se cicatriser en une semaine. Six mois après, ma jambe n'était toujours pas guérie. Les médecins m'avaient trouvé du diabète. Ma jambe se gangrénait sans qu'on puisse faire quoi que ce soit. Voilà! Mais j'ai eu mon temps, comme on dit! N'est-ce pas, mon fils?

— Oui, Maman. Tu as eu ton temps sous le soleil, et j'en suis heureux. (Il s'interrompit et me regarda.) Audrina, ce que Maman essaye de te dire, c'est que...

— Je n'ai plus mes jambes, voilà, dit Billie d'une voix stridente.

Je la dévisageai, incrédule.

— Oui, cria-t-elle, j'espérais que tu ne t'en apercevrais jamais. Je veux que nous soyons amies, je veux que tu me traites comme un être humain normal, non comme un monstre.

J'étais atterrée. J'avais mal au cœur. Je la regardai fixement. J'avais envie de m'enfuir, de courir, de pleurer.

Un silence terrible emplit la petite pièce, le temps était suspendu. Nous étions au bord d'un précipice qui allait happer Billie et nous séparer pour toujours, Arden et moi.

J'étais dans un désarroi total, ne sachant que dire, que penser. J'essayai de trouver les mots justes. Je pensai à ma mère. Supposons, supposons seulement que Maman soit revenue de l'hôpital sans jambes. Aurais-je eu de la répulsion à son égard? Aurais-je eu honte? Aurais-je été gênée que les gens la voient? Non, j'aurais été heureuse de la retrouver, quel que fût son état. Je retrouvai ma voix.

— Vous êtes la plus belle femme que j'aie jamais vue, dis-je avec sincérité. Je pense aussi que vous êtes la plus gentille et la plus généreuse. Je vous ai accablée avec tous mes problèmes et pas une fois vous ne m'avez laissé soupçonner les vôtres.

Je baissai la tête, mortifiée. Dire que j'avais cru pouvoir m'apitoyer sur moi-même simplement parce que j'avais une mémoire défaillante!

Mais Billie allait maintenant tout me raconter.

— Mon mari m'a quittée lorsque je suis revenue à la maison après ma seconde amputation. (Il n'y avait dans sa voix aucune amertume.) Mon fils veille sur moi; il fait tout ce que je ne peux pas faire seule. Mais je fais pas mal de choses sans aide. N'est-ce pas, Arden?

— Oui, Maman, tu es super. Il y a très peu de choses que tu ne puisses faire seule.

Il me sourit, fier de sa mère.

— Bien sûr, mon ex-mari m'envoie son minable chèque une fois par mois, ajouta Billie.

— Papa reviendra un jour, Maman. Je le sais.

— Sûrement. La semaine des quatre jeudis.

Je m'élançai pour déposer un baiser sur sa joue fardée. Puis, impulsivement, je l'enlaçai et la tins serrée contre moi. Un torrent de larmes inonda son visage. Le mascara zébrait ses joues.

— Billie, si vous patiniez encore, je ne vous aurais jamais connus, Arden et vous. Bien sûr, cela peut paraître égoïste. Papa dit toujours que nous naviguons tous sur des embarcations dont le capitaine est le Destin.

— Voilà une excellente formule et un beau moyen de rejeter les responsabilités. Maintenant rentre vite, Audrina, avant que ton père ne vienne te chercher. Tu seras toujours la bienvenue, si toutefois tu as encore envie de revenir.

— Oh oui, je reviendrai bientôt, dis-je confiante.

Comme toujours, Arden me raccompagna à travers bois.

J'étais éperdue d'admiration pour Billie, une foule de questions se pressaient à mon esprit. Comment pouvait-elle tenir son intérieur? Faire le ménage? Laver le linge? J'appréhendais le jour où je verrais Billie sans cette jupe longue qu'elle avait mise. Sûrement, l'été, elle était vêtue autrement.

Arden me quitta hâtivement à la lisière des bois car il avait ses journaux à distribuer. Il aurait bien des heures de sommeil à rattraper, quand il aurait passé son bac. Je le voyais de moins en moins. Il était si dévoué à sa mère et si soucieux de l'aider financièrement. Pour toute chose, il faut payer le prix, pensai-je tristement en poussant la porte de service et en entrant dans la maison des ombres.

Je trouvai Vera vautrée sur la méridienne de velours mauve, occupée à lire un des romans de Maman. Elle était si profondément absorbée qu'elle ne m'entendit même pas ouvrir la porte du salon. J'avais eu l'intention de lui parler de Billie, mais je m'en abstins, ayant peur qu'elle ne dise quelque chose de laid. D'ailleurs elle se ficherait complètement de savoir à quel point Billie trimait. Vera pensait que le travail était fait pour les imbéciles. « Moi, je m'en sortirai en faisant marcher mes petites cellules grises », disait-elle souvent. Je l'observai à son insu.

Je la vis sortir le bout de la langue et la passer très vite sur sa lèvre inférieure. Ses yeux avaient un drôle de regard vitreux. Sa poitrine se soulevait rapidement au rythme de sa respiration, et bientôt sa main plongea dans l'échancrure de son chemisier. Elle se caressait. Elle posa le livre, rejeta la tête en arrière et mit l'autre main sous ses jupes. J'étais médusée.

— Vera, arrête! C'est indécent!

— Va-t'en, murmura-t-elle sans ouvrir les yeux. Qu'est-ce que tu sais de ce qui est indécent ou non? Tu n'es qu'une stupide oie blanche!

Je grandissais. Souvent j'allais passer la journée avec Papa à la charge d'agent de change. Je restais là à écouter et à regarder. Il m'initiait à ses activités boursières. Et surtout, je faisais un peu devanture.

— Ma fille sera un jour mon associée, disait Papa

avec fierté à ses nouveaux clients. Avec une fille comme elle, je n'ai pas besoin d'héritier mâle.

La journée se terminait par un dîner au restaurant et une séance de cinéma. Dans la rue, j'observais maintenant avec une curiosité redoublée les mendiants culs-de-jatte qui se propulsaient sur leurs petits chariots. Par le passé je ne les aurais même pas remarqués, ou j'aurais détourné la tête.

Le lendemain, j'osai dire à Billie :

— Billie, j'ai vu en ville ces pauvres hommes qui n'ont plus de jambes. Vous savez, ça me serait égal de vous voir sans vos grandes jupes.

Elle eut un regard de biais, et tourna la tête. Elle avait un profil adorable : classique et parfait.

— Non, ce n'est pas le moment. Quand tu seras prête, je le lirai sur ton visage. Tu sais, ce n'est pas beau à voir, Audrina. Autrefois j'avais des jambes magnifiques et maintenant... Je peux à peine me regarder moi-même. (Elle soupira, haussa les épaules et m'adressa un charmant sourire.) Quelquefois, la nuit, j'ai encore mal aux jambes... Les médecins appellent cela la douleur du membre fantôme. J'ai un médicament à prendre pour moins souffrir, mais quand je le prends j'ai la tête cotonneuse, les idées brouillées. En attendant que le médicament fasse son effet, Arden reste assis au bord du lit et me raconte des histoires idiotes qui me font rire.

— Soit, Billie, peut-être ne suis-je pas encore prête à vous voir sans jupe longue, mais si un jour je viens ici et que vous n'ayez pas eu le temps d'en mettre une, je ne ressentirai aucune répulsion... Et, dans mes yeux, vous ne verrez que de l'admiration; et de la gratitude, car vous avez mis Arden au monde.

Elle me prit en riant dans ses bras vigoureux. Puis elle dit d'une voix triste :

— Ne tombe pas amoureuse trop tôt, Audrina. Arden est mon fils et, comme toutes les mères je pense qu'il est sans défauts. Mais toi, il te faut quelqu'un hors du commun. J'aimerais pouvoir penser que c'est le cas d'Arden, et je voudrais que jamais il ne te déçoive. Mais rappelle-toi : personne n'est parfait. Nous avons tous notre talon d'Achille.

Son regard cherchait le mien, sondant mon âme, peut-être.

— Qu'est-ce qui te trouble à ce point, Audrina ? Quelles sont ces ombres qui passent dans tes grands yeux violets ?

— Je ne sais pas. (Je la serrai fort.) Je déteste porter un nom de morte. Je voudrais avoir été Première Audrina. Tout cela me rend folle. Papa me répète sans cesse qu'elle était prodigieuse, et je vois bien que je ne lui arrive pas à la cheville. J'ai l'impression qu'il y a un sort, une malédiction sur moi. Maintenant c'est mon tour. C'est le jour de *mon* neuvième anniversaire que Maman est morte. C'est aussi le jour où Sylvia est née. Ce n'est pas juste. Ce n'est pas naturel !

Apaisante, patiente, elle me gardait contre elle :

— Mais non, mais non, c'est absurde. Il n'y a ni malédiction ni fatalité. Ce qui est sûr, c'est que ton père pourrait trouver autre chose à te raconter que ces histoires de sœur morte. Mais, si j'en crois Arden, tu es parfaite, il ne te manque que l'auréole. Plus parfaite, il te pousserait des ailes ! Curieux, d'ailleurs, cette manie des hommes de vouloir que nous soyons des anges... Mais bon, allez, sauve-toi. Tu es bien trop jeune pour tout cela...

Oh ! Elle aussi elle s'arrêtait de parler juste au moment de dire ce que j'attendais. Comme Maman, comme Tante Ellsbeth et Mercy Marie. Je restais là à espérer, en vain.

Un après-midi, j'étais allée m'asseoir quelques instants dans le fauteuil et, moitié rêvant, je flânais nonchalamment, dépassant avec insouciance les garçons embusqués derrière les buissons. J'arrivais maintenant, toute seule, à faire le vide en moi, j'arrivais à remplir la « cruche vide » de la quiétude voulue et à traverser le bois sans encombre. Mais si Papa était derrière la porte, je faisais seulement semblant. J'appuyais fort sur le fauteuil pour faire grincer les lattes du parquet afin qu'il s'en aille.

Je me dirigeais en rêve vers un lieu paradisiaque... quand soudain j'entendis, venant de la chambre à coucher de ma tante, le bruit d'une dispute. A contrecœur, j'abandonnai les visions de Première Audrina et redevins bêtement moi. Ma tante criait :

— Cette enfant doit aller à l'école, Damian! Si vous ne l'envoyez pas à l'école, on va vous dénoncer aux autorités scolaires. Vous leur avez raconté que vous aviez payé des précepteurs, et ce n'est pas vrai. Elle est victime non seulement de négligence du point de vue de son éducation, mais de mauvais traitements d'une tout autre nature! Vous n'avez pas le droit de la forcer à s'asseoir dans ce fauteuil!

— J'ai le droit de faire ce que je veux avec ma propre fille! hurla-t-il. C'est moi qui commande dans cette maison, pas vous. D'ailleurs elle n'a plus peur du fauteuil, maintenant. Elle va s'y asseoir de son plein gré! Je vous dis que tôt ou tard ce fauteuil fera un miracle.

— Je ne vous crois pas. Même si elle y va de son plein gré, ce dont je doute, je veux que cette enfant aille à l'école. Je la vois tous les jours à cette fenêtre d'où elle regarde, les yeux pleins d'envie, Vera partir. Vous ne trouvez pas qu'elle en a assez enduré, Damian? Laissez-lui une chance d'exister! Je vous en prie!

Mon cœur battait. Ma tante m'aimait donc un peu? Ou alors était-ce Lamar Rensdale qui avait su la persuader?

Mon père finit par céder. Je pourrais aller à l'école.

Dire qu'une chose aussi banale, aussi normale me mettait dans un tel état de jubilation! A la première occasion, je glissai à l'oreille de ma tante :

— Dis, Tante Ellsbeth, je n'aurais jamais cru que tu accordais tant d'importance à ma scolarité !

Vera était là, plongée dans un roman.

Tante Ellsbeth m'entraîna à la cuisine et referma la porte.

— Je vais être tout à fait franche avec toi, Audrina. Cet homme qui t'apprend le piano est venu ici. Il a menacé d'aller tout raconter au conseil d'administration de l'école et de dénoncer ton père. On n'a pas le droit de garder un mineur enfermé !

Je n'en croyais pas mes oreilles ! Lamar Rensdale avait tenu parole, bien qu'il y ait mis le temps. Pour un peu, je me serais jetée dans les bras d'Ellsbeth. Elle s'écarta. A toutes jambes, je grimpai l'escalier et m'installai dans le fauteuil à bascule. Je me mis à chantonner, espérant pouvoir annoncer à Maman la bonne nouvelle.

Une vie presque normale

Papa m'emmena faire des emplettes. Je devais entrer à l'école au début du deuxième trimestre, en février. Tous mes cadeaux de Noël avaient été des vêtements de classe : manteau, chaussures, et même un ciré jaune comme celui de Vera. Pendant des années, j'en avais eu tellement envie ! Mais pas question d'acheter des jeans comme en portaient tous les enfants !

— Pas de pantalons pour ma fille, tonna-t-il, pour que la vendeuse entende bien. Ils sont beaucoup trop impudiques. Souviens-toi toujours de t'asseoir les genoux serrés et, quant aux garçons, pas un regard, tu entends !

Il parlait assez haut pour informer tout l'étage du grand magasin. Je rougis et lui dis de baisser la voix. Il se dégageait de lui quelque chose de si vil quand il parlait des garçons.

Février arriva enfin. J'étais aussi impatiente qu'une enfant à qui on a promis une séance de cirque. Le matin, Papa me conduirait ct l'après-midi je prendrais le bus de l'école pour rentrer.

— Tu vas très vite détester l'école, déclara Vera. Pour le moment, tu te figures que ça sera amusant, que les professeurs vont remarquer tes progrès, mais ils s'en ficheront complètement. Tu seras là assise avec trente ou trente-cinq autres élèves et très vite viendront l'ennui et la monotonie. S'il n'y avait pas les garçons de la classe, il y a longtemps que je me serais enfuie de cette baraque.

C'était la première fois que j'entendais pareil son de cloche ! Quand il m'était défendu d'aller à l'école, elle ne tarissait pas sur ses activités passionnantes, ses amis qui se comptaient par dizaines ! Voilà qu'elle n'en avait plus aucun !

— Personne ne nous aime, nous les Whitefern, même si nous nous cachons sous le nom d'Adare.

Papa dit à Vera de « fermer sa gueule ». En toute hâte, je dis bonsoir et, montant les escaliers à toute vitesse, j'allai me jeter dans le fauteuil. Je voulais raconter tout cela à Maman. Là-haut, j'étais sûre qu'elle m'entendrait et se réjouirait pour moi. Je me balançais et une fois de plus j'eus la sensation que les murs devenaient poreux et s'écartaient, prêts à se dissoudre.

Première Audrina court en riant parmi les fleurs des champs, poursuivie par un garçon à peine plus âgé qu'elle. Il tire sur sa ceinture dont le nœud de ruban se défait. Qui est-il ? Pourquoi la regarde-t-il ainsi, Première Audrina ? La vision s'évanouit. Une autre lui succède. Parfaite Audrina est en classe. Derrière elle, un garçon laid et boutonneux trempe ses cheveux, mèche par mèche, dans une bouteille d'encre de Chine. Elle ne s'aperçoit de rien.

— Au... dri... na, psalmodia une voix à faire froid dans le dos. Je me rencoquillai à l'intérieur de moi-même. Sur le pas de la porte, Vera me regardait d'un air méchant.

— Sors de ce fauteuil ! Tu t'es assez balancée ! Tu n'as que faire de ce don ! Le fauteuil est à moi ! C'est moi qui ai le plus besoin du don !

Je lui laissai le fauteuil. Après tout, ce don mystérieux, je n'en avais nul besoin. J'avais survécu jusqu'à l'âge de onze ans et pour moi c'était là le plus inestimable des dons.

Le grand jour était arrivé. J'avais le trac, ce matin-là, m'habillant pour mon premier jour d'école. Ma jupe était d'un joli bleu pervenche, faite d'un lainage poids plume qui nécessiterait un nettoyage à sec. Mes mains tremblaient en nouant le ruban de velours noir qui ornait le col de mon chemisier blanc.

— Tu es très jolie, dit Papa, avec un sourire approbateur.

Derrière lui, Vera me détaillait des pieds à la tête.

— Papa, dit-elle méprisante, personne ne s'habille plus comme ça. Tout le monde va se moquer d'Audrina ! (Elle portait des « blue jeans » délavés avec un pull.) Regarde, c'est moi qui suis dans le coup.

Ce n'était pas cela qui allait me redonner confiance ! Moi aussi, je voulais être dans le coup. Je n'avais aucune envie de me faire remarquer !

Papa demeura intraitable : une jupe avec un chemisier ou alors une robe.

Vera partit pour le lycée par le bus jaune et Papa me conduisit à mon école. Il m'accompagna jusqu'au bureau de la surveillante générale. Elle parut croire que j'avais été longtemps malade. Elle souriait, compatissante.

— Tu verras, ça ira très bien une fois que tu auras trouvé ta place.

La panique me saisit. Papa me jeta un dernier regard :

— C'est toi qui l'as voulu, Audrina ! Alors, amuse-toi bien.

— Tu es une gentille petite fille, dit la surveillante générale. (Elle m'entraînait à grandes enjambées dans un long couloir.) Ton père m'a dit que ta tante avait été enseignante et qu'elle te faisait faire tes devoirs. Tu devrais pouvoir suivre en sixième ou en cinquième sans difficulté. Nous commencerons par te mettre en sixième pour que tu ne te sentes pas perdue, et si ça marche, on te fera passer de classe. (Elle m'adressa un sourire chaleureux.) Ton père se fait une très haute idée de sa fille. Je suis sûre qu'il a raison.

Toute la classe avait les yeux braqués sur moi. Les élèves portaient des vêtements très simples, comme avait dit Vera. Toutes les filles étaient en jeans. Aucune n'avait de ruban dans les cheveux. Furtivement, je défis mon ruban et le laissai tomber par terre.

— Eh ! lança un garçon derrière moi, tu as laissé tomber ton ruban.

Plusieurs élèves l'avaient déjà piétiné. Maintenant je ne savais plus quoi en faire. Je le fourrai dans mon petit sac.

La surveillante générale se dirigea vers l'estrade :

— Mes enfants, je vous présente Audrina Adare. Faites-lui bon accueil.

Elle sourit, me désigna un bureau inoccupé, et quitta la pièce. La maîtresse n'était pas encore arrivée. Je m'assis là avec mon cahier et mes crayons neufs sans savoir quoi faire. Les autres élèves avaient des livres, pas moi. Près de moi était assise une jolie brune aux yeux bleus. Elle sourit.

— N'aie pas peur. La maîtresse est très gentille. Elle s'appelle Miss Trible.

— Je n'ai pas de livre, chuchotai-je.

— Oh, on va t'en donner, des livres. Ne t'en fais pas. Tu n'en auras que trop à trimballer tous les jours.

(Hésitant un peu, elle demanda :) Dis, tu n'as jamais été à l'école avant ?

Je ne sais pourquoi, je fus absolument incapable de lui dire la vérité.

— Si, bien sûr, mais j'ai été absente longtemps... je me suis cassé la jambe.

En entrant dans sa classe, Miss Trible m'adressa un long et étrange regard. Son sourire était crispé.

— Levons-nous pour saluer le drapeau, dit-elle. Puis nous ferons l'appel et chacun à son tour répondra présent.

Quelques garçons derrière moi s'esclaffèrent.

— Whaaa ! Mais qu'est-ce qui lui prend tout d'un coup ? On sait tout ça par cœur !

J'étais passionnément intéressée mais pourtant perplexe, tendue et un peu perdue. Je pensai que Miss Trible ne m'aimait pas. Quand l'heure du déjeuner arriva, j'imaginai que les autres bavardaient sur moi dans les couloirs. Et puis j'étais affolée à l'idée de ne pas savoir quoi faire si j'avais besoin d'aller aux toilettes. Où étaient les toilettes ?

Plus j'y pensais, pis c'était. Bientôt j'eus un besoin pressant de m'y rendre. J'étais au supplice. Je croisais et décroisais mes jambes.

— Audrina, qu'est-ce qui ne va pas ? demanda la maîtresse.

— Tout va très bien, madame, dis-je, gênée.

— Si tu as besoin de t'absenter un instant, le petit coin des filles est à l'extrémité du bâtiment, à gauche en sortant.

Rougissante et malheureuse, je me levai d'un bond. Toute la classe éclata de rire. Au retour, j'étais si gênée que je restai sur le seuil.

— Entre, Audrina, dit Miss Trible. Le premier jour est toujours un peu effrayant, mais tu apprendras vite à te repérer. Et si tu ne sais pas, demande.

Puis elle frappa de sa fine baguette sur le tableau pour réclamer l'attention.

Je parvins sans trop de mal à passer le cap des terribles premiers jours. J'imitais les autres filles, me fondant dans leur ombre. Je souriais quand elles souriaient, j'essayais de rire quand elles riaient. Certaines conversations à voix basse, au petit coin, me choquèrent pourtant. Je ne savais pas qu'on parlait de ces choses entre filles. Peu à peu, je découvris comment Vera était devenue ce qu'elle était. Elle se conformait. Moi, je ne pouvais pas. J'étais décidément incapable de rire à des plaisanteries qui me semblaient grossières. Je ne savais pas, comme elles, aller asticoter les garçons et puis m'enfuir. Je me fis une amie, la fille qui était assise près de moi.

— Tu verras, ça ira très bien, me dit-elle à la fin de la première semaine. Mais c'est pas la peine de t'habiller si chic, comme si on était en ville. A moins que... (Elle m'adressa un regard inquiet.) Tu es riche, c'est ça, non ? Tu as quelque chose de pas comme les autres. Pas seulement à cause de tes affaires ou de tes cheveux, non, tu as l'air de venir d'une autre époque.

Fidèlement, je continuais les leçons de musique. J'y allais tous les jours après l'école. Lamar Rensdale me traitait avec une gentillesse particulière.

— Alors tu es contente d'aller à l'école ? J'espère que tu ne vas pas me reprocher de m'être mêlé de ce qui ne me regardait pas !

— Non, monsieur Rensdale, je vous serai toujours reconnaissante de ce que vous avez fait. Déjà je commence à me sentir moi, « pour de vrai ». Avant je n'y arrivais pas. Rien qu'à cause de ça, je vous dois beaucoup.

— Au revoir, bonne chance. Je souhaite que la musique fasse toujours partie de ta vie ! me cria-t-il du seuil.

Je m'engouffrai dans la vieille guimbarde dont Billie venait de faire cadeau à Arden.

Mes professeurs semblaient me prêter beaucoup d'attention. On me donna des livres. Après deux mois d'école, force me fut de constater qu'il devait y avoir une source cachée de connaissances en moi. Tout se passait comme si j'étais déjà allée à l'école. M'étais-je donc réellement approprié la mémoire de Première Audrina ? L'enseignement de ma tante était-il de si grande qualité ?

Pour la première fois, Arden eut la permission de venir à Whitefern et le dimanche de Pâques, il était à notre table. J'avais supplié, pleuré, menacé. J'aurais voulu que Billie vienne elle aussi, mais elle déclina l'invitation. Le dîner fut un échec complet. Papa n'arrêta pas de poser à Arden des questions sur son père, sur le métier qu'il faisait, sur les raisons pour lesquelles il avait abandonné sa femme et son fils. Pendant tout le repas, Vera flirta avec mon invité, battant des cils, se tortillant et s'arrangeant pour lui montrer qu'elle ne portait pas de soutien-gorge. Arden semblait impressionné, gêné par l'immensité de la maison. Il regardait autour de lui, mal à l'aise. Qui pouvait avoir les moyens de se payer une maison pareille ?

L'été venu, Arden et moi passions tous nos moments libres ensemble. Il m'apprit à nager dans la Lyle, à nager comme lui.

Je ne sais quoi de merveilleux, une ardeur nouvelle s'éveillait en moi cet été-là. Je me levais très tôt pour m'échapper plus vite. Quels que fussent mes efforts pour semer Vera, elle était constamment sur mes talons, traînant la jambe.

Vera voulait qu'Arden lui apprenne à conduire. J'espérais vaguement qu'il refuserait, mais il accepta.

Il l'emmena sur les routes de campagne où il n'y avait pas beaucoup de circulation. Un jour, après une de ces leçons de conduite, nous avions décidé d'aller nous baigner. Nous avions tous les trois nos maillots de bain sous nos shorts. Il faisait très chaud. Arden regardait Vera. Elle portait un bikini. Les trois petits triangles vert pâle mettaient en valeur la couleur de ses cheveux. Sa peau naturellement pâle avait pris un ton de cuivre clair et il fallait reconnaître qu'elle était chaud tout d'un coup. J'étais mal à l'aise.) Vera est très bavarde. Si elle parle à Papa de votre réputation, il viendra faire des histoires. Papa est quelqu'un de redoutable qui refuse d'entendre raison. Il croira tout ce que Vera voudra bien lui raconter... Il y croira car il n'a confiance en aucun homme. S'il ne me savait pas si chaste et innocente, il ne m'aurait jamais laissée venir.

— Je parlerai à Vera à sa prochaine leçon. (Il s'arrêta de marcher de long en large et stoppa devant moi.) Elle perd son temps avec moi, et gâche l'argent de ton père. Elle n'a aucun don pour la musique. Tout ce qu'elle veut c'est rivaliser avec toi, Audrina. Elle veut tout ce que tu as. Elle veut ton copain, elle veut l'amour de ton père. Elle est jalouse de toi, et en plus, elle est dangereuse. Méfie-toi d'elle.

Lentement, je relevai la tête et osai le regarder. Il me caressa légèrement les cheveux. Une larme avait roulé sur ma joue.

— C'est sur moi que tu t'apitoies, ou sur toi-même ? demanda-t-il doucement. Qui va t'apprendre le piano si je pars ? Tu veux enterrer ton talent sous des langes de bébé comme ta mère ?

— Je reviendrai, chuchotai-je. Je prends le risque que Vera parle à Papa mais, vous aussi, faites attention à elle.

Il eut alors un sourire acéré, un peu retors, et essuya mes larmes. Son sourire ressemblait beaucoup à celui de Vera.

Je jouais de mieux en mieux. Assise au piano dans le salon, j'avais l'impression d'être Maman, captivée par mon propre jeu, déçue par l'existence. Des choses me manquaient que je n'aurais su nommer.

Cet hiver-là, je restai souvent à la fenêtre à regarder tomber la neige. Cette nostalgie, ces désirs informulés, je voulais croire que c'était l'absence de Sylvia qui en était la cause. Quand elle viendrait vivre ici, je serais comblée. Pourquoi Papa ne voulait-il pas me dire ce

extrêmement jolie. Elle avait déjà une silhouette de femme, avec des seins qui débordaient de ce petit soutien-gorge de rien du tout. Moi j'avais toujours la poitrine aussi plate que le fond d'une poêle à frire.

Vera s'approcha d'Arden, une serviette d'un vert plus pâle négligemment jetée sur l'épaule. Ses hanches ondulaient. Fasciné, Arden paraissait m'avoir totalement oubliée.

— Je suis morte de fatigue d'avoir conduit tout ce temps, Arden. Ça ne te ferait rien de m'aider à descendre la pente ?

Il s'empressa de la soutenir pour descendre la pente, très douce, en vérité. Il était clair qu'elle aurait parfaitement pu s'en tirer seule. Mais, pour une raison qui m'échappait, il parut ne plus pouvoir lui lâcher le haut du bras. Ses doigts effleuraient les contours de sa poitrine. Je me sentis devenir rouge de rage quand elle dit, en le regardant dans les yeux, avec un grand sourire :

— Tu es plus beau chaque année, Arden !

Gêné, il lui lâcha le bras et me regarda, comme pris en faute.

— Merci, dit-il, embarrassé. En tout cas, toi, tu es plus jolie chaque jour.

Je n'en croyais ni mes oreilles ni mes yeux. Vera était étendue, le dos au soleil, apparemment incapable de bouger.

— Arden, ça ne t'ennuie pas de me passer un peu d'huile solaire ? Ma peau est si sensible à la lumière. Je dois faire attention si je ne veux pas attraper des coups de soleil.

Elle avait en temps ordinaire une peau très pâle. Comment avait-elle pu acquérir ce joli bronzage cuivré ? Je n'en revenais pas ! Vera demanda à Arden de dégrafer son soutien-gorge dans le dos.

— Je ne veux pas de marques blanches. Audrina, cesse de me regarder comme ça. Personne ne verra rien si je ne bouge pas trop fort. Remarque, je pense tout de même que ce n'est pas la première fois qu'Arden voit une paire de seins.

Il eut un mouvement de recul et parut gêné. Pourtant il s'agenouilla pour défaire le soutien-gorge et gauchement lui passa un peu d'huile solaire sur le dos. Il mit drôlement longtemps, ça je peux le dire.

Oui, il prenait vraiment trop son temps. Il était même si excité que ses mains tremblaient. Furieuse contre lui, contre Vera, je me relevai d'un bond et m'enfuis vers la maison. Comme je les détestais tous les deux !

Plus tard, Vera entra en boitant dans ma chambre, toute rouge. Elle paraissait très contente :

— Quelle prude tu fais, dit-elle en se laissant tomber sur mon plus joli fauteuil. Ton boy-friend ne m'intéresse pas. J'ai des vues sur quelqu'un d'autre.

Je ne la croyais pas.

— Laisse Arden tranquille, Vera. Si c'est lui que tu veux, il faudra d'abord que tu me passes sur le corps !

J'avais eu tort de dire cela. Ses yeux noirs pétillèrent :

— Oh, si je le voulais vraiment, ce ne serait sûrement pas difficile ronronna-t-elle. Non, ce n'est qu'un môme, pas assez mûr pour moi. Mais, au fond, peut-être est-il plus mûr que je ne le pense; je lui dois bien une autre chance. La prochaine fois je le laisserai me mettre de l'huile à bronzer partout.

— Papa te tuera !

Elle balança sa jambe nue par-dessus le bras du fauteuil. Elle en montrait tellement que je dus regarder ailleurs.

— Mais tu ne lui diras rien, Audrina, douce Audrina, car toi aussi tu as un gros secret. Tu prends des leçons avec le don Juan de Whitefern. Lamar Rensdale a séduit toutes les vierges à la ronde, dans un rayon de cinquante kilomètres.

— Tu es folle, criai-je. Il n'a jamais...

Elle se renversa en arrière sur le bras opposé du

fauteuil. Ses cheveux tombaient jusqu'à terre. Le tien-gorge du bikini remonta si haut que je vis même ses seins étaient bronzés.

— Papa ne te croira pas, répondit-elle d'un air s[u]sant. Papa croira ce que lui diront les gens du villa[ge] Ainsi donc, tu ferais mieux d'être gentille avec m[oi,] Audrina.

J'eus un haut-le-corps. Elle se releva et enleva s[on] bikini pour me montrer tout ce qu'elle avait de pl[us] que moi. Puis, toujours nue, elle sortit nonchalamme[nt] de ma chambre, laissant son deux-pièces humide sur [la] moquette.

Maintenant, j'avais le trac durant mes leçons d[e] musique. J'avais eu confiance en Lamar, à prése[nt] j'avais peur. Je me crispais quand il se penchait ve[rs] moi ou quand sa main, par hasard, touchait la mienn[e.] Perplexe il s'efforçait de croiser mon regard. En vain.

— Qu'est-ce qui ne va pas, Audrina ?

— Rien.

— Je déteste ce genre de réponse. Il est évident qu[e] quelque chose ne va pas. Tu n'as plus confiance e[n] moi ?

— J'ai entendu dire des choses, murmurai-je. J'a[i] peur de ne plus pouvoir revenir.

— Ainsi, commença-t-il d'un ton amer, tu es comme les autres. Toi aussi, tu me crois capable du pire. Ecoute, tu es la seule élève qui m'attache encore à cette bourgade. Au moins, même si je ne suis pas de taille pour Broadway, je peux continuer à me dire que je forme une musicienne d'avenir.

J'étais désolée pour lui. Et pour moi, en plus, car il n'y avait pas de professeur à moins de cinquante kilomètres d'ici et je n'avais aucun moyen de transport.

— Monsieur Rensdale...

— Je m'appelle Lamar ! explosa-t-il.

— Il ne faut pas que je vous appelle par votre prénom. Papa m'a bien recommandé de ne pas le faire. Il a dit que c'était le premier pas... (J'hésitai, j'avais très

qu'elle avait ? Etait-ce si terrible ? Lui et ma tante tenaient donc tant à ménager ma sensibilité, comme ils disaient ?

Vera entra en trombe dans ma chambre, l'air froid encore accroché à son lourd manteau. Elle l'enleva et le jeta à la volée sur un fauteuil.

— Devine ce que j'ai fait ! explosa-t-elle.

Ses yeux étaient comme des charbons ardents. Elle avait les joues rouges. Il y avait des marques sur son cou. Des marques qu'elle me désigna :

— C'est les baisers qui font ça ! Et j'en ai comme ça sur tout le corps. Petite sœur, je ne suis plus vierge.

— D'abord, tu n'es pas ma sœur !

— Qu'est-ce que ça peut faire, je pourrais très bien l'être. Maintenant, assieds-toi et écoute ce qui se passe dans ma vie à moi, et compare avec la morne austérité de la tienne. J'ai vu un vrai homme tout nu, Audrina, un vrai, pas seulement sur un tableau ou une image. Et si poilu ! A le voir tout habillé, tu ne t'en douterais jamais ! Les poils descendent de la poitrine jusqu'au nombril et se rassemblent en un point et puis ils deviennent de plus en plus broussailleux jusqu'à...

— Arrête, je ne veux rien entendre !

— Mais moi, je veux que tu entendes. Je veux que tu saches ce que tu rates. Comme c'est beau d'avoir ces vingt-trois centimètres qui vous transpercent comme un poignard. Tu m'entends, Audrina ? Je l'ai mesuré... presque vingt-trois centimètres, et c'est dur et gonflé.

Je me ruai vers la porte, mais elle me barra le passage. Avec une force surprenante, elle me jeta par terre, puis se mit à califourchon sur moi.

Elle appuya sa chaussure sur ma poitrine :

— Il a un corps merveilleux, petite sœur, un corps vraiment fantastique. Ce que nous faisons te choquerait si fort que tu t'évanouirais... J'aime chaque seconde de ce que nous faisons ensemble. Je n'en ai jamais assez, jamais assez.

— Tu n'as que quatorze ans, chuchotai-je, sincèrement choquée.

— Bientôt quinze, dit-elle avec un rire dur. Pourquoi tu ne me demandes pas qui c'est mon amoureux ? Je te le dirai, tu sais, je te le dirai avec joie.

— Je ne veux pas le savoir. Tu mens comme tu respires... D'abord Lamar Rensdale ne voudrait pas d'une gamine comme toi.

— Qu'est-ce que tu en sais ? Parce qu'il ne veut pas de toi ? Et qui voudrait de toi, tu veux me dire ! A part un môme comme Arden ? Et encore parce qu'il se sent obligé de te protéger... et je pourrais t'en dire pas mal là-dessus. Mais tu finirais par en perdre l'esprit. Déjà que tu vacilles sans cesse au bord de la folie. Tous les gens normaux savent exactement ce qui leur est arrivé dans la vie, sauf toi.

— Laisse-moi tranquille ! criai-je. Tu es une menteuse. Lamar Rensdale n'a pas voulu de toi, c'est impossible après ce que je lui ai dit sur Papa.

— Qu'est-ce que tu lui as dit sur Papa ? demanda-t-elle.

— Je lui ai dit que Papa était un homme redoutable, et qu'il avait un caractère terrible; et même si Papa n'est pas ton père, tu pourrais déshonorer notre nom.

Elle partit d'un rire hystérique. Elle se laissa tomber et roula sur le sol comme si elle devenait folle.

— Mon Dieu ! A toi le pompon, vraiment, Audrina ! Déshonorer notre nom ? Mais il y a belle lurette que notre nom c'est zéro ! Et puis si tu ne veux pas me croire, va demander à Lamar. Mon âge ne le gêne pas. Il aime les filles jeunes. Comme la plupart des hommes d'ailleurs. Si tu avais pu le voir fonçant sur moi, nu comme un ver, avec ce grand fusil dressé, braqué...

Epouvantée, je sortis précipitamment et descendis à la cuisine. Tante Ellsbeth était là, à sa vaisselle. Elle leva les yeux. Le regard radieux de ses yeux noirs me fit sursauter. Après mûre réflexion, avait-elle enfin trouvé dans sa vie austère quelque raison de bonheur ? Elle ne disait plus comme autrefois que Papa était cruel et insensible. D'ailleurs il ne la traitait plus de langue de sorcière.

— Audrina, commença-t-elle, et dans sa voix passa un peu de chaleur, fais très attention. Ne laisse pas ton père dominer ta vie. Il est diaboliquement habile et séduisant, mais, je suis navrée de te le dire, complètement dépourvu de tout sens de l'honneur. Il fera tout ce qui est en son pouvoir pour te garder ici jusqu'à sa mort et ne te permettra jamais d'avoir une vie à toi. Crois-moi, les liens du sang ne doivent pas être des chaînes. Tu ne lui dois pas ton existence, pas plus qu'à Sylvia.

Que voulait-elle dire ?

— Il va ramener Sylvia à la maison, au printemps prochain, annonça-t-elle. Une fois qu'elle sera là, tu n'auras plus de temps pour tes leçons de musique. Tu ne pourras rien faire d'autre que de t'occuper d'elle.

J'étais transportée par la nouvelle de l'arrivée de Sylvia et ma tante gâchait toute la joie de cette perspective.

— Sylvia a eu deux ans en septembre, Tante Ellsbeth. Elle n'est plus à l'âge où les bébés donnent un travail incessant.

— Ton père ne veut pas que je te parle de Sylvia. Il te veut très attachée à elle. Ne te laisse pas faire.

J'étais complètement désarçonnée. Je ne devais pas aimer ma sœur ?

— Ne me regarde pas comme ça. C'est à toi que je pense, pas à elle. Pour Sylvia, il n'y a rien à faire et je le déplore. Mais toi, tu peux au moins être épargnée. Tiens-toi à distance. Fais pour elle ce que tu peux, mais ne l'aime pas trop. Plus tard, tu me remercieras de t'avoir avertie.

— Elle est difforme ! criai-je. Papa ne m'a rien dit, Tante Ellsbeth. J'ai le droit de savoir. Qu'est-ce qu'elle a, Tante Ellsbeth ? S'il te plaît, dis-le moi !

— Elle n'est pas difforme du tout, dit-elle gentiment.

C'est une très belle enfant et elle ressemble même beaucoup à ce que tu étais à son âge. Ses cheveux ne sont pas d'une couleur aussi remarquable que les tiens, mais après tout ils peuvent encore changer. Audrina, écoute mes conseils et prends-en de la graine. N'essaye pas d'aider ton père. Essaye plutôt de le voir tel qu'il est. Il est décidé à te garder enchaînée à lui, par tous les moyens. Il est convaincu que tu es le seul être féminin au monde à être digne de son amour et de sa vénération.

— Mais je ne comprends pas !

— Réfléchis. Tu sais à quel point il redoute de devenir vieux et impotent. Il a peur qu'on le mette à l'asile. C'est une véritable phobie chez lui. Mais nous devons tous vieillir. Il n'y a rien à faire à cela.

— Mais, mais... bafouillai-je. Pourquoi cherches-tu à m'aider ? Je ne savais même pas que tu avais de l'affection pour moi !

— Laisse-moi t'expliquer, dit-elle, croisant pudiquement dans son giron ses mains rougies par les durs travaux. Quand je suis revenue ici vivre avec ma fille, on m'a transformée en bonne à tout faire. J'avais peur de me laisser aller à la tendresse avec toi. J'avais Vera, et Vera n'avait personne d'autre que moi. Elle, elle adorait Lucietta et n'avait pour moi que du mépris car je trimais comme une esclave. Mais c'était cela ou partir. J'avais des motifs pour rester. Et la suite m'a donné raison... les choses se sont passées exactement comme je le prévoyais.

J'avais la respiration coupée.

— Continue, chuchotai-je.

— Dans la course à la beauté, ta mère était toujours gagnante. J'étais jalouse de sa silhouette, de son visage, de son talent et, plus que tout, de son pouvoir à se faire aimer des hommes. (Sa voix se fit plus tendue.) J'aimais un homme, un seul, mais il la rencontra et pour moi tout fut fini. Cela fait mal de perdre, Audrina, cela fait si mal quelquefois qu'on se demande comment on peut continuer à vivre. J'ai survécu et peut-être un jour pourrai-je me dire que j'ai tout de même gagné.

J'étais saisie. Voilà pourquoi ma tante avait toujours été si jalouse de Maman! Tante Ellsbeth avait été amoureuse de mon père! Elle se disputait avec lui, désapprouvait sa conduite, mais elle l'aimait! Tout au fond de mon esprit n'avais-je pas deviné depuis longtemps, longtemps? Cela aussi, j'avais essayé de le chasser de ma mémoire.

— Tante Ellie, tu l'aimes? Même si tu sais qu'il triche et nous trompe et n'a ni honneur ni intégrité?

Décontenancée, elle évita mon regard :

— Assez parlé pour aujourd'hui! répondit-elle en se dirigeant d'un air affairé vers la salle à manger, une nappe propre sur le bras.

Sylvia

Le temps avait ralenti sa course. Désormais je pouvais retenir mes souvenirs et les emmagasiner en sécurité. Grâce au journal que je tenais, je pouvais relire la relation des événements de tous les jours et graver en moi leur chronologie.

Sylvia allait arriver, ma tante me le confirma. Nous étions au mois de mai. J'avais onze ans et huit mois. Vera, quinze ans et demi. Rien ne pourrait plus me faire oublier mon âge. Je ne permettrais plus aux brumes grises de l'oubli de revenir obscurcir le souvenir des choses de ma vie. Je me regardais dans la glace et voyais de petits seins durs gonfler mes pull-overs. Pour qu'Arden ne remarque rien, je portais mes pull-overs lâches mais déjà je l'avais vu m'observer furtivement. Les garçons à l'école me regardaient aussi. Je les ignorais et me concentrais sur Arden qui était toujours dans la même classe que Vera. Vera qui ne se gênait pas, elle, pour porter des pulls collants. Ce à quoi Papa ne faisait aucune objection. Vera avait la permission de sortir avec des garçons et d'aller au cinéma et aux soirées de l'école. Elle appartenait à une demi-douzaine de clubs, du moins c'était ce qu'elle racontait quand elle rentrait à la maison, quelquefois très tard. Moi, je n'avais le temps de voir personne. Je devais me dépêcher d'aller chez Mr Rensdale tous les jours en sortant de l'école, j'étais mal à l'aise avec lui maintenant. Je ne pouvais m'empêcher de penser à ce que Vera m'avait raconté. Parfois, je pensais qu'elle avait menti. Parfois, je pensais qu'elle avait dit la vérité. Il portait des chemises ouvertes et sa poitrine était velue, exactement comme elle avait dit. Elle avait décrit son corps nu avec une telle précision que je ne pouvais plus le regarder.

Les filles de l'école m'invitaient à leurs soirées de papotage en chemises de nuit, durant le week-end, mais Papa m'interdisait d'y aller. Il voulait que je reste avec lui, à écouter les récits de ses tribulations au bureau.

La Bourse était un jeu de hasard pour gens très riches. Seuls ceux qui avaient des millions étaient sûrs de faire des bénéfices — à moins d'avoir de l'intuition.

— Et tu en as, disait Papa avec un large sourire en essuyant l'excès de mousse à raser. Tu vois que le fauteuil a servi à quelque chose !

— Oui, Papa. Je peux m'en aller ? Je voudrais téléphoner à Arden. On passe un film que j'ai envie d'aller voir.

— Mais je vais t'y emmener, moi !

— Vera va au cinéma avec des garçons. Pourquoi pas moi ?

— Je me fiche de ce que fait Vera. (Papa sourit.) Mon amour, mon impatient amour, tu vas bientôt avoir ce que tu désires le plus au monde. Demain matin tôt, j'irai chercher Sylvia. J'ai déjà pris toutes les dispositions nécessaires.

— Oh Papa! m'écriai-je, merci, merci!

Très tôt le lendemain matin, bien avant que Papa ne se lève, je courus en toute hâte au cottage. Les bois étaient très verts, dans toute leur beauté printanière. J'espérais arriver avant qu'Arden ne soit parti livrer les journaux du matin, à vélo, car sa vieille voiture était « tombée en rade » et n'était plus qu'un tas de ferraille dans la cour. J'entrai en trombe sans frapper. Je m'arrêtai net à la porte de la cuisine. Billie était là, vêtue d'un simple short et d'un débardeur rouge. Elle avait les cheveux sur les épaules et le maillot tricoté révélait des seins somptueux, mais je ne pouvais détacher mon regard des moignons de vingt centimètres qui sortaient de son short. Ils s'amincissaient rapidement vers la ligature où rayonnaient des lignes pâles qui faisaient des plis de peau. J'eus un mouvement de recul.

C'était un spectacle si pitoyable. Je retins une exclamation de détresse. J'aurais voulu faire semblant de n'avoir rien vu. Mais Billie se mit à rire. Elle tendit la main pour ébouriffer mes cheveux déjà décoiffés par le vent.

— Eh bien, vas-y, regarde! Ce n'est pas beau à voir, hein? Autrefois j'avais les plus belles jambes du monde.

Je restai muette.

— On apprend à s'adapter, Audrina, dit-elle doucement, se retenant de me caresser comme si elle avait peur que je ne recule. Je vois bien que tu es en train de t'imaginer à ma place et de penser que tu ne supporterais pas de vivre avec ce handicap, et il est vrai qu'au début ce fut terrible. Mais maintenant, la plupart du temps, je n'y pense même plus.

Je restai là, debout, toute gauche :

— Arden m'a dit qu'il vous voyait encore avec vos jambes...

— Oui, dit-elle, les yeux brillants. Sans lui, je n'aurais jamais tenu le coup. Il m'a sauvée. Arden m'a obligée à me rééduquer. Il ferait n'importe quoi pour moi. Maintenant, ma chérie, assez parlé de moi. Que fais-tu ici à une heure si matinale?

Elle continuait à s'affairer à ses conserves. Son haut tabouret monté sur roulettes lui permettait de filer d'un endroit à l'autre sans effort. Mais soudain, elle fit un faux mouvement, elle glissa et tomba sur le sol avec un bruit sourd. Elle fut là, à mes pieds, pendant une brève seconde.

— Ne m'aide pas! ordonna-t-elle. (Et, presque aussitôt, elle s'était hissée sur son tabouret à la seule force de ses bras robustes.) Audrina, regarde dans le cagibi si tu vois un petit chariot rouge. Je m'en sers quand je veux vraiment faire vite. C'est Arden qui l'a fabriqué.

J'esquissai un faible sourire et je lui demandai si Arden était déjà sorti.

— Oui, il est parti. Si mon minable de mari m'envoyait un peu plus d'argent, mon fils n'aurait pas à travailler comme ça. Alors, raconte-moi ce que tu fais ici de si bon matin.

— Billie, Sylvia arrive à la maison aujourd'hui. Ma tante m'a dit qu'elle n'était pas normale, mais ça m'est égal. Ce pauvre petit bébé n'a pas eu de famille, sauf Papa quand il allait la voir une fois par mois. Du moins, c'est ce qu'il dit mais on ne peut jamais savoir si Papa dit la vérité, Billie! Il ment et on sait qu'il ment, et il sait qu'on sait qu'il ment, et il continue!

— Ton père est vraiment quelqu'un d'extraordinaire!

— Je vous ai dit qu'il était directeur, maintenant?

— Oui, chérie, tu me l'as dit une bonne douzaine de fois. Et maintenant je vais te dire quelque chose que tu ignores peut-être. Tu es très fière de ton papa. Même quand tu penses que tu ne l'aimes pas du tout. Chérie, ne te sens pas coupable parce que tu aimes ton père et qu'en même temps tu le détestes. Aucun de nous n'est tout bon ou tout mauvais. Ni ange, ni diable, ni vraiment salaud, ni vraiment saint. (Elle sourit.) Surtout continue à aimer ton papa sans t'en faire. Arden est dans les mêmes sentiments pour son père.

Deux heures plus tard, sur le perron de Whitefern, ma tante et moi guettions l'arrivée de Sylvia. J'avais une boule dans la gorge. Il faudrait que je me rappelle bien ce grand jour pour pouvoir le raconter plus tard à ma petite sœur. Le temps était magnifique, sans un nuage. Une légère écharpe de brume restait accrochée aux branches basses, étouffant les cris des oiseaux. L'humidité de la rosée, me disais-je. Mais déjà une brise tiède montait de la Lyle.

La vaste pelouse venait d'être tondue. Papa faisait venir un homme du village pour tailler les arbustes, arracher les mauvaises herbes et balayer l'allée en façade. La maison avait été repeinte en blanc et le toit refait du même rouge sombre que les volets. Nous étions habillés de nos meilleurs vêtements pour accueillir Sylvia à la maison. Vera était assise nonchalamment sur la balançoire, un petit sourire mystérieux sur les lèvres. Ses yeux noirs brillaient d'un éclat mauvais. Elle en savait certainement plus que moi sur Sylvia. Elle en savait plus que moi sur tout.

— Au... dri... na, psalmodiait-elle, bientôt tu vas voir... Voir par toi-même. Oh la la! Tu vas t'en mordre les doigts d'avoir insisté pour avoir ta petite sœur. Quant à moi je la renie. C'est exactement comme si Sylvia Adare n'existait pas.

Il n'était pas question que Vera me gâche mon plaisir. Elle était jalouse parce que c'était ma sœur et pas la sienne, voilà tout.

— Audrina, dit ma tante, es-tu vraiment aussi contente que tu en as l'air ?

Elle se rembrunissait toujours à l'évocation de Sylvia et, de toute évidence, pour elle, ce n'était pas un grand jour.

— Ça y est, ça y est! Les voilà! m'écriai-je.

Là Mercedes plongeait et réapparaissait dans les

virages ombragés d'épaisses frondaisons. Je me serrai contre ma tante. Elle se tenait toute raide. Une brève seconde, sa main chercha la mienne, mais elle ne la prit pas. Derrière nous, Vera se balançait en gloussant. Elle chantonnait sa nouvelle scie : « Tu t'en mordras les doigts, tu t'en mordras les doigts ! »

La voiture noire s'arrêta devant le perron. Papa en sortit et alla ouvrir la portière du passager. Du diable si on pouvait discerner qui que ce soit. Papa se pencha sur le siège avant et en sortit une toute petite enfant. Il m'appela :

— Voilà Sylvia ! dit-il avec son plus beau sourire.

Puis il posa l'enfant à terre.

Le grincement de la balançoire s'interrompit et Vera s'approcha, à contrecœur. Elle gardait les yeux fixés sur moi comme si elle ne s'intéressait qu'à mes réactions et se fichait de Sylvia comme d'une guigne. Pas une fois elle ne regarda ma sœur. Vraiment bizarre.

En dépit de Vera, en dépit des mines sinistres de ma tante, j'étais si heureuse ! Cette jolie petite fille, c'était ma sœur. Plus que jolie en vérité ; vraiment belle avec ses cheveux noisette tout bouclés aux reflets blond roux dans le soleil. Ses jolies petites mains potelées se tendaient vers Papa pour qu'il la prenne dans ses bras. Il se pencha et voulut la guider vers les marches.

— Une marche à la fois, Sylvia. Voilà, c'est comme ça qu'on fait. Une marche à la fois.

Oh ! Les mignonnes petites chaussures blanches ! Comme j'allais m'amuser avec elle, elle serait comme une poupée vivante, à moi toute seule ! A habiller, à déshabiller... Trop excitée pour pouvoir prononcer un mot, je descendis juste une marche et stoppai net. Quelque chose... quelque chose dans ses yeux, dans sa façon de marcher, dans sa bouche... Oh, mon Dieu !

— Viens Sylvia ! disait Papa, la tenant par la main. Et toi, Audrina, toi aussi descends et viens faire connaissance avec ta petite sœur. Tu en mourais d'envie. Viens plus près. Comme ça tu pourras voir ses jolis

yeux d'aigue-marine. Regarde comme ils sont largement écartés. Et ses longs cils si fournis. Vois sa beauté
et oublie le reste.

Il se tut, me regarda et attendit. Vera pouffait. Je
restai figée. Il se fit un silence total. Tout s'était arrêté
de vivre, me semblait-il, et la nature elle-même était
suspendue à l'accueil que j'allais faire à Sylvia. Mais
j'étais incapable du moindre geste, du moindre mot.

Impatienté, Papa décida :

— Eh bien, si tu ne veux pas venir à nous, c'est nous
qui viendrons à toi ! (Nullement ébranlé, il me gratifia
d'un sourire éblouissant.) Tu ne cesses de me harceler
depuis plus de deux ans pour que j'amène ta petite
sœur à la maison. Eh bien, la voilà ! Tu ne parais pas
précisément ravie.

Marche par marche, Papa aidait Sylvia à avancer.
Elle ne pouvait même pas lever son pied convenablement. Elle glissait, dérapait sur l'obstacle. Elle tenait
mal sa tête qui ballottait à droite et à gauche, basculait
en avant, puis d'une secousse était rejetée en arrière.
Puis de nouveau, le sol accaparait son attention. Mais
pouvait-on parler d'attention de la part de ce regard
vide ?

On eût dit qu'elle avait les os en caoutchouc. Elle
n'avait pas monté cinq marches et déjà ses chaussures
neuves étaient tout écorchées et elle était tombée à
trois reprises. Papa la souleva par son bras frêle jusqu'au haut des marches. Au fur et à mesure je remontai
à reculons, sans même me rendre compte que je bat-
tais en retraite. Maintenant je la voyais de plus près. Sa
bouche béait, elle bavait et ses yeux fixaient le vide.

Je tremblais, j'avais mal au cœur. C'était la faute de
Papa ! Il était coupable ! Toutes ces disputes et quand il
fouettait Maman avec sa ceinture ! Et Maman avait eu
sa part de responsabilité, quand elle buvait du thé
chaud arrosé de bourbon, alors que Papa lui défendait
de le faire. Et voilà le résultat ! Une enfant demeurée.

Je reculai jusqu'au mur. Papa fondit sur l'enfant, la prit sur son bras et la tint au niveau de mes yeux.

— Regarde, Audrina, regarde Sylvia. Ne détourne pas la tête. Ne ferme pas les yeux. Elle bave, tu as vu ? Elle est incapable de fixer le regard sur quoi que ce soit et même d'avancer ses pieds correctement. Quand elle essaye d'attraper un objet, elle tend la main une bonne douzaine de fois avant de le toucher. Elle essaye de pousser la nourriture dans sa bouche mais elle n'y arrive pas. Pourtant elle trouve finalement le moyen de manger. Tu vois, elle est comme un animal, une chose sauvage. Mais elle est belle, non ? Belle et charmante et en même temps abominable ! Tu comprends maintenant pourquoi je l'ai tenue éloignée si longtemps ? Je préservais ta liberté ! Pas une seule fois tu ne m'en as remercié, pas une seule fois.

— Sylvia est cinglée... cinglée... cinglée, chantonnait doucement Vera, en voix « off ». Audrina a une sœur idiote... idiote...

Papa rugit :

— Vera, rentre à la maison et n'en bouge plus !

Elle fonça sur Papa :

— Tu préfères avoir cette gosse débile que m'avoir, moi, c'est ça ? hurla Vera, le foudroyant du regard. Un jour viendra où tu aspireras à ma présence plus qu'à tout au monde mais je te cracherai à la figure sans lever le petit doigt pour t'aider.

— Tu ne m'apprends rien, répondit froidement Papa. Tu es comme ta mère : prodigue de ta haine et de ton mépris, avare de ton amour. Je n'ai pas besoin de ton aide, Vera. Ni maintenant ni plus tard. J'ai Audrina.

— C'est-à-dire personne ! glapit Vera. Elle aussi te hait. Seulement elle ne le sait pas encore !

Il balança de sa main restée libre une gifle si magistrale à Vera qu'elle s'effondra sur les dalles du perron. Elle se mit à crier comme une folle furieuse. Sylvia pleurait très fort.

— Que le diable vous emporte, Damian, s'écria ma tante. Ne comprenez-vous pas que tout ce que cette enfant demande c'est un peu d'affection ? Vous ne lui avez jamais accordé que de l'indifférence. Pourtant vous savez qui elle est — vous le savez !

— Je ne sais rien du tout, dit Papa, d'une voix si mortellement glacée que je frissonnai.

Il riva ses yeux sombres et menaçants sur ma tante, lui ordonnant de se taire.

La panique me submergeait. Vera rampa jusqu'à la porte et disparut dans la maison. Je restai là à regarder Sylvia qui ne posait le regard sur rien ni personne. Yeux abolis, yeux de nulle part.

J'essuyai mes larmes de mes poings serrés. Papa me regardait :

— Tu n'as rien à dire, Audrina ? Allons, allons, tu dois bien penser quelque chose ?

Je levai les yeux. Il souriait. Un sourire léger, cynique.

— Pourquoi Sylvia ne ferme-t-elle pas la bouche ? Pourquoi n'a-t-elle pas des yeux qui regardent ? demandai-je d'une voix faible. Et pourquoi n'a-t-elle pas appris à marcher ? Elle a presque trois ans.

— Laissez-nous, dit Papa à ma tante qui semblait avoir pris racine.

— Pourquoi m'en irais-je, Damian ? Vous pouvez me le dire ?

— Je souhaite que personne ne s'interpose entre Audrina et sa sœur. Ellsbeth, quittez cet air choqué. Ça ne vous va pas du tout.

Sans plus insister, ma tante pénétra dans la maison et claqua la porte. Papa lâcha Sylvia sur le perron. Elle se mit à vaguer sans but, se cognant aux fauteuils, bousculant une fougère en pot placée sur un socle d'osier blanc. La fougère bascula.

— Mais elle est aveugle ! m'écriai-je.

— Il vaudrait mieux qu'elle le soit, aveugle, dit Papa tristement. Non, Sylvia y voit aussi bien que toi et moi mais elle ne peut commander à ses yeux. Les médecins pensent qu'elle a été atteinte au système nerveux central. Elle a subi les examens médicaux les plus poussés. Elle voit, elle entend, mais ne réagit pas comme elle le devrait. Si tu te demandes maintenant comment les médecins savent tout cela, je peux te donner des tas de détails ennuyeux sur les explorations qu'ils ont pratiquées.

— Raconte, dis-je dans un murmure.

— Si tu regardes bien, tu verras qu'elle se cogne dans les chaises et renverse les objets, mais qu'elle ne tombe pas dans les escaliers. Si tu l'appelles par son nom et que tu insistes, elle finira par réagir. Elle sait marcher correctement. En fait, je voulais la laisser une année de plus avec les thérapeutes. J'espérais encore qu'ils pourraient réussir à lui apprendre à contrôler ses fonctions corporelles. (Il vit mon regard et dit doucement :) Audrina, comme beaucoup d'autres enfants de son âge, Sylvia porte des couches, mais elle, elle devra certainement en porter toute sa vie.

Mais c'était terrible ! Je ne pouvais quitter Sylvia des yeux. Papa poursuivit :

— Sylvia souffre d'un retard mental grave et définitif, d'après le corps médical. Pourtant, au fond de moi, je persiste à croire que Sylvia pourrait devenir normale si on savait lui prodiguer les soins adéquats.

Je m'attendais à tout sauf à ça. Aveugle, sourde, je pensais que je pourrais le supporter — mais pas ça. Il ne me manquait plus qu'une sœur arriérée mentale !

Je me retournai et vis Sylvia au bord de l'escalier de pierre. Je la rattrapai juste à temps.

— Mais Papa, tu as dit qu'elle y voyait !

— Elle y voit. Elle ne serait pas tombée. Elle est comme une créature sauvage qui obéit à son instinct. Aime-la tout de même un peu, Audrina ! Elle a besoin de quelqu'un à aimer. Toi qui aimes tous les chats perdus et soignes tous les moineaux blessés, il va falloir que tu aimes aussi ta petite sœur et que tu prennes soin d'elle aussi longtemps qu'elle aura besoin de toi.

Je regardai son beau visage à peine marqué. Quelques fils d'argent adoucissaient ses tempes. Je n'avais pas douze ans, et il mettait sur mes épaules la charge d'une enfant qui ne grandirait jamais.

Il disait que, très vite, je saurais apprendre à Sylvia à aller sur le pot. L'amour pouvait faire plus que l'expérience professionnelle. Je lui apprendrais aussi à fixer son regard, à garder la bouche fermée, à parler. Je ne pouvais m'empêcher de regarder Sylvia descendre les marches à quatre pattes. Elle atteignit la pelouse. Elle se releva. Sans doute attirée par la couleur, elle voulut arracher une fleur du massif de camélias. Et quand finalement elle eut la fleur dans la main, elle essaya de la porter à son nez, mais elle ne trouva pas son nez. En un rien de temps, elle avait réussi à salir sa robe et ses jolis cheveux lui pendaient dans la figure.

J'étais emportée dans un tourbillon de contradictions. J'étais horrifiée mais j'avais pitié de Sylvia. Je la voulais et je ne la voulais pas. Je l'aimais et peut-être étais-je déjà en train de commencer à la détester. En tout cas, elle était là et on m'en avait donné la responsabilité.

Je la regardais. J'avais douze ans et brusquement quelque chose de tendre et d'aimant me hâta sur la voie de la maturité. Je dévalai les marches et courus la prendre dans mes bras. Je plantai une douzaine de baisers sur ses joues rondes. Je pris sa petite tête dans le creux de ma main et sentis ses doux cheveux soyeux.

Je t'aimerai, Sylvia! Je serai ta mère. Je t'apprendrai à contrôler ta vessie. Je te sauverai, Sylvia. Non, tu n'es pas retardée. Tu n'es pas éduquée, c'est tout. Chaque matin, je trouverai de nouvelles façons de t'apprendre ce que tu as besoin de savoir. Il y a sûrement un moyen pour que tu deviennes normale.

Sœurs

Ce soir-là, Papa me prit sur ses genoux pour la dernière fois.

— Tu grandis, Audrina. Tous les jours, je te vois changer et je suis sûr que ta tante t'a instruite de certaines situations auxquelles une femme a à faire face. Désormais je ne te câlinerai plus comme je le faisais car les gens ont tendance à imaginer le pire. Cela ne signifiera pas que je ne t'aime plus.

Il me passait la main dans les cheveux et je pressai mon visage sur sa poitrine.

— Je suis très heureux que tu aies promis de prendre soin de Sylvia, continua-t-il d'une voix émue, comme si enfin je lui avais donné une preuve que j'étais devenue l'égale de sa Parfaite Audrina. C'est ton devoir de prendre soin de ta malheureuse sœur. Il faut que tu me promettes de ne jamais la placer dans une de ces institutions psychiatriques où elle pourrait être victime de sévices de la part des autres pensionnaires et même des surveillants qui ne se conduisent pas toujours honorablement, surtout avec les jolies jeunes filles. Et elle sera plus que jolie, bien que mentalement toujours aussi arriérée. Pour les hommes, c'est sans importance. Ils useront et abuseront d'elle. A la puberté, elle perdra sa virginité avec le premier venu qui peut-être la mettra enceinte. Ne me regarde pas comme ça. Ne va pas croire que je me décharge sur tes frêles épaules d'un fardeau qui m'incombe. Un jour je disparaîtrai et Tante Ellsbeth ne sera plus là. Il faut te préparer à cette éventualité.

Je sanglotai sur son épaule.

Papa me porta jusqu'à ma chambre pour la dernière fois et me borda dans mon lit. Pour la dernière fois, peut-être, il m'embrassa et me souhaita bonne nuit. En partant il me dit, avec un regard triste, que désormais il attendait de moi que je me conduise en adulte.

— Ne t'inquiète pas, Papa, dis-je d'une voix assurée. Je n'ai plus peur la nuit dans les couloirs. Si Sylvia pleure, tu n'auras pas besoin de te déranger, j'irai voir. Tu sais je n'ai même plus peur d'aller m'asseoir dans le fauteuil. Quand tu ne me guettes pas, je peux vraiment faire le vide pour m'emplir, telle la cruche de grès, de belles et bonnes choses. Les garçons du rêve ne m'ennuient plus maintenant, et j'ai appris à ne plus en avoir peur.

Il restait là sans rien dire. Les minutes passaient.

— Je suis heureux de savoir que la cruche de grès s'est remplie.

— Tu sais, quand je me balance maintenant, c'est à Maman que je parle.

Une ombre passa dans son regard.

— Ne t'assieds plus dans le fauteuil, Audrina. Ce n'est plus la peine.

Eh bien ! voilà bien autre chose ! Justement je n'avais aucune intention d'abandonner ! Il voulait m'empêcher de découvrir quelque chose, mais c'était justement ce quelque chose qu'il fallait que je sache, à tout prix.

Il referma la porte et me laissa seule dans le noir. Il me semblait entendre la maison respirer. J'entendais dans les craquements du plancher comme un bruissement de voix, un conciliabule : on me voulait prisonnière de cette demeure, à jamais.

Dans l'obscurité de ma chambre où l'ombre de mes ancêtres Whitefern était encore si présente, j'entendis grincer la porte. Sorti droit de l'enfer, surgit un spectre. Ses cheveux se dressaient sur sa tête. Son long vêtement blanc traînait sur le plancher. Je hurlai, quasiment.

— Audrina, ce n'est que moi... Vera !

Mon cœur cognait, ma voix tremblait :

— Qu'est-ce que tu fais là ?

Sa réponse m'abasourdit :

— Je veux être ton amie... si tu acceptes. J'en ai assez de vivre dans une maison où tout le monde me déteste y compris ma mère. Audrina, je n'ai personne. Apprends-moi comment faire pour que les gens m'aiment comme ils t'aiment.

— Mais ta mère ne m'aime pas...

— Si, elle t'aime. Plus que moi, en tout cas. Elle a confiance en toi, elle te laisse épousseter les plus belles porcelaines et faire les cristaux. Audrina, tu as sûrement remarqué comme elle jette souvent cette expression à la figure de Papa : « Trimer comme une esclave ! » C'est son arme à elle. Elle sait qu'elle lui fait du mal; parce que c'est ce qu'il avait fait de ta mère : une esclave pour la cuisine et pour la chambre !

Je détestais ce genre de conversation.

— Ma mère l'aimait, dis-je, sur la défensive. Quand on aime, on doit renoncer à tout désir personnel.

— Alors, renonce à quelque chose pour moi, Audrina. Aime-moi comme tu es prête à aimer Sylvia, cette arriérée mentale. Je serai ta sœur. A partir de maintenant, je jure de ne jamais plus être méchante avec toi. Sois mon amie, Audrina, aie confiance en moi.

Elle tremblait, là, debout près de mon lit, pathétique et vulnérable dans sa longue chemise de nuit blanche. C'était terrible d'être si mal aimée de sa propre mère... et puisqu'elle voulait mon amitié, je ferais un effort.

Sans trop d'empressement, je lui permis de grimper dans mon lit et dans les bras l'une de l'autre nous fûmes bientôt endormies.

Vera et moi étions désormais très proches et nous nous amusions si bien toutes les deux que personne n'eût pu deviner qu'elle avait été ma pire ennemie jusqu'à ces tout derniers temps. Bien que sa leçon n'eût lieu qu'une fois par semaine, elle avait inauguré de venir avec moi tous les jours chez Lamar Rensdale. Elle s'asseyait sur le divan et attendait la fin de la leçon. Arden était content que Vera et moi soyons amies, enfin.

— C'est comme ça que ça doit se passer entre sœurs — ou cousines germaines. Les familles doivent être unies.

— Ça ne me dérange pas que tu dises qu'elle est ma sœur. De toute façon tout le monde pense qu'elle l'est.

J'avais donc souvent l'occasion de voir réunis Vera et mon professeur de musique. J'allais peut-être savoir ce qu'il y avait de vrai dans ce qu'elle avait raconté.

Par un torride après-midi d'été, Vera vint à la leçon vêtue d'un simple short vert clair et d'un petit bout de soutien-gorge en piqué blanc.

Comme j'essayais de mettre le maximum de sensibilité dans mon jeu, Vera se vautrait dans un des sièges, une jambe balancée par-dessus le bras du fauteuil. Elle traçait d'un doigt indolent des cercles concentriques sur ses seins comme pour en circonscrire le bout saillant. Mr Rensdale ne pouvait s'empêcher de tourner les yeux vers elle. Il ne faisait plus du tout attention à moi, ni à mes fausses notes.

Sans avoir l'air d'y penser, Vera caressait ses cuisses, ses bras, secouait ses seins comme pour enlever des miettes imaginaires.

— Vera, pour l'amour de Dieu, qu'est-ce qui se passe ? demanda soudain Lamar Rensdale.

— Une abeille m'a piquée à un endroit gênant à nommer, et ça fait mal, gémit-elle. Il faut que je retire le dard, mais je n'arrive pas à le voir. C'est en dessous de mon...

— Je sais, dit-il sèchement. Cela fait une demi-heure que tu essayes de l'enlever. Audrina, va dans la salle de bains et aide ta sœur.

Mr Rensdale me regardait, semblant s'excuser. Derrière lui, Vera secouait silencieusement la tête pour me signifier qu'elle n'avait pas besoin de mon aide. J'allai tout de même dans la salle de bains, mais elle ne venait pas. Les minutes passaient.

— Dépêche-toi, Vera. Arden va bientôt venir nous chercher !

— Non, ça y est ! claironna-t-elle. J'ai réussi à l'ôter toute seule.

Je revins dans le salon. Elle rajustait son soutien-gorge.

— Merci pour la pince à épiler, monsieur Rensdale.

Il était tout rouge. Au regard de Vera, je devinai qu'elle avait ôté son soutien-gorge devant lui pour enlever le dard — si tant est qu'il y ait jamais rien eu de pareil.

A partir de ce jour-là, je commençai à remarquer leur petit manège. A cause de ma présence, il voulait sauver les apparences, mais justement Vera, elle, tenait à tout me révéler de leurs relations. Quand venait son tour de se mettre au piano, elle mimait l'effort pour produire quelque mélodie puérile, elle minaudait... et soudain le haut de sa robe bain de soleil se dénouait, sa jupe de tennis laissait voir sa culotte. Ses yeux, ses gestes, tout était provocation. Je recommençai à la détester. Ses plaisanteries me faisaient monter le rouge au visage. Lui, il s'asseyait, les yeux baissés, très fatigué. Il avait toujours cet air fatigué.

— C'est la chaleur, expliquait-il. Ce temps lourd me vide de toute mon énergie.

— Oh, gardez-en un peu tout de même, monsieur, susurrait Vera à mi-voix, juste assez pour le plaisir.

Sans répondre, il se levait et me tendait ma liste d'exercices à faire à la maison.

— J'espère qu'il fait moins humide chez toi !

Il ne donnait rien à faire à Vera ; mais, du regard, ils échangeaient comme un message secret.

— A la maison les pièces du bas sont merveilleusement fraîches, intervint Vera. Mais, dans les étages, il fait aussi lourd qu'ici. Si Papa et ma tante ne risquaient pas d'avoir une attaque, je me promènerais toute nue.

Où avait-elle été chercher qu'il faisait chaud dans les étages ?

L'été se prolongea indéfiniment. Heureusement, il y avait la plage. J'y allais avec Arden et Papa — qui gardait un œil vigilant sur chacun de nos faits et gestes. Vera ne venait pas. Elle refusait d'aller où que ce fût avec Papa. Et ma tante n'avait pas de temps à perdre. Sylvia trottinait sur le sable, pitoyablement différente des autres enfants. Elle n'arrivait pas à remplir son seau. Elle n'avait pas assez de bon sens pour éviter les vagues. Arden et moi nous précipitions toutes les cinq minutes pour la ramener sur le sable. Papa, vautré sous un énorme parasol bariolé, regardait les jolies filles.

Sylvia mangeait tout ce qui lui tombait sous la main, y compris l'herbe. Si on la laissait seule dans le jardin pendant seulement quelques secondes, elle se perdait. Un jour, après une heure de recherches frénétiques et d'appels, je la trouvai tranquillement assise sous un arbre, mangeant des fraises des bois. Elle hurlait la nuit. Chaque repas était un effroyable gâchis. Les bavoirs n'étaient d'aucun secours, elle renversait son verre, elle vomissait souvent. Mais pis que tout : elle n'avait aucun contrôle sur ses excrétions.

— Elle n'a pas encore trois ans, disait Papa pour m'encourager, quand j'étais trop dégoûtée. Même toi tu portais encore des couches à son âge.

— Non, ce n'est pas vrai, démentait ma tante. Audrina était terriblement soucieuse de propreté. Elle allait sur le pot pendant que Lucietta lui récitait des comptines et lui lisait de belles histoires.

Papa fronça les sourcils puis prit le parti d'ignorer les paroles d'Ellsbeth.

— Il faudra la tenir plus propre, Audrina, sans quoi elle aura le derrière à vif et ce sera le diable et son train à soigner. C'est pour ça qu'elle pleure la nuit. Cette irritation est sans doute douloureuse.

— Damian! Arrêtez! Vous ne pouvez pas demander à une jeune fille comme Audrina de prendre la pleine responsabilité d'une enfant retardée. Renvoyez cette enfant d'où elle vient ou alors payez-vous une nurse.

— Je n'ai pas les moyens de payer une nurse.

Papa bâilla, étira ses longues jambes, prêt à faire un somme sur la terrasse.

— Je vous ai, Ellie, vous et votre fille, et je vous entretiens. Toute ma trésorerie y passe.

Une demi-heure après, j'essayai de nouveau le pot. Pendant une heure, je lui lus les *Contes de ma Mère l'Oye,* mais sans résultat. Au moment précis où je la rhabillais avec des couches propres et la petite culotte en caoutchouc par-dessus, elle se souilla de nouveau. Vera surgit.

— Dis donc, encore heureux que je n'en aie pas la charge parce que je te garantis qu'elle resterait sale.

— Tu ferais une belle nurse, dis-je furieuse. (Puis je tournai brusquement la tête pour la regarder :) Où étais-tu?

Quelquefois, je croyais Vera en train de lire dans sa chambre mais elle n'était pas là. Elle réapparaissait juste avant six heures, à l'heure du retour de Papa.

Elle se laissa tomber, somnolente, dans un des fauteuils.

— Je déteste les cours d'été. Je déteste l'école, l'hiver. Je sais que l'école finit à midi mais j'ai des amis au village et même...

Avec un sourire entendu et des airs mystérieux elle me lança une barre de chocolat Hershey :

— Tiens, je sais que tu aimes le chocolat.

Il se passait quelque chose dans sa vie mais je ne voulais pas savoir quoi. Elle me laissait tranquille, dans l'ensemble, mais elle ne faisait toujours rien pour aider à la maison.

— Je suis vannée, Audrina, vraiment vannée.

Elle bâilla et se lova dans le fauteuil comme un chat furtif et sensuel. Je pouvais presque l'entendre ronronner.

Ma tante et moi, nous faisions tout : les repas, le ménage, les chambres, les lits. Une sorte d'intimité nous rapprochait. Maintenant elle me permettait de l'appeler Tante Ellie. Elle s'appliquait pour la cuisine ! A croire qu'elle voulait rivaliser avec Maman !

Six mois environ après l'arrivée de Sylvia, Papa, après s'être essuyé la bouche et avoir posé sa serviette, sourit :

— Eh bien, Ellie, vous vous êtes réellement surpassée cette fois ! C'était un repas succulent, vraiment succulent.

Le compliment lui fit venir les larmes aux yeux. A moi aussi.

Un tout autre genre de vie commença pour moi. Une vie de forcenée qui me vola mon été ! Trois après-midi par semaine j'avais ma leçon de musique. Je ne voyais presque plus Arden et Billie. Puis quand ce fut la rentrée des classes à l'automne, je descendais comme une folle du bus scolaire, j'arrivais hors d'haleine à la maison. Je commençais par chercher Sylvia partout car elle avait la détestable habitude de se cacher dans des endroits impossibles.

C'était une tâche ingrate que je m'étais fixée, à la vérité une tâche impossible que d'essayer d'éduquer Sylvia comme une enfant normale. Elle ne pouvait rester en place. Elle n'avait aucune capacité d'attention. Papa s'était déchargé sur moi du souci de Sylvia et aussitôt il oublia jusqu'à son existence. Désespérément, je me tournai vers ma tante pour implorer son assistance :

— Soit, m'accorda-t-elle, à contrecœur, je ferai ce que je pourrai pendant les heures d'école, mais à partir du moment où tu rentres à la maison, ou pendant les week-ends et les vacances scolaires, Sylvia est à toi, rien qu'à toi.

Sylvia avait trois ans maintenant, et elle ne s'intéressait à rien, ni aux jeux de construction, ni aux ballons, ni aux petites voitures. Elle ne savait que faire d'elle-même, sauf errer sans fin dans la maison. Elle aimait grimper sur les meubles, manger et boire, rôder comme un animal à la recherche d'une proie, se cacher, et c'était tout. Comment m'y prendre pour lui inculquer le moindre rudiment ? Les livres d'images ne l'intéressaient pas et les jouets n'avaient aucun sens pour elle.

Mais un jour, dans la chambre de Parfaite Audrina, alors que je me reposais un peu dans le fauteuil à bascule, j'eus une extraordinaire vision. Une petite fille qui était peut-être moi ou bien l'autre Audrina, jouait, assise au soleil, avec des prismes de cristal, essayant de capter les rayons du soleil, de les réfracter sur les murs, dans les miroirs qui renvoyaient à leur tour les couleurs. Sur les étagères, je trouvai une demi-douzaine de pendeloques de cristal, joliment taillées : deux en forme de larme, une en étoile, une en flocon de neige, et la dernière en diamant. J'ouvris les rideaux, tirai les voilages et m'assis par terre pour jouer moi-même avec les prismes. Sylvia était là. Elle avait la manie de me suivre partout comme une ombre.

La lumière du soleil captée par les prismes jaillissait en faisceaux irisés. Du coin de l'œil, je me rendais compte que Sylvia était très intéressée. Elle regardait danser les arcs-en-ciel dans la pièce. Je les fis jouer sur sa figure, lui fis une joue rouge, l'autre verte, puis lui envoyai l'éclair d'un rayon dans l'œil. Eblouie, elle se mit à pleurer. Se propulsant vers moi en grognant, elle tendit la main pour prendre les cristaux taillés. Elle les voulait pour elle toute seule.

Elle alla s'accroupir dans un coin avec ces grosses fleurs dans les mains et essaya de faire comme moi. Ça ne marchait pas. Alors, la regardant intensément, je lui intimai mentalement l'ordre d'aller se mettre au soleil. Les couleurs ne s'animeraient qu'au soleil.

Elle tournait et retournait les prismes, poussant des grognements de frustration. Puis une plainte monta du plus profond d'elle-même.

Un prisme dans chaque main, elle rampa jusqu'à la flaque de soleil devant la fenêtre. Immédiatement les pendeloques de verre taillé étincelèrent. Pour la première fois je vis les yeux de Sylvia s'agrandir de surprise. Elle avait fait que quelque chose se produise ! Et elle le savait. Et elle jubilait. Tandis qu'elle embrasait la pièce d'arcs-en-ciel, je m'assis à côté d'elle et la serrai contre moi.

— Ce sont de belles couleurs, Sylvia. Toutes à toi. Avant, tu vois, c'était à *elle*, mais je te les donne.

La bouche grande ouverte, elle esquissa un vague sourire.

Maintenant qu'elle avait trouvé une chose à faire, elle ne voulait plus lâcher cette verroterie.

— Pour l'amour de Dieu, enlève-lui ça des mains ! dit ma tante le lendemain matin. (Sylvia, dans sa chaise haute, venait de laisser tomber un des verres taillés dans sa bouillie de céréales. Avec l'autre, elle envoyait des rayons de lumière qui éblouissaient tout le monde.) Tu avais vraiment besoin de lui donner ces machins-là ?

— Laisse-la, Ellie, dit Papa. Au moins elle a trouvé quelque chose à faire. Elle est fascinée par les couleurs. Qui sait, peut-être lui apprendront-elles quelque chose !

— Elles lui apprendront quoi ? demanda ma tante. A nous éblouir ?

J'essayais désespérément de trouver du temps pour travailler mon piano au moins une fois par jour. Sylvia détestait me voir faire des gammes. Elle s'asseyait au soleil et projetait des faisceaux colorés sur mes partitions ; si je les rangeais, elle m'envoyait des rayons dans les yeux.

Je n'avais pas beaucoup le temps de m'exercer mais je continuais tout de même mes leçons avec Lamar Rensdale. Je savais qu'il allait partir pour New York. Il projetait de s'y installer définitivement pour enseigner la musique à l'Ecole Julliard. La veille au soir, il m'avait appelée au téléphone pour m'annoncer la nouvelle.

— Je préfère que tu ne dises à personne que j'ai ce rendez-vous, Audrina. Jure-moi de continuer à étudier la musique pour qu'un jour je puisse me dire que j'ai été le premier à mettre Audrina Adare sur la voie de la célébrité.

Je n'avais dit à âme qui vive, excepté à Arden, que j'avais décidé de passer chez Mr Rensdale pour lui dire au revoir. Dans ma poche, j'avais un petit cadeau d'adieu, une paire de boutons de manchettes en or ayant appartenu à mon grand-père maternel.

Lamar Rensdale avait été l'homme le plus ordonné et le plus soigné du monde. Une place pour chaque chose, chaque chose à sa place. Mais maintenant, sa pelouse, autrefois irréprochable, était à l'abandon, encombrée de tout un bric-à-brac. Les boîtes de bière roulaient dans le vent.

Je m'apprêtais à frapper mais il y eut une rafale de vent et la porte de la cuisine s'ouvrit à la légère poussée de mes doigts.

Ordinairement, quel que fût le moment de la journée où j'entrais, Lamar était au piano, ou alors à la cuisine. Comme la maison était silencieuse, je supposai qu'il était en ville. Je décidai de laisser mon cadeau avec un petit mot et m'assis sous le porche pour attendre Arden. Je commençais à griffonner sur le mémo de la cuisine : « Cher... », quand j'entendis un bruit venant de la grande pièce. Je n'avais pas plutôt ouvert la bouche pour appeler que j'entendis un gloussement familier. Je fus prise d'un frisson. Le récit de Vera était véridique ! J'avançai sur la pointe des pieds jusqu'à la porte que j'entrouvris à peine. Mr Rensdale et Vera étaient là. Un feu de bois flambait joyeusement dans la cheminée, réchauffant l'ambiance de cette grise après-midi de novembre. Lamar Rensdale mettait un disque sur la platine de l'électrophone. Les harmonies de la

Sérénade de Schubert emplirent la maison. J'étais le témoin secret d'une scène de séduction.

Il se passerait au moins une heure avant qu'Arden vienne me chercher. Il y avait un long chemin à faire pour rentrer et la grand-route était dangereuse à pied. Je n'étais pas assez téméraire pour faire du stop. Non, tant pis, j'irais m'asseoir dehors devant la porte. Mais au lieu de bouger, je continuai d'hésiter, excellent prétexte pour continuer à regarder par l'entrebâillement de la porte.

— Tu vois, dit Lamar Rensdale, tu sais très bien danser. Ta boiterie ne se voit presque pas. Tu te fais du souci inutilement. Avec le visage et la silhouette que tu as, aucun homme ne remarquera ce petit défaut.

— Vous voyez bien que ma boiterie est un défaut !

Elle avait pris un ton sucré et pourtant touchant. L'aimait-elle réellement ?

— Vera, tu es très jolie, très attirante. Mais tu es trop jeune pour un homme de mon âge. Nous avons eu, pendant deux ans, de merveilleux moments ensemble, et j'espère que tu ne le regretteras pas. Mais je pars. Il faudra que tu trouves un garçon de ton âge, un garçon qui t'épousera et tu quitteras enfin cette maison que tu détestes tellement.

— Vous m'avez dit que vous m'aimiez, et maintenant vous parlez comme si vous ne m'aimiez pas, gémit Vera. Vous ne m'avez jamais aimée, c'est ça ? Vous avez dit ça juste pour que je veuille bien coucher avec vous... et maintenant vous êtes fatigué de moi et vous en voulez une autre. Moi qui vous aime tant !

— Bien sûr que je t'aime, Vera, mais je ne veux pas me marier pour l'instant. Je veux cette place de professeur et ils pensent qu'un célibataire sera plus disponible. Il y a d'autres hommes, Vera !

— Pour moi il n'y a personne d'autre ! Je vous aime. Je pourrais mourir pour vous. Je me suis donnée à vous. Vous m'avez séduite et juré que vous m'aimeriez

221

toujours, et maintenant que je suis enceinte, vous ne voulez plus de moi!

Profondément choquée, je reculai.

Mr Rensdale eut un rire un peu forcé.

— Ma chère petite, il est tout à fait impossible que tu sois enceinte. N'essaye pas ce vieux truc avec moi.

— Mais c'est vrai, gémit-elle.

Comme cela ne semblait nullement l'impressionner, elle fit la moue et se blottit davantage dans ses bras.

— Lamar, vous m'aimez, je sais que vous m'aimez. Faites-moi l'amour encore, maintenant. Laissez-moi vous prouver combien je peux jouir de vous...

J'étais suffoquée de voir comme elle promenait ses mains sur lui, tandis qu'elle ouvrait les lèvres et l'embrassait avec une telle passion que je sentis ma tête tourner. Elle fit quelque chose que je ne pus voir. Le disque tournait toujours; le feu crépitait dans la cheminée.

— Non! implorait-il tandis qu'elle s'enhardissait et tirait sur la fermeture éclair de son pantalon. Audrina a dit qu'elle allait peut-être passer ici me dire au revoir!

— Lui avez-vous appris à elle aussi ce que vous m'avez appris à moi? demanda Vera. Je parierais que je suis dix fois meilleure qu'elle...

Il la saisit alors et la secoua par les épaules en criant :

— Cesse de dire des choses pareilles! Audrina est une petite fille adorable et innocente!

Vera souleva son pull-over et lui montra ses seins nus. Il continuait à la secouer. Elle défit sa jupe et la laissa tomber sur le plancher. Elle glissa ses pouces dans l'élastique de sa culotte et l'enleva en un clin d'œil. Lamar Rensdale ne pouvait s'empêcher de la regarder.

— Vous avez envie de moi, si, si, si...! Alors pourquoi ne me prenez-vous pas? Dois-je faire ce que j'ai fait la dernière fois, monsieur Rensdale?

Voilà qu'elle imitait ma façon de parler! Soudain, il la prit dans ses bras et l'embrassa brutalement en la renversant en arrière. Ils tombèrent tous les deux sur le sol, et là ils s'étreignirent et s'embrassèrent avec passion en respirant fort. Ils roulaient l'un sur l'autre, roulaient encore...

Pétrifiée par la violence de l'acte, je restai là, comme piégée. Enfin, ils s'apaisèrent. Vera gisait nue sur son long corps à lui. Tendrement, elle caressait ses joues, ses cheveux, embrassait ses paupières et mordillait ses oreilles en lui murmurant avec une intonation perfide :

— Si vous ne m'emmenez pas à New York je dirai à tout le monde que vous m'avez violée, et que vous avez violé Audrina. La police vous jettera en prison. Ils me croiront et jamais plus vous ne trouverez du travail. Je vous en prie, ne me laissez pas faire cela, Lamar, car je vous aime. Ça me fait mal de vous dire de méchantes choses...

En disant ces mots elle se rassit, se détourna et commença à caresser les parties les plus intimes de sa personne. Ses gémissements de jouissance parvenaient jusqu'à moi. Je refermai doucement la porte.

Je respirai à fond l'air froid de novembre, voulant chasser de mes poumons l'odeur musquée qui imprégnait la petite maison. Je ne reviendrai jamais ici.

Sur le chemin du retour, assise à côté d'Arden, je ne desserrai pas les lèvres.

— Tout va bien? demanda-t-il. Tu ne dis rien?

— Tout va bien, Arden.

— Mais bien sûr que non. Si c'était le cas, tu serais en train de babiller, tu es toujours intarissable quand il s'agit de Lamar Rensdale!

Comment aurais-je pu lui dire? Hier encore, Vera se vantait d'avoir couché avec Arden.

Le soir même, Vera me sauta dessus.

— Tu étais là, Audrina! Tu nous espionnais. Si tu le dis à Papa, tu me le paieras! Je lui dirai que tu fais pareil avec Arden, et avec Lamar, en plus. (Elle me lança les boutons de manchettes en or que j'avais laissés pour Mr Rensdale.) Tiens, j'ai trouvé ça sur la table de la cuisine! Maintenant je t'avertis, si tu oses le dire à Papa, je te ferai quelque chose de si épouvantable que tu ne pourras plus te regarder dans une glace.

— Je croyais que tu voulais être mon amie! Avec toi pour amie, je n'ai plus besoin d'aucune ennemie, n'est-ce pas?

— En effet, dit-elle avec un lent sourire, avec moi comme amie tu as la meilleure des ennemies. Je voulais que tu m'aimes, Audrina, pour que tu aies encore plus mal de voir combien je te hais en réalité!

Sa véhémence me fit frissonner.

— Mais pourquoi? Qu'est-ce que je t'ai fait?

Elle ouvrit grands les bras, désignant la maison tout entière.

— Idiote! Comment peux-tu être aveugle à ce point? Tu ne vois pas les yeux que j'ai? Tu ne comprends pas qui est mon père? C'est moi, Première Audrina, pas *toi*! Ton père n'est autre que le mien! Je suis l'aînée et je dois venir en premier, pas toi! Papa a connu ma mère avant la tienne et il lui a fait un enfant : moi! Puis, il a fait la connaissance de la tienne qui était plus jeune et plus jolie. Mais il n'en a pas dit un mot à ma mère avant qu'elle lui ait annoncé qu'elle était enceinte. Il a refusé d'admettre qu'il était le père et l'a obligée à quitter la ville. Et cette idiote a obtempéré! Elle continuait à croire que, quand elle reviendrait, il l'épouserait. Mais il avait épousé ta mère dans l'intervalle. Oh, Audrina, comme je te hais et comme je le méprise de m'avoir ainsi rejetée! Il m'a déshéritée d'avance! Il fait le projet de te laisser cette maison et tout son argent. Il l'a dit à ma mère — mais tout cela m'appartient! Tout ici doit m'appartenir.

Elle sanglotait et me frappait. Je lui échappai. Dans sa rage, elle frappa Sylvia.

J'empoignai Vera à bras-le-corps, hurlant :

— Ne t'avise pas de recommencer, Vera!

A califourchon sur elle, je la maintenais au sol. Elle se contorsionnait, elle essayait de m'arracher les yeux. Elle luttait sauvagement, me griffait au visage. Sylvia hurlait. Je me précipitai vers elle. Vera utilisa une chaise pour se relever. Elle tituba vers la porte de la chambre. Sylvia avait laissé tomber par terre un cristal taillé. Vera marcha dessus, perdit l'équilibre et tomba.

Sylvia hurlait mais les cris de Vera étaient plus perçants encore. J'allai voir et m'immobilisai, interdite. Vera saignait abondamment. Sylvia dans les bras, je courus chercher ma tante.

— Tante Ellsbeth, viens vite! Vera perd tout son sang. Elle est tombée...

D'un air indifférent, ma tante regarda dans ma direction. Elle avait un peu de farine sur le menton.

— Elle saigne vraiment, et le sang coule partout!

Ma tante se décida alors à se rincer les mains. Elle s'essuya à son tablier blanc.

— Bon, suis-moi. Je pourrais avoir besoin de toi.

Vera se traînait sur le parquet, saignant de plus belle, pleurant de toutes ses forces.

— Le bébé, je vais perdre mon bébé...

Elle leva la tête. Elle avait le visage ravagé. Je serrai Sylvia plus fort contre moi.

— Tu étais enceinte? demanda ma tante, froidement, sans un geste pour aider sa fille.

— Oui! hurla Vera. Il faut que j'aie ce bébé. Il me le faut. C'est mon ticket de sortie pour m'échapper de ce trou d'enfer! Aide-moi, Maman, aide-moi à sauver mon bébé!

Ma tante regarda d'un air mauvais toutes les taches de sang.

— Si tu l'as perdu, tant mieux!

Les yeux de Vera devinrent féroces. Elle sembla prise de démence; ses doigts se refermèrent sur un énorme caillot de sang qu'elle lança sur sa mère. Le caillot frappa le tablier de ma tante et retomba sur le sol avec un bruit sourd.

— Maintenant, il ne m'emmènera plus jamais, gémit Vera.

— Nettoie le gâchis que tu as fait, Vera, ordonna ma tante en essayant de m'entraîner dehors. Quand je reviendrai, je veux voir cette chambre aussi impeccable qu'elle l'était ce matin. Prends de l'eau froide pour le tapis.

— Mère! cria Vera. (Elle semblait près de s'évanouir.) Je viens d'avorter et tu me parles du tapis!

— Ce tapis d'Orient a de la valeur.

Fermant la porte, ma tante me poussa devant elle tandis que Sylvia continuait à pleurnicher.

— J'aurais dû me douter que ça finirait comme ça. Elle est mauvaise, comme son père.

Je réussis tout de même à dire d'une voix faible :

— Vera est vraiment l'enfant de Papa?

Sans répondre, ma tante se hâta vers la cuisine. Elle se lava immédiatement les mains une fois de plus. Elle lança son tablier souillé dans l'évier qu'elle remplit d'eau froide. Après quoi, elle prit un tablier propre dans le tiroir de l'armoire. Quand elle en eut noué les cordons, elle recommença à rouler la pâte.

— Tu es plus pâle que d'habitude, dit Papa à Vera à la table du dîner. Tu es enrhumée ou quoi? Si c'est le cas, va manger à la cuisine. Ce n'est pas la peine de nous passer tes microbes!

Vera lui jeta un regard meurtrier. Elle quitta la table. Je me sentais navrée pour elle. Elle vacillait littéralement.

— Vera, je peux faire quelque chose? lui dis-je.

— Va te faire pendre!

Vera n'avait pas fait le moindre effort pour nettoyer mon tapis. Ce soir-là, avant d'aller au lit, je frottai longuement les taches sanglantes. Ma tante entra et, me voyant m'activer, alla chercher un second seau et une brosse de chiendent.

— Ton père est monté se coucher, dit-elle à voix basse. Il ne doit rien savoir de ce qui s'est passé. Il l'écorcherait vive. Audrina, à quoi ressemble ce professeur de musique?

Comment aurais-je pu lui répondre? Il m'avait paru si beau, si gentil, mais il était évident que j'ignorais tout des hommes!

— Où est Vera? demanda Papa, au petit déjeuner, le lendemain matin.

J'attachai Sylvia dans sa chaise haute. Je nouai une immense serviette sous son menton et lui donnai les prismes de verre pour qu'elle joue pendant que je préparais sa bouillie. Finalement il leva les yeux de son journal.

— Qu'est-ce que tu as au visage, Audrina? Qui t'a frappée à l'œil et t'a écorché la joue?

— Papa, tu sais bien que j'ai des crises de somnambulisme. Ça m'est arrivé cette nuit et je suis tombée.

— Tu mens. J'ai remarqué hier soir que tu étais toute rouge, mais Vera m'avait rendu si furieux que je ne t'en ai pas parlé. Maintenant dis-moi la vérité.

Refusant d'en dire plus, je commençai à faire frire le bacon. Il reprit son journal.

— Papa, tu lis le journal du matin, maintenant?

— C'est juste pour m'occuper, chérie, et ne pas me disputer avec ta tante.

Elle entrait justement dans la cuisine, d'un air affairé. Elle me poussa de côté et se mit à retourner les tranches de bacon à ma place.

Elle ne desserra pas les lèvres jusqu'à la fin du petit déjeuner. Puis l'information tomba:

— Elle est partie, Damian.

— Qui est parti? demanda-t-il, affable, tournant la page du journal.

— Vera.

— Bon débarras!

Ma tante pâlit. Elle baissa la tête. Puis elle tira de la poche de son tablier un papier plié en quatre.

— Tenez, dit-elle. Elle a laissé ça pour vous sur son oreiller. Je l'ai lu. Je voudrais que vous le lisiez tout haut pour qu'Audrina entende.

— Je n'ai aucune envie de le lire, Ellsbeth. Je suis sûr que ce qu'elle dit ne rendra pas notre journée plus heureuse.

Il se leva et passa sa veste.

— Une minute, Papa ! Il faut que tu entendes ! Pour le salut de ton âme.

Mal à l'aise, il restait là, à se balancer d'un pied sur l'autre. Et je lus :

« Cher Papa,

« Tu ne m'as jamais permis de t'appeler Papa, ou Père, mais cette fois-ci, je vais désobéir et t'appeler Papa comme Audrina. Tu es mon père et tu le sais, ma mère le sait, Audrina le sait et je le sais.

« Quand j'étais petite, tout ce que je voulais c'est que tu m'aimes, même juste un petit peu. Je restais réveillée la nuit à penser à tout ce que je pourrais faire pour que tu me dises : « Merci, Vera. » Mais je n'ai jamais pu conquérir ton affection, malgré les efforts désespérés que j'ai pu faire, et bientôt j'ai renoncé.

« Je regardais ta femme pour tâcher de l'imiter — parlant doucement, toujours si élégante et parfumée, mais tu me donnais la fessée quand je prenais son parfum et tu me donnais la fessée quand je mettais une jolie robe pour jouer. Tu me donnais la fessée pour tout. Aussi, j'ai cessé d'essayer de te faire plaisir, surtout après la naissance de ta chère Audrina qui était si parfaite. Tu n'avais plus d'yeux que pour elle !

« Quand tu liras cette lettre, tu te réjouiras puisque tu n'as pas désiré que je vienne au monde. Je suis sûre que tu serais heureux de me savoir morte. Mais tu ne te débarrasseras pas de moi si facilement. Je reviendrai, Damian Adare, et alors ceux qui m'ont fait pleurer pleureront des larmes de sang !

« Je ne révélerai rien dans cette lettre, mais un jour viendra où tous tes secrets seront jetés à la face de tous. Sois-en sûr, cher Papa. Pense à mes yeux noirs qui ressemblent tant aux tiens et demande-toi ce que je te réserve exactement. Et rappelle-toi surtout : tout est de ton fait ! Car tu as été cruel pour ta propre chair et ton propre sang.

« Sans amour désormais, je suis la fille qui te servira le mieux... et le plus longtemps. »

                                        Vera.

Lentement, lentement, Papa se tourna et me regarda.

— Pourquoi as-tu voulu que j'entende cela, Audrina ? Tu ne m'aimes donc pas, toi non plus ?

— Je ne sais pas, répondis-je d'une petite voix incertaine. Tu lui devais beaucoup et elle n'a jamais rien reçu de toi. Vera est partie, Papa, et elle t'a dit la vérité. Tu n'écoutais pas quand elle parlait. Tu semblais même ne pas la voir. Tu ne lui parlais que pour lui donner des ordres. Papa, elle est ta fille !

Papa se carra en face de moi.

— Tu as entendu le point de vue de Vera, Audrina, pas le mien. Je ne vais pas me justifier. Je ne dirai qu'une chose : redoute le jour où elle reviendra. Prie pour qu'elle reste au loin. Pour ma part, il y a longtemps que j'aurais voulu la mettre en pension. J'aurais aimé qu'elle ne voie pas le jour.

Résolument, sans hésiter, il regardait ma tante dans les yeux. Ce fut elle qui baissa la tête. Sa voix s'éleva, faible et tendue :

— Vous en avez assez dit, Damian, vous aviez raison et j'avais tort. Mais elle est ma fille, et j'espérais...

— On vit d'espoir ! dit Papa, et il sortit de la cuisine.

Les dilemmes se résolvent

Je ne savais pas quoi dire. Tante Ellsbeth restait assise à la table, regardant dans le vide. Silencieusement, je débarrassai la table et remplis la machine à laver la vaisselle. Puis je sortis Sylvia de sa chaise, lui lavai la figure et montai avec elle. Je devais m'habiller pour l'école.

J'allais être en retard. Je fouillai dans mes tiroirs et m'aperçus qu'il ne restait plus que mes vieux pulls trop petits. Mes plus jolis chemisiers avaient, eux aussi, disparu. Vera avait raflé tout ce qui était à sa taille. Je courus à la commode. Mon linge était là mais le coffret de Maman avait été vidé de tous les bijoux de valeur, y compris les boutons de manchettes et les épingles de cravate que je destinais à mon futur mari. Même l'alliance et la bague de fiançailles de ma mère avaient disparu. Elle m'avait volé les choses auxquelles je tenais le plus. C'était odieux ! Dire qu'elle avait sans doute mis au clou tous ces trésors hérités de mes grands-parents ! Il ne me restait que la bague à pierre de lune et la rose de quartz que je portais toujours autour du cou. Encore heureux qu'elle n'ait pas essayé de me les arracher pendant que je dormais.

Quand je redescendis à la cuisine avec Sylvia, ma tante était toujours là, assise.

— Vera a pris tous mes pulls, tous mes chemisiers, les bijoux de Maman...

— Elle a pris aussi les quelques bijoux que j'avais, dit ma tante d'une voix blanche, et mon plus beau manteau. Je l'avais acheté l'hiver dernier.

Toute la journée, je pensai à Vera sans arriver à me concentrer sur ce que disaient les professeurs. Elle s'était enfuie comme une voleuse dans la nuit, se souciant comme d'une guigne du mal qu'elle faisait. Quand la cloche sonna, je demandai à une grande de me déposer au village en voiture.

Le pavillon où j'avais pris mes leçons de musique pendant trois ans semblait désert. Je tambourinai à la porte tandis que le vent soufflait en rafales.

— Eh, toi, petite! cria la voisine, ne cogne pas comme cela. Ça ne sert à rien. Il est parti. J'ai entendu la voiture démarrer au milieu de la nuit. Il a emmené une femme avec lui.

— Merci, dis-je.

Je ne savais pas comment rentrer, maintenant. Je n'avais même pas d'argent sur moi pour téléphoner à Arden.

L'estomac dans les talons, il ne me restait plus qu'à faire à pied les vingt kilomètres de route. Il se mit à pleuvoir. Le vent fouettait mes cheveux mouillés. Je grelottais en dépit de mon gros manteau. Des voitures ralentissaient et des hommes me proposaient de monter. Je hâtai le pas, terrorisée. C'est alors qu'une voiture s'arrêta brusquement, un homme en sortit et fit mine de vouloir m'entraîner dans sa voiture. Folle de terreur, je me mis à hurler. Je m'enfuis en courant.

Une main agrippa mon bras et me fit virevolter. Toujours hurlant, je frappai l'homme. Il me saisit l'autre bras et m'immobilisa. Je continuais à donner des coups de pied et à me débattre.

— Audrina! Qu'est-ce qui te prend? Audrina!

C'était Arden! Il m'attira dans ses bras.

— Tout va bien. C'est seulement moi. Pourquoi trembles-tu? Qu'est-ce que tu fais là? Pourquoi n'as-tu pas téléphoné?

Je claquais des dents. Qu'est-ce que j'avais donc? C'était Arden! Pourquoi avais-je envie de le frapper? Secouant la tête, perplexe, il ouvrit la portière. Je me blottis sur le siège, recroquevillée contre la vitre. Il monta le chauffage au maximum.

— Tu vas être malade, dit-il, jetant un coup d'œil vers moi. Tu as déjà la fièvre. Audrina, pourquoi es-tu allée au village ? J'ai entendu dire que Rensdale était parti cette nuit pour New York.

— Oui, c'est vrai. (J'éternuai, puis lui racontai tout.) Je pense qu'il a dû l'emmener avec lui. Papa va avoir une attaque. Il sait qu'elle est partie mais il ne se doute pas qu'elle s'est enfuie avec mon professeur de musique.

Nous arrivions.

— Fais attention, soigne-toi, dit Arden, en m'ouvrant la portière. (Il se pencha pour effleurer ma joue d'un baiser. Ce baiser me donna envie de hurler.) Et puis ne va pas t'inquiéter pour Vera. Elle est assez grande pour savoir ce qu'elle a à faire.

Je fus au lit pendant quatre jours avec un rhume épouvantable, ce qui me laissa tout loisir de penser à Vera et à Lamar.

— Tu crois qu'il va l'épouser ? demandai-je à ma tante un soir après le dîner.

— Non, dit-elle avec autorité, les hommes n'épousent pas les filles comme elle.

Une nouvelle année commençait. Bien que Vera fût sortie de nos vies, elle était loin d'être oubliée.

— Damian, dit ma tante un matin, pourquoi ne posez-vous pas de questions sur Vera ? Est-ce que vous vous faites du souci pour elle ? Elle n'a que seize ans. Ne vous sentez-vous aucunement concerné par son sort ?

— Très bien, dit Papa, pliant soigneusement son journal et le rangeant à côté de son assiette. Je ne pose pas de questions parce que je n'ai pas envie que vous m'appreniez des choses que je ne veux pas entendre. Vera ne me manque pas. La maison est beaucoup plus agréable depuis son départ. Je ne me fais aucun souci pour elle. Si j'apprenais qu'elle a fait ce que je pressens que trop, je serais capable de lui tordre le cou, allégrement. Maintenant passez-moi le beurre, je voudrais encore de la brioche et du café !

J'eus envie de l'interroger, mais ni lui ni ma tante ne répondaient jamais aux questions.

— Sans aucun doute, elle a foutu le camp avec ce bon à rien de pianiste, dit Papa, la bouche pleine. La rumeur court dans tout le village. (Il me regarda d'un air inquisiteur, puis eut un sourire.) Audrina, tu vois ce qui peut arriver quand on s'amuse avec les garçons. Et écoute-moi : tu feras bien de ne pas essayer d'imiter Vera. Parce que *toi*, je te poursuivrai jusqu'à l'autre bout du monde pour te ramener.

Par certains côtés, oui, l'existence était plus agréable sans Vera. Je me demandais tout de même souvent comment Vera s'en sortait avec un homme qui ne voulait pas d'elle. Tous les jours, je demandais à ma tante :

— Tu as des nouvelles de Vera ?

Tous les jours elle me disait la même chose :

— Non et je ne m'attends pas à recevoir de ses nouvelles. J'ai commis la grande faute de ma vie en revenant vivre ici il y a des années. Enfin, « comme on fait son lit, on se couche », et je vais tâcher d'en tirer le maximum. C'est la seule attitude possible dans la vie, Audrina. Une fois que tu as décidé ce que tu voulais, cramponne-toi jusqu'à ce que tu l'obtiennes.

— Mais c'est quoi ce que tu veux ?

Elle se tut. Ses savates claquaient sur le carrelage de la cuisine. Elle se dépêcherait de les enlever tout à l'heure. Une heure avant le retour de Papa, elle monta en hâte dans sa chambre, prit un bain, s'habilla et se coiffa. Elle s'était fait couper les cheveux et les portait de temps à autre sur les épaules. Elle paraissait dix ans de moins et avait appris à sourire.

En l'absence de Vera, nos deux existences marquées d'une routine sans éclat finissaient par se ressembler. J'eus treize ans, puis quatorze. Sylvia grandissait, sans faire aucun progrès. Je lui consacrais tout mon temps libre mais je m'arrangeais pour voir Arden chaque jour. Papa avait fini par accepter Arden et se confortait à la pensée que je me lasserais de lui à force de tant le voir. Je fus triste quand Arden m'annonça qu'à l'automne il partirait pour l'Université. Je ne pouvais envisager l'existence sans lui.

— Oh! Audrina, s'écria-t-il en me faisant virevolter. (Ma jupe blanche s'épanouit en corolle.) Quand je vois combien tu deviens jolie, cela me perce le cœur. J'ai si peur que tu ne rencontres quelqu'un d'autre. Garde-toi pour moi, je t'en prie. (Je lui avais mis les bras autour du cou.) La nuit, je me réveille en sursaut et je me dis qu'un jour tu ne verras peut-être plus en moi qu'un grand frère. Ce n'est pas exactement ce que je souhaite. Ma mère raconte qu'à ton âge elle changeait de flirt trois fois par semaine!

Brusquement, je pris conscience d'être dans ses bras.

— Mais je ne suis pas ta mère! dis-je gravement.

Quelque chose de très doux dans ses yeux me dit qu'il allait m'embrasser. J'avais quatorze ans et je savais qu'il serait le seul à qui je le permettrais jamais. Comme ses lèvres hésitantes étaient tendres quand elles se posèrent sur les miennes, comme elles étaient légères! Des frissons à la fois brûlants et glacés me parcouraient. Joie et crainte mêlées, je ne pus décider si ce premier baiser me plaisait ou non. Pourquoi aurais-je eu peur? Il m'embrassa encore, plus passionnément cette fois. Une appréhension vague naissait en moi et bientôt je fus en proie aux images du cauchemar. Ce terrible après-midi du viol appartenait à l'histoire de Première Audrina, alors pourquoi ces visions venaient-elles me tourmenter, moi?

— Pourquoi trembles-tu? demanda Arden, peiné.

— Je suis désolée. Je n'ai pu m'empêcher d'avoir un peu peur. Tu ne m'as jamais embrassée comme ça!

— Excuse-moi, je n'ai pu me contenir. Tant de fois je me suis contenu! Au moins un million de fois!

Je regrettai vraiment de m'être conduite de la sorte.

— Arden, c'est stupide de ma part d'avoir eu peur, alors que depuis si longtemps je me demandais quand tu...

— Dis-donc, j'espère que tu ne vas pas avoir un cœur d'artichaut toi aussi! Comme ma mère! Je veux que cela dure toujours! Tu sais que Maman a été mariée trois fois! Mon père était son troisième mari!

— Je ne suis pas un cœur d'artichaut, Arden. C'est que je t'aime tant! Même Papa dit que je n'ai jamais paru en meilleure forme ou plus heureuse. C'est grâce à toi, je le sais, mais c'est aussi que j'ai appris à aimer Sylvia. Et elle me le rend bien! Quand je ne suis pas là, elle va se cacher dans un coin. Elle est terrorisée à l'idée de rester seule avec Tante Ellsbeth. Quand j'arrive, elle traverse la pièce et me prend la main, elle lève son petit visage vers moi... Je suis vraiment le centre du monde pour elle.

Arden évitait cependant de la regarder. Elle était toujours avec moi, ou dissimulée non loin. Elle le mettait mal à l'aise, bien qu'il n'en parlât jamais. Il était sans doute gêné par son odeur, ses vêtements en désordre, son mutisme, ses yeux dans le vague.

Pour l'heure, elle se traînait sur le sol. Devant elle, une longue file de fourmis rentrait au bercail.

— Cesse de t'occuper de Sylvia et regarde-moi!

Par jeu, il fit mine de me donner une tape. Je le poussai, il me poussa, et nous roulâmes sur le sol. Il me serra dans ses bras. Nous nous regardions dans les yeux, gravement.

— Je t'aime, chuchota-t-il d'une voix rauque. Je sais que je suis très jeune, mais depuis toujours je voulais que cela m'arrive très jeune, avec une fille comme toi, fine, lumineuse, droite.

Mon cœur cognait à tout rompre dans ma poitrine. Ses yeux d'ambre allaient de mon visage à mon cou, puis de mes seins à ma taille, et son regard s'arrêta plus bas encore. Je rougis. Qu'il me regarde dans les yeux, ou même qu'il regarde mes seins, cela me donnait le sentiment d'être belle et d'être aimée. Lorsqu'il me regardait à cet endroit-là, les images morcelées du cauchemar affluaient à ma mémoire. C'est parce que les garçons l'avaient regardée là que Première Audrina était morte. La honte me submergea. Vivement, je pliai les jambes. Arden rougit.

— Tu n'as pas à avoir honte d'être une fille, Audrina, dit-il à voix basse.

Brusquement, je me mis à pleurer. C'est elle qui m'avait donné cette honte!

— Je rentre, dis-je en me levant pour brosser ma jupe du plat de la main.

— Tu es fâchée.

— Pas du tout.

— Alors? Il y a encore une demi-heure avant le coucher du soleil.

— Nous resterons davantage demain. (Je m'emparai de la petite main de Sylvia. Je réussis à sourire.) Reste-là, Arden, ce n'est pas la peine de nous raccompagner. S'il arrive quoi que ce soit, je t'appellerai. J'ai besoin de rentrer seule.

Le soleil le faisait cligner et je ne pus voir son expression.

— Quand tu seras arrivée, appelle-moi pour me prévenir que tout va bien!

— Arden, si parfois j'agis de façon étrange, ne m'en veux pas. Sans toi je ne pourrais pas traverser le bois, ni supporter les journées que je vis.

Embarrassée, je me mis à courir vers la maison. Mais Sylvia ne pouvait pas me suivre. Elle trébuchait sur les racines, et tombait. Je la pris dans mes bras. Elle était lourde. Elle avait six ans maintenant. Je la reposai à terre, et ralentis l'allure. Rentrer avant la nuit, ne cessai-je de me répéter, rentrer avant la pluie.

— Arden! Ça y est! On est arrivées!

— Rentre vite... et bonne nuit. Rêve de moi!

Sa voix était toute proche. Je souris tristement. Il nous avait suivies. Comme s'il savait.

Arden réussit brillamment ses examens de fin de première année à l'Université. J'allais avoir seize ans. Ce fut une année bien morose. Souvent, escortée de Sylvia, j'allais voir Billie. Elle me lisait interminablement les lettres de son fils et je lui lisais des passages de celles qu'il m'adressait. Elle souriait quand je sautais quelques petites caresses, car il était plus hardi par lettre que de vive voix.

J'aimais beaucoup le lycée, bien que les garçons y fussent plus collants qu'à l'école. Il était parfois difficile de ne penser qu'à Arden, que je ne voyais qu'aux vacances. Bien qu'il n'en parlât jamais, j'étais sûre qu'il devait sortir avec d'autres filles. Je lui restai fidèle. Les filles de ma classe étaient jalouses parce que je sortais avec un étudiant.

M'occuper de Sylvia me prenait tout mon temps, alors que j'aurais pu me lier d'amitié avec des filles de mon âge. Je ne sortais jamais et n'avais aucune activité de groupe. En sortant du lycée, je me ruais à la maison. Je n'aimais pas laisser Sylvia trop longtemps à la garde de ma tante, qui avait tendance à manier le martinet plus souvent qu'à son tour, et faisait souffrir Sylvia sans aucune nécessité.

Je passais quelques après-midi avec Billie. Elle m'apprenait à cuisiner, à coudre. Elle essayait timidement de m'apprendre des choses sur les hommes.

— La relation physique n'est pas tout, mais une vie sexuelle harmonieuse est la pierre d'angle d'un mariage heureux, disait-elle.

A la Noël, l'année suivante, une carte postale arriva de New York. C'était une vue de la ville. Des paillettes figuraient la neige au-dessus de l'Hudson, bleu pastel. Ma tante grommela à la lecture du message écrit au dos : *N'ayez crainte, vous me reverrez. Vera.*

En trois ans, c'était son premier signe de vie.

— Eh bien, au moins, n'est-elle pas morte ! Mais pourquoi envoie-t-elle la carte à Damian et pas à moi ?

Une semaine après, aux petites heures de la nuit, je me réveillai en sursaut. Un bruit de voix se faisait entendre. En un éclair je fus hors du lit et me précipitai dans la chambre de Sylvia. Je la trouvai profondément endormie.

Un fin rai de lumière filtrait sous la porte de la chambre de Papa.

Quel ne fut pas mon étonnement d'entendre la voix de ma tante :

— Damian, il faut que je parte pour New York. Hier, Vera a appelé. Elle a besoin de moi. Il faut que j'y aille. J'ai fait pour toi et pour tes filles tout ce que je pouvais. Tu n'auras qu'à engager une bonne. Et puis tu as Audrina. Tu t'es arrangé pour lui coller la charge de Sylvia. Elle est pieds et poings liés maintenant. D'ailleurs ce que tu fais là n'est pas bien. Laisse-la aller à l'Université. Accorde-lui sa liberté avant qu'il ne soit trop tard.

— Ellie, dit-il, conciliant, Audrina est beaucoup trop sensible pour affronter le monde extérieur. Ce garçon ne l'épousera jamais. Il se rendra vite compte que quelque chose ne va pas dès qu'il essaiera de... Aucun homme ne peut désirer une femme qui ne réagit pas, et je doute qu'elle change...

— Bien sûr qu'elle ne changera pas ! C'est toi qui l'as rendue ainsi ! Quand elle te disait qu'elle avait ces visions de cauchemar, tu l'obligeais à rester dans ce maudit fauteuil !

— Je voulais lui apporter la paix, dit-il d'un ton las.

La panique me gagnait. Pourquoi parlaient-ils de moi ? Que faisait ma tante dans la chambre de Papa à trois heures du matin ?

— Maintenant, écoute-moi, Damian, et mets-toi dans le crâne un peu de sens commun, pour changer. Tu te complais à ignorer l'existence de Vera, mais elle est tout de même là et bien là. Elle vivante, ni toi, ni Audrina, ni Sylvia n'êtes en sécurité. Si tu me permets d'aller la voir, je la raisonnerai un peu. Elle a construit sa vie entière sur son projet de vengeance. Si elle revient, elle va chercher à détruire Audrina. Laisse-moi y aller. Donne-moi seulement l'argent du voyage et de quoi vivre en attendant que je trouve du travail. Tu me dois bien quelque chose, non? Cette fille que tu as à New York est ta chair et ton sang, elle aussi, tout autant qu'Audrina et Sylvia, et tu le sais. Tu m'as dit autrefois que tu m'aimais.

— C'est du passé, cela, Ellie. Et nous sommes aujourd'hui, ici et maintenant.

— Pourquoi me disais-tu que tu m'aimais, quand ce n'était pas vrai?

— Tu avais du charme, Ellie, à l'époque. Tu étais plus jolie qu'à présent.

— C'est surtout de l'espoir que j'avais, Damian, à l'époque, dit-elle amèrement.

— Ellie, Vera menace de faire quoi, exactement, à son retour? Si elle essaie de faire du mal à Audrina, je la tue.

— Oh, mon Dieu! Tu sais très bien que si elle est ce qu'elle est, c'est à cause de toi. Derrière toutes ses mauvaises actions, il y avait le chagrin d'être rejetée par son propre père. Tu sais très bien ce que Vera menace de faire. Quand Lucietta et toi m'avez mise au courant de vos projets pour Audrina, j'ai pensé que vous étiez devenus complètement fous. Mais je me suis tue, pensant qu'après tout, cela marcherait peut-être. Pour moi, personnellement, je n'espère plus rien, mais Audrina peut encore être sauvée. A une certaine époque, je ne voyais en elle qu'une pauvre chose, un être faible, mais elle a prouvé le contraire. Je pensais qu'elle n'avait pas de caractère, pas de nerfs, mais maintenant j'applaudis en la voyant te tenir tête. Oui, oui, tu peux me regarder de tes yeux furibonds, je m'en fiche complètement. Ce que j'ai à te dire c'est ceci : si tu ne veux pas que Vera s'en charge, dis la vérité à Audrina.

— Cette maison représente une fortune, et une part pourrait te revenir, dit-il d'une voix enjôleuse. Mais tu n'auras pas un sou si jamais toi ou ta fille vous dites un seul mot à Audrina. (L'intonation se fit glaciale.) Où espères-tu aller sans argent, Ellie ? Qui voudrait de toi, à part moi ?

— Tu ne veux pas de moi, tu m'exploites. Comme tu exploites toutes les femmes, glapit-elle avec une telle rage que je m'accroupis et mis un œil au trou de la serrure, exactement comme Vera, la nuit de la dispute avec Maman.

Oh ! Mais voilà ma prude de tante, si austère et pincée, vêtue d'un simple peignoir transparent. Ayant appartenu à Maman, soit dit entre parenthèses. Elle était nue là-dessous, ma parole. Tiens ! Elle était beaucoup mieux déshabillée qu'habillée. Elle avait les seins petits, mais plus fermes que ceux de Maman. Et d'ailleurs quel âge pouvait-elle avoir ? Mais il n'y avait jamais que de mon âge à moi qu'on parlait.

Brusquement, Papa lui attrapa le poignet. Elle se débattait, donnait des coups de pied. Il l'attira sur ses genoux. Elle le frappa. Il esquivait et riait, et tout d'un coup il écrasa ses lèvres sur les siennes. Toute volonté de lutte l'abandonna. Elle l'étreignit, ardente, et gémit. De ses lèvres, il explorait tous les vallons et tous les creux d'ombre de son corps.

— Tu as tort, Ellie, marmottait-il, le visage enflammé. (Il se releva et la porta sur le lit.) Je t'aime à ma manière. Et j'aimais Lucky. Maintenant, si tu es persuadée que c'est surtout moi-même que j'aime avant tout, je n'essaierai pas de te détromper. Au moins, reconnais-moi le mérite de la franchise.

Je quittai mon poste d'observation, les abandonnant sur le lit. Voilà ma tante et mon père redevenus amants. Bizarrement j'étais moins choquée que je ne l'aurais été il y a encore quelque temps. Par des voies impénétrables, le destin avait rétabli une certaine justice. Il me vint à l'idée que peut-être ils n'avaient cessé d'être amants, même du vivant de ma mère et ici même. Je revins en pensée aux thés du mardi. Rien à l'époque dans l'attitude ou les propos de ma tante ne permettait de déceler autre chose que de la jalousie à l'égard de Maman. Non, décidai-je, Tante Ellsbeth était trop orgueilleuse pour avoir une liaison clandestine avec l'homme qui l'avait abandonnée, alors que Lucietta Lana Whitefern était encore vivante!

Je décidai de ne jamais leur laisser deviner que je savais. Il se passa longtemps avant que ma tante reparle de Vera.

L'année de mes dix-sept ans, à Noël, Arden me passa au doigt une bague de fiançailles. Il me prit dans ses bras et dit :

— A partir d'aujourd'hui tu n'auras plus à craindre les années en « neuf ». Quand tu auras dix-neuf ans, tu seras ma femme, et je veillerai à ce qu'il ne t'arrive jamais rien de mal.

Au mois de juin, je passai mes examens. Je portais encore la bague de fiançailles à une chaîne autour du cou. C'est alors que je notai un net changement chez ma tante. Elle ne semblait plus aussi heureuse de son sort. Certes, je ne l'avais jamais vue très heureuse, mais là, elle était profondément déprimée. Elle ne sortait jamais, contrairement aux femmes de son âge. Elle ne jouait pas au bridge et n'allait pas prendre le café chez l'une ou l'autre. Je ne lui connaissais aucune amie. A la maison, elle portait des robes fatiguées, et c'est Papa qui choisissait toujours les vêtements neufs qu'elle mettait pour sortir. Pour seule distraction elle tricotait devant son feuilleton télévisé. Je n'avais jamais pris conscience que sans doute elle méritait mieux.

Elle ne se plaignait pas et ne paraissait pas malade, mais elle avait changé. Elle s'arrêtait souvent au milieu d'une tâche et regardait dans le vide. Elle s'était mise à lire la Bible, comme si elle cherchait une consolation. Elle faisait de longues randonnées seule, évitant le bois, le long des rives de la Lyle. Quelquefois, je l'accompagnais et nous nous taisions. Elle s'arrêtait pour regarder le sol avec un intérêt insolite. Elle contemplait les arbres et le ciel avec une curiosité intense, comme si le spectacle de la nature, si longtemps négligé, lui apparaissait pour la première fois.

J'avais envie de lui parler, mais il était difficile de communiquer avec cette femme qui n'avait aucun sens de la conversation. Pourtant un jour elle me surprit :

— Tu aimes ce garçon ?

— Arden ? Oui, bien sûr que je l'aime. Je me sens tellement en sécurité avec lui, et en plus il me donne le sentiment d'être belle. Il n'arrête pas de me dire que je suis merveilleuse, et combien il m'aime.

Le son de mes propres paroles me fit taire. N'essayais-je pas de me convaincre moi-même qu'il me fallait aimer Arden parce qu'il m'aimait ?

Fronçant les sourcils, ma tante me lança un bref regard, puis détourna la tête.

— Tu ne seras peut-être pas toujours dans les mêmes dispositions. Les gens changent, Audrina. Il changera. Tu changeras. Vous vous verrez d'un autre œil. Tu ne l'aimeras pas à vingt ans comme tu l'aimes à dix-huit. Tu es très belle. Mais tu as quelque chose de plus, quelque chose de mieux que la beauté. La beauté s'enfuit tôt ou tard, et plus on en possède plus on souffre de la perdre. Mais, sur un point, ton père a raison : tu es « à part », tu es hors du commun.

— Non, ce n'est pas vrai ! (Je baissai la tête, gênée.) Je n'ai rien de spécial. Je suis comme les autres et mes rêves sont ceux de tout le monde.

— Oh, ça ! dit-elle comme si elle en savait long sur ce sujet. La façon dont tu as atteint ton but a peu d'importance. Au moins, ton père te fiche la paix maintenant, la nuit. J'ai toujours considéré comme une monstruosité qu'il te force à aller dans cette chambre. Mais ce n'est pas de cela que je veux parler. Damian a eu beaucoup de chance de t'avoir. Tu le soutiens dans son métier et tu lui donnes des raisons d'accumuler de l'argent. Sans toi, il n'aurait jamais survécu à la mort de ta mère. Mais ne le laisse pas t'exploiter jusqu'à la corde. Exige d'aller à l'Université ! Sinon, il essayera de t'empêcher de te marier et parviendra à chasser Arden de ton existence.

— Non, c'est impossible, et il le sait. Il a déjà essayé ! Arden me l'a raconté.

— Alors, très bien. Mais dès que tu en auras l'occasion, pars ! Tu n'as aucune raison de vivre dans cette maison de malheur. A la limite, il vaudrait mieux que tu ailles vivre dans ce cottage avec cette pauvre infirme.

Je sursautai.

— Tu es au courant pour Billie ? Je croyais que personne ne savait !

— Oh, pour l'amour du ciel, Audrina ! Tout le monde est au courant de l'histoire de Billie Lowe. Il fut un temps où son visage était en couverture de tous les magazines, et quand elle a perdu ses jambes, la nouvelle faisait la « une » des journaux. A l'époque, tu étais trop jeune, d'ailleurs ton père ne t'a jamais permis de lire que les pages financières. (Elle se disposait à en dire davantage, mais brusquement elle changea de conversation.) Est-ce que tu te rends compte que ton père t'a formée au métier d'agent de change depuis le jour de ta naissance ? Utilise ce que tu sais, et profites-en pour toi-même, pas pour lui !

Que voulait-elle dire ? Elle refusa de poursuivre. Je lui étais cependant reconnaissante d'avoir fait ce pas vers moi. N'imaginant pas que c'était peut-être elle qui sollicitait mon aide...

Pensant à elle, plus tard dans la soirée, je me dis qu'elle avait des raisons d'être déprimée. Papa ne l'avait pas épousée, et en cinq ans elle n'avait reçu de Vera qu'une petite carte et un coup de téléphone. Très vite il faudrait que je parle à Papa !

Papa était rarement à la maison et quand il était là,

elle aussi était présente. Et il ne fallait pas qu'elle sache que je voulais presser Papa de l'épouser.

Comme tout était compliqué ! Ce fut par ces mots que j'accueillis Arden, à son retour, pour un week-end.

— Arden, ma tante sait, pour ta mère.

Il sourit, m'embrassa quatre ou cinq fois de suite, me tint serrée si fort et si longtemps que je sentais chaque muscle de son jeune corps vigoureux. Je sentis même quelque chose d'autre qui me fit m'écarter de lui et baisser la tête. Ce contact dur fit sonner les harpes éoliennes dans ma tête. Affolée, j'étais prête à fuir. Il sembla blessé, puis si gêné qu'il s'emmitoufla dans son manteau. D'un ton léger, il répondit :

— Eh bien, nous aurons fait ce que nous pouvions. Mais que veux-tu, tout finit par se savoir et sans doute est-ce mieux ainsi !

Il continuait à faire des projets pour notre mariage dont il avait fixé la date pour la fin de l'année universitaire qui marquerait aussi la fin de ses études. Dans quelques semaines à peine ! Mais moi, j'avais besoin de temps ! Dans le bois, sur le chemin de Whitefern, il m'embrassa de nouveau passionnément. Les oiseaux se turent. Une caresse trop intime me glaça. Toute raide, je me dégageai de son étreinte et lui tournai le dos, plaquant mes mains sur mes oreilles pour faire taire la clameur des harpes. Comme c'était étrange qu'elle me parvienne jusqu'ici !

Tendrement, Arden mit ses bras autour de ma taille et m'attira contre lui.

— Ne t'inquiète pas, chérie, je comprends. Tu es encore très jeune, et je ne dois pas l'oublier. Je veux te rendre heureuse toute ta vie, pour compenser...

Il s'interrompit et je lui fis face.

— Compenser quoi ?

— Toutes ces choses qui assombrissent ton regard. Je veux que mon amour efface toutes tes craintes. Je veux qu'un enfant comble ton attente comme Sylvia ne pourra jamais la combler.

Enfant, enfant, enfant! Je n'avais pas besoin d'un autre enfant. Arden ne prononçait jamais le nom de Sylvia. Pour lui aussi, elle semblait ne pas exister. Il ne lui faisait pas de mal, mais ne faisait rien pour l'aider.

— Arden, si tu ne peux pas aimer Sylvia, alors c'est que tu ne peux pas m'aimer. Elle fait partie de ma vie. Prends conscience de cela dès maintenant, et si tu ne peux l'accepter, disons-nous adieu avant qu'il soit trop tard.

Il jeta un coup d'œil à Sylvia qui tournait sans fin autour d'un tronc d'arbre, laissant traîner ses doigts menus sur l'écorce. Peut-être essayait-elle de communiquer avec l'arbre en touchant sa « peau ». Il y avait certainement un sens à ce qu'elle faisait.

Arden nous raccompagna jusqu'à la lisière du bois. Je me sentais mieux et pus faire avec lui des projets pour la soirée et pour le lendemain.

Dans la cuisine, mon père et ma tante avaient une discussion animée. A l'instant où je poussai la porte, le silence se fit. Ce genre de silence qui est le signe qu'on vient de faire irruption dans une conversation qui ne vous regarde pas.

Je montai dans ma chambre, en toute hâte.

Arden était reparti terminer son dernier semestre universitaire. Je participai avec Papa aux transformations en cours à la maison. Il faisait tout remettre à neuf. Il était désormais de notoriété publique que Papa faisait de l'or de tout ce qu'il touchait. Ellsbeth lui disait d'un ton acerbe qu'il avait la grosse tête et que bientôt il ne pourrait plus passer par la porte.

Comme pour lui faire un pied de nez, Papa ordonna d'abattre des cloisons, d'agrandir certaines pièces et d'en réduire d'autres. Il fit installer des salles de bains partout : attenantes à sa chambre, et à la mienne et même deux autres. Il décida qu'il avait besoin de deux vastes penderies pour ranger ses innombrables costumes et les douzaines de paires de chaussures qu'il possédait. Il fit agrandir ma chambre, et ajouter à la salle de bains un cabinet de toilette. Je me sentais splendide et décadente dans tout cet or et ces cristaux taillés, devant le miroir de ma coiffeuse encadré d'une rampe lumineuse. Papa fit faire des recherches et on retrouva des meubles et des objets de famille qui avaient été vendus il y a bien longtemps, preuve que ma tante n'avait pas tout à fait tort quand elle disait à ma mère qu'à la maison tout était du toc. Même le lit à baldaquin qui ravissait Maman était une copie.

Papa était devenu une sorte de « gourou » dans les milieux boursiers. A ses heures perdues, il rédigeait une feuille de conseils financiers. Il faisait des listes de titres à acheter ou à vendre, mais le jour où sa « Lettre » paraissait, il liquidait les valeurs qu'il conseillait aux autres d'acheter à terme. Il doublait ses mises tandis que ses lecteurs s'engageaient dans des opérations perdantes. Quand il conseillait de vendre, c'est qu'il se proposait d'acheter. En quelques heures, il arrivait à faire des milliers de dollars de bénéfice. Tout cela me paraissait malhonnête et je le lui dis. Il répondit que dans la vie tout était malhonnête.

— Il faut faire assaut d'invention pour survivre, Audrina. Le gagnant est celui qui réagit le plus vite et le plus intelligemment. Après tout, le public n'a qu'à avoir un peu de bon sens, tu ne crois pas ?

Papa rédigeait sa « Lettre » et l'envoyait à un ami qui avait une affaire d'édition à San Francisco. Combien de ses « amis » collaboraient sciemment à cette escroquerie !

Enfin le grand jour arriva ! Arden revint définitivement de l'Université. Papa avait été assez cruel pour m'empêcher de me rendre à la cérémonie de remise des diplômes.

Depuis des années, je savais conduire. Arden m'avait

appris, à l'insu de Papa. Rien de plus facile que d'« emprunter » une des vieilles guimbardes pendant que Papa était au bureau. En compagnie de Sylvia que j'avais coquettement habillée pour l'occasion, je fonçai vers l'aérodrome. Le moment était proche. J'étais prête. Du moins étais-je assez folle pour le croire.

Itinéraire d'une longue journée

A sa descente d'avion, Arden accourut à ma rencontre et me prit dans ses bras. Il m'embrassa avec tant de ferveur que je m'écartai, submergée par ce débordement d'émotions. Je me mis à la recherche de Sylvia. Au moment précis de l'arrivée d'Arden, elle avait disparu. Une heure de vaines recherches. Nous la trouvâmes devant le kiosque à journaux tranquillement occupée à regarder les couvertures des magazines. Elle était complètement échevelée et, comble de bonheur, quelqu'un de bien intentionné lui avait fait cadeau d'une glace au chocolat. Elle en avait partout : sur les joues, dans les cheveux et dans les narines. Je lui pris le cornet des mains et le lui donnai à lécher. La puanteur de ses couches était atroce.

Dans la voiture, Arden et moi ne réussîmes pas à parler de grand-chose. Le moindre geste de Sylvia était une cause de gêne. Je déposai Arden au coin de la petite route qui menait chez lui. « Nous nous verrons ce soir », dit-il. Il s'efforçait de ne pas plisser le nez.

Nous n'avions pas plutôt pénétré dans la maison, Sylvia et moi, que des éclats de voix nous parvinrent, venant de la cuisine.

Je m'immobilisai sur le seuil, un bras passé autour des frêles épaules de l'enfant. Tante Ellsbeth paraissait très agitée. Elle s'activait à préparer un de ces repas gastronomiques qui plaisaient tant à Papa. Elle portait une jolie robe, que je ne lui connaissais pas et qu'elle avait probablement prise dans l'armoire de Maman. Maniant un énorme fendoir, elle semblait dans un état de fureur extrême. A la place de Papa j'aurais eu froid dans le dos qu'elle me regarde avec ces yeux furibonds tout en brandissant cet objet. Nullement impressionné, Papa répliquait :

— Ellie, qu'est-ce qui te prend, nom d'un chien ?

— Tu le demandes ? glapit-elle, laissant tomber l'instrument avec fracas. Tu es rentré à cinq heures du matin. Tu as dormi chez quelqu'un. Chez qui ?

— Ça ne te regarde absolument pas, répondit-il froidement.

Sa voix calme me fit frémir. Ne voyait-il pas qu'elle l'aimait et qu'elle faisait tout pour lui plaire ?

— Ça ne me regarde pas, hein ? tonna-t-elle. (Son long visage s'enflamma.) C'est ce que nous allons voir, Damian Adare !

Ma tante s'empara de la marmite pleine des légumes qu'elle venait d'éplucher et en jeta le contenu dans la poubelle. Puis elle vida dans l'évier toutes les casseroles qui étaient sur le feu.

— Arrête tes imbécillités ! rugit Papa, hors de lui. Ce repas me coûte de l'argent. Ellsbeth, domine-toi !

— Va te faire pendre ! hurla-t-elle en réponse. (Elle enleva son tablier et le lui jeta à la figure.) J'ai besoin d'avoir ma vie à moi, Damian ! Loin d'ici. J'en ai par-dessus la tête de te servir d'intendante, de cuisinière, de repasseuse, et surtout de partenaire de lit intermittente ! J'en ai marre de m'occuper de l'idiote, et quant à ton Audrina...

— Oui ? dit Papa avec une nonchalance affectée. (Le timbre de sa voix, d'une mortelle douceur, me fit frissonner.) Qu'allais-tu dire à propos de *mon* Audrina ?

J'attirai Sylvia à moi, lui bouchant les oreilles pour la protéger de tout cela. Moi, il fallait que j'entende. Ils ne s'étaient aperçus ni l'un ni l'autre de notre présence. Le visage de ma tante retrouva sa pâleur naturelle.

Craintivement, désespérément, ses mains palpitèrent vers lui.

— Non, je ne lui dirai pas, Damian, vraiment. Je détesterais faire cela. Je serais si désolée de lui faire du mal. Mais laisse-moi partir. Donne-moi ce qui me revient, et laisse-moi partir.

— Et qu'est-ce qui te revient, Ellie ? demanda Papa de cette même voix douce.

Il était assis, les coudes sur la table, les mains jointes. Je craignais le pire quand il avait cet air-là.

— Tu le sais très bien, dit-elle d'un ton dur et décidé. Après avoir dilapidé l'héritage de Lucietta, tu m'as extorqué le peu que je possédais. Tu m'avais promis de me rembourser : le double en trois mois. Quelle idiote j'étais de te croire. Mais ça a toujours été mon point faible : te croire. Maintenant, Damian, tu vas me rendre mes deux cents dollars, multipliés par deux.

— Et tu vas aller où ? Qu'est-ce que tu vas faire, Ellie ?

Il prit le petit couteau dont elle se servait pour éplucher les pommes de terre et entreprit de se curer les ongles, qu'il avait toujours d'une netteté irréprochable.

— J'irai chez ma fille : la *tienne* aussi d'ailleurs, bien que tu ne veuilles pas le reconnaître. Elle est toute seule, dans cette ville immense, abandonnée par l'homme avec qui elle était partie.

Il l'interrompit, la main levée, tel un souverain qui détourne le regard d'un de ses sujets particulièrement répugnant.

— Pas un mot de plus sur elle. Si tu vas la voir, tu es une idiote. Elle ne t'aime pas, Ellie, tout ce qu'elle veut, c'est ce que tu vas lui apporter. J'ai entendu dire que Lamar Rensdale s'était donné la mort. Elle n'est sûrement pas pour rien dans ce suicide.

— Damian, je t'en prie, gémit-elle. Donne-moi seulement ce qui m'appartient, c'est tout ce que je te demande. Je te jure que tu n'entendras plus parler de moi ni de Vera, donne-moi juste ce qu'il faut pour ne pas mourir de faim.

— Tu n'auras pas un sou, dit Papa froidement. Tant que tu resteras ici, tu auras de quoi manger, des robes, une chambre pour y dormir et de quoi t'acheter quelques futilités. Mais il gèlera en enfer avant que je te donne de l'argent pour t'en aller chez cette petite sorcière que tu as mise au monde. Et mets-toi bien ça dans la tête, Ellie. Si tu pars, pas question que tu reviennes. Jamais. La vie est terrible, là-bas, terrible. Tu n'es plus toute jeune. Ici ce n'est pas le paradis, mais ce n'est pas non plus l'enfer. Réfléchis-y à deux fois.

— Ce n'est pas l'enfer ? (Sa voix s'éleva jusqu'à devenir glapissement.) C'est l'Enfer avec un E majuscule, Damian, l'enfer absolu ! Après la mort de Lucietta, j'ai cru que tu allais m'aimer de nouveau. Tu venais dans ma chambre quand tu avais besoin de te détendre, et je t'ai accordé ce que j'aurais dû te refuser, mais j'avais envie de toi, et j'en ai toujours envie. Au temps où tu vivais dans cette maison avec ma sœur, la nuit je restais éveillée, vous imaginant dans votre lit. Maintenant je souhaiterais de toutes mes forces ne jamais être revenue. A l'hôpital où Vera est née, un jeune médecin souhaitait m'épouser, mais c'était toi que je voulais, Dieu seul sait pourquoi, car j'ai toujours su ce que tu valais. Donne-moi mon argent, Damian !

Elle se dirigea à grandes enjambées vers le bureau de Papa, traversa l'immense vestibule encombré de meubles mais ne nous vit pas, rencognées dans un coin sombre.

En quelques secondes, elle était de retour avec le carnet de chèques de mon père.

— Ecris, ordonna-t-elle. Mets vingt-cinq mille. Après tout, c'est ma maison à moi aussi, et j'ai droit à quelque chose en compensation de mes droits à la jouissance sous ce toit. Quelle attention touchante de la part de Lucietta d'avoir mentionné ce droit dans son testament! A croire qu'elle voulait dire que son mari faisait partie de la succession, mais je suis loin d'avoir besoin de toi autant que j'ai besoin de cet argent.

Il jeta un regard bizarre au carnet de chèques puis, méticuleusement, rédigea un long chèque bleu, et le lui tendit avec un sourire. Elle lut le chiffre inscrit, puis regarda Papa.

— Damian, je n'ai pas demandé cinquante mille.

— Ellie, ne me laisse pas. Dis-moi que tu es désolée de tes vilaines paroles. Fais ce que tu veux du chèque, déchire-le ou garde-le, mais ne t'en va pas.

Il voulut la prendre dans ses bras. Elle regardait toujours le chèque, rouge d'excitation. Papa l'enlaça et écrasa ses lèvres sur les siennes. Le chèque s'échappa de sa main et voltigea à terre. Accrochée à son cou, elle répondait à ses baisers. Elle s'abandonna à son étreinte. La portant dans ses bras, il monta l'escalier.

Prise de nausée, méduséé, j'entraînai ma sœur dans la cuisine. Je ramassai le chèque de cinquante mille dollars à l'ordre d'Ellsbeth Whitefern et le piquai au panneau de liège, bien en évidence. Ce serait la première chose qu'Ellsbeth apercevrait, quand elle descendrait le lendemain.

Ce que je venais de voir et d'entendre tournoyait dans ma tête comme un carrousel de chevaux fantômes. Lamar Rensdale s'était donné la mort! Pourquoi? Comment les gens du village l'avaient-ils appris? La nouvelle de sa mort avait-elle paru dans les journaux locaux? Vera avait téléphoné. Etait-elle donc si désespérée qu'elle eût besoin de sa mère? Avait-elle vraiment aimé le beau professeur de piano? Si oui, pourquoi avait-il mis fin à ses jours? J'entendais le vent siffler... c'était probablement la seule réponse que j'obtiendrais jamais.

Mais la grande question, celle qui restait profondément enfouie dans les replis de mon esprit, je l'évitais. Qu'est-ce que ma tante avait promis de ne pas me révéler? Quel était ce secret terrible qui me rendrait si malheureuse si je venais à l'apprendre?

Les mauvais rêves m'éveillèrent de bonne heure. En haut du grand escalier, la lumière du petit matin filtrait à travers les vitraux. Glacée, je m'immobilisai.

Ma tante était étendue face contre terre sur le sol du vestibule où les rayons du soleil réfractés par les vitraux étendaient un tapis de losanges bariolés. Je descendis lentement, lentement, telle une somnambule redoutant davantage, à chaque pas, l'horreur qui s'annonçait. Elle n'est pas morte, scandai-je intérieurement, pas morte, pas morte. Elle s'est fait mal, c'est tout. Il faut appeler l'ambulance avant qu'il soit trop tard. Il était rare qu'elle prenne le grand escalier. L'autre, celui du fond, menait directement à la cuisine où elle passait la plus grande partie de la journée. Précisément, du côté de la cuisine, je crus entendre comme le bruit d'une porte refermée avec précaution.

Je m'approchai, hésitante :
— Tante Ellie, chuchotai-je.

Je m'efforçai de retourner le corps de ma tante pour regarder son visage. Elle était lourde comme du plomb. Sa tête basculait bizarrement. Finalement, je parvins à la mettre sur le dos. Ses yeux avaient un regard vitreux. Sa peau était gris-verdâtre.

Morte. Elle était morte. Habillée d'un ensemble que je ne lui connaissais pas, elle était partie pour le grand voyage. En route pour aller comparer le Ciel et l'Enfer à son existence d'ici-bas.

J'avais dans la gorge un hurlement; un sanglot rauque me suffoqua. Je ne voulais pas qu'elle soit morte. Je voulais qu'elle prenne ce chèque et qu'elle profite un peu de la vie, et en même temps je souhaitais qu'elle reste avec nous pour toujours. Je redressai le nœud de ruban qui fermait son chemisier blanc. Je tirai sur sa jupe et étendis ses jambes. Avec cet énorme chignon sur la nuque, la tête retombait sous un angle bizarre.

Pleurant de plus belle, je défis la torsade et étalai ses cheveux pour que ce soit plus joli.

Tout était accompli. C'est alors que j'entendis les hurlements. Sans relâche, quelqu'un hurlait. Moi! Venant de la cuisine, quelqu'un criait mon nom. Là-haut, je vis Sylvia descendant les marches, à sa façon bizarre, gauchement. Elle essayait de tenir la rampe tout en serrant dans sa main ses prismes de cristal. Elle venait me rejoindre, un grand sourire sur son joli visage. Et ses yeux regardaient droit! Pour un peu, on eût dit qu'elle allait se mettre à parler. Soudain, dans mon dos, une voix...

— Qu'est-ce que c'est que ces hurlements? demanda Papa. (Il s'arrêta net devant le corps.) Ellie... c'est Ellie?

Une ombre passa sur son visage. Il s'agenouilla.

— Oh, Ellie, pourquoi as-tu fait cela? (Il la souleva et la blottit dans ses bras, son cou renversé en arrière, ses cheveux balayant le sol.) Je t'avais donné ce chèque, Ellie, c'était plus que tu n'en avais demandé. Tu aurais pu partir. Il ne fallait pas me faire cette peine...

S'avisant de ma présence, il se tut, puis :

— Comment est-ce arrivé?

Ses pupilles se rétrécirent à la vue de Sylvia. J'attirai l'enfant à moi pour la protéger. Il ne pouvait détacher son regard des prismes qu'elle tenait serrés dans sa main. Je lui fis face.

— Je descendais faire le déjeuner. Je l'ai vue étendue face contre terre...

Il regarda fixement le visage de la morte.

— Elle prenait rarement le grand escalier. Tu as retourné le corps?

Comme ses yeux étaient vides, comme sa voix était blanche! Avait-il autant de peine que moi?

— Oui, je l'ai retourné.

— Tu nous as entendus cette nuit, n'est-ce pas? demanda-t-il, accusateur. (Avant que j'aie pu répondre, il avait ramassé le sac à main de Tante Ellsbeth et l'avait ouvert.) Le chèque n'y est pas... Etrange ! Nous nous sommes disputés, hier soir, Audrina, mais ensuite nous nous sommes raccommodés. Je lui ai demandé de m'épouser. Elle semblait très heureuse quand elle est retournée dans sa chambre.

Il reposa le corps de ma tante sur le sol et se releva.

— Elle ne m'aurait pas quitté, j'en suis sûr... Je sais qu'elle ne l'aurait pas fait. Surtout après que je l'avais demandée en mariage : c'était son plus cher désir, je le sais...

Il monta l'escalier quatre à quatre.

Entraînant Sylvia, je fonçai vers l'escalier du fond, espérant le gagner de vitesse et arriver la première dans la chambre de ma tante. Je voulais savoir ce qu'il ferait du chèque quand il le trouverait.

Il était déjà là. Les valises étaient grandes ouvertes sur le lit. Frénétiquement, il fouillait.

— Audrina ! Il faut que je retrouve ce chèque ! Tu ne l'as pas vu ?

Je lui dis alors que je l'avais épinglé, bien en évidence, au tableau de liège.

Il gémit et se passa la main sur les lèvres :

— Audrina, cours vérifier s'il y est encore !

Mais le panneau de liège était vide ! Je revins le lui dire. Il respira lentement puis décida de descendre et d'appeler la police.

— Tu leur diras exactement comment tu l'as trouvée, mais ne leur dis pas qu'elle voulait partir. Je vais défaire ses bagages et ranger ses affaires. Audrina, ne crois-tu pas que ce serait une bonne idée de lui enlever son tailleur et de lui mettre une robe de chambre ?

Je n'en avais aucune envie, bien que je comprisse son calcul ; il m'aida et nous réussîmes à lui ôter sa veste et sa jupe, puis son chemisier, et à lui passer un peignoir de lainage écossais. Je tremblais comme une feuille. Je refis son chignon, pendant que Papa lui tenait la tête. J'avais à peine fini quand la police sonna. Un coup bref à la porte d'entrée.

Je me blottis sur la méridienne de velours mauve, Sylvia serrée contre moi. J'observais en silence. Mon père donna aux deux policiers une explication de la chute de ma tante. Il était calme, avec une expression de tristesse sur son visage. Il paraissait vraiment peiné. Les policiers avaient l'air de le trouver très aimable. Je pensais : quel comédien ! Bien sûr que non, il ne l'aurait jamais épousée ! Et quel culot de venir me raconter ça à moi. Il me prenait vraiment pour une idiote.

— Mademoiselle Adare, dit le plus âgé des policiers, avec une gentillesse grand-paternelle, c'est vous qui l'avez découverte. Elle était sur le dos ?

— Non, monsieur, elle était face contre terre. Je ne voulais pas croire qu'elle était morte, alors je l'ai retournée pour voir...

Je baissai la tête et recommençai à pleurer.

— Votre tante était-elle sujette à des accès de vertige ?

Les questions se succédèrent sans relâche. Papa se laissa tomber dans un fauteuil, le visage dans les mains. Je ne sais pourquoi, j'oubliai de mentionner que j'avais entendu la porte de derrière se refermer doucement. Mais peut-être était-ce seulement mon imagination...

— Où étiez-vous quand votre belle-sœur est tombée ? demanda l'aîné des policiers.

— Je dormais, dit Papa, relevant la tête et regardant le policier dans les yeux.

Le corps de ma tante fut mis sur une civière, puis recouvert d'un drap et emporté à la morgue. J'étais abasourdie, hébétée. Sylvia n'avait pas encore pris son petit déjeuner. Après le départ de la police, j'allai à la cuisine, pour tout préparer. Papa s'assit sans un mot, comme un automate.

De retour dans ma chambre, Sylvia somnolant dans la sienne, la pensée de ma tante me poursuivait. Elle avait voulu aller rejoindre Vera et elle était morte. Plus je pensais à elle, plus je pensais à moi et plus ma propre situation m'inspirait de frayeur. Combien de fois ma tante ne m'avait-elle pas conseillé de fuir ? Papa était parti faire les démarches pour l'enterrement. C'était le moment.

Le Destin n'avait cessé de me briser le cœur. Où aller ? Papa était convaincu que les femmes n'existaient que pour le servir. Quand il serait vieux et laid, il leur donnerait de l'argent pour qu'elles restent près de lui. Et si l'argent n'y pouvait rien, je serais toujours là pour lui éviter d'aller à l'asile. Et puis il y avait cette chose épouvantable que ma tante avait dite, à savoir qu'il était capable de n'importe quoi pour arriver à ses fins. Je tournais comme une folle dans ma chambre. Je jetai mes vêtements n'importe comment dans mes valises. Je fonçai dans la chambre de Sylvia et rassemblai ses affaires. C'était décidé. Nous partions. Tout de suite. Avant que quelque chose d'effroyable ne nous arrive, à nous aussi.

Je fis une brève halte devant la porte du grand salon, pour un adieu au piano de Maman. Je la revoyais, assise là, jouant une de ses mélodies préférées : *O lune pleine, mes bras sont vides !*

Des bras d'acier. Mon père avait des bras d'acier. Des bras qui tuent. De trop d'amour.

Je ramassai les deux lourdes valises, et Sylvia toujours à ma remorque, je m'enfonçai dans le bois en direction du cottage. Billie accueillit calmement l'annonce de mes projets. Arden était ravi.

— Mais naturellement ! Quelle idée splendide ! Mais tu aurais dû laisser Sylvia à ta tante. Notre lune de miel va être complètement gâchée s'il faut que nous l'emmenions partout avec nous.

Tête basse, à mi-voix, je leur racontai tout. Il fallait fuir. C'était maintenant ou jamais. Rien cependant dans mon récit ne pouvait leur faire penser que Papa eût quoi que ce soit à se reprocher.

Billie me prit dans ses bras.

— Il faut se résigner à croire que certaines choses

sont pour le mieux, quand nous n'y pouvons plus rien. Ta tante avait été très déprimée tout l'hiver, m'as-tu dit. Peut-être a-t-elle eu un vertige, tout simplement. Mes enfants, il n'y a aucune raison de ne pas me laisser Sylvia pendant votre absence, si vous sentez réellement que vous devez partir. Je voudrais seulement être sûre, Audrina, que tu aimes suffisamment mon fils. N'épouse pas Arden aujourd'hui pour le regretter demain.

— J'aime Arden pour toujours ! m'écriai-je avec ferveur.

Arden eut un sourire aimant.

— Je peux répondre à l'écho, dit-il doucement. Je veux consacrer mon existence à ton bonheur.

Sylvia se mit à hurler dès que Billie fit un geste vers elle. Mes yeux allaient de Billie à Sylvia puis à Arden. Décidément, pas moyen de laisser ma sœur à Billie. La petite avait peur d'elle. Il y avait bien longtemps, j'avais promis à Papa de veiller sur Sylvia. Il fallait la prendre avec nous.

Mon cœur cessa de battre. J'attendais la réponse d'Arden. Il blêmit, puis accepta calmement.

Peut-être Billie avait-elle quelque raison de montrer ce visage anxieux en saluant de la main le départ de la voiture.

Arden, je te prends pour époux

Il est une petite ville de la Caroline du Nord, où la loi autorise les couples à se marier le jour même de l'obtention de leur licence. Un juge de paix gras et chauve nous maria aux accents d'une atroce marche nuptiale que jouait son épouse sur un orgue déglingué. Au terme de la brève cérémonie, elle chanta, sans que nous l'y ayons invitée : *Je vous aime vraiment*.

Sylvia, juchée sur un fauteuil, balançait les pieds en jouant avec ses prismes de cristal. Elle babillait sans arrêt. Cherchait-elle à parler ? Chantait-elle ? En tout cas, il était difficile de se concentrer sur les serments qu'on nous demandait de prononcer.

— Dans quelques années, nous referons cette cérémonie dans les formes, dit Arden. (Nous avions pris la route du Sud, et nous dirigions vers une plage en renom où nous avions retenu des chambres.) Tu es si jolie dans cet ensemble violet. Tu as de beaux yeux, tu sais, et un regard si profond. Je n'aurais pas assez d'un million d'années pour découvrir tous tes secrets.

— Je n'ai pas de secrets, dis-je, mal à l'aise.

A la tombée de la nuit, nos noms furent inscrits sur le registre de l'hôtel. Dans la salle à manger, les gens regardaient Sylvia plonger dans son assiette avec les doigts.

— J'ai essayé, en vain, dis-je à Arden.

Il sourit et affirma qu'ensemble nous parviendrions à faire de Sylvia une grande dame.

J'étais contente que le dîner se prolonge. Le moment tant redouté viendrait bien assez tôt.

Malgré mes efforts, le sombre souvenir du viol dans les bois continuait à me traverser l'esprit, par images fugitives. Non, Arden ne me ferait pas mal, me répétais-je. Aucune raison d'avoir peur, avec lui. La douleur la terreur, la laideur, tout cela c'était le cauchemar. C'était l'histoire de l'autre Audrina. Cela ne faisait pas partie de mon histoire à moi, avec ce certificat de mariage dans mon sac.

Arden était d'une exquise délicatesse. Compréhensif à l'égard de Sylvia, il tentait en même temps de se montrer romantique avec moi. Pari impossible. Je me sentais navrée pour lui.

Il avait loué une double « suite » avec porte communicante. Sylvia avait sa propre salle de bains. Je m'appliquai lentement à sa toilette. J'allai la border dans son lit et lui fis une stricte recommandation : qu'elle

258

ne descende pas du lit ou sinon... Je posai un verre d'eau sur sa table de chevet. « Bois aussi peu que possible pour ne pas avoir d'accident cette nuit. » Je l'embrassai. Elle sombra dans le sommeil, tenant toujours ses prismes de cristal. A contrecœur je me retirai.

Arden marchait de long en large dans la chambre. Je pris mon bain, longuement, et me fis un shampooing. Puis je me fis une mise en plis, me mis de la crème sur la figure et me mis du vernis à ongles. Mes cheveux étaient complètement secs mais il fallait encore attendre pour le vernis. Peu après, j'enlevai les rouleaux un à un et brossai mes cheveux en vagues floues, douces. Je passai une chemise de nuit. Je me grondais : « Mais tu es stupide, stupide, d'avoir si peur d'aller retrouver ton mari. »

Je tirai sur ma chemise de nuit, un cadeau de Billie pour mon anniversaire. Beaucoup trop transparente. Mais c'était bien pour cette raison qu'elle l'avait choisie. Il y avait un peignoir violet assorti, avec un empiècement de couleur crème. Ne sachant plus que faire, je m'assis sur le bord de la baignoire, regardant la porte, terrorisée à l'idée d'en franchir le seuil.

Je dénouai mon peignoir. Décidément, je ne pouvais apparaître ainsi.

— Audrina! appela Arden, d'une voix fâchée. Tu en mets du temps! Tu es enfermée depuis des heures.

— Laisse-moi encore cinq minutes!

C'était la deuxième fois que je lui faisais cette réponse. Je tripotai nerveusement mes cheveux, mon peignoir. J'avais envie de me rhabiller. J'essayai de me raisonner. Arden me connaissait depuis l'enfance. Il m'avait vue en short, en maillot de bain et dans toutes sortes de circonstances... mais jamais dans une chemise aussi transparente, juste avant... Mais c'est mon mari! Pourquoi m'inquiéter? Allons, je n'allais pas mourir sous l'arbre à pluie, moi. Et Arden n'allait pas se servir de sa ceinture, n'est-ce pas?

— Une minute, cria Arden... et après, plus d'excuses.

(Il ne m'avait jamais parlé sur un ton aussi âpre. Je regardai la grande aiguille.) Tu as encore trente secondes. Si tu ne sors pas, j'enfonce la porte, et j'*entre.*

Je me plaquai contre le mur. Mon cœur cognait. Je m'affolai. J'avançai d'un pas, avec une prière rapide pour le repos de l'âme de ma tante.

— Ça y est, glapit-il, j'enfonce la porte.

Il donna deux coups de pied dans la porte, mais elle ne céda pas. Je l'entendis jurer et devinai qu'il allait maintenant donner un grand coup d'épaule. Je tournai le verrou et ouvris.

Il s'était jeté sur la porte à ce moment précis. Il alla buter contre le mur du fond. Puis il tomba sur le carrelage et resta là, étourdi sous le choc.

— Oh! Arden, je suis désolée, je suis si désolée. Je ne pensais pas que...

Me prenant au dépourvu, il se mit à rire et m'attira à lui. Bientôt je fus dans ses bras, submergée de baisers.

— On m'avait dit que les jeunes mariées pouvaient avoir le trac, mais je pensais que tu m'aimais. (Encore des baisers sur mon visage, sur mon cou, à la naissance de mes seins.) Ce n'est pas comme si nous venions juste de nous rencontrer!

M'arrachant à son étreinte, je me relevai. Il se remit debout.

— Rien de cassé, dit-il avec un bon sourire. (Tendrement, il m'enlaça et me regarda au fond des yeux.) Mais il ne faut pas avoir peur ainsi! Tout cela est assez drôle d'une certaine façon. Mais je ne veux tout de même pas que notre nuit de noces tourne à la farce. Je t'aime, Audrina. Nous prendrons le temps qu'il faut, nous irons lentement et tu seras étonnée de voir comme les choses se font naturellement. (Il m'embrassa, les lèvres entrouvertes.) Mais tes cheveux étaient parfaits, tu n'avais aucun besoin de refaire un shampooing! Quoi qu'il en soit, je ne t'ai jamais vue si belle... même avec cet air terrorisé, tu es à couper le

souffle. Maintenant, laisse-moi la salle de bains. J'en ai
pour une minute.

Il n'avait pas besoin de le préciser. Je m'en doutais
bien qu'il n'en aurait que pour « une minute ».

Si je voulais échapper à l'emprise de Papa, il fallait
m'y résoudre : subir cette nuit et toutes les nuits à
venir, et connaître cet acte où toute femme normale
trouve du plaisir lorsqu'elle l'accomplit avec l'homme
qu'elle aime.

Otant mon déshabillé, je me glissai dans le lit
immense. Arden sortit de la salle de bains.

Il s'approcha du lit. Derrière lui, l'éclairage doré
découpait sa silhouette, comme à contre-jour. Je vis
qu'il ne portait pour tout vêtement qu'une serviette de
bain nouée autour de ses hanches minces. La lumière
de la veilleuse semblait se concentrer sur sa peau
humide, luisante, me forçant à prendre conscience de
sa virilité, au moment même où je refusais d'y penser.
Tout ce que je voulais, c'était en finir, et le plus vite
possible. D'un geste négligent, il ôta la serviette et la
jeta au loin.

— Tu as oublié la lumière de la salle de bains, dis-je.

— Oui. Parce que tu as tout éteint ici, dit-il tranquillement, et j'aime qu'il y ait un peu de lumière. Mais, si
tu veux, je peux ouvrir les rideaux et laisser entrer la
lumière de la lune.

Il sentait la pâte dentifrice.

— Chérie, regarde-moi. Ne tourne pas la tête. J'attends cela depuis des années, tu sais. Je me suis donné
un mal fou pour muscler mon corps et le rendre séduisant, et tu ne l'as même pas remarqué.

— Si, bien sûr, j'ai remarqué.

Souriant, il mit un genou sur le lit. Je reculai, la
gorge serrée.

— Audrina, tu trembles. Il ne fait pourtant pas froid
ici. N'aie pas peur. Nous nous aimons. (Il y avait de
l'inquiétude dans sa voix.) Tu sais de quoi il s'agit, j'espère...

Oui, je savais. Je ne le savais que trop, peut-être. Je fixai la fenêtre. Je perçus le bruit assourdi d'un coup de tonnerre parvenant jusqu'à la chambre. A l'approche de l'orage, la terreur me submergea. J'avais le sentiment d'une terrible menace. La pluie, Dieu, je vous en prie, faites qu'il ne pleuve pas !

Lentement, il s'approcha. Je sentais sa présence, sa proximité par tous les pores de ma peau. Il fallait faire quelque chose, vite. Par la pensée, je retournai au fauteuil. Je me balançais, j'entendais la voix puérile chantonner, je revoyais les araignées tissant leurs toiles, les rangées d'animaux en peluche dont les yeux brillaient dans la pénombre, j'entendais les lattes du plancher grincer.

Le vent soufflait, l'orage allait éclater.

Arden disait quelque chose de gentil :

— Je t'aime.

Tout proche maintenant, il se tourna sur le côté et m'effleura l'épaule d'une touche légère. Le bout de ses doigts caressa mon sein gauche. Non, non ! aurais-je voulu crier. Je me forçai à rester immobile. J'avais la bouche sèche.

Il s'éclaircit la gorge et s'approcha davantage. Son corps tiède, à l'épaisse toison. Ses lèvres brûlantes et humides qui effleuraient les miennes. Je me détournai et étouffai mes cris dans l'oreiller.

— Qu'est-ce qu'il y a ? demanda-t-il. Tu ne m'aimes plus, Audrina ?

Je me souvins de Maman et de ses excuses avec Papa.

— Je suis si fatiguée, Arden. La journée a été terrible. Ma tante est morte ce matin même. Pour cette nuit, ne pouvons-nous rester juste ainsi, dans les bras l'un de l'autre ? Tu me dirais seulement que tu m'aimes et je me sentirais moins honteuse.

— Il n'y a aucune honte à avoir, dit-il d'un ton qui se voulait léger. Ce que tu ressens, d'autres jeunes mariées l'ont ressenti. Mais bien sûr je ne peux pas parler d'expérience.

Je voulus lui demander si j'étais la première fille avec qui il couchait, mais j'avais peur qu'il ne réponde non. Je désirais qu'il soit aussi inexpérimenté que moi; et puis, paradoxalement, je me mettais à souhaiter qu'il sache exactement quoi faire pour que je devienne comme... mais j'étais sûre que si je devenais vraiment comme cela, il me détesterait.

Ses doigts esquissaient sur mon bras un capricieux tracé. Ses mains se firent plus hardies, décrivant des cercles sur mes seins à peine voilés par l'étoffe. Je frissonnai, me recroquevillai dans le lit et me décidai à demander :

— Tu as déjà couché avec quelqu'un d'autre, avant ?

— Tu devais vraiment me poser cette question maintenant ?

— Pourquoi ? Il ne fallait pas ?

Il eut un soupir exaspéré.

— Il y a des différences entre les hommes et les femmes, disent certains. Peut-être est-ce vrai, peut-être non. Une femme peut vivre sans avoir de rapports avec qui que ce soit, du moins on l'affirme, mais un homme fabrique du sperme — qu'il doit libérer. C'est certainement avec la femme qu'il aime qu'il éprouve le plus de plaisir. Aimer, c'est partager, Audrina. Partager le plaisir, pas la douleur, pas la honte non plus.

— C'est Billie qui t'a conseillé de me raconter tout ça ? demandai-je d'une voix rauque.

Ses lèvres me brûlèrent au creux du cou.

— Oui, avant notre départ, elle m'a parlé et m'a dit d'être très tendre et très lent avec toi, ce soir. Elle n'avait pas besoin de me le recommander. Je l'aurais été de toute façon. Donne-moi ma chance, Audrina. Ce ne sera peut-être pas aussi terrible que tu le penses.

— Tu crois donc que je pense que ce sera terrible ?

Il eut un petit sourire.

— Ça me paraît évident. Tu es comme un violon aux

cordes trop tendues. Je peux presque entendre vibrer tes nerfs. Tu dis : « Pas aujourd'hui », mais c'est toi qui es venue et m'as dit : « Marions-nous. » C'est aujourd'hui que tu as voulu fuir la maison paternelle — aujourd'hui et pas demain ni la semaine prochaine. Alors, j'ai pensé que tu étais prête.

— Je n'ai pas réfléchi. Je ne pensais qu'à une chose : échapper à Papa. Arden... tu n'as pas répondu à ma question.

— Quelle question ?

— Je suis la première ?

— Très bien, puisque tu tiens à le savoir, il y a eu d'autres femmes, mais je n'en ai aimé aucune comme je t'aime. Depuis que j'ai décidé de t'épouser, je ne suis plus sorti avec une fille.

— La première, c'était qui ?

— Quelle importance ?

Il pressait son visage entre mes seins et sa main poursuivait ses caresses sur mon corps.

Je le laissai faire. Je me cramponnais à l'idée doulou-reuse qu'il ne m'aimait pas assez. Il en avait eu d'au-tres. Cent peut-être. Pourtant, il avait toujours agi comme si j'étais la seule. Aussi hypocrite que Papa !

— Tu es si belle, si douce, si douce. Ta peau est si lisse, murmura-t-il.

Son souffle s'accélérait. Ses mains avaient saisi mes seins et les pétrissaient, tandis que ses lèvres se fai-saient plus dures sur les miennes. Il m'avait embrassée bien des fois, mais jamais ainsi.

La panique me rejetait dans le temps atroce du fau-teuil. Je redevenais l'enfant terrorisée, enfermée dans la chambre aux jouets. Près de l'hôtel, la foudre tomba. Une lueur fulgurante éclaira la chambre. Je me cabrai. Arden prit cela pour un mouvement de passion. Son désir se fit plus exigeant. Il arracha les bretelles de ma chemise, dénudant mes seins. Je tendis le cou et ren-versai la tête en arrière, loin, loin sur l'oreiller, mor-dant ma lèvre jusqu'au sang pour m'empêcher de hurler. Je sanglotais intérieurement, jetée dans la même détresse que celle ressentie aux visions de Parfaite Audrina, avec ses vêtements déchirés, son jupon arraché. Je pleurais et il ne voyait pas mes larmes. J'ouvris les yeux. Les lueurs de l'orage éclairaient son beau visage extasié au-dessus du mien.

Ces caresses, ces baisers qui lui donnaient tout ce plaisir, me faisaient horreur. J'étais furieuse. Je me sentais flouée, j'avais envie de hurler, rien que pour lui faire de la peine. Il m'ôta ma chemise de nuit et la jeta par terre.

Ses mains furent sur mon corps, mais mon corps ne répondait pas à son attente. J'étais contente de l'entendre pousser des jurons d'impatience tandis que ses doigts tremblaient. Puis il soupira et roula sur moi, et je le sentis tout dur.

De nouveau j'étais dans le fauteuil, me balançant. J'étais dans le bois, j'entendais les hurlements obscènes, les rires.

Trop tard! Je le sentis me transpercer au plus profond. Je me débattis, me cabrai. Je griffai son dos, ses fesses, mais il continuait. C'était cette honte, cette douleur qu'ils lui avaient infligées, à elle. Et jusqu'à ce visage au-dessus du mien... Le visage de ce garçon qui s'était enfui, les cheveux collés sur le front, les yeux hors de la tête, n'était-ce pas celui d'Arden?... Mais, non, mais non, Arden n'était pas né en ce temps-là. Il ressemblait à ces garçons, voilà tout. Les hommes sont tous les mêmes, tous les mêmes, tous les mêmes...

Dans un brouillard, je dérivai, perdant le contact. Tante Ellsbeth avait raison de dire que j'étais trop sensible. J'avais trompé Arden en lui laissant croire que je serais l'épouse rêvée.

Je ne pouvais être l'épouse de personne.

Alors vint le flot brûlant. Je hurlai, hurlai, mais les coups de tonnerre étouffaient mes cris. Personne n'entendait, pas même lui. Ma bouche avait le goût du sang tant je m'étais mordu cruellement la lèvre. Puis, toute terreur et toute honte s'estompèrent, les ténèbres s'emparèrent de moi et je ne sentis plus rien, plus rien.

La lumière du matin m'éveilla. Sylvia était accroupie dans un coin de notre chambre et jouait avec ses prismes, sa chemise de nuit relevée sur ses cuisses. Regardant dans le vide, bavant, bouche grande ouverte, elle était là, toute molle, comme une chiffe.

Mon mari roula dans le lit. Dans un demi-sommeil, il tendit la main vers mes seins comme s'ils étaient désormais sa propriété. Avant même de déposer un baiser sur mes lèvres, il les embrassa.

— Chérie, je t'aime tant. (Bien sûr, il n'avait pas remarqué la présence de Sylvia.) Tu avais si peur! Puis brusquement tu m'as enlacé et, passionnément, tu t'es abandonnée. Oh, Audrina! Comme j'avais espéré cela!

Que racontait-il donc? Son regard implorant démentait ses paroles. Pourtant, je le laissai dire. Après tout, du plaisir, il en avait sûrement eu plus que moi. Je n'avais ressenti que douleur, honte et humiliation. Et loin, très loin, remontant des crevasses de ma mémoire, dans l'odeur du sang, de la terre humide et des feuilles mouillées, Audrina rentrait à la maison, trébuchant sur les cailloux du chemin, retenant les lambeaux de sa belle robe pour couvrir sa nudité.

De retour

Papa nous attendait sur le perron comme s'il avait su d'avance que nous reviendrions ce jour-là. La voiture remontait l'allée.

Il dominait les marches de toute sa taille, redoutable dans son impeccable costume blanc. Il portait des chaussures blanches, une chemise bleu clair et arborait une cravate blanche à diagonales bleu et argent.

Je frémis et cherchai le regard d'Arden. Ses yeux inquiets croisèrent les miens.

Entre Arden et Sylvia, je montai lentement les marches. Le regard de Papa était rivé sur le mien, muettement accusateur. Je l'avais trahi, j'avais manqué à ma parole. Il tourna les yeux vers Arden comme pour jauger son adversaire. Il sourit cependant chaleureusement et tendit sa main immense vers mon époux.

— Eh bien, dit-il d'un ton cordial, je suis heureux de vous revoir.

Il secouait la main d'Arden avec force, interminablement, comme s'il avait voulu mettre à l'épreuve sa force physique et son courage.

Je constatai avec fierté qu'Arden ne cillait pas.

Se tournant vers moi, Papa dit alors :

— Tu m'as profondément déçu.

Il ébouriffa légèrement les cheveux de Sylvia, comme on le fait d'un petit enfant turbulent. Trois fois, il m'embrassa sur les joues, mais en même temps il réussit à tendre le bras et à me pincer les fesses. Si fort que je faillis crier. C'était sa façon à lui de tester l'endurance des femmes. Toutes les réactions étaient d'ailleurs enregistrées. Qu'il me note comme il voulait !

— Ne t'avise plus jamais de me pincer comme ça, dis-je, rageuse. Ça fait mal et j'ai horreur de ça.

— Mon Dieu, quelle mijaurée tu es devenue en quatre jours ! dit-il ironique. (Il me tapota la joue d'une main plutôt lourde.) Mais pourquoi cette fugue, mon doux cœur ? poursuivit-il. Ç'aurait été mon plaisir et ma joie de te mener à l'autel et de te voir dans la robe de noces de ta mère.

Juste au moment où je pensais que plus rien, venant de sa part, ne pouvait m'étonner, il me prit au dépourvu :

— Arden, votre mère m'a dit tout le mal que vous aviez à trouver un emploi dans une bonne équipe d'architectes. Je vous félicite de ne pas accepter n'importe quelle proposition. Aussi, jusqu'à ce que vous trouviez ce qui vous convient vraiment, pourquoi ne pas prendre le poste de comptable stagiaire à la charge d'agent de change que je dirige ? Audrina vous apprendra toutes les ficelles pour l'examen, et bien sûr je ferai le nécessaire pour que tout se passe bien. Notez qu'elle en sait autant que moi.

Cela ne me plaisait pas du tout. Mais Arden parut soulagé. Cette offre résolvait pas mal de problèmes. Nous aurions des revenus réguliers et pourrions louer un petit appartement en ville, loin de Whitefern. Arden semblait très reconnaissant. Il me jeta un regard rapide comme pour me prendre à témoin : j'avais exagéré, mon père ne tenait pas si farouchement à me garder près de lui.

C'était bien Papa ! Il avait complètement retourné la situation à son avantage ! Les jeunes comptables bon chic bon genre étaient très demandés, et Arden était non seulement intelligent mais doué pour les chiffres.

— Oui, Arden, continuait Papa, entourant les épaules de mon mari d'un bras protecteur. Ma fille peut vous apprendre les notions fondamentales ainsi que les aspects techniques. (Sa voix était calme, détendue.) Elle est aussi compétente que moi, davantage peut-être car la Bourse n'est pas une science mais un art. Et Audrina est pétrie de sensibilité et d'intuition, n'est-ce pas, chérie ? Maintenant, poursuivit-il, j'ai une grande surprise pour vous. (Il nous regardait, rayonnant.) J'ai pris la liberté, Arden de faire déménager votre mère de son pauvre cottage. Elle est maintenant installée là-haut, dans les plus belles pièces. Enfin les plus belles après les miennes.

Cela me faisait de la peine de voir Arden débordant à ce point de reconnaissance. Il manquait vraiment de discernement.

Douillettement installée dans les anciens appartements de ma tante, nous trouvâmes Billie habillée comme une star dans une robe de dentelle qui eût été mieux à sa place dans une garden-party.

Les yeux brillants, elle nous raconta, pleine d'exubérance :

— Il est entré en trombe à la maison environ une heure après votre départ et m'a fait une scène épouvantable en me reprochant d'avoir encouragé cette fugue. Je n'ai pas dit un mot jusqu'à ce qu'il se calme. Alors, il m'a vraiment regardée pour la première fois. Il m'a dit que j'étais belle. Je portais un short, mais il a paru ne rien remarquer. Chérie, tu ne peux imaginer le bien que cela a pu faire à mon ego. (Papa était vraiment diabolique. Maintenant, ma belle-mère était de son côté.) Puis il m'a dit qu'il fallait prendre notre parti d'une situation à laquelle nous ne pouvions rien, et cet homme merveilleux m'a invitée à venir vivre ici et à partager votre existence familiale. C'est si généreux de sa part !

Sûr que ça l'était ! Je promenai mes yeux dans la pièce dont j'avais espéré qu'elle resterait telle quelle, à la mémoire de ma tante, et cela me fit de la peine... et pourtant, à quoi bon un mausolée ? Alors que Billie était si contente ! D'ailleurs Tante Ellsbeth n'avait jamais apprécié ces embellissements. Si cette chambre convenait à quelqu'un, c'était bien à Billie.

— Audrina, tu ne m'avais pas dit que ton père était si compréhensif et charmant. Je ne sais pas pourquoi tu l'as toujours fait passer pour un homme dissimulé et qui te traitait mal.

Comment aurais-je pu lui dire que Papa ne faisait que jouer de son charme et de ses phrases ? Il en usait avec toutes les femmes, les jeunes, les moins jeunes et les vieilles. Quatre-vingt-dix pour cent de sa clientèle étaient constitués de femmes âgées qui s'en remettaient totalement à lui et les dix pour cent restants, c'étaient des vieux messieurs fortunés, trop séniles pour s'occuper de leurs affaires.

— Audrina, ma chérie, poursuivit Billie, me tenant serrée contre elle, ton père est un chou ! Si gentil, si soucieux du bien-être de chacun. Comment un homme comme Damian Adare pourrait-il faire preuve de cruauté? Je suis sûre qu'il y avait un grand malentendu entre vous.

Papa nous avait suivis. Il était sur le seuil de la porte et n'en perdait pas une miette. Dans le silence soudain qui se fit, il s'adressa à Arden :

— Ma fille délire sur vous depuis l'âge de sept ans. Dieu sait que je ne donnais pas cher de cet amour de chiots. Pour ma part, à votre âge, j'avais déjà été amoureux d'une bonne vingtaine de filles.

Arden sourit, gêné. Il remercia de nouveau Papa de lui avoir offert un emploi et un salaire décent alors qu'il n'avait pas la moindre formation de courtier.

Une fois de plus, Papa avait gagné.

Déjà, il parlait gravement du petit-fils que nous ne manquerions pas de lui donner.

— J'ai toujours souhaité un fils, dit-il en me regardant droit dans les yeux.

De toute façon, je ne voulais pas d'enfants tout de suite. Etre la femme d'Arden était suffisamment traumatisant pour l'instant. Petit à petit, douloureusement, j'apprenais à affronter ces nuits si atroces pour moi, si merveilleuses pour lui. Je sus bientôt feindre, pour qu'il cesse d'avoir ce regard angoissé et puisse se bercer de l'illusion que j'éprouvais du plaisir.

Billie avait pris le relais de Tante Ellsbeth à la cuisine. Elle avait apporté son haut tabouret. Papa avait déménagé lui-même la plupart de ses affaires, bien qu'il eût toujours exécré ce genre de travaux. Il la regardait avec admiration. Cuisinière habile, elle n'avait jamais un murmure d'impatience. Elle souriait, riait en réponse à ses nombreuses plaisanteries. Elle s'occupait de ses vêtements et parcourait en tous sens l'immense maison avec tant d'aisance que Papa lui en faisait sans cesse compliment.

— Mais Billie, comment faites-vous? Pourquoi vous

occuper de tout, comme cela ? Ne voulez-vous pas que j'engage des domestiques ?

— Oh, non, Damian. C'est le moins que je puisse faire pour vous remercier. (Sa voix était douce, et son regard chaleureux.) Je vous suis si reconnaissante de m'avoir accueillie. Et d'avoir traité Arden comme votre propre fils. De toute façon, quand il y a des domestiques dans une maison, il n'y a plus aucune intimité !

Je la regardais, méduseé. Comment une femme de son expérience pouvait-elle se leurrer ainsi ? Papa exploitait tout le monde. N'avait-elle pas conscience de lui économiser des sommes considérables en lui servant de gouvernante et de cuisinière ? L'offre d'engager des domestiques était entièrement bidon. Il savait bien qu'elle refuserait.

J'étais maintenant mariée depuis environ deux mois. Arden travaillait d'arrache-pied son examen de courtier. Billie me dit un jour :

— Cela fait un certain temps que j'observe Sylvia. Elle ne m'aime pas, et voudrait me voir partie. J'essaye de me mettre à sa place. Il se peut qu'elle soit jalouse de l'amitié que tu me témoignes. Elle n'a jamais eu à partager ton amour. Lorsque j'étais chez moi, c'était un peu différent; maintenant je vis ici dans sa maison à elle, et je lui vole le temps que tu lui consacrais. Certes, Arden aussi est son rival, mais dans la mesure peut-être où il l'ignore, elle ne manifeste aucune animosité contre lui. Tu sais, elle est loin d'être aussi arriérée mentalement que tu le penses. Elle t'imite, Audrina, elle passe son temps à t'imiter. Elle est parfaitement capable de marcher normalement, quand elle est sûre qu'on ne la regarde pas.

Me retournant vivement, je surpris Sylvia derrière moi. Elle parut effrayée, et aussitôt ses lèvres closes s'écartèrent et ses yeux basculèrent comme ceux d'une aveugle.

— Billie, vous ne devriez pas parler comme cela.

Elle entend. A plus forte raison, si ce que vous dites est vrai, elle pourrait comprendre et avoir de la peine.

— Bien sûr qu'elle comprend, dit Billie. Elle n'est pas très brillante, mais elle n'est pas complètement fermée aux propos qu'on tient.

— Je ne vois pas pourquoi elle feindrait.

— Qui t'a raconté que le retard mental dont elle souffrait était sans espoir ?

Sylvia s'était éloignée, traînant le chariot rouge de Billie. Elle s'y installa et commença à se propulser sur le marbre du vestibule.

— Elle avait plus de deux ans et demi quand Papa l'a ramenée à la maison. Il a répété ce que les médecins lui avaient dit.

— J'ai beaucoup d'admiration pour Damian, mais Dieu sait que je n'approuve pas du tout qu'il se soit déchargé sur tes épaules du fardeau de ta sœur cadette, surtout quand on sait qu'il avait les moyens de payer une nurse pour s'occuper d'elle, et peut-être même quelqu'un pour la rééduquer. Fais ce que tu peux pour lui enseigner les choses pratiques, mais surtout continue à l'entraîner à parler. Tiens bon. Ne renonce pas. Même si ces médecins ont formulé leur diagnostic en toute bonne foi, ils peuvent s'être trompés. Il y a toujours de l'espoir, et il y a toujours des moyens pour améliorer un état.

Au cours des mois qui suivirent, Billie me convainquit que j'avais peut-être mésestimé mon père. Elle l'adorait, de toute évidence, et même elle le vénérait. Il ne paraissait pas remarquer son infirmité et la traitait avec une délicatesse que je ne lui connaissais pas. Arden était ravi. Papa fit même faire un fauteuil à roulettes sur mesure pour Billie. Il avait horreur du chariot rouge. Mais sauf en sa présence elle n'utilisait pas le beau fauteuil « style maison ». Elle ne le trouvait pas assez rapide.

Arden travaillait comme une brute pendant la journée, et il étudiait encore la moitié de la nuit. Je savais pourtant que le cœur n'y était pas.

— Arden, si tu n'as pas envie d'être courtier, abandonne et fais autre chose.

— Mais si, mais si. Vas-y, continue.

— Bon. (Nous nous faisions face, assis à la table de notre chambre.) Ils vont te faire passer plusieurs sortes d'épreuves pour juger de tes aptitudes à la lecture et de tes facultés de compréhension du langage écrit. Puis viendra l'épreuve d'agilité verbale et il faudra que tu comprennes ce que tu dis — cela va de soi. (Je souris et écartai son pied qui s'aventurait sous la table.) Réponds, s'il te plaît : qu'est-ce que tu préfères : peindre un tableau, regarder un tableau ou vendre un tableau ?

— Peindre un tableau, répondit Arden très vite.

Fronçant les sourcils, je secouai la tête.

— Deuxième question : qu'est-ce que tu préfères : lire un livre, écrire un livre ou vendre un livre ?

— Ecrire un livre... mais j'imagine que c'est une mauvaise réponse. La bonne réponse doit être : vendre un livre, vendre un tableau, n'est-ce pas ?

Il réussit enfin l'examen, après trois échecs, et devint un des jeunes loups de Wall Street.

Un jour, ayant fini mon travail, j'entrai dans la pièce où se trouvait le piano de ma mère. Un sourire ironique sur les lèvres, je soulevai le couvercle et pris le portrait de Tante Mercy Marie. Je l'installai sur le piano. Bizarre de faire cela de ma propre initiative ! C'était absurde ! Peut-être était-ce parce que je pensais à ma tante et que je regrettais de n'avoir pas assisté à son enterrement. Pour me faire pardonner, j'allais souvent sur sa tombe et sur celle de ma mère et je déposais des fleurs. Je n'apportais jamais le moindre bouquet pour Première Audrina.

Je ressuscitai le rite du « thé ». Sylvia s'était glissée furtivement dans la pièce. Elle s'assit à mes pieds, levant vers moi un regard égaré. Une sensation bizarre de « déjà vu » me submergea.

— Lucietta, disait la femme au visage empâté pour qui je parlais, quelle adorable enfant que votre troisième fille ! Sylvia est un si joli nom. Mais qui était donc Sylvia, déjà ? Autrefois il y avait une chanson sur une nommée Sylvia. Lucietta, joue cette chanson pour moi, une fois encore, s'il te plaît.

— Naturellement, Mercy Marie, répondis-je, imitant la voix de ma mère dont je gardais encore le souvenir. N'est-ce pas qu'elle est belle, ma douce Sylvia ? Je crois que c'est la plus belle de mes trois filles.

Je jouai l'air demandé : mon jeu était lamentablement incertain. Cependant, telle une marionnette dont on tire les fils, je ne pouvais m'empêcher de continuer à habiter mon rôle. Souriante, je tendis un biscuit à Sylvia.

— Et maintenant, toi, parle pour la dame de la photo.

Se relevant d'un bond avec une agilité surprenante, Sylvia courut au piano, s'empara du portrait de Tante Mercy Marie et le jeta dans la cheminée. Le cadre se cassa, la glace se brisa en mille morceaux et bientôt la photo fut en lambeaux. Sur quoi Sylvia, effrayée, s'éloigna.

— Qu'est-ce que tu as fait, Sylvia ? criai-je. C'était la seule photo que nous ayons de la meilleure amie de Maman ! C'est la première fois que tu fais une chose pareille !

Tombant sur les genoux, elle se traîna jusqu'à moi, pleurnichant comme un petit chien — elle avait dix ans... Elle s'agrippa à ma jupe, ouvrant la bouche toute grande. Bientôt la bave mouilla son menton. Billie se trompait. Sylvia n'avait ni un regard ni des réactions normaux.

Cette nuit-là, alors qu'Arden dormait paisiblement à mes côtés, je crus entendre le son des tam-tams ; des

Indiens chantaient leur chant de guerre. Des bêtes féroces rugissaient. Réveillée en sursaut, j'allais réveiller Arden, mais je me rendis compte que les hurlements étaient ceux de Sylvia. Je courus à sa chambre et la pris dans mes bras.

— Qu'est-ce qui ne va pas, chérie ?

J'aurais juré qu'elle parlait et qu'elle disait :

— Méchante... méchante, méchante...

Mais je n'étais pas vraiment sûre.

— Tu as dit : « méchante » ?

Ses yeux d'aigue-marine étaient agrandis par la peur, mais elle acquiesça. J'éclatai de rire et la serrai dans mes bras.

— Mais non, tu n'as rien fait de mal ! C'est très bien, au contraire ! Tu peux parler ! Sylvia, j'ai essayé si fort, si fort, de t'apprendre et enfin tu dis quelque chose ! Tu as fait un mauvais rêve, c'est tout. Allez, dors, et dis-toi que ta vie va devenir merveilleuse, maintenant que tu peux communiquer.

Oui, pensais-je en me blottissant contre Arden — j'aimais la chaleur de ses bras autour de moi quand la passion ne l'emportait pas —, Sylvia a fait un mauvais rêve, voilà tout.

Dans une semaine, ce serait Thanksgiving. J'étais avec Billie à la cuisine et nous décidions du menu de la fête. Je me sentais assez heureuse. Pourtant j'avais gardé mes habitudes de toujours : je marchais encore avec précaution dans les longs couloirs, en regardant où je mettais les pieds, prenant garde de ne pas marcher sur les reflets colorés que les vitraux jetaient sur le sol. Je m'arrêtais de longs instants pour regarder les arcs-en-ciel sur les murs, exactement comme je le faisais, petite fille.

Je quittai la cuisine, me proposant de pénétrer dans la chambre aux jouets, pour évoquer le passé et lui demander de me révéler la vérité. Jetant un coup d'œil par-dessus mon épaule, je vis Sylvia, une fois de plus sur mes talons. Bien sûr, j'étais habituée à cette petite compagne, mais elle me prit au dépourvu. Captant un rayon de soleil sur une facette du prisme de cristal qu'elle tenait à la main, elle m'envoya le faisceau irisé dans les yeux.

Un instant éblouie, je trébuchai en arrière. J'avais eu très peur, pour une raison que je discernai mal. M'abritant dans la pénombre près du mur, je regardai l'énorme lustre. Les pendeloques de cristal taillé réfléchissaient les reflets lumineux répandus sur le sol de marbre, et les renvoyaient à Sylvia qui très habilement les emprisonnait à l'aide des prismes et les dirigeait droit sur mon visage. J'étais prise dans un tournoiement vertigineux, irréel. Des visions surgirent, le temps d'un éclair. Je vis ma tante étendue face contre terre sur le sol du vestibule. Et si Sylvia avait utilisé ces prismes pour éblouir ma tante ? Se pouvait-il qu'elle ait eu un soudain et brutal vertige ? Sylvia n'essayait-elle pas de me faire tomber, moi aussi ?

— Pose ce truc-là immédiatement ! criai-je d'une voix perçante. Range ça. Ne t'avise pas de recommencer à m'envoyer ces éclairs dans les yeux. Tu as compris ?

Tel le petit animal sauvage auquel Papa la comparait, elle détala. Abasourdie, je la regardai s'enfuir. Effrayée de la violence de ma propre réaction, je m'assis sur une marche, au bas de l'escalier, m'efforçant de rassembler mes esprits. C'est alors que la porte à double vantail s'ouvrit.

Une femme était là, grande et mince, portant un chapeau surmonté de plumes vertes. Une cape de vison couvrait ses épaules et ses chaussures vertes étaient assorties à son ensemble, visiblement de grand prix.

— Salut, dit-elle d'une voix chaude. Me voilà, je suis de retour. Tu ne me reconnais donc pas, exquise Audrina ?

Une seconde vie

— Qu'est-ce que tu fabriques? dit Vera, tandis qu'à la manière d'un enfant, je commençais à monter les marches à reculons, toujours assise. Tu n'es pas un peu vieille pour ce comportement puéril? Vraiment, Audrina, tu n'as pas changé!

Sa boiterie était à peine sensible. Mais, en regardant plus attentivement, je vis que la semelle de sa chaussure gauche était d'un doigt plus épaisse que la droite. Elle marcha gracieusement vers l'escalier.

— Je me suis arrêtée au village et on m'a appris que tu avais épousé Arden Lowe. Je ne pensais pas que tu deviendrais jamais assez adulte pour te marier. Mes félicitations pour lui, l'imbécile, et mes meilleurs vœux pour toi qui aurais pu y réfléchir à deux fois.

Ce qu'elle disait n'était peut-être pas faux!

— Tu n'es pas contente de me voir?

— Ta mère est morte, lui dis-je brutalement, comme si j'avais voulu égaliser le score et rendre méchanceté pour méchanceté.

— Audrina, je suis au courant, figure-toi! (De son regard glacial, elle me toisait.) Contrairement à toi, douce Audrina, j'ai des amis au village qui n'ont jamais cessé de m'écrire pour me raconter ce qui se passait ici. Je souhaiterais pouvoir dire que je suis navrée, mais j'en suis incapable. Ellsbeth Whitefern n'a jamais été une mère pour moi. Ta mère était plus gentille.

Elle inspectait les lieux, prenant son temps. Enfin elle poussa un soupir longtemps retenu.

— Oh! Regardez-moi ça! Un vrai palais. Qui l'eût cru? Le cher Papa a fait la bêtise de restaurer une vieille baraque comme celle-ci alors qu'il aurait pu acheter deux maisons avec les sommes dépensées.

Toujours assise, j'essayai de reprendre contenance.

— Tu es revenue pour une raison précise ?

— Pourquoi me poses-tu cette question ? Tu n'es pas contente de me revoir ? (Souriante, elle penchait la tête, comme pour m'examiner plus à loisir, puis elle rit.) Non, ça n'a pas l'air ! Tu as toujours peur de moi, Audrina ! Peur que ton mari-enfant ne trouve en moi une vraie femme, deux fois plus attirante que son épouse pudique et craintive ? Avec qui je doute fort qu'il éprouve aucun plaisir ! Rien que de te regarder dans cette robe blanche, je vois que tu n'as pas changé. Nous sommes en novembre, ma petite fille. C'est l'hiver. La saison des couleurs vives, des fêtes, des festins et des vacances, et toi tu portes une robe blanche ! (Elle rit de plus belle.) Tu ne vas tout de même pas me dire que ton mari n'est pas aussi ton amant et que tu es toujours la pure petite chérie à son papa !

— C'est une robe de laine, Vera. Blanc d'hiver, c'est le nom de la couleur. C'est une robe de prix, et qu'Arden a choisie lui-même. Il aime que je porte du blanc.

— Bien sûr qu'il aime ça ! dit-elle. Il veut flatter ton désir de rester une petite fille. Pauvre Audrina, l'exquise et la chaste, la pure et virginale. Exquise Audrina, obéissante petite chérie qui ne peut jamais rien faire de mal.

— Qu'est-ce que tu viens faire ici, Vera ? demandai-je.

J'avais très froid tout d'un coup. Je percevais le danger, je sentais une menace. J'aurais voulu lui dire de sortir immédiatement.

Va-t-en, laisse-moi. Laisse-moi le temps de grandir et de découvrir la femme qui est en moi.

— Je suis revenue à la maison pour Thanksgiving, dit Vera calmement, d'une voix aux intonations capiteuses qu'elle avait probablement copiées sur quelqu'un qu'elle admirait. Et si tu es gentille, mais alors, *vraiment* gentille, comme on doit l'être les uns pour les autres dans une vraie famille, je resterai aussi pour Noël. Mais dis-moi, le sens de l'hospitalité n'a pas l'air de t'étouffer! Tu me laisses là debout dans l'entrée, avec mes bagages sur le perron! Où est Arden? Il pourrait peut-être rentrer mes valises.

— Mon mari travaille, Vera, rentre tes bagages toi-même. Papa ne va pas être tellement content de te voir. Je suppose que tu le sais.

— Oui, Audrina, dit-elle de sa voix doucereuse et détestable. Je le sais. Mais moi j'ai envie de le voir. Il me doit beaucoup — et j'ai l'intention d'entrer en possession de ce qui revient à ma mère et de ce qui me revient.

Un petit bruit précipité se fit entendre dans le corridor. Billie se propulsait vers nous dans son chariot rouge. Comme si elle venait de voir une souris, Vera eut un mouvement de recul et manqua de perdre l'équilibre. Elle leva sa main gantée pour étouffer un cri. Son autre main se tendait en avant comme pour se garder de toute atteinte. Elle se débattait pour reprendre contenance, tandis que la petite moitié de femme, deux fois plus âgée et trois fois plus belle qu'elle, la regardait calmement. Dignité admirable de Billie, pensai-je.

Vera me prit de court : elle eut un sourire éblouissant à l'adresse de ma belle-mère.

— Oh, mais naturellement! Comment ai-je pu oublier Billie Lowe? Comment allez-vous, madame?

Gaiement, Billie souhaita la bienvenue à Vera.

— Eh bien, salut à vous en ces lieux. Vous êtes Vera, n'est-ce pas? Vous êtes très belle! C'est gentil d'être venue pour les vacances. Vous arrivez juste à temps pour le déjeuner. Votre ancienne chambre est prête. Il ne reste qu'à faire le lit et vous vous sentirez tout à fait chez vous!

— Vous vivez ici? demanda Vera, surprise.

Au village on ne savait donc pas tout.

— Oui, renchérit Billie, tout heureuse. Je n'ai jamais vécu dans une maison aussi merveilleuse. Damian a été extraordinaire pour moi. Il m'a donné les chambres qui appartenaient à... (Elle marqua une hésitation, un peu gênée.) A votre mère. D'abord j'ai pensé que c'était mal de prendre cette « suite ». Audrina aurait pu en avoir envie, mais il n'a pas semblé que ce fût le cas. Damian a transporté lui-même mes affaires ici le jour où Arden et Audrina ont fait leur fugue.

Billie m'adressa un sourire affectueux.

— Viens, chérie, c'est l'heure du déjeuner. Sylvia est déjà à table. Il y a largement de quoi nourrir tout le monde.

— Audrina, viens. Aide-moi à rentrer mes bagages, dit Vera tournant brusquement les talons comme si les débordements d'amabilité de Billie la fatiguaient. Ne prends pas cet air ennuyé. Je ne reste que quelques semaines. Je ne vais pas te prendre ton mari.

— Pourquoi ? Tu en as un ?

Elle se tourna vers moi, avec sur les lèvres le sourire rusé de Papa.

— Tu voudrais bien, hein ? Mais non, figure-toi, je n'ai pas de mari. Ma vie avec Lamar Rensdale a été un ratage lamentable. Quand les choses ont mal tourné, il a choisi l'issue la plus facile. Un lâche. Sorti de sa province, plus aucun talent ! Et toi, joues-tu toujours du piano ?

Non, je ne travaillais plus mon piano. Il y avait trop à faire à la maison. Mais, en aidant Vera à rentrer ses valises je me promis de découvrir un nouveau professeur de musique dès que j'aurais du temps et de reprendre.

— Vera, dis-m'en davantage. Lamar Rensdale était très gentil avec moi, et sa mort m'a navrée.

— Plus tard, dit Vera. Après déjeuner, nous aurons une merveilleuse conversation en attendant que Papa rentre et qu'il ait la surprise de me voir.

Dans le couloir nous croisâmes Sylvia dans le petit chariot de Billie, se propulsant avec une certaine habileté.

— Sylvia, rapporte le chariot de Billie à la cuisine.

C'est défendu de le prendre, même si elle ne s'en sert pas. Elle peut en avoir besoin à chaque instant.

Je la fis descendre. Sylvia s'entêtait et devenait haineuse quand on lui enlevait le chariot : elle l'aurait voulu pour elle seule.

— Bon Dieu, s'exclama Vera, regardant Sylvia comme une bête curieuse, pourquoi gâcher ta salive avec une débile ? Pousse-la et que ce soit fini !

— Sylvia n'est pas aussi débile que Papa veut le faire croire, dis-je d'un ton léger. Petit à petit elle apprend à parler.

Vera se tourna vers Sylvia, avec un air de dégoût.

— Dieu du Ciel, cette maison est pleine de monstres. Une femme-tronc et une débile balbutiante.

— Tant que tu seras dans cette maison, je t'interdis de prononcer les mots de débile et de monstre. Et tu traiteras Billie avec le respect qui lui est dû ou Papa te fichera dehors à coups de pied. Et si ce n'est pas lui qui s'en charge, ce sera moi.

Ebahie par ma réaction, Vera esquissa un sourire, puis entra vivement dans sa chambre où elle s'enferma.

Pendant le déjeuner, je restai silencieuse, pendant que Billie faisait de son mieux pour mettre Vera à l'aise. Celle-ci venait de passer une jolie robe de tricot beige. Son teint n'était plus cireux, comme par le passé. Son maquillage était délicat, ses cheveux coiffés à la perfection. Moi, j'étais toujours ébouriffée par le vent. Je portais les ongles coupés court, à cause des travaux du ménage. En me comparant à Vera, je me sentais un laideron.

— Je suis si désolée pour votre mère, Vera, dit Billie. J'espère que vous n'êtes pas fâchée qu'Audrina m'ait tout raconté. Audrina est comme ma propre fille.

Reconnaissante, je lui souris, heureuse qu'elle ne m'oublie pas complètement. Je savais que Billie admirait tout ce que Vera représentait. De jolis vêtements, de longs ongles impeccablement vernis, et ce genre de bijoux qu'elle portait. C'est à ce moment que je me rendis compte qu'il s'agissait des bijoux de ma mère et de ma tante. Les bijoux volés. Elle eut d'ailleurs soin de les ôter avant le retour de Papa.

Nous étions dans le grand salon. Le soleil venait de disparaître à l'horizon, laissant dans le ciel une traînée de nuages de feu, lorsque Papa ouvrit brusquement la porte et entra en trombe, Arden sur ses talons.

Papa parlait :

— Bon sang, Arden, comment pouvez-vous oublier alors que vous prenez des notes ? Est-ce que vous vous rendez compte que vos erreurs vont nous faire perdre plusieurs gros clients ? Il faut faire la liste des valeurs pour chaque client et les appeler au téléphone quand des changements spectaculaires interviennent, ou mieux encore, *avant* qu'ils n'interviennent. Anticipez, mon garçon, anticipez !

A cet instant, Papa aperçut Vera. Il s'interrompit et la dévisagea haineusement.

— Que fais-tu ici ?

Billie tiqua. Arden jeta à Vera un regard gêné, puis m'embrassa sur la joue avant de s'installer à côté de moi sur le sofa, son bras autour de mes épaules.

— Ça va ? chuchota-t-il. Tu es toute pâle !

Sans répondre, je me blottis contre lui. Vera se leva. Même avec ses hauts talons, elle avait toujours vingt centimètres de moins que Papa ; elle n'en arrivait pas moins à paraître redoutable. Dans un coin du salon, Sylvia était accroupie, balançant la tête, comme pour démentir délibérément tous mes espoirs.

— Il fallait que je revienne, Papa, pour aller sur la tombe de ma mère, dit Vera d'une petite voix. Un ami m'a téléphoné et m'a dit qu'elle était morte. J'ai pleuré toute la nuit. J'aurais vraiment voulu venir pour l'enterrement, mais je n'ai pu me libérer. Je suis infirmière diplômée d'Etat maintenant.

Elle sourit en penchant la tête d'une manière charmante, les jambes un peu écartées, les poings sur les hanches. Mais, soudain, elle parut moins gentille, son visage exprima le défi.

Papa lui lança un regard furibond :

— Quand repars-tu ?

— Bientôt, dit Vera baissant les yeux, avec un air de sainte-nitouche. Comprends-le : je devais à ma mère de venir aussitôt que possible.

— Je ne veux pas de toi ici ! l'interrompit Papa d'un ton sec. Je suis parfaitement au courant de ce qui s'est passé avant ton départ.

Oh, mon Dieu ! Vera jeta à Arden un étrange regard. Immédiatement je me libérai de l'étreinte d'Arden et glissai jusqu'à l'autre extrémité du divan. Du calme ! me dis-je. Vera essaye délibérément de compromettre Arden pour détruire mon mariage. Mais Arden avait l'air coupable. Je me sentis inquiète. Il avait toujours prétendu que j'étais la seule ! Vera disait donc vrai quand elle racontait avoir couché avec lui !

— Papa, implora Vera de sa voix de gorge, j'ai commis des erreurs. Pardonne-moi de ne pas toujours avoir été ce que j'aurais dû être. J'ai toujours souhaité ton approbation et me conduire selon tes vœux, mais personne ne m'a jamais mise en garde. J'ignorais ce que cherchait Mr Rensdale quand il m'embrassait. Il m'a séduite, Papa ! (Elle sanglota comme si elle avait honte.) Je suis revenue pour honorer la tombe de ma mère, pour passer Thanksgiving avec la seule famille que j'aie, et renouer avec vous tous. Et aussi pour recueillir les objets de valeur que ma mère m'a laissés.

Papa grommela :

— Je ne vois pas ce que ta mère a pu encore te laisser, étant donné que tu es partie en emportant tous ses bijoux ainsi d'ailleurs que ceux que ma femme avait légués à Audrina. Thanksgiving est dans une semaine. Tu iras sur la tombe de ta mère aujourd'hui et tu repartiras dès demain matin.

— Damian, dit Billie sur un ton de réprimande. En voilà une façon de parler à votre propre nièce !

— C'est, en effet, exactement la façon que j'ai de lui parler, rétorqua Papa, tournant les talons et se dirigeant vers le grand escalier. Et ne t'avise plus de m'appeler « Papa », Vera. (Il se tourna vers Billie.) C'est notre soirée en ville, l'avez-vous oublié ? Dîner au restaurant et puis cinéma ! Pourquoi n'êtes-vous pas habillée et prête à partir ?

— Nous n'allons pas sortir le soir de l'arrivée de votre nièce, dit Billie avec calme. Elle vous considère comme son père, Damian, sans se soucier de votre parenté réelle. Nous pouvons dîner dehors et aller au cinéma un autre soir. Damian, je vous en prie, ne me mettez pas de nouveau dans une situation embarrassante. Vous avez été si gentil, si généreux — je serais si déçue si vous...

Elle s'interrompit, les larmes aux yeux. La détresse de Billie toucha Papa.

— Très bien, dit-il, se tournant vers Vera. Que je te voie le moins possible, et le lendemain de Thanksgiving tu t'en vas. C'est compris ?

Vera acquiesça, soumise. Baissant la tête elle s'assit jambes jointes et croisa les mains dans son giron. Une jeune femme si bien élevée !

— Tout ce que tu voudras, Papa — euh, oncle Damian.

Je tournai la tête juste à temps pour voir Arden la contempler, apitoyé. Mes yeux allaient de l'un à l'autre, percevant que l'entreprise de séduction était déjà commencée.

En un rien de temps Vera et Billie furent très liées.

— Chère et merveilleuse Billie, vous vous chargez de cette maison à vous seule, alors que mon père aurait parfaitement les moyens de payer une bonne et une gouvernante. Je vous admire, Billie Lowe.

— Audrina m'aide beaucoup, dit Billie. Vous pouvez lui faire ce crédit, aussi.

J'étais dans le cabinet de toilette qui donnait dans le couloir de la cuisine, tentant péniblement de démêler la tignasse embrouillée de Sylvia. Je suspendis mon geste, essayant d'entendre ce que Vera avait encore à dire à Billie. Mais ce fut Billie qui reprit la parole.

— Maintenant, si vous voulez faire votre part de travail et passer l'aspirateur dans les deux grands salons, je vous en serais réellement reconnaissante. Mais, je vous en prie, utilisez les accessoires pour les abat-jour, les meubles et les rideaux. Cela soulagerait Audrina. Elle a vraiment beaucoup de travail avec Sylvia. Elle essaye de lui apprendre à parler et fait de la rééducation motrice avec elle. Et elle obtient des résultats !

— Vous voulez rire ! (Il y avait de la surprise dans la voix de Vera, comme si elle avait espéré que Sylvia ne parlerait jamais.) Cette enfant est incapable de parler. Je me trompe ?

— Elle peut dire quelques mots faciles ; rien n'est très clair, mais elle est intelligible si on écoute attentivement.

Tenant Sylvia par la main je suivis Vera. Elle entra dans le salon néo-Renaissance et se mit à manier l'aspirateur sans grand enthousiasme. Billie était vraiment unique ! Elle l'avait mise au travail sans lui demander son avis comme si cela coulait de source ! Refuser aurait gâché le personnage que Vera avait décidé de jouer. Du moins pensais-je que c'était un personnage. Vera poussait et tirait mais ne quittait pas des yeux les bibelots et les objets de valeur. Laissant l'appareil en marche dans un coin, elle sortit un bloc-notes d'un tiroir et se mit à écrire.

Je me glissai sans bruit derrière elle pour lire par-dessus son épaule.

1. *Aspirateur, poussière, utiliser de la cire pour meubles. (Miroir immense, feuille d'or, vaut une fortune.)*
2. *Ramasser les journaux, mettre les magazines en*

piles bien nettes. (Lampes Tiffany, Venise, cuivres, sans prix.)

3. Faire les lits avant de descendre. (Objets anciens authentiques partout maintenant, peintures à l'huile, originaux.)

4. Aider pour le linge. Ne pas utiliser d'eau de javel pour les serviettes. (Tapis oriental et chinois, bric-à-brac de porcelaines et de verre filé, oiseaux surtout.)

5. Courir tôt pour le courrier. (Chèques dans le coffre du bureau. Jamais vu autant de chèques arriver par la poste.)

— Quelle intéressante façon d'établir ta liste de choses à faire, lui dis-je quand, ayant perçu ma présence, elle se retourna vivement. Non contente de guigner les objets de valeur, tu veux te ruer de bon matin pour prendre le courrier! Est-ce que tu mijotes de nous dépouiller?

— Petite fouineuse! dit-elle d'une voix hargneuse. Comment oses-tu m'épier et lire par-dessus mon épaule?

— Quand le chat est trop silencieux, on va toujours voir ce qu'il fricote! Est-il si nécessaire de faire une liste des corvées ménagères ordinaires? Elles ne te viennent donc pas naturellement à l'esprit? Quant au reste, la plupart de ces objets étaient déjà là dans le passé. Puisqu'ils ne t'impressionnaient pas dans le temps, pourquoi y porter un si vif intérêt maintenant?

Un instant, je crus qu'elle allait me frapper. Puis elle s'affaissa lourdement dans un fauteuil.

— Oh! Audrina, ne me cherche pas de crosses. Si tu savais comme c'est affreux de vivre avec un homme qui ne veut pas de vous. Lamar me détestait de l'avoir forcé à m'emmener avec lui. Quand nous sommes arrivés à New York nous avons emménagé dans une pension et il allait enseigner à Julliard. Il me jetait sans cesse ton nom à la figure, il aurait voulu que je sois comme toi, alors, disait-il, peut-être m'aurait-il aimée!

L'idiot ! Qui pourrait trouver du plaisir avec une femme comme toi ? (Elle me lança un étrange regard et permit aux larmes de couler lentement de ses yeux.) Excuse-moi. Tu es très belle à ta façon. (Elle renifla en pleurnichant et poursuivit :) Pendant que Lamar enseignait, j'ai commencé une formation d'infirmière. La paie n'aurait pas été suffisante pour nourrir une perruche. J'utilisais le peu de temps libre que j'avais à poser comme modèle dans un atelier de peinture. Il aurait pu faire la même chose à temps perdu, mais il était trop pudique pour cela. J'ai toujours été satisfaite de mon corps. Lamar, lui, était trop chaste et trop fier pour accepter ce travail. Il se mit à me détester encore davantage à l'idée que je me montrais à des classes entières. Lorsque je rentrais de mes séances de pose, je le trouvais ivre mort. Il s'était mis à boire et fut bientôt sans travail, car il avait perdu toute virtuosité. Nous fûmes obligés de déménager dans un quartier de taudis où il enseignait la musique à de pauvres mômes qui n'avaient jamais d'argent pour le payer. Alors, je suis partie. J'en avais marre. Le jour où j'ai eu mon diplôme d'infirmière d'Etat, j'ai acheté un journal et j'ai lu que Lamar s'était noyé dans l'Hudson. (Elle soupira et regarda dans le vague.) Encore un enterrement que je devais rater. Je travaillais le jour où on l'a enterré. J'ai été heureuse que ses parents viennent réclamer son corps, sinon il aurait fini à la morgue de l'hôpital.

Elle fit une grimace et baissa les yeux. Un lourd silence emplissait la pièce.

J'inclinai la tête, écrasée de chagrin. Cet homme avait voulu m'aider et il était tombé en toute innocence dans le piège que Vera lui avait tendu.

— Je suppose que tu imagines que je l'ai poussé à se tuer, n'est-ce pas ?

— Je ne sais que penser.

— Pas étonnant ! s'écria-t-elle avec mépris, se relevant brusquement et commençant à arpenter la pièce. Tu te l'es coulée douce ici, à te faire chouchouter. Tu n'as jamais eu à affronter les réalités de l'existence, la laideur du monde et les choses qu'il faut faire pour survivre. Moi, j'ai fait tout cela, j'ai avalé toutes les couleuvres. Je reviens dans l'espoir d'être bien accueillie et tu me rejettes.

Elle sanglotait, les larmes coulaient le long de ses joues, elle se laissa aller sur le sofa.

Incrédule, je la regardais pleurer. Billie, qui devait avoir entendu, entra dans la pièce. En un éclair, elle fut sur le sofa à côté de Vera, essayant de la réconforter.

Instantanément, Vera se bloqua. Un hurlement bref, hystérique, s'échappa de ses lèvres.

— Excusez-moi ! Je déteste qu'on me touche !

— Je comprends.

Billie s'éloigna en hâte.

— Tu l'as blessée, Vera. Tu avais promis que tant que tu serais ici, tu ne dirais ni ne ferais rien qui fasse souffrir Billie.

Vera dit qu'elle était navrée. Jamais plus elle ne rembarrerait Billie. C'était vrai, elle n'était pas habituée à être touchée par une infirme. Je regardai avec insistance sa semelle compensée. Vera blêmit. J'y pris un plaisir pervers.

— On ne remarque plus ma boiterie maintenant, n'est-ce pas ?

— Nous avons tous nos petites particularités à oublier, Vera !

Arden ne ratait pas une occasion chaque fois que nous étions seuls (et nous l'étions rarement avant de nous mettre au lit) de me vanter les mérites de Vera qui nous déchargeait, Billie et moi, de tant de corvées.

— Nous devrions nous féliciter de son retour.

Je me retournai contre le mur et fermai les yeux. Lui tourner le dos était ma façon de lui dire de me laisser tranquille. N'empêche, il m'attira contre lui. Nos souffles étaient à l'unisson tandis que ses mains exploraient les courbes de mon corps comme s'il eût voulu les redécouvrir sans cesse.

— Ne sois pas jalouse de Vera, chérie, chuchota-t-il, changeant de position pour pouvoir frotter sa joue contre la mienne. C'est toi que j'aime, rien que toi.

Et une fois de plus, il fallut lui permettre de me le prouver.

Thanksgiving passa, et Vera était toujours là. Pour quelque obscure raison, Papa cessa de lui dire de partir. Je me dis qu'il se rendait probablement compte de l'aide qu'elle apportait à Billie, pendant que j'apprenais à Sylvia à parler, marcher, à s'habiller. Lentement, lentement, Sylvia émergeait de son cocon. A chacune des choses pratiques qu'elle apprenait à effectuer, ses yeux avaient un autre regard. En lui apprenant à maîtriser son corps, en lui enseignant les gestes de la vie, j'avais l'impression de me retrouver moi-même.

Dans la chambre de jeux de Première Audrina, Sylvia semblait plus réceptive. Nous nous balancions ensemble, je lui lisais les *Contes de la Mère l'Oye*, et des livres très simples pour tout jeunes enfants. Avec les poupées et les animaux en peluche pour convives, nous nous asseyions quelquefois à la petite table à thé et prenions notre déjeuner; ce fut là que, pour la première fois, Sylvia saisit une petite cuillère et remua le sucre dans la tasse miniature.

— Bientôt, un jour, Sylvia va prendre son couteau et sa fourchette et elle coupera sa viande.

— Coupera sa viande, répétait-elle, essayant de prendre la fourchette et le couteau et de les tenir comme je le lui avais indiqué.

— Qui c'est, Sylvia ?

— Qui... qui c'est...

— Dis-moi comment tu t'appelles. C'est ça que je veux entendre.

— Dis-moi comment tu t'appelles...

— Non. Comment tu t'appelles, toi ?

— Non... comment tu t'appelles...

— Sylvia, c'est assez pour aujourd'hui. Mais essaye de penser à ce qui est derrière ce que je te dis. Tout le monde, toutes les choses doivent avoir un nom, sans quoi nous ne saurions pas comment nous appeler l'un l'autre, ou comment distinguer une chaise d'une lampe. Moi, par exemple, mon nom est Audrina.

— Ma nom... est... Au... dri... na.

— Mon nom est Audrina, mais *ton* nom est Sylvia.

— Oui, ma... nom...

Je pris le miroir à main de Première Audrina sur la petite coiffeuse, et je le tins devant Sylvia :

— Regarde, dans la glace-là, c'est Sylvia. (Puis je tins le miroir de façon à ce que mon visage s'y reflète, et à nouveau je la fis regarder.) Là c'est Audrina, dans la glace. (En même temps je pointais le doigt vers moi :) Audrina. (J'orientai de nouveau le miroir de façon à ce qu'elle puisse voir son propre visage.) Ça, c'est Sylvia. Tu es Sylvia.

Une petite lumière palpitante s'alluma dans ses yeux couleur d'aigue-marine. Ils s'agrandirent et se dirigèrent vers le miroir. Elle le saisit et regarda son reflet, de très près.

Syl... vi... a. Syl... vi... a.

Sans relâche, elle répéta son nom, riant, sautant sur ses pieds et dansant maladroitement autour de la pièce. Serrant le miroir fort, fort contre sa poitrine, elle jubilait littéralement. Finalement, après plusieurs essais infructueux, elle dit clairement :

— Mon nom est Sylvia.

Je courus l'embrasser, et allai prendre les biscuits que j'avais cachés dans un tiroir pour elle.

Quand je revins vers elle, je vis que tout bonheur l'avait fuie. Elle était figée. Elle avait la bouche ouverte et la bave coulait. Vera se tenait sur le seuil.

Elle affichait une expression angélique, empreinte de piété. Des agneaux pour l'abattoir, pensai-je.

— Va-t'en, Vera, ordonnai-je froidement. Je t'ai dit

cent fois de nous laisser tranquilles quand nous sommes ici. Nous travaillons.

— Idiote! aboya-t-elle, entrant d'un pas décidé dans la pièce et s'asseyant dans le fauteuil. Qu'est-ce que tu veux apprendre à une débile profonde? Tout ce qu'elle est capable de faire, c'est de répéter ce que tu dis comme un perroquet. Va aider Billie à la cuisine. J'en ai sacrément marre de préparer les repas et de faire le ménage! Seigneur Dieu, personne ne fait donc rien d'autre dans cette maison que manger, dormir et travailler? Quand vous amusez-vous?

— Quand le travail est fini, Vera, répondis-je avec colère. (Je saisis la main de Sylvia et me dirigeai vers la porte.) Balance-toi dans le fauteuil, Vera. Je suis sûre que rien de ce qu'il m'a fait connaître ne t'effrayera. Toi, tu as tout connu! Les couleuvres, tu les as toutes avalées...

Hurlant comme un démon, ma petite sœur se précipita sur Vera. Elle fonça sur elle, griffant, donnant des coups de pied, et comme Vera essayait de se débarrasser d'elle, Sylvia lui planta ses dents en plein dans le bras. Violemment, Vera plaqua Sylvia au plancher.

— Espèce de petite cinglée! Sors d'ici. La chambre est autant à moi qu'à toi!

Je me précipitai à la rescousse de Sylvia, voyant Vera prête à lui donner un coup de pied au visage. Mais Sylvia avait déjà roulé sur le côté, hors d'atteinte. Son pied accrocha la cheville de Vera qui perdit l'équilibre et tomba. Puis vinrent les hurlements de douleur.

A voir la position grotesque de Vera je savais déjà qu'elle s'était cassé la jambe gauche. Il ne nous manquait plus que cela! Une éclopée!

J'arpentais le grand salon, rongeant mon frein, furieuse.

Papa et Arden ramenèrent Vera du Service des Urgences où on l'avait plâtrée. Ses yeux noirs me

291

défiaient : elle avait passé un bras autour du cou d'Arden. De l'autre, elle s'accrochait à Papa.

— Audrina, dit Arden, cours chercher des oreillers pour caler le dos de Vera. Il lui en faudra d'autres pour surélever sa jambe. Elle va garder ce plâtre sept à huit semaines.

Lentement, je rassemblai plusieurs coussins et les installai derrière Vera. Arden souleva doucement la jambe plâtrée et plaça quatre coussins dessous.

— Comment Vera est-elle tombée ? demanda Billie ce soir-là, alors que je l'aidais à préparer le dîner.

— C'est un accident. J'ai entendu Vera vous raconter que Sylvia lui avait délibérément fait un croche-pied, mais j'étais là : c'est arrivé par hasard.

— Ce n'était pas du tout un accident, hurla Vera de l'autre pièce. Cette morveuse l'a fait exprès.

— Audrina, j'espère que ce n'est pas vrai.

Billie jeta à Sylvia un regard gêné. Une fois de plus, Sylvia était dans le chariot rouge, roulant sur le parquet ciré.

— Vous savez, Billie, Arden et vous avez l'air de trouver très difficile de me croire quand je parle de Vera. Je ne veux pas être exagérément critique, mais il a fallu que Vera arrive juste au moment où Sylvia faisait un vrai progrès. J'avais nettement vu un éclair de compréhension passer dans son regard.

C'est alors que j'entendis Sylvia chanter dans le petit chariot rouge :

— *Juste une chambre aux jouets... à l'abri dans ma maison... juste une chambre aux jouets...*

Je manquai laisser tomber la louche que je tenais en main. Qui avait appris à Sylvia à chanter cette chanson ?

— Tout va bien, chérie ? demanda Billie.

— Très bien, répondis-je, décontenancée. Mais je ne me souviens pas avoir appris à chanter à Sylvia. L'avez-vous entendue, Billie ?

— Non, chérie. Je pensais que c'était la voix de Vera.

292

Elle chante beaucoup cette chanson. Elle la chante comme une enfant qui voudrait se donner du courage. Cela fait peine à entendre.

Silencieusement, je versai le potage dans la soupière, puis portai le plateau dans la salle à manger. En revenant, je sortis Sylvia du chariot et la secouai :

— Combien de fois ne t'ai-je pas dit de laisser ce chariot tranquille ? Il n'est pas à toi. Va prendre le tricycle que Papa t'a donné. Il est rouge et il est très joli.

Faisant la lippe, Sylvia s'écarta de moi. Je poussai le chariot du pied jusque dans la cuisine.

Ce soir-là, Papa et Arden portèrent la méridienne mauve, où Vera était étendue, dans la salle à manger. Elle mangea avec nous, telle une Cléopâtre aux cheveux roux.

Je détestais la voir sur la méridienne mauve de Maman, mais c'est là qu'elle resta jour après jour, à lire ses sempiternels petits romans. Désormais Sylvia se repliait sur elle-même. Elle refusait d'aller dans la chambre aux jouets et d'apprendre quoi que ce soit. Billie passait son temps à la cuisine. Je faisais le ménage, m'occupais du linge. Quand il rentrait du travail, Arden m'aidait comme il pouvait. Papa était toujours trop fatigué, sauf pour parler ou regarder la télévision.

Un après-midi de février, je conduisis Sylvia dans la chambre aux jouets dans l'intention de reprendre les leçons.

— Je suis désolée de t'avoir un peu négligée, Sylvia. Si Vera ne s'était pas cassé la jambe, je te parie que tu saurais lire, maintenant. Je voudrais reprendre là où nous en sommes restées.

Nous avions atteint la porte de la chambre. Quelle ne fut pas ma surprise, et celle de Sylvia, de trouver Billie, assise dans le fauteuil à bascule. Elle rougit.

— C'est stupide, je sais, mais s'il y a vraiment quelque chose de magique dans ce fauteuil, j'en veux ma petite part, moi aussi. (Elle dit cela d'un ton puéril, puis elle eut un petit rire nerveux.) Ne ris pas. J'ai fait un rêve, un rêve merveilleux qui occupe désormais mes pensées. J'espère que le fauteuil aidera à réaliser ce rêve. (Elle sourit timidement :) J'ai posé la question à ton père et il a dit que tout était possible lorsqu'on y croyait, aussi je suis ici... pour y croire. (Elle tendit les bras vers Sylvia.) Sois ma petite fille aujourd'hui et dis-moi comment tu t'appelles.

— Non ! pleurnicha Sylvia, assez fort pour alerter Vera qui passait, s'aidant de ses béquilles.

— Méchante ! glapit Sylvia en désignant Vera, méchante !

Mon mari rentrait rarement à la maison avant neuf ou dix heures du soir. Il avait des rapports à rédiger, des informations techniques à lire, il voulait être « dans le coup ».

— Et il y a tant de choses qui m'empêchent de travailler à la maison, disait-il, évasif. Maintenant, ne va pas t'en prendre à Damian ! Ce n'est pas sa faute, mais la mienne ! La vérité c'est que je « n'accroche » pas comme je le devrais.

Le soir suivant, Arden revint à la maison avec un énorme dossier d'articles à dépouiller. Rapports financiers, « lettres » de conseils, tableaux techniques, listes de valeurs refuges à examiner. A deux heures du matin, il était toujours attablé au petit bureau de notre chambre, prenant des notes, les yeux fatigués, le visage tiré.

— Arden, viens te coucher !

— Je ne peux pas, chérie. (Quelle que fût sa lassitude, il ne s'impatientait jamais ni avec moi, ni avec Papa.) Aujourd'hui ton père s'est absenté et j'ai dû le remplacer. Maintenant je dois faire mon propre travail ! (Il s'étira, puis se dirigea vers la douche :) L'eau froide va me réveiller.

Un moment plus tard, il revint en robe de chambre.

— Ecoute. Je voulais te raconter, dit-il d'une voix troublée. Je remplaçais donc Damian, aujourd'hui et je savais très bien qu'il s'attendait à ce que je fasse toutes les bourdes possibles pour qu'il puisse crier et m'humilier une fois de plus devant tout le monde. La journée était plutôt calme. Assis à son bureau, j'attendais les appels téléphoniques; cherchant certains documents, je m'aperçus que les tiroirs étaient très peu profonds. Je n'arrivais pas à comprendre comment un bureau aussi grand pouvait avoir des tiroirs aussi petits. En bricolant un peu, j'ai découvert plusieurs compartiments secrets derrière les tiroirs.

S'étant débarrassé de sa robe de chambre, il se tenait là, nu, comme s'il voulait que je le regarde, chose que je n'avais jamais pu faire sans frissonner ou rougir. Bien qu'il ne m'ait rien dit qui ait la moindre connotation sexuelle et ne m'ait pas donné lieu de croire qu'il réclamait de moi autre chose qu'une écoute, je percevais une sorte d'attente.

— Audrina, je ne suis pas spécialement calé en comptabilité, mais quand je trouve un registre dans un compartiment secret, je ne peux pas résister à l'envie de le feuilleter et de me livrer à quelques calculs rapides. Ton père « emprunte » de l'argent aux comptes dormants, il l'utilise pour investir pour son propre compte et plus tard, quand il a fait un joli profit, il remet l'argent. Les clients ne s'aperçoivent de rien. Il fait cela depuis des années et des années.

Je le regardai, déconcertée.

— Ce n'est pas tout, poursuivit-il. L'autre jour, je l'ai entendu dire à l'une de ses plus riches clientes que les certificats d'actions qu'elle avait trouvés dans son grenier n'avaient aucune valeur et qu'elle pouvait les faire encadrer. Elle lui a envoyé les certificats à encadrer pour les mettre dans son bureau — un petit cadeau, disait-elle. Audrina, c'étaient des actions de l'*Union Pacific* qui n'ont cessé de s'envoler ! Elle lui avait tout simplement fait un « petit cadeau » de centaines de millions de dollars. Bien entendu, la dame a quatre-vingt-deux ans!...

Il bâilla et se frotta les yeux et, de nouveau, il parut très jeune et très vulnérable. Je ne sais pourquoi, je fus touchée.

— Tu sais, continua Arden, pendant longtemps, je me suis demandé pourquoi il collectionnait les vieux certificats d'actions. Maintenant, je sais. Il les vend sur la côte Ouest. Pas étonnant qu'il ait fait fortune!

— J'aurais dû me douter qu'il commettait des malhonnêtetés. Soudain, il y a eu une masse énorme d'argent disponible à la maison alors que par le passé nous n'avions pas les moyens de manger de la viande chaque jour. Oh, que j'ai été idiote de ne pas avoir deviné!

Je le regardai anxieuse.

Quelque chose de doux, d'enfantin, de nostalgique passa devant ses yeux, comme du vif-argent. Il m'implorait de venir à lui. Et cette fois je me sentis émue dans mon propre corps, je réagis à son appel. Effrayée par cet éveil inattendu de mes sens, je tournai les talons. Je n'allais pas le laisser me détourner de ce que j'avais à faire. Il fallait que je voie Papa et que je lui parle.

— Arden, tu n'as rien dit à Papa de ce que tu as découvert?

— Non. En outre, quand j'ai vérifié les compartiments secrets de son bureau, plus tard, après qu'il était revenu et reparti, ils étaient vides. (Il regarda par la fenêtre, les lèvres serrées.) Je suppose que Damian pense à tout et qu'il a je ne sais quel moyen de s'apercevoir qu'on a farfouillé dans son bureau.

— Couche-toi. Je vais voir Papa.

— Je préférerais que tu n'y ailles pas. Il se demandera comment tu sais.

— Je ne lui dirai rien qui puisse lui laisser deviner qui me l'a dit.

Je m'attendais à ce qu'il proteste, mais il se dirigea

vers le lit. Je me penchai et l'embrassai en lui souhaitant bonne nuit.

— Audrina, murmura-t-il, tu m'aimes vraiment ? Quelquefois, la nuit, je me réveille et me demande pourquoi tu m'as épousé. J'espère que ce n'était pas seulement pour échapper à ton père...

— Oui, je t'aime, dis-je sans hésitation. Il se peut que ce ne soit pas tout à fait l'amour que tu souhaites... mais peut-être un jour, bientôt, tu seras surpris.

— Espérons-le, marmonna-t-il avant de sombrer dans le sommeil, épuisé.

Si seulement j'étais restée au lit cette nuit-là et avais donné à Arden ce dont il avait besoin. Si seulement je n'avais pas pensé, comme toujours, que je pouvais arranger les choses.

A trois heures du matin, je pensais que Papa devait dormir. A coup sûr, je ne m'attendais pas à voir le fin rai de lumière jaune sous la porte de sa chambre à coucher, pas plus que je ne m'attendais à entendre son rire et le gloussement étouffé d'une femme. Je m'arrêtai net, ne sachant que penser ni que faire. Etait-il indélicat au point d'amener à la maison une de ses « copines », comme Maman les appelait sarcastiquement ?

— Maintenant, cesse, Damian, dit une voix que je ne pus m'empêcher de reconnaître. Il faut que je m'en aille. Nous ne pouvons risquer de laisser les enfants nous surprendre.

Pas une seconde je ne pensai aux conséquences de mon acte impulsif ! J'ouvris brusquement la porte et pénétrai dans la chambre faiblement éclairée. Papa l'avait refaite depuis la mort de Maman. Le papier rouge aux murs et les miroirs aux cadres dorés donnaient aux lieux l'allure d'un somptueux bordel du dix-huitième siècle.

Ils étaient au lit tous les deux; la femme-tronc et mon père se livraient à des jeux intimes. Billie sursauta et rejeta vivement sa main sur l'oreiller. Papa remonta rapidement les couvertures. J'en avais vu assez.

Il y avait en moi une rage si noire que j'avais envie de crier tout ce que j'avais sur le cœur. Je pus seulement hurler :

— Sale pute. (Puis à lui je jetai :) Salaud de fils de pute ! (Je m'en pris de nouveau à Billie :) Je ne veux plus jamais te revoir ! Arden et moi nous partons, et nous emmenons Sylvia avec nous.

Billie commença à pleurer. Papa se coula discrètement hors du lit et enfila une robe de chambre de satin rouge.

— Stupide petite fille, dit-il tranquillement, aussi longtemps que Billie voudra rester, elle restera.

Blessée, sentant que Billie nous avait trahis, Arden et moi, je tournai les talons et rejoignis ma chambre en courant.

Arden s'était relevé et s'était remis au travail. Mais pas pour longtemps. Il s'était écroulé, profondément endormi sur ses articles. La compassion que je sentis monter en moi effaça ma colère. Je le réveillai et l'aidai à enlever sa robe de chambre. Puis, le bras autour de sa taille, je le conduisis vers le lit, je me lovai dans ses bras. Il s'endormit.

Toute la nuit, je rongeai mon frein avant d'arriver à une conclusion. Ce n'était pas la faute de Billie — c'était celle de Papa. Il l'avait séduite avec ses cadeaux, son charme et ses airs avantageux; il avait voulu se donner à lui-même le frisson pervers d'avoir des rapports sexuels avec une infirmière. Je ne pouvais chasser Billie. C'est Papa qui devait partir pour que nous puissions tous accéder à une vie décente, propre.

Et maintenant j'avais l'arme absolue pour le forcer à partir. J'allais le menacer de le dénoncer pour escroquerie et détournement de fonds. Même s'il avait caché les registres qui pouvaient le confondre, j'avais toutes les informations dont j'avais besoin sur l'officine illégale qui publiait sa feuille de « conseils » — et cela seul serait une menace suffisante.

Pourtant il était dit que cela ne se passerait pas comme je l'avais prévu.

Billie vint à moi tôt le lendemain, peu après que Papa et Arden furent partis. Ses yeux étaient gonflés et sa figure semblait très pâle. Je lui tournai le dos pour me brosser les cheveux.

— Audrina... je t'en prie. J'aurais voulu disparaître dans un trou de souris, la nuit dernière, quand tu es entrée en trombe dans sa chambre. Je sais ce que tu penses, mais ce n'était pas cela, vraiment, ce n'était pas cela.

Méchamment, je continuais à me brosser les cheveux.

— Ecoute-moi, je t'en prie. J'aime Damian, Audrina. C'est le genre d'homme que j'ai toujours cherché et voulu pour compagnon !

Je me retournai vers elle pour cracher ma colère mais à la vue de ses larmes je m'arrêtai net. Les paillettes dans ses yeux me troublaient comme l'excès de couleurs l'avait toujours fait. Elle avait la manie de porter des vêtements de couleurs vives : rouge cramoisi, écarlate, rouge magenta, bleu électrique, vert émeraude, violet et jaune éclatants. Eclairs de couleurs... toujours ces couleurs et les harpes éoliennes dans ma tête quand la confusion s'emparait de moi. Je mis mes mains sur mes oreilles et fermai les yeux. Je me retournai, refusant de lui accorder le moindre regard, me fermant à toute compassion.

— Tourne-moi le dos, bouche-toi les oreilles, il n'en est pas moins vrai que je crois qu'il m'aime. Peut-être imagines-tu que parce que je suis une infirme il ne peut pas m'aimer. Pourtant, je pense qu'il m'aime, et même si ce n'est pas vrai, je lui serai tout de même reconnaissante d'avoir connu pendant quelque temps un vrai homme ! Comparés à lui, mes trois maris étaient des petits garçons. Damian, lui, ne m'aurait jamais abandonnée, je le sais.

Il fallait que je la regarde maintenant, pour voir si elle croyait vraiment ce qu'elle affirmait. Ses beaux yeux imploraient, tandis qu'elle tendait les mains vers moi. Je reculai.

Elle s'approcha, sur sa haute selle, plus près de moi.

— Ecoute ce que je dis. Mets-toi à ma place et peut-être arriveras-tu à comprendre pourquoi je l'aime. Le père d'Arden nous a plaqués le jour où j'ai perdu ma seconde jambe. C'était un homme faible qui attendait de moi que je l'entretienne. Quand je n'ai plus pu, il a cherché une autre femme. Il n'écrit jamais. Il a cessé d'envoyer la pension alimentaire pour son fils bien avant qu'Arden soit majeur. Je faisais ce que je pouvais pour gagner un peu d'argent, et tu sais bien qu'Arden a travaillé comme un homme depuis l'âge de douze ans, et même avant.

Non ! avais-je envie de crier ! Ce que vous faites avec lui est laid, impardonnable et vous n'auriez jamais dû !

— Ton père, Audrina, est la sorte d'homme qui ne peut vivre sans une femme dans sa vie, tout comme mon fils. Damian déteste être seul. Il aime sentir une odeur de bonne nourriture quand il rentre. Il aime que quelqu'un tienne sa maison, prenne soin de ses affaires, et je serai heureuse de pouvoir le faire même s'il ne m'épouse jamais. Audrina, l'amour n'est jamais laid ! L'amour fait toute la différence.

Je ne croyais pas que Papa l'aimait. Je demeurai immobile.

— Très bien, chérie, chuchota-t-elle d'une voix rauque. Déteste-moi s'il le faut, mais ne me fais pas quitter la seule vraie maison que j'aie jamais eue, et le seul homme vrai qui m'ait jamais aimée.

Je lui fis face :

— Peut-être serez-vous intéressée d'apprendre que Tante Ellsbeth l'aimait autant que vous dites l'aimer, et il prétendait l'aimer en retour. Mais il s'est vite fatigué d'elle. Elle trimait toute la journée pour préparer ses repas, tenir sa maison et prendre soin de ses enfants. Et il voyait d'autres femmes. Elle finit par n'être plus que sa bonne. Ou, comme elle le disait, son esclave de cuisine et de lit. C'est cela que vous voulez être, vous aussi ?

Je me tus, reprenant ma respiration. J'entendais la télévision dans la chambre de Vera donner les nouvelles du matin.

— Viendra un jour où il cessera de vous aimer, Billie. Un jour où il vous dira des mots si laids qu'il n'y aura plus aucun ego qui tienne. Il aura une autre femme quelque part, il dira qu'il l'aime comme il n'a jamais aimé et vous n'aurez été qu'une conquête de plus.

Elle cilla comme si je l'avais frappée. Des larmes étincelèrent dans ses yeux très bleus.

— Même si je ne représentais pour lui qu'une conquête de plus... même ainsi, Audrina, je lui serais reconnaissante, même ainsi. Quand j'ai perdu mes jambes, j'ai pensé que jamais plus aucun homme ne voudrait de moi. Damian a de nouveau fait de moi une femme. Tu dis toujours que je suis gaie, Audrina, mais c'est une façade. Pas un jour où je ne pense à celle que j'étais dans le passé, lorsque tous les regards admiratifs étaient posés sur moi. Damian m'a rendue à la fierté d'être moi-même.

Elle ouvrit les bras, implorant mon indulgence.

— Je te considère comme ma fille. Perdre ton estime fait si mal. Audrina, pardonne-moi si je t'ai déçue et si je t'ai fait souffrir. Je t'aime, Audrina, comme je t'ai aimée à l'époque où, enfant, tu accourais vers moi comme vers une seconde mère. Je t'en prie, ne te mets pas à me détester maintenant que j'ai trouvé le bonheur...

Incapable de résister, je tombai dans ses bras, lui pardonnant tout, pleurant comme elle pleurait, priant pour que, le moment venu, Papa soit plus gentil avec elle qu'il ne l'avait été avec Tante Ellsbeth et Maman.

— Il vous épousera, Billie! m'écriai-je en l'embrassant. Je veillerai à ce qu'il le fasse.

— Non, chérie... pas de cette façon, je t'en prie. Seulement s'il le veut. Pas de chantage, pas de pression. Laisse-le décider.

Un petit reniflement de mépris se fit entendre. Vera se tenait sur le seuil, appuyée sur une canne. Qu'avait-elle entendu au juste?

— Quelle grande nouvelle! dit-elle sèchement. Un nouveau monstre à ajouter à la collection des Whitefern.

— Je n'ai jamais vu Maman si heureuse, commenta Arden quelques semaines plus tard.

Nous prenions le petit déjeuner sur la terrasse transformée en solarium. Des centaines de plantes magnifiques nous entouraient. Nous étions en avril et les arbres bourgeonnaient. Les cornouillers étaient en fleurs, et les azalées rivalisaient de couleurs. C'était une des rares circonstances où nous avions l'occasion d'être seuls. Vera était dans la véranda, à l'angle de la maison. Etendue sur une chaise longue et vêtue d'un bikini. Arden se donnait beaucoup de mal pour ne pas remarquer sa présence.

Sylvia jouait avec un chat en peluche pris sur les étagères de la chambre de Première Audrina. « Petit chat, répétait-elle sans relâche, joli petit chat. » Elle laissa tomber le jouet. L'attention qu'elle accordait aux choses était toujours de courte durée. Elle prit un prisme de cristal et se mit à projeter des arcs-en-ciel partout. Elle avait acquis une grande habileté. Elle essayait d'aveugler Vera; mais Vera portait des lunettes de soleil.

Mal à l'aise, je regardai ailleurs. Mais qu'est-ce qu'Arden disait, déjà?

— Audrina, est-ce qu'il t'est venu à l'idée que ma mère pourrait bien tomber amoureuse de ton père ? Si nous dénoncions ses malversations, il serait ruiné et elle en serait anéantie. Je lui parlerai en privé et lui dirai simplement qu'il faut cesser ce genre d'activités.

Rassemblant ses papiers, Arden les tassa sur la table en un bloc bien net, puis il les rangea dans son attaché-case. Il se pencha pour m'embrasser.

— Je te vois vers six heures. Amuse-toi avec Sylvia à la rivière. Et rappelle toi : Je t'aime.

Il ne put s'empêcher de jeter un dernier regard vers Vera qui avait ôté le haut de son bikini.

— Viens, Sylvia, dis-je, viens m'aider à mettre les assiettes dans la machine !

Papa entra dans la cuisine au moment où je finissais de tout ranger.

— Audrina, je voulais te parler au sujet de Billie. Tu m'évites depuis le soir où tu nous as vus. Billie dit qu'elle t'a parlé et que tu as compris. Tu as vraiment compris ?

Je le regardai droit dans les yeux.

— Elle, oui, je la comprends, mais pas toi. Tu ne l'épouseras jamais.

Il fut stupéfait.

— Elle veut que je l'épouse ? Eh bien, diable, ce n'est pas une si mauvaise idée. (Il sourit et me releva le menton comme si j'avais deux ans.) Si j'avais de nouveau une épouse qui m'adore, je n'aurais plus besoin de filles, n'est-ce pas ?

— Viens, Sylvia, dis-je, entraînant la petite fille vers la porte. Nous allons prendre une leçon de nature aujourd'hui. Les fleurs sont ouvertes, et il est temps que tu saches leurs noms.

— Où allez-vous ? claironna Vera. Pourquoi ne me demandez-vous pas de venir avec vous ? Je peux marcher maintenant... si vous n'allez pas trop vite.

Je refusai de répondre. Plus tôt elle repartirait, le

mieux ce serait. Je m'éloignai rapidement. Sylvia allait me suivre.

— Viens, Sylvia, on va voir les canards, les oies, les écureuils, les oiseaux, les grenouilles et les fleurs. C'est le printemps, Sylvia, le printemps ! Les poètes écrivent sur le printemps plus que sur les autres saisons parce que c'est le temps du renouveau. Nous allons t'apprendre à nager. Tu seras bientôt une jeune fille et nous voulons que tu sois capable de faire tout ce que font les jeunes filles de ton âge.

Arrivée sur la berge, je me retournai. Sylvia ne m'avait pas suivie. Regardant du côté de la maison, je vis que Vera avait apporté une couverture sur la pelouse et bronzait là, étendue, lisant un livre.

Je crus entendre un petit bruit à la lisière des bois. Sylvia avait peut-être décidé de jouer à cache-cache. Cela faisait des mois que j'essayais de lui apprendre !

— D'accord, j'arrive, Sylvia !

Mais... silence total. Sylvia n'était nulle part. Je me mis à courir. Par ici, les sentiers étaient à peine tracés et serpentaient au hasard. Cela me donnait le tournis, je me sentais très angoissée. Brusquement je vis, juste au-dessus de moi, le feuillage étincelant du grand saman doré. Il dominait un talus herbeux. Je restai figée. L'arbre à pluie ! C'est là qu'Audrina avait été trouvée morte, tuée par ces horribles garçons. Je battis en retraite.

Tout était silencieux. Mortellement silencieux. Même les feuilles des arbres ne bougeaient plus. Je ne pouvais détacher mon regard de ce talus.

La mort.

Je sentais la mort. Je hurlai le nom de Sylvia.

— Où es-tu ? Ne te cache plus maintenant, Sylvia... tu m'entends ? Je rentre, Sylvia. Essaye de m'attraper !

Me rapprochant de la maison je vis au travers du sentier une branche d'églantier. Des églantiers il n'y en avait que du côté de chez Billie et Arden. Avait-elle pu faire l'aller et retour en si peu de temps ? Je regardai le

304

ciel. Les nuages s'amoncelaient. Il allait pleuvoir. Mais où était Sylvia ? A la maison, bien sûr. Il fallait que ce soit la réponse. Tout le temps où j'avais cheminé le long du sentier, imaginant que Sylvia était derrière moi, elle devait s'être dirigée vers le cottage, pensant que c'était là que nous allions. Elle avait arraché la branche, changé d'idée et était rentrée. Elle avait un instinct animal pour les orages.

Un vent glacé fouettait et agitait les branches qui me frappaient au visage. Le soleil, voilé, filait sous le vent, plongeant derrière la masse des nuages sombres. Je cherchai Vera sur la pelouse. Elle n'était plus là. Je courus à toute vitesse vers la maison. Il fallait que j'y retrouve Sylvia.

Le premier coup de tonnerre retentit au-dessus de ma tête. L'éclair grésilla et la foudre frappa non loin. La pluie battante menaçait de briser les vitres. Il faisait toujours sombre dans la maison, mais maintenant l'obscurité était presque totale. J'allai chercher des allumettes pour allumer une lampe à pétrole. J'entendis un cri. Un hurlement strident ! Terrifiant !

Quelque chose dégringola avec fracas les escaliers. Je criai et bondis en avant.

— Sylvia, c'est toi ? Tu es tombée ? Ou est-ce Vera ?

Près du pilier de la rampe d'escalier, je trébuchai sur quelque chose de mou. Je tombai à genoux et tâtonnai pour essayer de trouver ce qui avait pu me faire tomber. Ma main droite glissa sur quelque chose d'humide. D'abord, je pensai que c'était l'eau d'un des pots de fougère, mais l'odeur, la tiédeur... Du sang ! Ce devait être du sang. Plus doucement encore, j'avançai la main gauche. Des cheveux longs, épais, bouclés. Une luxuriante chevelure dont je sus rien qu'au toucher qu'elle était noire avec des reflets bleus.

Billie... oh, Billie !

Très haut, dans la coupole, les harpes éoliennes tintaient. Les notes cristallines me donnèrent le frisson.

Prenant le corps de Billie dans mes bras, je pleurai

et la berçai, comme je le faisais pour Sylvia. D'absurdes pensées voletaient dans ma tête. Qui avait ouvert une des hautes fenêtres de la coupole où personne, sauf moi, n'allait jamais ?

Sans relâche, les harpes jouaient et rejouaient les mêmes notes. Reposant Billie sur le sol, je me traînai jusqu'à une petite table où devait se trouver une lampe à pétrole. Je trouvai une boîte d'allumettes dans le tiroir. Bientôt, de l'abat-jour perlé, filtra une douce lueur.

Je ne voulais pas me retourner et la voir morte. Il fallait appeler un docteur, une ambulance, faire quelque chose. Je ne pouvais croire qu'elle était morte.

Tante Ellsbeth, Billie, Tante Ellsbeth, Billie... tout se répétait...

Je réussis à me lever. Mes pieds étaient lourds comme du plomb. Je regardai Billie : ses yeux grands ouverts fixaient les ornements du plafond, exactement comme les yeux de ma tante.

Je me penchai. Trop tard pour qu'un docteur la sauve, elle avait les yeux vitreux. Je m'affolai, je sentis que j'allais m'évanouir, et pourtant j'avais envie de hurler. A quelques mètres, il y avait le chariot rouge. Elle avait dû faire une erreur d'appréciation en descendant.

Le temps me piégeait dans du « déjà vu »... Je me cachai le visage dans les mains.

Un bruit familier me parvint : celui de roues sur le sol de marbre. Sylvia se propulsait tranquillement dans le chariot.

— Sylvia, qu'est-ce que tu as fait ? C'est toi qui as poussé Billie en bas des escaliers ? Il te fallait ce chariot à tout prix ? Tu en voulais à ce point à Billie ? Sylvia, qu'est-ce que tu as fait ?

La tête de Sylvia bascula, roulant d'un côté et d'autre tandis que ses lèvres s'entrouvraient. Elle grogna, frissonna, essaya de parler, mais en vain. Elle paraissait aussi profondément débile que le jour de son arrivée.

Me sentant coupable, je me précipitai pour la prendre dans mes bras. Elle s'écarta. Ses yeux vides semblaient immenses dans son visage terrorisé.

— Sylvia, pardon, je suis désolée, désolée... même si tu n'aimais pas Billie, tu n'aurais pas voulu lui faire du mal, n'est-ce pas? Tu ne l'as pas poussée, non, je sais que tu ne l'as pas fait.

— Qu'est-ce qui se passe ici? lança Vera du haut des marches. (Une serviette lilas était entortillée autour de son corps nu, une autre sur ses cheveux humides. Elle tenait les doigts écartés comme si elle venait de se vernir les ongles.) J'ai cru entendre quelqu'un hurler. Qui a hurlé?

Les yeux pleins de larmes, je levai la tête :

— Billie est tombée...

— Tombée... dit Vera, descendant lentement en se tenant à la rampe.

A la dernière marche, elle se pencha pour scruter le visage de Billie.

— Oh! soupira Vera. Elle est morte. Je connais ce regard, je l'ai vu des centaines de fois. La première fois, j'ai hurlé. Maintenant je pense qu'il vaut mieux, pour certains, être morts. Quand j'étais dans mon bain, il m'a semblé aussi entendre Sylvia hurler.

J'avais la respiration coupée. Je regardai Sylvia, toujours installée dans le chariot rouge. Avec un sourire extasié, comme si elle savait qu'il était à elle pour toujours maintenant, elle roulait, chantant doucement la chanson de la chambre aux jouets.

— Qu'est-ce que tu as entendu d'autre, Vera?

— Billie. Elle criait quelque chose à Sylvia. Elle devait lui dire de laisser son chariot, mais tu le sais, Sylvia n'en démordait pas. Elle le voulait et maintenant elle l'a.

Sylvia avait disparu. Je la cherchai dans toute la maison tandis que Vera appelait Papa à son bureau.

Qu'avait fait Sylvia?

Une percée

Impossible de trouver Sylvia nulle part. Comme une folle, je me précipitai dehors, sous la pluie.

— Sors de ta cachette! Sylvia, qu'est-ce que tu as fait? Tu as aussi poussé Tante Ellsbeth? Sylvia, je ne veux pas qu'ils t'enferment, je ne...

Je trébuchai et tombai. Et je restai là, à pleurer. Tout m'était égal. A quoi bon lutter? Quelle malédiction y avait-il sur cette maison, sur nous tous? Je ne trouverais jamais le bonheur. Chaque fois qu'il était là à portée de ma main, il m'échappait et se brisait en mille morceaux!

Quelqu'un toucha mon bras, je me redressai. A travers mes larmes, je vis Sylvia. Ses yeux avaient un regard implorant:

— Au... dri... na! articula-t-elle lentement.

Je m'assis et l'attirai dans mes bras.

— C'est très bien, chantonnai-je, tu ne voulais pas faire mal à Billie.

Doucement je la berçai, pensant, malgré moi, à son antipathie pour Billie. Naturellement, quoi qu'elle ait fait, c'était sans intention de tuer. Ce n'était pas prémédité. Sylvia était tout à fait incapable de préméditer.

Arden accourut.

— Audrina, Vera a appelé au bureau. Qu'est-ce qui se passe? Qu'est-ce que vous faites ici toutes les deux sous la pluie?

Comment aurais-je pu le lui dire? Vera, apparemment, n'avait rien révélé.

— Rentrons, chérie, dit-il en m'aidant à me relever.

Tenant la main de Sylvia, je le guidai vers la salle à manger. Il sécha mes cheveux avec une serviette prise dans le cabinet de toilette attenant.

Dans un miroir, j'aperçus mon visage, très pâle.

— C'est ta mère, Arden...

— Quoi, ma mère? (Immédiatement, il s'alarma.) Audrina, qu'est-ce qui se passe?

— Sylvia et moi sommes allées à la rivière... ou du moins je pensais que Sylvia me suivait... (Les mots me venaient en désordre.) Quand je suis revenue, l'orage avait éclaté. Le couloir était sombre. Quelque chose s'est fracassé au bas des marches. J'ai tâtonné. Arden, c'était... Billie. Elle est tombée. Exactement comme Tante Ellsbeth...

— Mais ta tante est morte, Audrina! Maman n'est pas morte?

Je mis mes bras autour de lui et pressai ma joue contre la sienne.

— Je suis navrée, Arden, si navrée. Elle n'est plus, Arden. Elle est tombée...

Son visage s'affaissa. Ses yeux étaient dénués d'expression. Puis il enfouit son visage dans mes cheveux et pleura.

Un rugissement nous fit sursauter. Papa criait:

— Qu'est-ce que tu racontes, Vera? Billie n'est pas morte! (On entendait son pas précipité.) Elle n'est pas tombée! Ces choses-là n'arrivent pas deux fois de suite.

— Quand Sylvia est sans surveillance, si! (Vera approchait en boitant.) Elle voulait le chariot rouge et elle a poussé Billie. J'étais dans mon bain. J'ai entendu les hurlements.

— Alors, comment sais-tu que c'est Sylvia? criai-je. Tu vois à travers les murs?

Dans le vestibule, Papa s'agenouilla près de la forme immobile et tendrement il la prit dans ses bras.

— Je lui avais fait faire des jambes artificielles, dit-il d'une voix blanche. Elle m'avait dit qu'elle ne pourrait pas s'en servir tout le temps, mais je pensais qu'elle serait contente de les utiliser pour sortir avec moi. Et elle n'aurait plus été obligée de porter ces robes longues. (Il sanglotait. Il étendit le corps de Billie sur le sol, puis il se releva et fit un mouvement vif pour attraper Sylvia.) Saleté!

J'abritai Sylvia derrière moi. Elle pleurnichait de frayeur.

— Ecoute-moi, Papa. Sylvia ne m'a pas quittée de l'après-midi. Nous sommes descendues à la rivière, et quand nous sommes rentrées, Billie était étendue morte au bas des escaliers.

— Mais Vera vient de dire...

— Tu connais Vera, Papa. Elle ment.

— Je n'ai pas menti, répliqua Vera. J'ai entendu Billie gronder Sylvia et puis je l'ai entendue hurler. C'est Audrina qui ment!

— Ainsi donc, à chacune sa vérité! (Il essuya ses larmes, haussa les épaules et se détourna pour ne plus voir Billie.) Je sais que Vera est une menteuse, et je sais aussi qu'Audrina ferait n'importe quoi pour protéger Sylvia. Peu importe la façon dont Billie est morte... je ne peux plus supporter la vue de Sylvia à présent. Je vais la faire enfermer pour qu'elle ne puisse plus faïre de mal à personne.

— Non! hurlai-je, attirant Sylvia dans mes bras. Si tu la fais enfermer, j'irai avec elle. Je suis sûre que c'était un accident.

Ses yeux durs devinrent des fentes étroites.

— Ainsi donc, Sylvia n'a pas été constamment avec toi?

Une idée me vint alors, une planche de salut peut-être.

— Papa, Sylvia évitait toujours Billie. Elle ne supportait pas son contact. Tout ce qu'elle faisait, c'était seulement voler le chariot quand Billie nē regardait pas.

— Je ne te crois pas, dit Papa. J'espère que la police voudra te croire. Deux chutes au même endroit, deux morts, ça va être plutôt difficile à expliquer.

Ce fut Papa qui appela la police. Le temps qu'ils arrivent, nous nous étions tous plus ou moins ressaisis.

Après qu'une série de photos eut été prise, l'ambulance l'emmena.

A l'inspecteur qui avait accompagné les deux policiers — ceux qui avaient enquêté sur la mort de ma tante —, Papa donna sa version des faits, d'un seul trait.

Puis ce fut au tour de Vera. Sa déclaration m'étonna.

— Je me lavais les cheveux, puis j'ai verni mes ongles. Quand je suis sortie, j'ai entendu ma cousine pleurer dans le vestibule. Quand je suis descendue, j'ai découvert Mme Lowe au bas des marches.

— Une minute, mademoiselle. N'êtes-vous pas la sœur de Mme Lowe?

— Nous avons été élevées comme des sœurs mais, en réalité, nous sommes cousines germaines.

Papa sembla soulagé.

Puis ce fut à mon tour de dire ce que je savais.

Je pesai soigneusement mes paroles, faisant tout pour « couvrir » Sylvia.

— Ma belle-mère avait une façon à elle de descendre, une marche à la fois. A chaque marche, elle déplaçait le chariot. Elle montait de la même façon. Ses bras étaient très robustes. Cependant, elle avait mal à un doigt. Elle a peut-être pesé exagérément sur sa main et a perdu l'équilibre. Je ne puis être affirmative, je n'étais pas présente. Je me promenais sur les bords de la rivière avec Sylvia.

— Vous êtes restées constamment ensemble?

— Oui, monsieur, constamment.

— Et quand vous êtes revenues, toujours ensemble, vous avez trouvé votre belle-mère morte?

— Non, monsieur. Peu après que nous avions passé la porte, avant que j'aie eu le temps d'allumer, je l'ai entendue tomber, avec le chariot.

Vera observait le plus jeune des policiers, âgé d'une trentaine d'années, qui la dévisageait sans arrêt. Voilà qu'elle flirtait avec lui.

Le plus âgé semblait loin d'être aussi intéressé. Il avait l'air plutôt dégoûté :

— Ce qui veut dire, mademoiselle Whitefern, que vous étiez seule à la maison quand Mme Billie Lowe est tombée ?

— Je prenais un bain, répéta Vera. J'avais chaud. Et puis, après, je me suis fait les ongles. Et des mains et des pieds. Voyez ! Si je m'étais battue avec Mme Lowe, j'aurais gâché mon vernis.

— Combien de temps le vernis à ongles met-il pour sécher ?

C'est à moi qu'il s'adressait, non à Vera.

— Cela dépend. (Je tentai de me souvenir.) La première couche sèche très vite, mais ensuite... J'essaie de faire attention à mes ongles pendant près d'une demi-heure, après la dernière couche.

— Exactement ! dit Vera, me regardant avec gratitude. Et si vous vous y connaissez, vous pouvez voir que j'en ai mis plusieurs, sans parler de la base et de la laque finale.

Les policiers semblaient un peu perdus dans l'exposé de ces détails complexes de la toilette féminine.

A la fin, il fut conclu que notre grand escalier était fort dangereux. On inspecta et on découvrit qu'à un endroit le tapis était défait.

— Elle a très bien pu trébucher ici, dit le plus jeune policier.

Bref, ce second décès survenu à Whitefern fut, lui aussi, qualifié d'accidentel.

J'étais mal à l'aise maintenant avec Sylvia. Je commençai à l'observer subrepticement. Il était indéniable que Sylvia en voulait à tous ceux qui m'approchaient.

Le jour des funérailles, j'étais malade comme un chien avec une grippe terrible. Fiévreuse et déprimée, j'étais étendue sur mon lit et Vera s'occupait de moi, tout heureuse de prouver son savoir-faire professionnel. Brûlante de fièvre, j'entendais à peine ce qu'elle disait. Elle parlait d'Arden et disait qu'il avait beaucoup gagné.

— Naturellement, il a toujours été très bien mais quand il était plus jeune, je pensais que ce serait un faible! Il semble avoir pris un peu de la personnalité et des épaules de Papa, tu as remarqué?

Elle disait vrai. Arden était semblable à moi à l'égard de mon père; il le détestait et l'admirait. Et petit à petit, il prenait les manies de Papa, sa démarche, sa façon ferme et résolue de parler.

Comme dans un rêve, je revoyais Billie assise à la fenêtre du cottage, nous offrant des friandises par la fenêtre. Je la revoyais la dernière semaine de sa vie, radieuse de bonheur, amoureuse. Pourquoi Billie avait-elle voulu descendre le grand escalier alors que celui du fond était tellement plus pratique pour aller à la cuisine? Exactement comme Tante Ellsbeth, qui passait elle aussi ses journées à la cuisine. Au pied du grand escalier, le sol était de marbre...

— Arrête de pleurer! ordonna Vera, en mettant un thermomètre dans ma bouche. Rappelle-toi que ma mère te disait que les larmes sont inutiles. Elles ne servent à rien, n'ont jamais servi à rien, et ne serviront jamais à rien. Prends ce qui te fait envie dans l'existence, et ne demande pas la permission, ou tu n'auras rien.

L'âpreté de sa voix me glaçait le sang. Elle jeta à Sylvia, tapie dans un coin, un regard malveillant.

— Quel sale petit monstre! Pourquoi n'as-tu pas dit la vérité à la police pour te débarrasser d'elle? C'est elle qui a tué ma mère, c'est elle qui a tué Billie. (Elle s'approcha de Sylvia. Je me redressai sur mes coudes.) Tiens, prends ça, Sylvia, ajouta-t-elle en lui allongeant un coup de pied. Tu ne te faufileras pas derrière moi pour me pousser, je me tiendrai sur mes gardes, moi!

— Laisse-la tranquille, Vera.

Ma voix était faible, ma vision brouillée. Il me sembla cependant que Sylvia rampait et disparaissait sous mon lit...

La vie me devint plus amère après la mort de Billie. Elle me manquait et je souffrais aussi de douter de Sylvia. Je n'avais plus confiance en elle. Je ne cherchais plus à lui enseigner quoi que ce soit. Souvent, je la surprenais en train de me regarder tristement, mais avec acuité.

Ma grippe traînait. Je continuai à tousser tout l'été. J'avais dix-neuf ans et j'attendais avec impatience mon prochain anniversaire. Je me sentirais plus en sécurité, sans aucun « neuf » désormais pour me porter malheur. Deux deuils en un an : la vie se montrait trop cruelle ! Et Vera était toujours là, se chargeant des corvées ménagères avec une bonne volonté qui tout à la fois surprenait Papa et lui faisait plaisir.

Je maigris et commençai à négliger mon aspect extérieur. Mon vingtième anniversaire arriva mais sans m'apporter aucun bonheur.

Un nouvel automne passa, puis un nouvel hiver. Certains soirs, Arden ne rentrait pas et ça m'était égal.

— Tiens, dit Vera un jour de printemps, proche de l'anniversaire de la mort de Billie, bois ce thé chaud. Cela mettra un peu de couleur sur tes joues. Tu as l'air d'un fantôme.

— Je préfère le thé glacé, dis-je en repoussant la tasse.

— Bois ce thé, Audrina. Arrête de te conduire comme une enfant. Ne m'as-tu pas dit, il y a quelques minutes, que tu frissonnais ?

Je pris la tasse et j'allais la porter à mes lèvres quand Sylvia se précipita vers nous. Elle se lança de tout son poids contre Vera qui tomba et s'agrippa à moi. La tasse tomba sur le sol et se brisa. Vera et moi basculâmes dans le fauteuil.

Hurlant de rage, Vera tenta de frapper Sylvia. Dans un faux mouvement, elle se tordit la cheville.

— Quelle conne! Je vais parler à Papa. Il faut qu'il la fasse enfermer!

Je pris Sylvia dans mes bras, ce que je ne faisais plus depuis des mois.

— Non, Vera, tant que je vivrai, on n'enfermera pas Sylvia. Pourquoi ne pars-tu pas? Je peux me charger seule du ménage et de la cuisine. On n'a plus besoin de toi.

— Après tout ce que j'ai fait pour t'aider, tu ne veux plus de moi! (Elle sanglotait.) Tu es pourrie, Audrina, pourrie! Si tu avais le moindre cran, il y a longtemps que tu aurais foutu le camp d'ici.

— Merci de tant t'intéresser à moi, Vera, mais je m'en tirerai très bien sans toi.

Un jour de cet été-là, Arden revint du bureau à l'improviste en plein après-midi. Il fonça dans notre chambre et me sortit du lit, de force.

— Trop, c'est trop! s'écria-t-il d'un ton strident. J'aurais dû faire ça il y a des mois! Tu ne vas pas gâcher ta vie et la mienne, sous prétexte que tu n'oses pas regarder les choses en face. La mort fait partie de nos existences, elle rôde autour de nous depuis le jour de notre naissance. (Sa voix s'adoucit; il m'attira dans ses bras.) Personne ne meurt jamais totalement. Nous sommes comme les feuilles des arbres; nous apparaissons au printemps de notre vie et tombons à l'automne, mais nous revenons. Comme les feuilles au printemps, nous vivons de nouveau.

Pour la première fois depuis ce terrible jour de la mort de Billie, je vis combien mon mari était fatigué. Ses joues étaient creuses, ses yeux marqués de petites rides. Il ne s'était pas rasé, et cela lui donnait une expression inquiétante — qui ne lui ressemblait pas. Il m'apparut comme un étranger. Je vis sur son visage des imperfections que je n'avais jamais remarquées.

M'écartant, je retombai sur le lit. Il s'agenouilla, inclinant la tête, implorant que je lui revienne:

— Je t'aime et, jour après jour, tu me tues. J'ai

perdu ma mère et ma femme le même jour — et pourtant j'ai continué à me nourrir, à travailler, j'ai continué ! Mais aujourd'hui c'en est fini de cette vie — si on peut appeler ça une vie.

Quelque chose en moi céda. Mes bras l'enlacèrent et mes doigts caressèrent sa chevelure épaisse.

— Je t'aime, Arden. Ne perds pas patience. Tiens bon et je deviendrai comme tu me veux... je le sais, j'en suis sûre.

M'embrassant avec une passion presque folle, il s'écarta et sourit.

— D'accord. Je veux bien attendre, mais pas éternellement. Ne l'oublie pas.

Il se rendit dans la salle de bains pour prendre une douche. Sylvia qui était restée accroupie dans son coin se leva et vint au pied de mon lit. Pitoyablement, ses petites mains se tendaient vers moi, me suppliant de lui revenir. Elle avait changé, je la reconnaissais à peine.

A douze ans, Sylvia avait un visage de femme. Quelqu'un avait noué ses cheveux en queue de cheval avec un ruban de satin bleu assorti à sa jolie robe que je ne lui connaissais pas. Totalement surprise, je regardai son visage, son corps bien formé que la robe de coton révélait. Quelle idiote j'avais été : Sylvia était innocente et elle avait besoin de moi. Comment pouvais-je l'avoir oublié ?

Je dévisageai Sylvia. Elle retourna dans son coin et s'assit, les genoux levés. On voyait sa culotte. « Tire-ta robe », pensai-je et je la vis obéir. Je n'en éprouvai aucune surprise. Depuis longtemps, Sylvia et moi avions ce genre de relation.

Mères et tantes pouvaient mourir, filles et fils aussi, la vie continuait, le soleil brillait, la pluie tombait et les mois passaient. Papa commençait à montrer à quelques signes qu'il prenait de l'âge.

Je savais qu'Arden voyait beaucoup Vera au-dehors. Sous notre toit, je les apercevais souvent dans quelque chambre inutilisée. Je faisais semblant de ne pas remarquer la rougeur d'Arden et le geste de Vera lissant sa robe. Son sourire suffisant disait assez clairement qu'elle avait gagné. Pourquoi ne m'en souciais-je même plus?

Un soir tard, alors que je n'espérais plus le voir, Arden ouvrit la porte de la chambre, et vint s'asseoir sur le bord de mon lit. A mon grand étonnement, je le vis enlever ses chaussures, ses chaussettes. J'allais dire quelque chose de sarcastique à propos de Vera, qui s'était conduite comme une garce toute la journée, mais je me tus.

— Au cas où ça t'intéresserait, dit-il d'un ton abrupt, je ne vais pas te toucher. J'aimerais juste dormir une fois dans cette chambre et te sentir près de moi avant de décider que faire de ma vie. Je ne suis pas heureux, Audrina. Je ne pense pas que tu sois heureuse non plus. Je veux que tu saches que j'ai parlé à Damian, et que ton père ne se livre plus aux malversations dont il était coutumier. Il ne détourne plus l'argent des comptes. Il a été surpris que je m'en sois aperçu et n'a d'ailleurs rien nié. Il a dit : « Je l'ai fait pour la bonne cause. »

Arden me racontait cela sur un ton indifférent. Il était vice-président de la firme de mon père, et il ne parlait plus de revenir un jour à sa première passion, l'architecture. Il avait rangé ses règles et ses crayons, la table à dessin que Billie lui avait donnée pour ses seize ans, exactement comme il avait mis au rancart ses autres rêves de jeunesse. Nous faisons tous cela, un jour ou l'autre. Pourtant cela me peinait. Il avait du même coup renoncé à sa créativité artistique qu'il considérait désormais comme inutile. Il avait été gagné par la passion de Papa pour l'argent, pour le pouvoir, pour l'argent surtout.

Tout en essayant sans cesse de trouver des preuves

concrètes de sa liaison avec Vera, je crois que je ne tenais pas à savoir.

Et le temps autrefois si rapide, puis si lent, recommença de couler dans la monotonie de notre vie quotidienne. J'avais vingt-deux ans. Un nouveau printemps et un nouvel été allaient bientôt s'engouffrer dans le vide de mon existence.

Pour meubler mes journées, je recommençai à m'occuper de la roseraie de Maman. J'achetai des livres sur les rosiers, et fréquentai un club de jardinage. J'y emmenai Sylvia et la présentai pour la première fois à des étrangers. Bien qu'elle parlât peu, personne ne sembla penser qu'elle fût autre chose que timide.

Par un chaud samedi de mai, j'étais à genoux dans la roseraie de Maman, grattant le sol avec un rateau à main. Je voulais ajouter de l'engrais. Sylvia faisait un somme dans sa chambre et Vera était allée en ville avec Papa pour acheter de nouvelles robes.

Soudain, une forme allongée jeta une ombre au-dessus de moi. Je rejetai en arrière le bord de mon chapeau de paille et levai les yeux. Je fus étonnée de voir Arden; je le croyais au golf. Je soupçonnais d'ailleurs que Vera et lui s'étaient arrangés pour se voir en ville.

— Pourquoi perds-tu ton temps ici? Tu as complètement oublié la musique? dit-il donnant un coup de pied dans le sac d'engrais. Tout le monde peut faire pousser des fleurs, Audrina. Peu de gens, en revanche, sont musiciens.

— Et toi et ton rêve d'embellir toutes les villes d'Amérique?

— Ne sois pas amère comme ta tante, dit Arden s'installant à côté de moi sur l'herbe. Nous avons tous nos rêves de jeunesse. (Sa voix exprimait une certaine nostalgie.) Dans le temps je croyais que ma présence suffirait à te combler! Comme j'avais tort! Nous n'étions pas plutôt mariés, que tu fermais ta porte à clef pour m'empêcher d'entrer. Tu n'as pas autant besoin de moi que je le pensais. Tu es là avec tes gants de jardinier, et avec ce maudit chapeau, je ne peux même pas voir ton visage. Tu ne lèves pas les yeux pour rencontrer les miens et tu ne souris plus quand je rentre à la maison. Tu me traites comme un meuble. Je dérange la bonne ordonnance de tes journées. Tu ne m'aimes donc plus, Audrina ?

Je continuai à tasser l'engrais, à penser à mes plantations futures, à me demander quand Sylvia se réveillerait. Arden tendit les bras vers moi.

— Je t'aime, dit-il d'une façon si solennelle que j'interrompis mon geste. (Il avait fait tomber mon chapeau.) Si tu ne peux pas m'aimer, Audrina, alors laisse-moi partir, rends-moi ma liberté. Je trouverai quelqu'un qui m'aime comme je désire être aimé et comme j'ai besoin de l'être.

— Vera ?

— Oui, Vera, pourquoi pas ? Elle n'est pas froide, elle. Elle me traite comme un homme. Je ne suis ni un saint ni un démon, Audrina, je suis seulement un homme avec des désirs que tu ne veux pas satisfaire. J'ai essayé pendant trois ans. Mais tu ne veux pas céder et maintenant je suis fatigué. J'en ai assez. J'ai l'intention de divorcer pour épouser Vera... à moins que tu puisses m'aimer avec ton corps autant que tu m'aimes avec ton cœur.

Toujours à genoux, je me tournai vers lui. Il m'aimait vraiment, je le lisais dans ses yeux. J'y voyais tout son amour et aussi toute sa tristesse. Divorcer pour épouser Vera ne le rendrait pas heureux, pas aussi heureux que si je lui répondais physiquement.

Des pensées confuses se pressaient dans mon esprit. « Amour de chiots... », disait mon père. Et il avait raison. Amour d'adolescents. Il nous suffisait de nous embrasser et de nous tenir la main.

Il allait me quitter pour Vera... et il deviendrait un autre Lamar Rensdale. Vera ne l'aimait pas. Elle n'avait jamais aimé personne, elle n'aimait qu'elle-même, et encore...

A ce moment, je sentis naître en moi un trouble qui n'avait rien de commun avec la peur que j'avais éprouvée lors de notre nuit de noces. Il aurait pu partir sans rien dire, sans m'avertir. Il aurait pu emmener Vera et je n'aurais pas refusé le divorce, il le savait. Et il me donnait encore une chance, il m'aimait, ce n'était pas de la pitié. Il m'aimait vraiment.

Ses yeux scrutaient les miens tandis que ses mains étreignaient mes épaules.

— Nous pouvons tout recommencer, dit-il d'une voix pressante. Cette fois, nous pouvons prendre un bon départ. Juste toi et moi, sans Sylvia dans la chambre voisine. Vera me plaît physiquement, mais je t'aime, toi, avec un élan romantique qu'elle trouverait ridicule. Tu me touches au cœur quand je rentre et que je te vois assise à la fenêtre. Je reste là, à regarder la façon dont la lumière caresse tes cheveux, ta peau diaphane, et je m'émerveille que tu sois mon épouse. Vera n'est qu'une femme parmi d'autres, que n'importe quel homme peut avoir. Quand j'étais plus jeune, je pensais que de t'avoir conquise, c'était avoir conquis l'amour éternel d'une princesse et que nous vieillirions ensemble, et que, main dans la main, nous affronterions sans crainte les années. Mais il en a été tout autrement. Je ne peux pas continuer ainsi : t'aimer et prendre Vera à ta place. Tu m'étouffes, Audrina. Tu prends mon cœur et tu le broies, et je cours vers elle pour trouver une consolation. Elle ne sait me donner qu'une satisfaction physique, jamais aucune joie du cœur et de l'esprit. Il n'y a que toi qui puisses m'apporter cette joie. Comment veux-tu que je continue à te désirer alors que tu ne me désires pas de la même manière ? L'amour est un feu qui ne se contente pas de tendres sourires et de caresses légères. Il demande de la passion en retour. Vivons une nouvelle nuit de noces. Sans honte, fais-moi l'amour maintenant. Ici et maintenant. Ici même, où nous sommes. Damian est en ville. Vera est partie. Sylvia est dans ce bon Dieu de fauteuil en train de chantonner ou de dormir...

Il touchait mon cœur et faisait battre mon sang comme jamais auparavant. Ses yeux d'ambre me brûlaient.

— Chérie, le mariage a besoin de maturité, d'audace aussi... Fais quelque chose que tu n'as jamais fait. N'importe quoi ! Fais-moi l'amour. Que ce soit toi qui commences...

Non, pensai-je, je ne peux pas. C'est à l'homme de prendre l'initiative. Comme il serait vulgaire de faire le premier geste ! Pourtant je le voulais. Quelque chose me disait de faire ce qu'Arden souhaitait, sans m'occuper de ce que Papa avait dit sur les hommes et leurs désirs mauvais. Papa m'avait intoxiquée, mais, cette fois, j'allais transgresser, jeter à terre les pancartes qui portaient en lettres de feu : *mal, honte, saleté...* Arden continuait de me regarder. Il avait croisé les bras derrière le dos et luttait contre la tentation de me toucher le premier. Moi aussi je luttais contre les petites voix insidieuses qui me hantaient. Non, assez, Arden était mon mari. Je l'aimais et il m'aimait.

Ses yeux chaleureux m'encourageaient. Mon désir serait son désir et si c'était le péché, eh bien, que ce soit le péché.

Arden avait besoin de moi. Je pris son visage dans mes paumes. Il ne bougea pas. Je l'embrassai légèrement sur les joues, sur le front, sur le menton et finalement sur les lèvres. Elles restèrent douces et s'entrouvrirent à peine. De nouveau je l'embrassai, avec plus de fougue. Il ne réagit pas, il craignait trop de me faire du mal. J'osai un autre baiser, long et profond, et ses mains furent sur moi, redécouvrant chaque courbe de mon corps.

Une passion neuve m'envahit, profonde et chaude et exigeante. Je sentis mes seins gonfler, se tendre, comme s'ils appelaient ses mains. J'avais besoin de son corps, je le voulais en moi. Ma respiration s'accéléra, la sienne aussi, mais il ne fit pas un geste pour m'attirer au sol ou enlever mes vêtements. C'est moi qui dégageai sa chemise, sa ceinture. Je fis glisser son pantalon et son slip. Il se rejeta en arrière.

Je me laissai tomber sur lui pour l'embrasser et le caresser en chaque point de son corps, jusqu'à ce que je ne puisse plus attendre davantage.

Sous un ciel bleu sans nuages, sous le soleil brûlant, je le guidai. Cette fois, cette merveilleuse première fois, je me laissai aller à jouir de la sensation de l'avoir en moi, m'élevant avec lui vers cette sorte de paradis dont je n'avais jamais franchi le seuil.

Et quand ses bras m'enlacèrent, je gémis d'extase : je ne faisais plus qu'un avec lui.

— Tu pleures ? dit-il plus tard. C'était si merveilleux ! Je t'ai enfin atteinte, Audrina. J'ai enfin brisé cette barrière que tu avais élevée, il y a très longtemps.

Oui, il avait raison. Une barrière que Papa avait édifiée pour me garder pour toujours à lui.

— Et tu as quand même continué à m'aimer ? demandai-je avec étonnement.

— Il n'était pas en mon pouvoir de cesser de t'aimer. (Sa voix était rauque.) Tu es dans mon sang, tu es une part de mon âme. Ce n'est que pour te réveiller ou te faire peur, je ne sais pas, que je t'ai dit que j'allais te quitter. Parfois, tu sembles si lointaine et si distante, étrange et envoûtée par quelque charme mystérieux.

Je me penchai pour l'embrasser, pour le caresser là où j'avais toujours refusé de le faire. Il gémit de jouissance et me tint plus étroitement serrée.

— Si j'avais le malheur de te perdre, je chercherais de par le monde entier une autre Audrina — ce qui signifie que je descendrais dans la tombe sans avoir trouvé. Il n'y aura jamais d'autre toi.

— Une autre Audrina ? Tu as connu une autre Audrina ? demandai-je.

Un frisson me parcourut. Pourquoi avait-il dit cela ?

— Je voulais simplement que tu saches que c'est toi et personne d'autre que je veux.

C'était doux de l'entendre. Joyeuse comme je ne l'avais jamais été, j'éclatai de rire et me tournai vers lui. Je le taquinai avec des baisers et de petites caresses puis, impudiquement, j'explorai son corps autant de fois qu'il explora le mien.

Le crépuscule inondait le ciel, enflammant l'horizon de pourpre. Blottie dans ses bras, je regardai le soleil sombrer dans la baie au delà de la rivière.

Je m'éveillai au milieu de la nuit, dans notre chambre. Je croyais avoir entendu Sylvia m'appeler.

« Je viens, Sylvia », lui signifiai-je en pensée, comme je le faisais souvent. Il me fallait d'abord soulever le bras d'Arden posé en travers de mon corps. Je me glissai doucement hors du lit.

— Ne t'en va pas... Où vas-tu ? demanda-t-il, à moitié endormi.

— Je reviens dans cinq minutes.

— J'espère bien, murmura-t-il. J'ai besoin de toi, de ta présence.

Sylvia était profondément endormie, angélique dans son sommeil. Je l'embrassai, me sentant rayonnante d'amour pour tous.

Regagnant la chambre où Arden m'attendait, je crus encore entendre l'appel de mon nom. Cela semblait venir de la chambre aux jouets... la chambre de Première Audrina. Etait-ce elle ? Etait-elle jalouse que j'aie trouvé un homme qui m'aimait comme elle n'avait jamais été aimée ?

Il fallait que j'aille dans cette chambre sacrée et maudite tout à la fois. Maintenant je saurais ce qui m'avait empêchée si longtemps de trouver du plaisir avec Arden. C'était dans le fauteuil que j'avais vu les trois garçons attaquer Première Audrina, et cela avait été ma première blessure. La seconde blessure me venait de mon père, de sa conduite envers Maman et envers moi. Et la troisième blessure venait encore de Papa : la cruauté dont il avait fait preuve avec Tante Ellsbeth. Toute cette horreur n'était pas née en moi. Papa et Première Audrina étaient coupables. Pas moi, et j'en triompherais.

De nouveau, par un jour de pluie

Quelle force m'avait conduite dans la chambre de Première Audrina et m'avait contrainte à m'asseoir dans ce fauteuil où je chantais comme une idiote ? Comme je me balançais, la vieille terreur me submergea, j'étais de nouveau une enfant. Une voix me disait de m'en aller, de partir avant qu'il soit trop tard. « Rejoins Arden. Oublie le passé qui ne peut être changé, retourne vers Arden. »

Non, me dis-je. Il me fallait être forte. Il fallait que je surmonte mes craintes et le seul moyen était d'évoquer délibérément la scène, de la faire surgir, et, cette fois, je la regarderais jusqu'au bout, jusqu'à sa mort. Et puis, c'en serait fini, pour toujours.

Je me balançai et chantai et, bientôt, les murs devinrent poreux, la matière s'effrita et je fus dans la mémoire de Première Audrina.

Je vis ma mère, jeune et jolie. Elle disait :

— Audrina, promets-moi de ne jamais prendre le raccourci à travers le bois. C'est dangereux pour les petites filles. Rentre bien par le bus de l'école.

Elle portait une de ses adorables robes de mousseline dans les tons pastel. Ses beaux cheveux flottaient sur ses épaules. Je méditais de désobéir et de prendre le raccourci. J'éviterais ainsi Spencer Longtree qui rentrait lui aussi, par le bus. Avec sa bande de vauriens, ses amis. Ils me disaient des choses si vilaines, si terribles. Je n'aurais pas osé les répéter à Maman.

— Laide! cria Spencer Longtree d'une voix stridente. (Ainsi donc, il n'avait pas pris le bus. Il rentrait par le bois.) Audrina Adare a de vilains cheveux... Laide! Epelle « laide »!

— Je sais très bien épeler « laid », Spencer Longtree, lui lançai-je par-dessus mon épaule, et c'est un adjectif qui te va très bien!

— Celle-là, tu me la paieras, je t'aurai et peut-être qu'après tu ne te sentiras plus si arrogante, sous prétexte que tu es une Whitefern et que tu habites dans une grande maison prétentieuse.

Ce serait gai de courir et de s'amuser dans le bois, mais regarde ces gros nuages noirs! Le soleil se cache. Comme il fait sombre! Est-ce que l'orage va m'attraper avant que j'arrive à la maison? Et abîmer ma robe? Défaire mes boucles? Maman sera furieuse si je ne suis pas plus jolie que toutes les autres filles invitées au goûter.

La pluie se met à tomber.

Je prends le sentier sinueux, à toute vitesse, j'entends le frou-frou soyeux de ma robe contre mes jambes. Là, devant moi, il me semble voir bouger le buisson. Je m'immobilise, prête à faire demi-tour. Les feuillages forment un toit au-dessus de moi. Pourtant la pluie le traverse et s'écrase en grosses gouttes. Le sentier n'est plus que de la boue.

Il y a des gens qui sifflent quand ils ont peur. Je ne sais pas siffler. Je peux chanter. *Heureux anniversaire, heureux anniversaire, chère Audrina!*

Ma chanson se brisa net. Quelque chose remuait dans le buisson, là, devant moi. Un rire étouffé. Puis les trois garçons surgirent de ces buissons d'aubépines. Des égratignures marquaient leurs visages, ils saignaient un peu. Et quel air idiot ils avaient! Stupides garçons! Pensaient-ils qu'ils pourraient m'attraper? Je courais plus vite que Tante Ellsbeth, qui pourtant se disait imbattable quand elle était enfant.

Juste au moment où je croyais les avoir semés, un garçon bondit devant moi et m'attrapa par les cheveux, les arrachant presque.

— Arrête, espèce de brute ! hurlai-je. Tu me fais mal ! C'est mon anniversaire, laisse-moi partir.

— On le sait que ça fait mal, ricana Spencer Longtree. Et c'est bien ce qu'on veut. C'est notre cadeau d'anniversaire, Audrina. Heureux neuvième anniversaire, fille Whitefern.

— Arrête ! Enlève tes mains sales. Tu gâches ma robe. Si tu oses me faire le moindre mal, Papa vous fera tous jeter en prison et condamner à mort.

Spencer Longtree sourit. Il avait les dents en avant, des dents de cheval. Il approcha sa longue figure de mon visage. Son haleine était lourde.

— Tu sais ce qu'on va te faire, gueule d'ange ?

— Vous allez me laisser partir, dis-je avec défi.

Brusquement, j'eus peur. Mes genoux se dérobaient, mon cœur battait plus vite, mon sang se glaçait.

— Non ! gronda-t-il, nous n'allons pas te laisser partir. Pas avant que nous ayons fini. On va arracher tous ces jolis petits vêtements, on va te mettre toute nue, et nous allons tout voir.

— Non, vous ne pourrez pas, commençai-je avec résolution. Toutes les femmes Adare qui ont ma couleur de cheveux peuvent jeter une malédiction mortelle sur ceux qui les attaquent. Prends garde, si tu me fais du mal, Spencer Longtree ! Avec mes yeux violets, je peux te brûler des feux de l'éternel enfer alors même que tu es encore vivant !

En ricanant, il s'approcha encore. Un autre garçon attrapa mes bras et les ligota derrière mon dos.

— Vas-y, *sorcière*, dit-il, jette ton sort ! (La pluie collait ses cheveux sur son front.) Vas-y de ta malédiction et sauve-toi. Fais-le, ou dans quelques secondes je vais enlever mon pantalon et mes copains vont te tenir, et chacun aura son tour.

Je hurlai de toutes mes forces.

— Je vous maudis, Spencer Longtree, Curtis Shay et Hank Barnes ! Puisse le diable vous réclamer tous les trois !

Pendant un moment, ils hésitèrent, et je crus que ça allait marcher, que je pourrais m'enfuir... mais juste à ce moment-là un quatrième garçon surgit de derrière les buissons. Tout mon sang se glaça. Oh, non, pas lui, pas lui, jamais lui ! Il ne ferait pas ça. Il venait me sauver, lui ! Je l'appelai par son prénom, implorant qu'il me sauve. Il semblait en transe, et comme aveugle. Qu'est-ce qui lui prend ? Pourquoi ne ramasse-t-il pas un bâton, une pierre, et ne les chasse-t-il pas ? Ou alors sers-toi de tes poings. Fais quelque chose !

Mais cela ne devait pas se passer comme ça. Il était mon ami. Il se tenait là, plus pétrifié que je ne l'étais. Je criai son nom de toutes mes forces... mais il tourna les talons et s'enfuit.

Je voulus crier encore mais un chiffon étouffa mes cris.

— J'avais tort, Audrina, tu n'es pas laide. Tu es une jolie petite chose !

Ils arrachaient mes vêtements. Ma robe d'abord, puis mon joli jupon avec la dentelle et les trèfles brodés. Je me débattis comme une folle lorsque des mains rudes essayèrent de baisser ma culotte, donnant des coups de pied, hurlant, me tordant, essayant de leur arracher les yeux, à ces brutes !

Puis, je vis luire l'éclair, le tonnerre gronda. Tout se passa très vite. Mes jambes furent écartées tout grand tandis qu'un garçon me tenait sous le menton... alors les trois autres, chacun à son tour. Tandis qu'ils me violaient, je continuais à penser à lui, à ce lâche qui s'était enfui !

Je revins à moi dans la chambre aux jouets. Mes yeux étaient écarquillés, au point qu'ils me faisaient mal. Je le revis : *Arden !* C'était le nom qu'elle avait prononcé ! Elle l'avait appelé et il avait fui. Oh, les mensonges qu'ils m'avaient racontés pour m'empêcher de savoir exactement qui était Arden. Pas étonnant que Papa m'ait mise en garde contre tous les garçons, contre Arden surtout. Ainsi donc elle le connaissait, elle avait confiance en lui, elle le croyait son ami, et il s'était tourné vers moi, plus tard...

Il avait assisté à tout ! A travers moi, il cherchait sa rédemption ! Je savais à présent pourquoi ma mémoire était pleine de trous. J'avais eu la vision de lui à plusieurs reprises, il était là, il avait fui, et j'avais tout fait pour l'oublier !

Papa m'avait menti en prétendant que Première Audrina avait neuf ans de plus que moi. C'est Vera qui m'avait dit la vérité !

Je sanglotais à l'idée de l'avoir trahie, moi aussi, et d'avoir épousé l'ami dont elle espérait secours et protection. Je sortis de la pièce en courant.

Mensonges ! Mensonges ! Seule Vera m'avait dit la vérité : elle avait connu Première Audrina qui était tellement plus jolie, plus intelligente que moi.

Comme je courais vers notre chambre, une lampe à pétrole s'alluma. Puis un éclair de lumière m'éblouit. Aveuglée, après l'obscurité du couloir, je distinguai vaguement une main qui agitait un prisme de cristal devant le faisceau d'une lampe de poche. Je titubai, reculai, levant la main pour protéger mes yeux. Puis je tournai les talons et m'enfuis. Quelqu'un me suivait. J'entendais le bruit sourd des pas. Je hurlai en me retournant :

— Arden ! Es-tu venu finir ce qu'ils ont commencé ? Que vas-tu me... ?

D'autres lumières jaillirent. Tout le long du couloir, des centaines de prismes de cristal étincelaient, me frappaient tels des poignards. Et puis des mains... des mains s'abattirent sur mes épaules par-derrière, des mains dures et fortes qui me jetèrent dans le vide... Et

je dégringolai, plus bas, toujours plus bas, me heurtant, me meurtrissant, jusqu'à ce que ma tête aille frapper... et ce fut le noir.

Chuchotements, chuchotements; sur les vagues des
hauts-fonds de la marée du soir, les voix dérivaient.
Elles appelaient. Me forçant à revenir d'un lieu
inconnu, d'un lieu sans nom. Etait-ce moi, ce grain de
poivre dans le ciel ? Comment pouvais-je voir au-dessus,
au-dessous, partout à la fois ? N'étais-je qu'un œil dans
le ciel, voyant tout, ne comprenant rien ?

Quel nom prononçait-on si doucement ? Le mien ?
Quelle chambre était-ce ? La mienne ? Je gisais sur un
lit. Dans un brouillard, je parvins à distinguer une
armoire avec son immense glace qui reflétait ce qui se
trouvait derrière le lit. Ma vision devint plus nette : je
me trouvais dans le petit salon, j'étais toujours à
Whitefern.

Dans la pièce attenante, je perçus la voix de Vera.
Elle parlait à voix basse à Arden. Je me recroquevillai,
ou du moins tentai-je de le faire. Qu'avait donc mon
corps ? Mais qu'importe ! Il me fallait entendre ce que
Vera était en train de dire.

— Arden, poursuivit-elle d'une voix plus claire, pourquoi continues-tu à protester ? C'est pour ton bien,
pour le sien aussi. Tu le sais, elle aurait voulu qu'il en
soit ainsi.

— Comment cela, ainsi ? Vera, il faut que tu me laisses du temps avant de prendre une décision pareille,
une décision irréversible.

— Je commence à en avoir assez ! Il faut savoir ce
que tu veux : elle ou moi. Tu ne penses quand même
pas que je vais rester ici toute ma vie, en attendant que
tu te décides.

— Mais, mais... bégaya Arden, à tout moment, peut-
être aujourd'hui ou demain, elle peut sortir du coma.

J'étais donc dans le coma ? Je ne pouvais y croire. Je voyais, j'entendais. Cela avait un sens...

— Arden, dit la voix sensuelle de Vera, je suis infirmière et je sais des choses dont tu ne sais rien. On ne peut rester dans le coma pendant trois semaines et en sortir sans des séquelles cérébrales irréversibles. Réfléchis à cela, je t'en prie. Tu seras l'époux d'une infirme à ta charge, jusqu'à la mort. Et quand Damian s'en ira, tu auras aussi Sylvia, ne l'oublie pas. Tu regretteras de ne pas avoir fait ce que je te suggère, mais il sera trop tard. Je serai partie. Et toi, mon pauvre, tu n'auras jamais le courage de le faire tout seul.

Le courage de faire quoi ?

Ils approchaient maintenant. Je voulus tourner la tête pour les regarder. Je souhaitais voir leurs visages. J'avais envie de me lever. Je ne pouvais bouger. Je ne pouvais que rester couchée, raide et immobile, ressentant une angoisse et un insupportable sentiment de perte. Noyée de panique. Comment cela était-il arrivé ? N'étais-je pas la même que tout à l'heure, qu'hier au soir ?

— Vera chérie, dit Arden. (Sa voix était plus proche maintenant.) Tu ne comprends pas ce que je ressens. Même dans l'état où elle est, je ne peux m'empêcher d'aimer ma femme. Je veux qu'Audrina guérisse. Tous les matins, avant de partir, j'entre ici et je m'agenouille ici près de son lit et je prie pour qu'elle guérisse. Tous les soirs, avant de me coucher, je fais de même. Je me mets à genoux et j'attends que ses yeux s'ouvrent, qu'elle parle. Je rêve d'elle et je la vois de nouveau en bonne santé. Qu'elle fasse un signe de vie, et jamais... je n'accepterai jamais. (Il s'arrêta, il suffoquait.) Même telle qu'elle est, je ne veux pas qu'elle meure.

Mais Vera, elle, le voulait. Je comprenais maintenant qu'elle était responsable de cette situation insoutenable, comme elle avait toujours été responsable des événements les plus désastreux de ma vie.

— Parfait ! lança Vera d'une voix perçante. Si tu

aimes toujours Audrina, alors tu ne peux être amoureux de moi. Arden, tu t'es servi de moi! Tu m'as dupée, volée, aussi! Il est bien possible, en effet, que je porte de nouveau un enfant de toi, comme j'en portais un autrefois et tu l'ignorais.

— Nous n'avions été qu'une seule fois ensemble, en ce temps-là Vera, seulement une fois. Comment être sûr que j'étais le responsable? C'est toi qui étais venue me chercher, d'ailleurs, et m'avais fait comprendre que tu avais envie de moi. J'étais jeune, et Audrina était encore une enfant.

— Et elle restera toujours une enfant! (Puis sa voix se fit plus basse et persuasive.) Toi aussi, tu avais envie de moi. Tu m'as prise, tu as eu du plaisir, et j'ai payé le prix.

Mon Dieu, mon Dieu... nous étions sans cesse en train de payer le prix, tous autant que nous étions.

— Si tu l'aimes, Arden, garde-la. Et j'espère que ses bras te donneront le réconfort dont tu as besoin, que ses baisers réchaufferont tes lèvres et que sa passion satisfera ton désir. Dieu sait que je n'ai jamais connu d'homme qui ait, plus que toi, besoin d'une femme. Et ne va pas t'imaginer que tu peux engager une autre infirmière à ma place. Tu l'ignores sans doute, mais Audrina a besoin de moi. Sylvia aussi. Peu importe de quelle manière mais, en dépit de ce que tu affirmes à propos de Sylvia qui ne réagirait à personne sauf à ta chère épouse, j'ai réussi à gagner la confiance de cette petite et à faire qu'elle m'aime.

— Sylvia n'a confiance en personne et n'aime personne sauf Audrina, dit Arden.

Je regardai Vera fixement. Ses cheveux couleur abricot apparaissaient à la lisière de sa coiffe parfaitement en place. Elle avait une mine de papier mâché, mais cela ne l'empêchait pas d'être jolie en blanc, avec ces yeux noirs étincelants qu'elle avait. Yeux cruels, durs, pensai-je.

Du geste même que j'avais si souvent pour lui, Vera prit le beau visage d'Arden entre ses mains.

— Chéri, il y a de nombreuses façons de s'apercevoir que Sylvia est en confiance. Je commence à la connaî-tre...

Oh Dieu ! Il ne fallait pas que Sylvia ait confiance en Vera. N'importe qui, mais pas Vera !

Comme si elle m'avait entendue, Sylvia apparut dans mon champ de vision. Je sentis qu'elle était éperdue, désespérée, seule. A sa manière rampante, elle avançait vers mon lit.

Ses yeux d'aigue-marine étaient vides d'expression, comme si elle voyait à travers moi, au-delà de moi, loin, très loin.

Sylvia, Sylvia, quel fardeau elle était ! Un fardeau pour le restant de mes jours. Mais n'étais-je pas deve-nue à mon tour le fardeau de quelqu'un d'autre ? Je pensai à ce jour lointain où j'avais onze ans et où Papa avait amené Sylvia à la maison pour la première fois. Ma petite sœur ! Elle avait neuf ans de moins que moi et elle était née le jour même de mon anniversaire. Malédiction des filles Whitefern !

Etait-ce la raison pour laquelle Tante Ellsbeth avait toujours dit « étrange, très étrange », en me regardant avec insistance ? Et assurément, c'était étrange ! Ma vie était construite sur des mensonges. Cette Audrina n'était pas mon aînée de neuf ans !

Pourquoi pensais-je à tout cela ? J'avais quelque chose derrière la tête, quelque chose qui s'était déroulé dans la pièce aux jouets et qui m'avait fait détester Arden...

— Adieu, Arden ! dit Vera, interrompant brusque-ment ma rêverie.

Mon mari la suivit des yeux avec une expression douloureuse.

— Ne t'en va pas ! s'écria Arden. J'ai besoin de toi, Vera. Je t'aime, peut-être pas de la même façon que j'aime ma femme, mais c'est aussi de l'amour. Je ferai ce que tu voudras, tout ce que tu voudras. Donne-moi un peu de temps. Donne à Audrina encore un peu de temps, et promets-moi que tu ne feras pas de mal à Sylvia.

Vera avança vers lui, souriante, les yeux étincelants. Elle se lova dans les bras que mon mari lui tendait. Leurs corps se confondirent, là, devant mes yeux.

Parfois la nature est clémente. Ma vision s'obscurcit, j'allais mourir. Et pourtant, dans mon cerveau, il y avait la pensée de Sylvia.

Il me fallait rester en vie pour Sylvia, pour empêcher qu'on l'enferme. Et Papa, où était-il? Je devais le protéger, lui aussi, de Vera. Mais comment, alors que je ne pouvais bouger ni parler?

Tandis que les journées monotones s'écoulaient, j'en vins à connaître Vera telle qu'en elle-même. Pensant que je ne pouvais entendre les paroles atroces qu'elle m'adressait, elle ne dissimulait plus rien.

— Je voudrais que tu puisses m'entendre et me voir, Audrina. Je couche avec ton cher Arden. Il appelle cela faire l'amour, mais moi je sais ce que je fais. Il va payer pour tout ce que j'ai subi pour le conquérir. Il va me donner le monde entier, cette maison, la fortune de Papa, et tout ce que cette baraque monstrueuse contient sera vendu aux enchères. Dès que les choses seront à mon nom, je me débarrasserai de Sylvia... et de Papa, aussi. (Elle eut un rire cruel.) Arden est si émouvant. D'une certaine façon, il est tellement dépendant. Tôt ou tard, il sera mon esclave et je serai l'homme de la famille.

Ses longs ongles m'égratignaient tandis qu'elle me roulait brutalement sur le côté pour changer les draps. Elle m'avait placée si près du bord que je faillis tomber. Elle me remit en place en me saisissant par les cheveux et par une jambe, puis elle me donna une tape sur les fesses comme si j'étais coupable. Elle me remit sur le dos, fit le tour du lit et finit de border le drap avant de regarder mon corps comme pour en évaluer les contours. Il était affreux d'être si vulnérable sous son regard.

— Oui, je comprends pourquoi il t'a aimée autrefois. Jolie poitrine, dit-elle, me pinçant si fort les seins que je sentis une douleur sourde. (La douleur... qui voulait dire que j'allais guérir, si elle m'en donnait le temps.) Taille fine aussi, ventre plat, joli, très joli. Mais ta beauté s'enfuit, chère Audrina, elle s'enfuit vite. Toutes ces belles courbes qu'il aime seront bientôt de la chair flasque et alors, il n'aura plus envie de toi.

Je regardai le plafond. Où était Papa? Pourquoi ne venait-il pas me voir?

Je vis Sylvia s'approcher, les yeux fixés sur Vera. Avec circonspection, elle avançait, centimètre après centimètre. Je pouvais à peine distinguer les mouvements de sa longue chevelure dans la pénombre. Je continuais à vouloir qu'elle fasse quelque chose, qu'elle m'aide. *Si tu ne veux pas qu'on t'enferme, aide-moi, Sylvia! Aide-moi! Fais quelque chose pour me sauver, pour te sauver!*

Sylvia était arrivée près d'une tache de soleil. Dans sa main, elle tournait sans arrêt le cristal, observant les rais de lumière. Elle envoya droit dans les yeux de Vera un rayon rouge orangé.

— Arrête de faire ça! glapit Vera. C'est ça que tu as fait à Maman, non? Et tu l'as fait à Billie aussi, n'est-ce pas?

Comme un crabe, Sylvia recula jusqu'à sa place dans l'ombre, gardant un œil vigilant sur moi et sur Vera.

— Tu sais quoi, chère sœur? Parfois je pense qu'Arden imagine que c'est moi qui ai poussé sa mère. Quand il croit que je dors, il se redresse sur un coude et scrute mon visage, et cela me fait penser que peut-être je parle dans mon sommeil. Lui, il parle dans son sommeil, il prononce ton nom. Et si je le réveille, il se détourne de moi, à moins que j'aie envie de faire l'amour. Je sais bien que c'est tout ce qu'il veut de moi. Je ne pense pas qu'il me fasse confiance ni qu'il m'aime vraiment, il a seulement besoin de moi de temps en temps. Mais je ferai qu'il m'aime plus qu'il ne t'aime. Dix fois plus. Tu n'as jamais été vraiment sa femme, Audrina. Comment pourrais-tu l'être après ce qui est arrivé? (Son rire tinta comme du verre qui se brise, comme les harpes éoliennes de la coupole.) N'est-ce pas que c'était un joli cadeau d'anniversaire que ces garçons avaient offert à Audrina?

Arden entra dans la chambre à ce moment précis. Il attrapa Vera par les épaules.

— Qu'est-ce que tu lui racontes? Elle peut t'entendre! Un malade dans le coma peut voir, entendre et penser par moments, et personne ne s'en aperçoit. Je t'en prie, Vera, même si elle est en train de mourir, je veux qu'elle meure en croyant en moi et en m'aimant toujours.

Elle rit de nouveau.

— Alors, c'est bien vrai. Tu étais là, et tu n'as rien fait pour la sauver! Quel ami sûr et fidèle! Tu as fui, Arden, fui. Mais je peux comprendre, vraiment, je peux. Ils étaient plus âgés et plus forts, et il fallait penser à toi.

Troublée, j'essayai de rassembler les morceaux de ce que je savais. En tout cas, Première Audrina n'avait pas neuf ans de plus que moi. Mais pourquoi Papa m'avait-il raconté un mensonge aussi stupide? Pourquoi ne pas me dire la vérité? Vera avait donc bien joué avec la Première, la Parfaite. Mais alors je devais l'avoir connue, moi aussi! Des mensonges, ma vie entière était bâtie sur des mensonges absurdes.

Jour après jour, Vera me soignait avec haine, me regardait avec dégoût, me brossait les cheveux avec rudesse. Elle insérait le cathéter, sans précautions d'asepsie, même quand Arden était dans la pièce. Dieu merci, il avait la décence de se retourner.

Mais souvent, quand Vera était ailleurs dans la maison, mon mari venait me voir et me parlait tendrement, essayant doucement de déplacer mes bras et mes jambes.

— Chérie, réveille-toi. Je veux que tu guérisses. Je fais ce que je peux pour empêcher tes jambes et tes bras de s'atrophier. Vera me dit que ça ne sert à rien, mais ton médecin dit le contraire. Elle n'aime pas que je lui parle hors de sa présence. Pour une raison ou pour une autre, il semble très réticent; peut-être Vera ne veut-elle pas que j'en sache trop. Elle me harcèle pour que j'arrache ta perfusion. Elle n'a pas les tripes pour le faire elle-même! Audrina, guéris, épargne-moi ce geste atroce. Elle me dit que je suis faible... et peut-être le suis-je, en effet, car quand je te regarde ainsi, jour après jour, je me dis que peut-être il vaudrait mieux que tu sois morte. Puis, je pense que tu guériras... mais, Audrina, si tu maigris encore, il ne restera plus rien de toi.

Un beau jour, alors que j'étais sur le point d'abandonner tout espoir, Papa entra dans ma chambre. Ses larmes tombèrent sur mon visage comme une chaude pluie d'été. J'essayai de cligner des paupières pour lui signifier que j'étais consciente, mais je n'avais aucun contrôle sur elles. Elles s'ouvraient et se fermaient indépendamment de ma volonté.

— Audrina, dit-il, tombant à genoux et agrippant ma main maigre, je ne peux te laisser mourir! J'ai perdu tant de femmes dans ma vie. Ne me laisse pas seul avec Vera et Sylvia. Elles ne sont pas ce dont j'ai besoin et que je désire. Je comptais sur toi! Dieu me pardonne de t'avoir trop aimée!

J'étais fatiguée de Papa, de Papa aussi.

Quand je me réveillai, il me sembla que c'était des semaines plus tard. Mais j'avais perdu tout sens du temps. J'étais toujours dans le lit. La chambre était déserte, la maison était silencieuse; je la percevais énorme et vide autour de moi. Je gisais là, paralysée, et j'essayais pourtant de penser à ce que je pourrais faire pour m'échapper pendant que Vera était occupée ailleurs.

La porte s'ouvrit. Arden et Vera entrèrent. Elle lui parlait d'un ton irrité.

— Arden, quelquefois tu as tout d'un petit garçon. Il doit bien y avoir un moyen légal d'obliger Damian à nous laisser son argent à sa mort. Il faut qu'il se rende compte qu'Audrina ne lui survivra pas et ne pourra profiter de ses millions.

— Mais Sylvia aura toujours besoin qu'on s'occupe d'elle, Vera. Je ne blâme pas Damian d'avoir pris des dispositions en sa faveur. Il a fait porter sur son testament qu'au cas où Audrina mourrait et au cas où Sylvia serait placée dans une institution, ma part d'héritage serait annulée. Quant à la part de Sylvia, elle sera administrée et donnera lieu à des versements mensuels. Je me fiche qu'il me laisse de l'argent. Je peux toujours gagner de quoi nous nourrir, nous habiller et nous loger.

— Nous nourrir, nous habiller et nous loger ? C'est ce que tu demandes à la vie ? Il y a tout un monde enchanté de plaisirs au-delà des murs de cette baraque. Découvre-le. Si tu ne le fais pas, je le ferai. Arden, regarde-moi. J'ai vingt-cinq ans, une année de moins que toi. La vie passe. Bientôt nous aurons tous les deux trente ans. C'est maintenant ou jamais. A quoi sert l'argent quand on est trop vieux pour en profiter ? A quoi servent les vêtements et les bijoux coûteux quand c'en est fait de votre silhouette et de votre peau lisse ? Je veux l'argent maintenant, Arden, maintenant ! Pendant que je suis encore assez jolie pour être heureuse. Décide, Arden. Décide ce que tu veux. Fais quelque chose d'efficace pour une fois dans ta vie. Le sens de la culpabilité t'écrase parce que tu as commis une lâcheté, ce jour-là, dans les bois... et d'une certaine façon tu as été un lâche aussi quand tu as été assez stupide pour épouser Audrina. Dis-le, maintenant, que tu me veux, moi, et pas elle. Je veux sortir de cette situation grotesque et aujourd'hui même! (Déchiré, Arden regarda autour de lui. Sylvia se traîna vers mon lit et essaya de ses mains maladroites de caresser mes cheveux; elle tentait de dire mon nom. Mais Vera était là, et l'enfant ne pouvait s'empêcher de trembler. Cependant, elle tendit les bras, comme pour me protéger.)

— Chaque fois qu'elle peut, Sylvia arrive en catimini et me saute dessus. Elle plante ses dents dans mon bras, dans ma cheville. Je la frappe, je lui donne des coups de pied, je lui tire les cheveux, mais elle tient bon comme un bouledogue! Elle est cinglée.

Arden me regarda longuement.

— Oui, dit-il, je pense que tu as raison. Audrina préférerait mourir plutôt que continuer à vivre ainsi. Elle est trop jeune pour souffrir à ce point. Dieu, si seulement j'avais agi autrement. Peut-être alors rien de tout cela ne serait-il arrivé...

Il inclina la tête et s'agenouilla près de mon lit. Ses doigts saisirent les miens et, sur nos mains unies, il posa sa joue humide de larmes. Ce fut la dernière image que, cette fois, j'eus de lui.

Ce fut à peine si avant de voguer vers ce nulle part qu'on appelle sommeil, je sentis la chaleur de son visage, l'humidité de ses larmes. J'essayai de parler, de lui dire que je n'avais pas l'intention de mourir, mais ma langue resta figée et je sombrai dans l'inconscience.

Derniers rites

Par une journée dont j'apprendrais plus tard qu'elle avait été une claire journée d'été, il m'apparut, comme en un rêve, que ma fin était proche.

La façon significative dont Vera entra dans ma chambre à grandes enjambées ce matin-là en disait long. Elle vint près de mon lit et abaissa son regard vers mon visage. Je gardai les yeux presque clos, feignant de dormir. Sa main froide toucha mon front.

— Fraîche, dit-elle, mais pas encore assez. Es-tu en train de guérir, Audrina? Ta peau a meilleur aspect aujourd'hui, tu as presque l'air d'être vivante. Je crois même que tu as pris du poids. Dieu merci, Arden ne l'aura pas remarqué, j'en suis sûre. (Elle gloussa.) Il voit rarement autre chose que ton visage, même quand il se glisse ici en cachette pour déplacer tes bras et tes jambes. Papa, lui aussi, fait cela, mais avec ses yeux toujours pleins de larmes, que pourrait-il voir? Ils sont tous deux si accablés de culpabilité que je m'étonne qu'ils puissent encore se lever le matin et aller à leur travail.

Elle jeta un coup d'œil à Sylvia, qui avait pris l'habitude de dormir par terre près de mon lit. « Va-t'en de là, idiote! » Elle fit un mouvement, elle lui envoyait sans doute un coup de pied. Sylvia gémit, puis se releva et tituba vers son coin d'ombre. Elle s'accroupit, ne quittant pas Vera du regard.

— Dernière toilette! lança Vera. Je ne voudrais pas que le coroner pense que je t'ai négligée. Je vais te maquiller et te faire belle... mais pas trop pour qu'il ne verse pas des torrents de larmes.

Elle transformait ma toilette mortuaire en comédie musicale, tandis qu'elle venait vers moi, portant une cuvette d'eau chaude et plusieurs serviettes. Vivement, elle débrancha la perfusion. Je fus soigneusement toilettée, puis elle me passa une de mes plus jolies chemises de nuit. Elle s'aperçut d'un progrès dans la flexibilité de mon corps. Elle parut troublée, hésita, puis secoua la tête et commença à brosser mes cheveux.

Plusieurs fois, elle souleva mes paupières, scrutant mes yeux.

— Est-ce que je ne viens pas de te voir bouger? Audrina, j'en jurerais! Tu as sursauté tout à l'heure quand je t'ai tiré les cheveux. Est-ce que par hasard tu ne feindrais pas d'être dans le coma? Bon, je m'en fous! Continue ce petit jeu, tout ce que je te demande, c'est de faire semblant assez longtemps et, dans ta tombe, tu t'y retrouveras. Mais tu as feint trop longtemps, Audrina. Tu es trop faible à présent pour m'échapper. Trop faible pour marcher, trop faible pour parler, et Papa et Arden passent toute la journée à Richmond. Ils ne seront pas à la maison avant ce soir très tard. Bientôt je vais foncer à l'institut de beauté, dans la voiture d'Arden, et Nola, notre nouvelle bonne, aura la mission de te surveiller.

Tous mes sens étaient en éveil. Mon instinct de survie était aux aguets.

Quelques secondes plus tard, Vera, vêtue de ma robe de chambre, se maquillait. Elle se servait de mes produits. Je captais les effluves de mon parfum français, de ma poudre. Elle ouvrit mon placard et y prit mon plus bel ensemble d'été.

— C'est le mois d'août, Audrina. Août à Paris, quelle lune de miel! Avant la fin du mois, Arden Lowe m'appartiendra... et il a assez de preuves contre Papa pour le faire mettre en prison. Il ne les a pas utilisées, ces preuves, parce que le cher Papa s'est amendé et ne commet plus de détournements de fonds. Arden a obtenu qu'il prenne sa retraite. D'ailleurs, je ne tiens pas à ce que Papa aille en prison. Je veux l'avoir sous la main et le faire payer, payer et payer. Et quand j'aurai tout son argent, à l'asile! Et la chère petite Sylvia aura sa juste récompense, elle aussi! C'est très romantique de ta part de mourir pendant l'été. Sur ta tombe, nous déposerons toutes les roses que tu aimes. Te souviens-tu de cette première boîte de chocolats qu'Arden t'avait envoyée? Je les avais dévorés. Je te détestais déjà, parce que tu lui plaisais et que j'étais plus âgée que lui. Tu es restée dans le coma pendant trois mois... tu sais ça? Je prie pour que tu puisses m'entendre. Selon Arden, « vous vous étiez trouvés » finalement, lui et toi, juste avant que tu ne tombes. Décidément,

Audrina, tu as l'air de t'y entendre pour gâcher ta vie. Ça fait beaucoup de monde qui tombe dans cette maison! On devrait faire enfermer Sylvia avant qu'elle ne fasse une nouvelle victime. Tu protégeais une tueuse, Audrina. Mais tu n'auras plus à te faire de souci à dater d'aujourd'hui. Je vais aller en voiture jusqu'au village, de façon à ce que tout le monde me remarque. Pendant mon absence, Dieu accomplira son œuvre. Quand je rentrerai, tu seras morte.

Elle rit, lança à Sylvia un regard dur et quitta la pièce.

J'étais seule maintenant, avec Sylvia.

J'essayai de parler, d'appeler, mais aucune phrase cohérente ne passa mes lèvres.

— Sylvia, appelai-je muettement, viens à moi. Fais quelque chose pour m'aider. Il ne faut pas que je sois ici quand Vera reviendra. S'il te plaît, Sylvia, s'il te plaît...

Dans son coin, Sylvia jouait avec ses prismes et suivait des yeux les rayons lumineux qui se croisaient. Elle regarda dans ma direction. Il fallait que je retrouve ma voix. Le désespoir me donna l'énergie d'articuler :

— Sylvia, aide-moi...

Elle entendit et comprit.

Dans une quasi-léthargie, elle se leva. Avec une lenteur insoutenable elle se dirigea non vers mon lit mais vers la coiffeuse. Je pouvais l'entendre remuer les pots et les flacons. Elle fit fonctionner l'atomiseur, envoyant vers moi des effluves de jasmin.

— Sylvia, repris-je, aide-moi. Emmène-moi d'ici. Cache-moi. Je t'en prie, je t'en prie... Sylvia, aide Audrina.

Quelque chose avait capté son attention. Maintenant je pouvais voir son reflet dans le miroir de la coiffeuse. Elle regardait de mon côté. Saisie, presque épouvantée. Lentement, elle marcha vers mon lit. Dans sa main elle tenait mon miroir à manche d'argent et de temps en temps elle jetait un coup d'œil à son propre reflet, comme fascinée.

Je recouvrai ma voix, faible et tremblante.

— Le chariot de Billie, Sylvia, le chariot rouge. Retrouve ce chariot. Mets-moi dessus.

La porte s'ouvrit. Mon cœur s'arrêta presque de battre. Vera était de retour ! Qu'est-ce qui se passait ? Je compris pourquoi elle était revenue. Elle tenait à la main un sachet transparent. Les biscuits préférés de Sylvia !

— Regarde, Sylvia, dit Vera de sa voix la plus douce. La jolie Sylvia n'a pas eu pareille gâterie depuis des années et des années, n'est-ce pas ? La méchante Audrina ne te laisse pas manger tes biscuits préférés... Viens, jolie Sylvia, savoure tes biscuits tant que tu veux et je t'en apporterai d'autres demain. Regarde où ta demi-sœur cache les biscuits : sous le lit !

Qu'est-ce qu'elle manigançait ?

Elle se releva, ramassa son sac et, riant toute seule, elle se dirigea vers la porte.

— Adieu, Audrina, adieu ! Quand tu seras au ciel, salue ta mère pour moi. Si ma mère est là, ignore-la. Mourir ne sera pas très douloureux. Ta perfusion s'arrêtera, c'est tout. La dyalise sera interrompue... De toute façon c'est dur à dire, mais ça ne sera pas bien long. Déjà, le deuil de Billie t'avait beaucoup affaibli. Et sais-tu que je mettais quelques gouttes de poison dans ton thé ? Juste quelques-unes pour te maintenir dans cet état d'apathie.

Elle claqua la porte.

Elle n'avait pas plutôt refermé que Sylvia se glissait à genoux, sous le lit. Quand elle réapparut, elle mâchonnait un biscuit et, dans sa main, elle tenait l'unique fiche connectant tout le dispositif médical à la prise murale. Bon Dieu ! Vera devait avoir attaché le sachet de biscuits au fil que je voyais maintenant dans la main de Sylvia. Sylvia le jeta par terre, puis recommença de manger. Je me sentis devenir bizarre, bizarre. L'image de Sylvia se brouilla...

J'étais en train de mourir !

« Tu veux que je meure, Sylvia ? » Désespérée, j'utilisai ma dernière parcelle de volonté, je tentai d'avoir prise sur elle à distance. Je luttais contre l'engourdissement qui m'envahissait, qui me faisait sombrer...

Soudain, Sylvia s'aperçut que des larmes coulaient sur mes joues.

— Au... dri... na !

Elle comprenait, elle m'aimait !

— Sylvia, vite !

Vera rentrerait peut-être plus tôt. Et Sylvia était si lente ! Affreusement lente. Elle revint enfin, traînant le chariot rouge de Billie.

— Méchante, Vera ! marmonna Sylvia, agrippée à mon bras, essayant de me soulever du lit.

Je demandai mentalement à Sylvia de me prendre dans ses bras. Je ne devais pas être bien lourde. Elle parvint à me tirer hors du lit et je roulai sur le tapis. La secousse m'envoya comme une onde de choc dans tout le corps.

— Au... dri... na !

Oui, Audrina veut que tu l'emmènes. Dans le couloir, en sûreté, à l'abri.

Combien de temps me fallut-il — luttant, échouant, reprenant courage, tombant, me redressant — pour me hisser dans le chariot, je ne sais plus...

— Audrina, chantonna-t-elle, heureuse, en commençant à me pousser.

Les horloges familiales retentirent. Sur les cheminées, les pendules se joignirent à elles. Et toutes, pour la première fois, étaient d'accord. Toutes, elles disaient qu'il était trois heures.

L'épaisse moquette des couloirs rendit le parcours plus difficile encore. Les petites roues s'enfonçaient, se bloquaient. Ahanant, Sylvia poussait. Elle s'arrêtait parfois pour souffler, et sortait ses prismes des poches de son tablier.

— Audrina, chère Audrina...

Je tournai lentement la tête. J'étais agitée de spasmes. Je réussis à regarder par-dessus mon épaule et vis son visage rayonnant de plaisir. Elle m'aidait, elle était heureuse d'être utile. Ses yeux brillaient de joie. La voir ainsi fit monter en moi un regain de force.

— Cache-moi, Sylvia, cache-moi.

Tout tournait. Les murs se rapprochaient, puis reculaient. Le bric-à-brac sur les commodes du couloir bougeait, s'animait, les tanagras devenaient énormes. Les motifs du tapis se redressaient, m'enveloppant, m'étouffant. Sylvia poussait toujours. Où m'emmenait-elle ?

Soudain le grand escalier fut devant nous. Non ! J'avais envie de hurler et j'étais muette de terreur. Sylvia allait me pousser !

— Au... dri... na ! Douce Audrina !

Lentement, le chariot s'éloigna des marches. Il roula vers l'aile ouest où se trouvait la chambre aux jouets.

Je passais de la conscience à l'inconscience, réveillée en sursaut par des douleurs qui me poignardaient. Au rez-de-chaussée, la porte d'entrée claqua.

Sylvia entra dans la chambre aux jouets.

Non, non, non ! Tel était mon cri intérieur tandis que Sylvia me poussait dans cette pièce où tous les cauchemars avaient commencé. Le lit à baldaquin se dressait là, si grand, si redoutable, si haut sur pieds. Sylvia me poussa dessous et s'éloigna.

Fermant les yeux, je m'abandonnai au destin. J'essayai de me détendre et de ne pas m'inquiéter de Sylvia, qui devait avoir oublié déjà où elle m'avait cachée. Qui penserait à me chercher sous le lit dans cette chambre qui ne servait plus à personne ?

C'est alors que j'entendis Vera hurler.

— Sylvia ! Où est Audrina ? Où est-elle ? (Il y eut un grand bruit, comme d'une chute, puis un autre cri, plus proche.) Je vais t'attraper, Sylvia, et tu regretteras de m'avoir jeté ce vase à la figure. Espèce d'idiote, qu'as-tu fait d'Audrina ?

J'entendis des portes s'ouvrir et se fermer. Il semblait qu'une poursuite s'était engagée. J'ignorais que Sylvia pût courir !

C'est alors que j'entendis s'ouvrir la porte de la chambre aux jouets.

Douloureusement, je tournai la tête et vis des chaussures bleues approcher. L'une d'elles avait une semelle compensée. Peu après j'entendis le craquement familier du fauteuil.

— Sors de là, aboya Vera, s'échinant à en faire descendre Sylvia.

Sylvia réussit à fuir. Vera la suivit.

C'est alors que je m'évanouis. Je ne sais combien de temps s'écoula avant que j'entende de nouveau un bruit de pas. Sylvia était à genoux, près de moi.

Elle me tira par le bras. J'essayai de l'aider mais, cette fois, je souffrais trop. Elle y parvint cependant et, quelques instants plus tard, je revenais à moi. J'étais assise dans le fauteuil. Sylvia soulevait mes bras pour que je puisse m'agripper. Je hurlai. Je ne voulais pas mourir ! Pas ici, pas dans ce fauteuil !

Sylvia referma la porte derrière elle.

Je commençai à me balancer. Il fallait que je me balance pour échapper à la douleur et à l'horreur... Je n'avais plus la force de me révolter. Je revoyais Vera, petite fille, et elle me taquinait parce que je ne savais pas comment font les hommes et les femmes pour avoir des enfants.

Le jour de pluie revint. Les garçons me poursuivaient, me saisissaient et comme toujours dans ces visions j'étais Première Audrina, et je prenais sa honte en charge. Cette fois c'était Arden qui arrachait mes vêtements — ses vêtements —, et c'était Arden...

— Audrina ! dit la voix de mon père, lointaine, si lointaine. Oh, Dieu tout-puissant ! Ma douce Audrina est sortie du coma ! Elle hurle ! Elle va guérir !

Mes paupières se soulevèrent. Papa était là, et derrière lui, Arden. Mais je ne voulais pas voir Arden.

— Ma chérie, ma chérie, sanglotait Papa. (Il me prit

dans ses bras et me soutint.) Arden, appelle une ambulance.

Je repoussai Arden qui essayait de m'arracher à Papa. Le rêve, Papa, Première Audrina...

Il poussa un soupir et me tint serrée. Je vis Arden sortir en courant.

— Oui, chérie, c'était il y a très longtemps, et tu vas guérir maintenant. Papa va veiller sur toi. Et toute ma vie je vais remercier Dieu de t'avoir épargnée, juste au moment où je pensais qu'il n'y avait plus d'espoir.

Je me réveillai dans une chambre d'hôpital, aux murs roses, et il y avait des bouquets de roses partout. Papa était assis près de la fenêtre.

— Tu as triomphé d'une terrible épreuve, Audrina. Ni Arden ni moi ne pensions que tu survivrais. Ces dernières heures ont été terribles aussi pour nous. Arden et moi avons cru devenir fous pendant que les médecins t'opéraient. A présent, ils disent que tu vas aller très bien.

Mais il y avait quelque chose que je voulais savoir, que je devais savoir.

— Papa, il faut me dire la vérité cette fois... Est-ce qu'Arden était là quand Première Audrina est morte ? J'ai vu son visage dans mes rêves. Première Audrina a essayé de me mettre en garde contre lui, et je n'ai pas voulu l'écouter.

Il hésita et regarda en direction de la porte. Arden était sur le seuil, le visage ravagé, plus désespéré que je ne l'avais jamais vu.

— Poursuivez, Damian, dit-il, dites-lui la vérité. Oui, j'étais là, et j'ai fui ! Comme je vais fuir, à présent, car je vois dans ton regard que tu me hais, Audrina, mais je reviendrai.

Les jours suivants je refusai l'entrée de ma chambre à Arden. Il apportait des fleurs, des bonbons. Non, il n'entrerait pas.

— Tu es très dure avec lui, mais je te comprends, murmura Papa. J'admets que je n'ai jamais été très favorable à ton mariage avec Arden. Sa mère a su me faire comprendre quelque chose que je n'avais jamais compris. Nous devons beaucoup à sa mère. Donne une chance à Arden, Audrina. Il t'aime, laisse-le revenir.

Je le dévisageai. Papa ne savait pas qu'Arden avait fait le projet de me tuer et de s'enfuir avec Vera.

Une infirmière aux cheveux gris ouvrit la porte et passa la tête :

— Il est temps de vous en aller, monsieur Adare. Je suis sûre que Mrs Lowe a envie de passer quelques minutes avec son mari.

— Non, dis-je fermement. Dites-lui de partir.

Je n'étais pas encore prête pour revoir Arden. Il m'avait trompée avec Vera. Et il avait manqué à ma sœur morte, et puis... il y avait quelque chose d'autre qu'il me fallait découvrir. Quelque chose qui continuait à m'échapper. Je le pressentais, je ne savais pas encore toute la vérité sur Première Audrina.

Les jours passaient. Je reprenais des forces. Papa venait me voir deux fois par jour. Je refusais toujours de laisser entrer Arden.

On me prodiguait des soins et des massages pour fortifier mes jambes et mes bras, pour me réapprendre à contrôler mes muscles. Il me fallut trois semaines pour marcher de nouveau. Le jour de ma sortie, Papa vint me chercher. Dans la voiture, Sylvia était assise à côté de moi.

— Arden voulait venir avec nous, dit Papa, tandis qu'il bifurquait, quittant la grand-route. Vraiment, Audrina, tu ne peux le repousser sans trêve. Il faut tirer tout au clair avec lui.

— Où est Vera, Papa ?

— Vera est tombée et s'est cassé le bras, dit-il, avec un geste de dédain. Les os de verre.

— Je veux qu'elle quitte la maison. (Ma voix était

dure.) Elle est coupable de tout, et responsable du conflit entre Arden et moi.

— Elle partira dès qu'on lui aura enlevé son plâtre. (Sa voix était aussi dure que la mienne.) Sylvia aussi en a vu de dures avec Vera. Elle a conçu pour elle une véritable haine... Tu ne peux vraiment blâmer Arden d'avoir eu une liaison avec elle. Souvent, au petit déjeuner, même avant que Vera ne revienne, j'ai remarqué son air malheureux. Il souriait quand tu le regardais mais quand tu détournais la tête, on devinait que ses nuits avec toi le laissaient frustré. Cela ne me déplaisait pas, je l'avoue.

Eh bien, cela ne me déplaisait pas, à moi non plus, de l'avoir rendu malheureux. De noires pensées, de laides pensées montaient des profondeurs de moi-même tandis que nous approchions de la grande maison.

Papa me soutenant, nous gravîmes les marches du perron. Arden ouvrit la porte d'entrée et se précipita vers nous. Il voulut m'embrasser.

— Non ! Ne me touche pas. Va te consoler avec Vera — comme tu le faisais pendant que j'étais dans le coma.

Pâle et malheureux, il recula et laissa Papa me conduire au salon. Je me laissai tomber sur la méridienne de velours mauve. Mon père nous laissa.

Maintenant était arrivé le moment, tant redouté, d'être seule avec Arden. Avec lassitude, je fermai les yeux.

— Tu vas rester couchée ainsi à ne rien dire ? Tu ne me regardes même pas ? (Il haussa le ton :) De quoi penses-tu que je suis fait ? Tu étais dans le coma, et Vera faisait ce qu'elle pouvait pour m'aider à survivre. Tu gisais raide et froide. Comment aurais-je pu deviner que chaque jour tu allais un peu mieux, alors que tu ne m'en donnais jamais le moindre signe ?

Il se leva, marchant nerveusement, passant et repassant sans cesse devant moi.

Je me redressai.

— Je vais là-haut. Je te prie de ne pas me suivre. Je n'ai plus besoin de toi, Arden. Je sais que Vera et toi aviez fait le projet de me supprimer. J'avais tant de foi en toi, tant de confiance. Mais tu m'as trahie ! Tu m'as voulue morte pour partir avec elle !

Son visage devint blême, il resta sans voix. Je me dirigeai lentement vers l'escalier. Il n'eut aucun mal à me rattraper.

— Qu'est-ce qui nous arrive ? Tu me hais ? Où vas-tu ?

De quel droit me demandait-il des comptes ? Il ne faisait plus partie de ma vie, désormais.

Laborieusement, mais reprenant des forces à chaque pas, je me dirigeai vers d'autres escaliers qui bientôt me menèrent au grenier. Arden me suivait. Je me retournai et laissai exploser ma colère :

— Non ! Laisse-moi. Je veux faire ce que j'ai voulu faire toute ma vie. Quand j'étais sur mon lit et que je vous entendais, toi et Vera, comploter pour mettre un terme à ma vie, tu sais ce qui me tracassait le plus ? Eh bien, je vais te le dire. Il y a un secret sur moi que je dois découvrir. C'est plus important que toi, et que tout. Alors laisse-moi en finir avec ce mystère qui devrait être résolu depuis longtemps. Après, quand je te reverrai, je pourrai peut-être te regarder... Pour l'instant, je souhaiterais plutôt ne jamais te revoir.

Il battit en retraite, me regardant avec une grande tristesse. Je pensai à Billie qui m'avait dit autrefois que chacun pouvait commettre des fautes, que même son fils n'était pas parfait. Néanmoins, je me dirigeai vers le grenier, par l'escalier en spirale qui me mènerait dans la rotonde, sous la coupole, où je pouvais déjà entendre les harpes éoliennes tinter, tinter...

Le secret des harpes éoliennes

Péniblement je gravis l'escalier qui tant de fois m'avait permis d'échapper à Vera. Le soleil étincelait à travers les vitraux. Les couleurs tournoyaient et j'étais le centre de ce vaste kaléidoscope. Les reflets s'accrochaient dans mes cheveux, tatouaient mes bras et maquillaient mon visage. Je regardai les scènes de vitrail chères à mes yeux d'enfant et, là-haut, tout là-haut, les lames de verre suspendues à leurs cordelettes rouges.

Je promenai mon regard, attendant que les souvenirs d'enfance se lèvent en moi et secouent d'épouvante tout mon être. Mais il ne vint que de doux souvenirs, souvenirs de l'époque solitaire où je souhaitais tant aller à l'école, avoir des amis, être aussi libre que les autres enfants de mon âge.

Je m'étais donc donné tout ce mal pour rien? Pour ne rien savoir de plus?

— Quel est donc ce grand mystère? hurlai-je à l'adresse des harpes éoliennes. Depuis toujours je vous entends susurrer et tenter de me dire quelque chose. Maintenant, je suis là, prête, alors dites-moi votre secret! Dans le passé, je ne voulais rien savoir, maintenant, je veux savoir!

— Audrina, dit la voix de Papa, derrière moi, tu perds le contrôle de tes nerfs. C'est dangereux pour toi, dans l'état où tu te trouves.

— C'est Arden qui t'envoie? criai-je d'une voix stridente. Suis-je vouée à ne rien savoir? Suis-je vouée à descendre au tombeau avec la mémoire en miettes? Papa, dis-moi le secret de cette rotonde.

Non, il ne voulait pas. Ses yeux évitaient les miens. Il invoqua ma faiblesse, il me dit que j'avais besoin de repos et voulut me persuader d'aller m'étendre. Je me ruai sur lui et le frappai à la poitrine. Il n'eut aucun mal à me saisir les poignets qu'il maintint d'une seule main tandis qu'il faisait peser sur moi son regard lourd.

— Très bien. Peut-être, en effet, le temps est-il venu. Demande, interroge.

— Papa, dis-moi ce qu'il faut que je sache. Je perds l'esprit, de ne rien savoir.

— Soit, dit-il, cherchant un siège. (Il n'y en avait pas dans la pièce. Il s'assit par terre et s'adossa à une fenêtre, m'entraînant sur le tapis à ses côtés. Il me prit dans ses bras :) Rien de tout cela ne va être facile à dire, ni agréable à entendre. Mais tu as raison, il faut que tu saches. Ta tante me l'avait dit depuis le début : il faut que tu saches la vérité sur ta sœur aînée.

Le souffle suspendu, j'attendais.

— Je suis sûr que tu as pris conscience du sens des visions qui t'assaillaient lorsque tu étais dans le fauteuil; tu t'es certainement rendu compte que ces garçons qui surgissaient des buissons avaient violé mon Audrina. Mais, contrairement à ce que j'ai raconté, elle n'est pas morte.

— Elle n'est pas morte? Où est-elle?

— Ecoute, et ne pose aucune question avant que j'aie fini de parler. Si je t'ai menti, c'est pour te mettre à l'abri de choses horribles qui auraient pu gâcher ton existence. Après le viol, Audrina est rentrée, trébuchant, retenant les lambeaux de sa robe pour couvrir sa nudité. Ils l'avaient tant humiliée qu'elle avait perdu toute vanité. Souillée de boue, trempée, meurtrie d'égratignures, elle se sentait honteuse. Elle savait que dans le salon vingt enfants attendaient le goûter d'anniversaire. Entrée par la porte du fond, elle essaya de se faufiler dans l'escalier, mais ta mère, qui, de la cuisine, l'avait vue arriver, se rua derrière elle. Les seuls mots qu'Audrina fut capable d'articuler, ce furent : « Les garçons! » C'était plus qu'il n'en fallait pour que ta mère comprenne. Elle la prit dans ses bras, lui dit

351

que ce genre de choses pouvait arriver et qu'Audrina était toujours la merveilleuse petite fille que nous aimions tant. Mais elle lui dit aussi : « Ton Papa n'a pas à le savoir. » Quelle erreur ! Cela signifiait que je pourrais avoir honte à mon tour, que ce que ces garçons lui avaient fait allait ruiner définitivement l'estime que j'avais pour elle. Elle se mit à hurler qu'elle aurait préféré que les garçons la tuent, la laissant morte sous l'arbre ; puisque Dieu l'avait abandonnée au moment où elle avait tant prié qu'il lui vienne en aide, elle n'avait plus qu'à mourir.

— Oh, Papa, je devine ce qu'elle a dû ressentir !

— Alors ta mère a commis une seconde erreur. Elle a entraîné Audrina dans la salle de bains et a rempli la baignoire, puis elle a forcé ma petite fille à pénétrer dans l'eau. Et elle s'est mise à l'étriller avec une brosse dure, comme si elle voulait effacer toute trace de souillure. La petite était déjà endolorie, brisée. Mais Lucietta devenait enragée, à frotter et frotter encore. Elle ne se rendait pas compte de ce qu'elle infligeait à sa fille. Ce qu'elle voulait éliminer c'était la honte, et elle ne s'apercevait pas qu'elle lui arrachait la peau.

« En bas, les enfants venus pour le goûter réclamaient à cor et à cri la glace et les gâteaux. Ellsbeth les servit, en disant qu'Audrina était rentrée avec un rhume carabiné et qu'elle devait garder le lit. Les invités prirent la chose très mal et bientôt ils repartirent, les uns laissant leurs cadeaux, d'autres les remportant, persuadés qu'Audrina leur faisait un affront.

« Ellsbeth m'appela au bureau et me donna brièvement sa version des faits. Ma fureur fut telle que je faillis avoir une crise cardiaque ; je me précipitai et fonçai à la maison si vite que c'est miracle si la police ne m'arrêta pas sur la route. J'arrivai juste à temps pour voir ta mère passer à l'enfant une chemise de nuit de coton blanc. L'éclair d'un instant, j'aperçus le petit corps écorché. J'aurais voulu tuer ces garçons et frapper ta mère ; je n'ai jamais pu lui pardonner de s'être servie de cette brosse. Par la suite, j'y ai fait souvent de petites allusions méchantes. Lorsqu'elle récurait ainsi le corps de sa fille, ce qu'elle lui signifiait c'était que la souillure était incrustée à jamais, et qu'à jamais elle serait perdue d'honneur à mes yeux. Alors ta mère est allée jusqu'à la pharmacie et est revenue avec de la teinture d'iode... pas le genre de teinture d'iode qu'on utilise actuellement, non, l'ancienne, celle qui pique et qui brûle.

« J'ai hurlé à Lucietta : « Cesse ! » et elle a obéi, et Audrina s'est échappée. Elle semblait terrifiée de me voir, elle s'est enfuie vers le grenier. Je courus derrière elle, ta mère me suivait. Toujours hurlant, Audrina monta quatre à quatre l'escalier jusqu'à cette rotonde où nous nous trouvons tous les deux. Elle était jeune et vive, et quand j'arrivai, elle était debout sur une chaise et avait déjà réussi à ouvrir une des hautes fenêtres. Elle se tenait là, et le vent entrait en rafales, il pleuvait à seaux, le tonnerre grondait. Les harpes éoliennes résonnaient frénétiquement. C'était la fin du monde ! Audrina était prête à sauter. Je m'élançai et la saisis, la tirant à l'intérieur. Elle se débattit, me griffa au visage, hurlant comme si j'étais à ses yeux le mal incarné en tout être du sexe masculin, et comme si, en me frappant, c'était à eux qu'elle faisait mal... »

Je relevai la tête avec effort pour regarder les lames de verre immobiles au bout de leurs cordelettes de soie.

— Mais il y a plus, chérie, oui, plus. Veux-tu que nous attendions un autre jour, un jour où tu te sentiras plus forte ?

Non, je n'avais que trop attendu. C'était maintenant ou jamais.

— Continue, papa, dis tout.

— Je ne pouvais m'empêcher de répéter à ta mère qu'elle n'aurait pas dû agir comme elle l'avait fait. Elle aurait dû rassurer sa fille, et plus tard, nous serions allés à la police. Mais ta mère s'y refusa. Elle ne voulait pas que sa fille soit humiliée une seconde fois par d'autres hommes, ni que lui soient posées des questions intimes, cruelles. J'étais dans une fureur telle que j'aurais voulu tuer ces garçons, les étrangler, les châtrer, que sais-je, faire quelque chose de si terrible que sans aucun doute on m'aurait mis en prison pour la vie... Audrina ne voulut pas donner le nom de ces garnements, par crainte de représailles, peut-être. Sans doute l'avaient-ils menacée...

Et Arden était présent, lui aussi. Arden était présent, et elle l'avait imploré, et il avait fui.

— Où est-elle, Papa ?

Il hésita. Là-haut la clameur des harpes s'enfla, et instinctivement je devinai que leur plainte se poursuivrait jusqu'à ce que le secret me soit révélé.

Je m'étais levée. Papa m'avait enveloppée de ses bras puissants. Il m'avait entraînée au centre du tapis.

— Pourquoi m'éloignes-tu de la fenêtre, Papa ?

— Tu as vu les sombres nuages ? Un orage se prépare, et je n'aime pas rester ici quand le temps est à l'orage. Descendons, nous continuerons à parler en bas.

— Non, Papa, dis-moi tout maintenant, ici. C'est ici qu'elle venait jouer. J'ai toujours su que les poupées de papier étaient à elle.

Il s'éclaircit la gorge. Ma respiration s'était accélérée, la panique me gagnait, j'aurais voulu crier. J'étais épouvantée, épouvantée, comme dans le fauteuil, lorsque j'avais sept ans. Papa soupira et porta un instant les mains à son visage, un bref instant seulement, comme s'il avait peur de me lâcher.

— J'aimais cette enfant, Dieu m'en est témoin. Elle donnait tant à ceux qu'elle aimait, elle me faisait tellement confiance, et je m'étais promis de ne jamais la décevoir. Elle était exceptionnellement belle, certes, mais elle charmait aussi parce qu'elle était chaleureuse, gentille, accueillante. Et elle avait quelque chose de plus, un don indéfinissable, un bonheur contagieux, que peu d'entre nous possèdent. En sa présence, on se sentait plus vivant. Une journée avec elle au parc, au zoo, au musée, éclairait votre vie, et vous faisait tout voir avec des yeux d'enfant, avec ses yeux à elle. Parce qu'elle voyait des choses prodigieuses, on les voyait aussi. Un don rare, qui vaut plus que tout ce qu'on pourra jamais acquérir avec de l'argent. Le moindre petit cadeau, elle était aux anges. Qu'il fasse beau ou mauvais, elle était heureuse. Elle avait des qualités si rares, si rares. (Sa voix s'étrangla, il baissa les yeux un instant sur mon visage et croisa mon regard, puis se détourna.) Même ta mère était heureuse quand Audrina était présente, et Dieu sait que Lucky avait bien des raisons de se sentir malheureuse; Ellsbeth aussi. Je les ai aimées toutes les deux. Je me suis efforcé d'être pour toutes deux celui dont elles avaient besoin. Je ne crois pas y être jamais parvenu. (Sa voix était maintenant très faible.) Mais Audrina n'aurait pas dû désobéir. Nous lui avions répété des dizaines de fois de ne pas prendre le raccourci. Elle aurait dû savoir...

— Ne t'interromps pas, continue, dis-je impatiemment.

— Après que ta mère eut effacé toute trace du viol, nous avons pensé qu'il fallait garder Audrina à la maison pour que le secret reste entre ces murs. Mais les secrets ont une façon à eux de filtrer, quoi qu'on fasse. J'aurais voulu découvrir ces garçons et les tuer. Comme je te l'ai déjà dit, elle refusait de dire leurs noms, et elle ne voulait pas retourner en classe, car elle les aurait revus. Elle ne voulut aller dans aucune autre école. Elle refusa de manger, de quitter le lit, et ne voulut même plus se regarder dans la glace. Une nuit, elle se leva et brisa tous les miroirs de la maison. Quand elle me voyait, elle hurlait, car j'étais pour elle non plus son père mais un homme comme les autres, qui aurait pu lui faire du mal. Elle jetait des pierres sur son chat et le chassa. Je ne permis jamais qu'elle en eût un autre, craignant ce qu'elle aurait pu lui faire.

Je le regardai, incrédule, hébétée :

— Papa, je suis si troublée. Essayes-tu de me faire comprendre que Première Audrina dont j'ai été jalouse toute ma vie n'est autre que Vera ? Mais tu n'aimes pas Vera !

L'étrange lueur dans ses yeux m'effraya.

— Je ne pouvais tout de même pas la laisser mourir. Si elle était morte, une part de moi-même serait morte. Elle aurait emporté dans la tombe le don qu'elle avait et je n'aurais plus jamais connu le bonheur. Je l'ai sauvée. Sauvée de l'unique façon qui était en mon pouvoir. Ma douce Audrina... n'as-tu pas encore deviné ? Ne t'ai-je pas donné assez d'éclaircissements, assez d'indices ? Ma première Audrina, ce n'est pas Vera... *c'est toi.*

— Non ! hurlai-je. C'est impossible ! Audrina est morte, elle est au cimetière ! Nous y allions tous les dimanches.

— Non, elle n'est pas morte puisque *tu* es vivante. Il n'y a jamais eu de Première Audrina, puisque tu es ma première et mon unique Audrina. Que Dieu me frappe si je mens !

Et moi, j'entendais des voix dans ma tête, des voix qui disaient :

— *Papa, pourquoi ont-ils fait cela ? Pourquoi ?*

— *Ce n'est qu'un rêve, amour, seulement un rêve. Papa ne laissera jamais rien arriver de mauvais à son Audrina, sa douce Audrina. Mais ta sœur morte avait le don, ce don merveilleux que je veux pour toi maintenant qu'elle n'en a plus besoin. Papa peut utiliser le don pour t'aider, pour aider Maman et Tante Ellsbeth.*

— *Dieu l'a voulu, que Première Audrina soit morte, non ? Il l'a fait mourir parce qu'elle avait désobéi ! Elle a été punie parce qu'elle aimait se sentir jolie dans des robes neuves qui coûtaient cher. Première Audrina aimait beaucoup que les garçons lui courent après, pour leur prouver qu'elle pouvait courir plus vite que Tante Ellsbeth. Plus vite que les filles de l'école. Elle pensait qu'ils ne pourraient jamais, jamais l'attraper, et d'ailleurs Dieu la protégerait. Elle pria et il ne l'entendit pas. Il fit semblant de croire que tout allait pour le mieux dans le joli bois, alors qu'en vérité il savait parfaitement, il savait. Il était content qu'une fille Whitefern se fasse attaquer, parce que Dieu lui aussi est un homme. Dieu s'en fichait comme d'une guigne, Papa! C'est ça la vérité, n'est-ce pas?*

— Dieu n'est pas si cruel, Audrina. Dieu peut être miséricordieux. Mais on doit surtout s'aider soi-même, car il ne peut veiller sur tous!

— Alors à quoi il sert, Papa, à quoi?

Je poussai un hurlement et m'arrachai à son étreinte. Puis je me précipitai dans l'escalier au risque de me rompre le cou.

Première Audrina

Je fuyais à toutes jambes sous le ciel d'orage. Je fuyais Whitefern et je les fuyais tous : Papa, Arden, Sylvia, Vera et le spectre de l'Autre qui me talonnait, voulant maintenant me persuader que je n'avais jamais existé.

Violée : c'était elle qui l'avait été, pas moi. Courant comme une folle, épouvantée, je cherchais à échapper à la horde de ses souvenirs.

Je fuyais. Irais-je jamais assez vite et assez loin pour m'arracher à ce que j'avais été, à ce qui m'avait torturée toute ma vie? Le mensonge. Existait-il un lieu d'où le mensonge était absent? Où était ce havre de grâce?

Derrière moi, j'entendais mon nom : Son nom à elle. Rien ne m'appartenait en propre.

— Audrina, attends ! criait Arden.

Je ne pouvais plus m'arrêter. J'étais comme ces jouets mécaniques : on avait tourné la clef pendant tant d'années qu'il fallait que le ressort se dévide, ou que je me brise.

— Reviens, appelait Arden. Regarde le ciel. (Sa voix était le désespoir même.) Audrina, reviens ! Tu es encore fragile ! Cesse de te conduire comme une folle !

Folle ? J'étais donc folle ?

— Chérie, sanglotait-il tout en courant derrière moi, tout cela n'est pas aussi affreux que tu crois.

Qu'en savait-il ? Que savait-il de moi, de la vie que j'avais vécue ?

Derrière moi, quelqu'un me saisit le bras. Arden ! Je le frappai de mes poings, au visage, à la poitrine, mais d'une seule main il m'enserra les deux poignets, comme le faisait Papa ; et sans doute m'aurait-il traînée ainsi jusqu'à la maison, mais il perdit l'équilibre et l'étau se relâcha.

J'arrivai en vue du cimetière. Les stèles de marbre blanc se détachaient livides sur le ciel sombre. Au loin les éclairs zébraient le ciel. Le tonnerre gronda.

Epouvantée mais obsédée par le besoin de savoir, je cherchai de tous côtés quelque chose pour creuser. J'aurais dû prendre une bêche ! Où le gardien du cimetière rangeait-il ses outils ?

Je frissonnai. Il y avait là les tombes de ma mère, de Tante Ellsbeth et de Billie. A côté de la tombe de ma mère, une place vide : celle qu'occuperait un jour mon père. La tombe de Première Audrina jouxtait cette place vide. Elle m'avait attirée ici. Elle m'appelait, me narguait, me défiait de jamais l'égaler en beauté, en charme et en intelligence ; ses « dons » n'appartenaient qu'à elle !

La stèle fragile évoquait la silhouette d'une frêle

jeune fille, elle paraissait luire d'une sorte de phospho-
rescence surnaturelle dans la pénombre.

Pas de quoi avoir peur : ce qu'on voit n'est jamais
que ce qu'on veut bien voir, me dis-je. Avec résolution
je marchai droit vers le tombeau.

Combien de fois ne m'étais-je pas tenue là ?

— Ceci est la tombe de ma fille bien-aimée. (Je
croyais entendre la voix de Papa :) Ici, en terre consacrée, repose ma fille aînée et elle sera à mes côtés
quand Dieu trouvera bon de me rappeler à lui.

Jamais plus, jamais plus ! Je tombai à genoux et commençai à gratter l'herbe à mains nues. Mes ongles
étaient meurtris, j'avais les mains en sang, pourtant je
continuai à creuser. J'allais finir par connaître la
vérité.

— Arrête ! rugit Arden. (Il voulut m'obliger à me
relever. Il me ceintura :) Tu es malade ou quoi ? Pourquoi creuses-tu cette tombe ? »

— Je veux la voir ! hurlai-je.

Il me regarda comme si j'étais folle. Je me sentais
folle.

Le vent soufflait par rafales, cinglant ma chevelure,
plaquant mes vêtements. Du ciel vint un déluge. Des
grêlons énormes s'abattaient sur nous.

— Audrina, tu es complètement folle, criait Arden. Il
n'y a personne là-dessous !

Le vent nous assourdissait, nous devions hurler, bien
que nos visages fussent tout proches.

— D'abord qu'est-ce que tu en sais ? Papa ne raconte
que des mensonges, tu le sais bien ! Il dirait n'importe
quoi, ferait n'importe quoi pour me garder près de lui !

Arden resta un instant silencieux, puis il recommença à me secouer :

— Tu dis des sottises ! Arrête ton cinéma ! Il n'y a
personne dans cette tombe ! Tu n'as pas de sœur aînée,
affronte la réalité !

Hagarde, je le dévisageai. Il fallait qu'il y ait eu une
première Audrina avant moi, et qu'elle soit morte,

faute de quoi ma vie entière ne serait qu'un vaste mensonge. Je me jetai sur lui, bien décidée à le faire fuir. Je voulais qu'il me laisse creuser cette tombe.

Mon pied glissa dans la boue. Arden essaya de me retenir, mais je l'entraînai et nous tombâmes tous deux.

Je continuais à le bourrer de coups, à le griffer. J'essayais de lutter, de me battre, de faire tout ce que l'Autre avait été incapable de faire le jour de ses neuf ans.

Arden me plaqua au sol et m'écarta les bras pour m'immobiliser. Il coinça ses jambes autour de mes chevilles. Je lui envoyai un coup de tête dans la mâchoire. La douleur lui arracha un juron. Il avait la figure en sang. Comme eux, ce fameux jour.

La pluie me cinglait le visage. La scène du viol me revenait. Arden était Spencer Longtree, les visages des trois garçons se superposaient au sien, il personnifiait tous les hommes, mais cette fois, au nom de l'Autre Audrina, je vengerais toutes les femmes violées depuis que le monde est monde : j'aurais le dessus.

Les éléments déchaînés semblaient nous inviter à toujours plus de violence.

Deux fois il me gifla, comme Papa giflait Maman sous le moindre prétexte. Lui ne l'avait jamais fait. Je ne ressentis pas la douleur mais devenue folle furieuse, je le frappai à mon tour. Il me saisit de nouveau les poignets, bien décidé cette fois à ne pas lâcher.

— Arrête ! arrête ! hurla-t-il, essayant de couvrir les mugissements du vent. Audrina, si tu dois absolument regarder ce qu'il y a dans cette tombe, laisse-moi courir à la maison chercher une bêche. Regarde tes pauvres mains ! (Il les pressa, toutes sales, sur ses lèvres, et plongea un doux regard dans mes yeux furibonds :) Tu es là étendue dans la boue, avec un regard haineux, et moi, tout ce que je pense en retour, c'est que je t'aime. N'es-tu pas suffisamment vengée ? Que veux-tu de plus ?

— Te faire honte, te faire mal, comme tu m'as fait honte et mal.

— Eh bien, vas-y! cria-t-il. Fais donc ce que tu as envie de faire. Laboure mon visage de tes ongles sales, enfonce-moi les pouces dans les yeux, après peut-être seras-tu enfin satisfaite.

Je le giflai à plusieurs reprises.

— Sale bête! Espèce de brute! Espèce de lâche! Laisse-moi! Va retrouver ta Vera, vous faites la paire, tous les deux.

Le ciel à ce moment parut se fendre en deux. La lueur fulgurante d'un immense Z frappa un chêne gigantesque dont on pouvait imaginer les racines enserrant de leur réseau souterrain les tombes des Whitefern. L'arbre s'ouvrit en deux, s'abattit à quelques mètres de nous puis s'embrasa.

Nous n'avions même pas tourné la tête. Les poings en sang, je frappais toujours Arden au visage, à la poitrine.

Arden se jeta sur moi de tout son poids. Plaquée au sol, presque submergée de boue, je m'arc-boutais, tentant encore de le repousser, mais je m'épuisais. Jurant comme un charretier, il écrasa ses lèvres sur les miennes. Je le mordis.

Il glissa une main dans mon corsage, arracha mon soutien-gorge, déchira mes vêtements et les jeta au loin. Je me débattis en hurlant. Entre un homme et une femme tout finit donc toujours ainsi? Je le détestais! Son désir animal me donnait des envies de meurtre.

C'est alors qu'une ardeur semblable à son désir m'envahit, me brûla. Je continuais à lutter, tout en répondant à son étreinte; entrouvrant les lèvres, je le saisis à bras-le-corps et l'attirai à moi. Je le caressai avec amour et détestations arrachant ses vêtements mouillés. Nous étions nus sur la tombe de ma sœur morte.

Dans ses bras, sur cette tombe, à l'unisson des éléments déchaînés, je capitulai en un crescendo furieux.

Haletante, je revenais par intervalles à la réalité. L'orgasme succédait à l'orgasme, me laissant brisée. Il roula sur le côté et me reprit.

Sous les vagues brûlantes du désir, le monde aurait pu s'écrouler, le péché n'avait plus d'importance, n'existant plus. Je revins à moi. Furieuse de découvrir que j'étais perdante une fois de plus.

— Je ne quitterai pas cet endroit avant d'avoir vu son corps, dis-je.

Mes vêtements étaient trempés, souillés de boue, lacérés. Comme les siens. Exactement comme les siens.

— S'il te faut cette certitude, dit-il avec colère, je vais chercher une bêche. Attends-moi!

— Dépêche-toi!

Arden disparut dans le crépuscule. Le vent faisait rage. Je ne cherchai pas à m'abriter. Je me laissai aller sur le sol et sanglotai. Peu après, Arden était de retour. Il me cria de me pousser, puis forçant de tout son poids sur la bêche, il creusa la terre détrempée.

— Ce terrain est à un mètre cinquante au-dessus du niveau de la mer. La loi oblige à aménager des fosses étanches en béton. Je ne dois pas être loin du fond.

La pluie m'aveuglait. Je me traînai au bord du trou béant, pour voir. Arden creusait toujours. Sous mes genoux, la boue glissait. Je poussai un cri, cherchant à m'agripper quelque part, mais fus incapable de freiner ma chute. Arden rugit:

— Rattrape-toi!

Mais je dégringolai sur lui et nous nous retrouvâmes bientôt au fond de la fosse vide.

Blême, je me forçai à le regarder dans les yeux.

— Arden... cela veut-il dire que je suis vraiment l'Autre, la Première?

— Oui, chérie. (Il jeta la bêche et m'étreignit.) Ton père a dit vrai.

Mes forces m'abandonnaient. Mon esprit sombrait. C'était donc moi! C'était moi qui avais été violée à l'âge de neuf ans et toute ma famille s'était liguée pour me mentir : Maman, Papa, Tante Ellsbeth, Vera. Ils me tenaient donc pour un être débile. Ils m'avaient fait asseoir dans ce fauteuil pour m'obliger à capter je ne sais quel don alors qu'il aurait simplement fallu que je me retrouve moi-même ! C'était moi, Première Audrina, Parfaite Audrina, et pourtant on me forçait à aller sur sa tombe pour mettre des fleurs dans l'urne... la mienne. Ah, mon Dieu, mais c'étaient eux, les fous !

Je ne sais trop comment, Arden parvint à me hisser hors de la fosse, puis il escalada la paroi et s'extirpa du trou. Dévastés, épuisés, trempés, nous prîmes le chemin du retour. Nous avancions en titubant, sans rien voir, refaisant la longue marche vers la maison du mensonge.

Nous franchîmes le seuil. Arden me poussa dans le cabinet de toilette au bas de l'escalier. Il m'enleva mes vêtements trempés. Je restai là, nue, frissonnante. Il me frotta avec une serviette sèche avant de presser son visage entre mes cuisses. Un frisson me parcourut. Pourquoi ne m'avait-il jamais embrassée ainsi ?

— Tu ne me l'as jamais permis. (Il m'aida à passer un peignoir de bain. Ses lèvres effleurèrent mon épaule.) Ne t'écarte plus jamais de moi. Crie, hurle tant que tu voudras, mais ne te détourne plus de moi. Cela me rend fou. Ce soir, tu t'es débattue, tu as crié, trépigné : tu étais si vivante ! Pour la première fois, tu semblais avoir prise sur ta propre vie. Tu n'es pas perdante, même si tu en es convaincue. La gagnante, c'est toi. Notre vie aurait pu être merveilleuse. Elle le sera désormais.

Je ne pouvais rien décider maintenant. Il fallait d'abord que je voie Papa. J'avais des questions à lui poser. Je l'obligerais à me rendre des comptes. Je m'arrachai à l'étreinte d'Arden.

— Il faut que je parle à Papa ; ensuite nous parlerons de nous.

J'attendis qu'Arden se sèche et passe à son tour un peignoir. Côte à côte, nous montâmes l'escalier.

Le récit de Papa

La lueur des lampes à pétrole allongeait démesuré-
ment nos ombres sur les murs. Nous prîmes l'escalier
du grenier. A mi-chemin, nous parvint un bruit de voix :

— Au... dri... na ?

— Je ne sais pas où elle est passée, disait Papa. (Il
paraissait furieux.) C'est pour cela que je suis monté
ici. La coupole domine les environs et d'ici on peut voir
à des kilomètres à la ronde. Mais je ne vois rien.

— Me voilà, Papa, dis-je, surgissant de la trappe
dans le plancher.

La pluie entrait dans la pièce par rafales. Les harpes
éoliennes tintaient frénétiquement. Il referma vivement la fenêtre.

Mon immense Papa semblait épuisé. Trop las peut-
être pour répondre à l'avalanche de questions que
j'avais à lui poser.

— Tu te rends compte de ce que tu m'as fait ? Pourquoi m'as-tu menti ? Nous avons ouvert sa tombe ! Elle
est vide !

Il vacilla et se laissa tomber sur le sol, rentrant les
épaules, baissant la tête.

— Je l'ai fait pour ton bien.

Mon bien ? Que pouvait-il savoir lui, un homme, de ce
qui était mon bien ? Avait-il la moindre idée de ce que
c'est qu'être une femme, une fille dont on abuse et
qu'on laisse à jamais souillée ?

Il releva la tête, ses yeux imploraient mon pardon.
Silencieusement son regard me disait ses efforts désespérés pour me rendre mon innocence.

— Tu étais si jeune. Ils t'avaient mise dans un tel
état. Tu n'avais que neuf ans ! C'est trop jeune pour
mourir ! dit-il d'une voix rauque, étranglée de douleur.
Nous avons voulu que tu oublies. Alors ta mère et moi

nous t'avons inventé cette sœur morte, cette sœur violée !

— Mais Papa, m'écriai-je, de quel droit t'es-tu emparé de mon esprit ? De ma mémoire ? Je n'ai cessé de me demander si j'étais folle !

— L'amour que j'avais pour toi m'en donnait le droit, répondit-il avec lassitude. Il n'est pas très difficile de tromper une enfant. Chérie, écoute-moi. Ta tante, et parfois ta mère, me disaient bien qu'il aurait mieux valu être franc avec toi et t'aider à voir les choses en face, mais moi je ne voulais pas que tu vives obsédée par un tel souvenir. J'ai décidé de tout faire pour effacer de ton esprit les images de ce jour.

Je me mis à arpenter la pièce. Sylvia, le dos à la fenêtre, regardait les harpes éoliennes qui égrenaient, immobiles, leurs notes lugubres.

Papa poursuivit, le regard égaré.

— Il n'y a jamais eu d'autre Audrina que toi. Après ton... après ce qui est arrivé, j'ai fait creuser une tombe et j'ai commandé une stèle de marbre blanc pour te convaincre. Je voulais te protéger de toi-même.

Ne savais-je pas tout cela depuis toujours ? N'avais-je pas constamment refoulé en moi le pressentiment de la vérité ? Je sanglotai. Je me sentais « partir ». Des images fugaces affluaient à mon esprit. Je me revoyais, titubante, revenant ce jour-là.

La maison est pleine d'invités. Pour mon anniversaire, je le sais. Les voitures sont rangées dans l'allée... Maman me happe à la porte de service et me fait entrer de force dans la baignoire pleine d'eau très chaude, malgré mes cris. Elle m'étrille avec une brosse très dure. Je saigne. Maman me fait encore plus mal que les garçons. Elle veut enlever toute la saleté et en même temps, elle me laisse entendre que jamais je n'en serai lavée. Elle ne peut pas atteindre mon cerveau, souillé lui aussi... et Papa, qui ne voudra plus de moi, maintenant. Il ne voudra plus jamais de moi...

Je fis volte-face :

— Qu'as-tu fait pour que j'oublie? Comment t'y es-tu pris?

— Je vais t'avouer quelque chose que je n'ai jamais voulu reconnaître, même en mon for intérieur. Si j'ai décidé qu'il ne fallait pas que tu vives avec le souvenir de ce viol, c'est que moi je ne pouvais en supporter l'idée. C'est moi qui ai voulu que tu redeviennes la chaste petite fille que j'aimais. Tu ne voulais plus retourner à l'école, tu ne mangeais plus, tu refusais de te regarder dans la glace. Alors je t'ai emmenée chez un psychiatre. Il a d'abord essayé de t'aider, de te parler; en vain. Alors il a décidé de te soumettre à une série d'électrochocs. J'étais là le jour où ils t'ont attachée. Tu hurlais. Ils t'ont mis une courroie de cuir dans la bouche pour que tu ne te mordes pas la langue. Puis il y a eu la secousse. Ton dos s'est arc-bouté, tu as essayé de crier, mais il n'est sorti de ta bouche qu'un horrible gargouillement que j'entends encore... Je n'ai pu supporter l'idée qu'ils recommencent. Je t'ai ramenée à la maison. Je pouvais arriver au même résultat sans te torturer.

Je le toisai.

— Mais Papa, je peux me souvenir de certaines choses. Le chat Tweedle Dee... et la tombe de l'Autre Audrina où nous allions le dimanche... A ce moment-là j'avais sept ans, je n'avais que sept ans!

Il eut un sourire cynique.

— Tu étais une petite fille très intelligente. Il me fallait te surpasser en finesse, mais tu n'étais tout de même qu'une enfant et les adultes peuvent faire croire bien des choses à une enfant. Je voulais que tu gardes un ou deux souvenirs et je te les ai fait entrer dans la tête, morceau par morceau. Tu avais sept ans quand tu as rencontré Arden pour la première fois : je t'ai laissé ce souvenir. Je t'ai prise sur mes genoux, dans le fauteuil, et je t'ai parlé de cette sœur aînée. En somme, je t'ai remodelée entièrement pour que tu redeviennes ce que tu étais. Nette, claire, douce et aimante. A mes yeux, tu étais un ange, trop sublime pour ce bas monde. Tu personnifiais pour moi la féminité la plus pure, et savoir que tu avais été violée m'était insoutenable. Si je n'avais pas agi ainsi, que serait-il advenu de toi, Audrina ? Peux-tu me le dire ?

» Toute ta fierté avait disparu. Tu restais tapie dans les coins d'ombre. Tu vivais uniquement dans le noir. Tu voulais mourir. Si je ne t'avais pas reconstruite, tu serais morte.

J'acquiesçai, presque absente. Je revivais ce temps, je revivais tout ce qu'il avait fait « pour mon bien ».

— N'ai-je pas réussi à laver ta mémoire ? demanda-t-il, les yeux brillant de larmes. N'ai-je pas construit pour toi un château de contes de fées ? Ce n'est pas pour ta mère, Audrina, mais pour toi que je suis devenu tricheur et voleur. J'aurais voulu te donner le monde entier pour compenser ce qui t'avait été arraché.

« Jour après jour, je t'ai prise sur mes genoux et t'ai répété que l'horrible chose ne t'était pas arrivée à toi, mais à ta sœur. Ils avaient tué Première Audrina après l'avoir violée. Et un jour, j'en fus le premier surpris, tu as brusquement effacé le viol de ta mémoire. Tu avais banni ce souvenir, définitivement. Tu entends, chérie ? Tu étais redevenue vierge. »

La pluie tambourinait sur le dôme de cuivre.

— Pour me faire oublier jusqu'à mon âge véritable, cela n'a pas dû être facile ? Comment as-tu pu tricher avec le temps ?

— Cela n'a pas été facile, en effet. J'ai tout fait pour émousser en toi la notion du temps. A Whitefern, nous vivions très isolés, et il n'était pas trop ardu d'abuser de ta crédulité. Les journaux n'arrivaient plus. Je mettais moi-même de vieux journaux dans la boîte aux lettres. Je t'ai voulue plus jeune de deux ans. J'ai caché tous les calendriers et ai interdit à ta tante de te laisser regarder la télévision. J'ai réglé toutes les horloges de la maison sur des heures différentes. Nous te donnions des tranquillisants; c'était, te disions-nous, de l'aspirine pour tes migraines. Tu dormais beaucoup. Parfois, te réveillant d'un somme, tu pensais que toute une nuit avait passé alors qu'une heure seulement s'était écoulée. J'avais fait jurer à Vera de ne jamais te révéler la vérité. Si elle me trahissait, elle n'hériterait pas d'un sou vaillant. Ta mère et ta tante recevaient Mercy Marie pour le fameux thé du mardi, mais ce thé avait lieu deux fois par semaine, pour t'égarer. Tu n'arrêtais pas de demander la date. Tu voulais savoir ton âge, et pourquoi on ne fêtait pas les anniversaires. Cela a pris dix-sept mois pour te persuader de l'existence de cette sœur et de sa mort. Ta tante et ta mère t'enseignaient les rudiments et essayaient de conserver le petit acquis de tes études antérieures. Je t'avais raconté que tu n'étais jamais allée en classe. Quand tu y es retournée, nous t'avons mise dans une école où personne ne connaissait ton histoire.

— Continue, Papa, chuchotai-je.

J'étais dans un état second, mais bien décidée à tirer de lui jusqu'au dernier atome de vérité. Pendant que je le tenais.

— Audrina, si je t'ai menti, si je t'ai trompée, c'était pour t'épargner. J'aurais fait n'importe quoi pour que tu redeviennes cette petite fille chaleureuse que j'avais tant aimée, qui n'avait peur de rien et avait si merveilleusement confiance en elle. Après l'accident, tu as essayé sans relâche de te détruire. Non seulement je t'ai sauvé la vie, mais je t'ai empêchée de devenir folle.

Mon cœur battait à tout rompre. Les larmes ruisselaient sur mes joues. Je tombai à genoux près de Papa. Il me prit dans ses bras.

— Ne pleure pas, chérie, ne pleure plus. C'est fini, et tu es restée la petite fille que tu as toujours été. Tu n'as pas changé. Rien de sale ni de laid ne peut atteindre certains êtres. Tu es de ceux-là.

A cet instant précis, je vis Vera émerger de la trappe. Ses yeux sombres étincelaient de haine. Ses lèvres tremblaient. Son étrange chevelure semblait parcourue de vibrations électriques. Les images du passé affluaient maintenant, en désordre, à ma mémoire.

Cet air d'envie sur le visage de Vera... Je me rappelais tout... Ce matin, c'est mon anniversaire. Je me lève pour partir à l'école. Vera me regarde sortir du bain.

— Mets ton beau jupon, aujourd'hui, Audrina. Celui avec la dentelle et les petits trèfles brodés à la main. Et puis aussi les panties assortis.

— Non. Je mettrai tout ça quand je rentrerai à la maison. Les toilettes de l'école sont dégoûtantes. Et puis je n'aime pas que Maman m'oblige à m'habiller trop bien pour la classe. Toutes les filles sont jalouses et elles n'arrêtent pas de m'embêter quand j'ai ma belle robe.

— Andouille! Ce n'est pas l'idée de Maman, c'est la mienne. Il faut que les filles du village voient que tu as de jolies choses. Il faut qu'elles sachent que les demoiselles Whitefern portent des vêtements de soie. Ta mère est d'ailleurs d'accord.

Du perron, je regarde Vera s'éloigner vers l'arrêt du bus. Elle se retourne et crie :

— Profite bien de ton piédestal, une bonne fois pour toutes. Parce que ce soir quand tu rentreras, tu seras exactement comme nous toutes et adieu ton innocence!

A cette évocation, encore si vive, j'eus un choc. Vera m'apparut sous un autre jour. Mais non, ce n'était pas possible, Vera n'aurait pas envoyé les garçons à ma rencontre! Pourtant elle était seule à savoir que je prenais toujours ce chemin, quand je rentrais à la maison à travers bois.

Ses yeux la trahirent. Sournois, haineux, comme s'ils me disaient : « De toute façon, on t'a eue, ma vieille! »

— C'est toi qui avais tout manigancé, n'est-ce pas, Vera? dis-je en m'efforçant de garder mon calme. Tu étais si jalouse! Tu aurais tant voulu que Papa me déteste. Et dire que j'ai tant pleuré, blottie dans les bras de Maman, cherchant ce que j'avais bien pu faire pour donner à ces garçons l'idée de... Et c'est toi qui leur avais indiqué mon trajet !

Je fis un pas vers elle.

— Oh, ferme-la ! glapit-elle. C'est de l'histoire ancienne ! Je ne pouvais pas me douter que tu allais vraiment désobéir et couper à travers bois. Ne t'en prends qu'à toi-même !

— Une minute ! gronda Papa. (Il se releva et vint près de moi. Arden s'était rapproché.) J'ai surpris plus d'une fois au bazar du village des bribes de conversations. Les gens disaient que quelqu'un avait trahi ma fille. J'ai pensé qu'il s'agissait du gamin que j'employais à sarcler les mauvaises herbes et à tondre le gazon. Mais c'était toi, bien sûr ! La vipère que j'ai nourrie dans mon sein ! Qui pouvait vouloir du mal à Audrina, sinon toi, enfant non désirée, vivant sous notre toit et ignorant qui était son père ?

Terrifiée, Vera fit un pas en arrière.

— Que ton âme aille brûler dans un enfer éternel ! poursuivit Papa. A l'époque déjà, j'avais trouvé la coïncidence troublante : juste le jour de son anniversaire ! Mais ta mère continuait à affirmer ton innocence. Maintenant, je sais. Tu t'es arrangée avec ces garnements pour qu'ils violent Audrina !

Vera porta la main à sa gorge, recula, cherchant à tâtons le mur derrière elle. Elle paraissait terrorisée.

— Je suis ta fille et tu le sais parfaitement, cria-t-elle. Nie-le tant que tu voudras, rien n'y fera, Damian Adare, je suis de ta race et rien ne peut se mettre en travers de mon chemin. Je te hais, je te hais de toutes les façons ! Je hais la femme qui m'a enfantée. J'ai détesté chacune des journées que j'ai vécues dans cette baraque infernale qui a nom Whitefern. Quand ma mère a voulu venir me rejoindre à New York, tu lui as donné un chèque et le chèque était bidon. Une saleté de chèque en bois, alors qu'elle avait trimé des années comme une esclave dans cette maison !

Papa s'avança vers elle :

— Ne t'avise pas de prononcer un mot de plus ou tu le regretteras ! Tu n'as jamais été pour moi qu'un fardeau. C'est toi qui es venue nous dire, ce jour-là, sans que personne ne t'ait rien demandé, qu'Arden Lowe avait assisté à la scène du viol et qu'il n'avait rien fait. Tu riais, tu exultais... Maintenant je m'en souviens !

— Toi, cracha-t-elle, je me fous de ce que tu peux penser ! Après la naissance d'Audrina, tu ne m'as plus jamais regardée. Tu m'as pris ma jolie chambre et tu en as fait une nurserie pour Audrina. Tu ne m'as plus jamais dit un mot gentil. Je voulais que tu m'aimes, et tu n'aimais plus que ton Audrina...

Elle fondit en larmes et courut enfouir son visage contre la poitrine d'Arden.

— Emmène-moi, Arden, emmène-moi. Je veux qu'on m'aime. Je ne suis pas une mauvaise fille, je ne suis pas mauvaise...

Papa gronda et, tel un fauve, chargea. Vera poussa un cri et tourna les talons, se ruant vers l'escalier. Elle fit un faux pas et se tordit la cheville. Perdant l'équilibre, elle tomba, comme happée par la trappe.

Son cri de terreur déchira l'air. Elle culbuta et reculbuta, hurlant toujours, puis elle tomba avec un bruit sourd au bas des marches.

Arden se précipita, nous le suivîmes. Nous nous pressions autour d'elle, Papa, Sylvia et moi. Elle était étendue, ses yeux noirs regardaient le vide, comme voilés. Arden lui soutint la tête.

— Emmène-moi, Arden, gémit-elle. Emmène-moi...

Elle sombra dans l'inconscience. Arden courut appeler une ambulance.

Des heures passèrent. Une porte claqua. Arden était de retour. Je mis la flamme de ma lampe de chevet en veilleuse, espérant qu'il renoncerait à venir me faire un récit circonstancié de l'admission de Vera à l'hôpital. Je ne voulais plus rien savoir.

La porte de ma chambre s'ouvrit et se referma doucement.

— Je viens de voir Damian à l'instant. Je lui ai annoncé, pour Vera... Puis-je te parler maintenant?

Il s'assit au bord du lit. Il avait les traits tirés. Je ressentis de la compassion pour lui. Une compassion dont je me défendis, bien décidée à ne pas me laisser détourner de mon projet.

— Tu n'as pas besoin de reculer ainsi, reprit-il. Je n'ai pas l'intention de te toucher. Vera est morte. Contusions internes. Tous les os brisés.

Je me mis à trembler. A mon insu, une part de moi-même avait toujours désespérément tenté de rejoindre Vera, Vera ma sœur.

— Je sais ce que tu ressens, dit Arden, très las. Une part de notre être est toujours atteinte quand quelqu'un meurt. Avant de mourir, Vera nous a fait un cadeau. Les gens de la police sont venus. Trois décès successifs par chute accidentelle dans la même maison, cela fait beaucoup! Vera leur a dit elle-même qu'elle était la seule coupable...

Je me retournai contre le mur et me mis à sangloter sans bruit. Dans l'obscurité, je l'entendis se déshabiller. Il voulait dormir là, me tenir dans ses bras toute la nuit.

— Non, Arden, lui dis-je. Je ne veux pas de toi dans mon lit. Va dormir ailleurs. Laisse-moi le temps d'assimiler tout cela. Oui, Vera est tombée sans que personne ne l'ait poussée. Quand je suis tombée, moi, ce fut parce qu'elle m'avait poussée. Et plus j'y pense, plus je suis sûre d'avoir entendu la porte de la cuisine se refermer après que j'eus découvert le corps de ma tante... C'est Vera qui a poussé sa mère dans l'escalier puis elle a pris le chèque au panneau de liège où je l'avais épinglé. Et ensuite il y a eu Billie, morte elle aussi dans l'escalier. En l'épousant, Papa en aurait fait son héritière et...

J'entendis Arden s'éloigner et refermer la porte.

Je me levai et passai une robe de chambre. J'allai jeter un coup d'œil dans la chambre de Sylvia. Elle n'y était pas. Elle se balançait doucement en chantonnant dans la chambre aux jouets. Je contemplai son joli petit visage de sorcière. On l'eût dite sortie de quelque conte fantastique. Papa m'en racontait souvent quand j'étais petite. Pour faire peur aux garçons dans le bois, j'avais lancé une imprécation de sorcière mais elle était restée sans effet.

Arden m'avait rejointe sur le seuil de la porte. Sylvia s'interrompit, nous regarda et sortit de la pièce.

— Assieds-toi, murmura Arden en me poussant dans le fauteuil. (Il se mit à genoux, à côté de moi.) Le moment que j'ai tant redouté depuis le jour de ton neuvième anniversaire est arrivé. J'étais invité, moi aussi. C'était la première fois que je venais à Whitefern et c'était un grand jour. Sur le chemin, dans le bois, trois garçons m'ont arrêté. Ils m'ont dit de rester caché, que j'allais voir quelque chose d'amusant, je ne comprenais pas... Mais j'étais content que des grands veuillent bien jouer avec moi et j'obéis. A ce moment je t'ai vue arriver sur le sentier, toute joyeuse. Les autres, dissimulés dans les buissons, se taisaient. Ils surgirent comme des diables pour t'attraper. Quand ils crièrent ce qu'ils avaient l'intention de faire, ce fut comme un cauchemar. J'avais les bras et les jambes coupés... Ils me faisaient horreur mais je restai figé, incapable du moindre geste. Enfin je me suis forcé à me relever... et tu m'as vu, et tu m'implorais du regard, tu hurlais, jusqu'à ce qu'ils étouffent tes cris. La honte m'anéantissait. Et pourtant, seul contre trois, je n'aurais rien pu faire! Alors je suis parti en courant pour chercher du secours. Audrina, je te demande pardon. Si j'avais essayé de me battre pour toi, il n'y aurait pas dans ton regard le mépris que je peux y lire aujourd'hui.

Il se tut et chercha à me prendre dans ses bras.

— Pardonne-moi de t'avoir manqué ce jour-là, Audrina. Pardonne-moi de t'avoir manqué chaque fois que tu as eu besoin de moi... Donne-moi ma chance, tu verras, désormais je saurai te défendre.

Lui pardonner? Comment aurais-je pu lui pardonner? Je ne pouvais pas oublier! Par deux fois, on avait voulu ma mort. Il n'avait pas eu un geste pour me protéger. Je refusai de lui donner une troisième chance.

Le dernier tour de l'araignée

Par une belle journée ensoleillée, nous menâmes Vera à sa dernière demeure. Elle fut mise en terre aux côtés de Tante Ellsbeth. Etrange de penser que j'assistais à ses funérailles alors que j'avais manqué celles d'Ellsbeth et de Billie. Pendant cet adieu à Vera, je réfléchis à ce qu'avait été sa vie et je compris mieux. Un jour peut-être lui pardonnerai-je pour ne plus me souvenir que des moments d'amitié partagée.

Au retour, je m'éclipsai sans laisser le loisir à Arden de me retenir, et montai l'escalier en toute hâte. Dans ma chambre je m'assis sur le lit, pour réfléchir aux décisions à prendre pour moi-même et pour Sylvia. Papa vint me rejoindre, me suppliant de ne pas le quitter. Il lisait donc dans mes pensées!

— Tu avais promis, Audrina, tu avais promis. Tu m'as juré que tu resterais avec moi. Et Sylvia, que va-t-elle devenir? Si tu la quittes, elle va régresser, retourner à son néant. Pense à elle! Que deviendra-t-elle si je meurs?

Je n'avais pas l'intention d'abandonner Sylvia dans cette maison, mais je ne voulais pas le lui dire. Pas encore.

— Sylvia ne survivra pas à ton départ! (Une lueur roublarde passa dans ses yeux sombres.) Et puis, après tout, tu as perdu le don. Ils ont tué en toi ce que tu avais d'exceptionnel, cette faculté d'aimer en tout dés-intéressement, cette sensibilité. Tu n'as plus rien de la petite fille hors du commun que j'ai aimée.

Je répondis, glaciale :

— Il n'y a pas de don qui tienne. Je ne te crois pas, Papa. Tu t'es hypnotisé toi-même avec cette histoire de fauteuil à bascule, de chansons, de dons.

— Très bien, dit-il.

Il se leva et, sur le seuil, me jeta un regard d'une telle tristesse que je me détournai pour ne pas céder à sa prière silencieuse.

Maintenant, les choses étaient plus claires... Il fallait que je parte.

Il claqua la porte derrière lui. Je me laissai tomber sur le lit. Dormir, pensai-je, ne plus rêver, jamais. Je n'avais pas besoin d'Arden. Pourtant, il hanta mes rêves. Au matin, j'avais la tête lourde, la bouche sèche. Le petit déjeuner fut silencieux. Sylvia enfournait la nourriture dans sa bouche et Arden mangeait silencieu-sement, sans appétit. Papa prit enfin la parole :

— Vera devait être là la nuit où Ellie et moi avons eu notre dernière dispute. C'est Vera qui a habillé sa mère avec ce costume de voyage, puis elle a jeté des vêtements dans sa valise pour faire croire qu'Ellie comptait me quitter.

Il se cacha la tête dans les mains et ses épaules s'af-faissèrent.

— Ellie ne m'aurait jamais quitté, même pour un million de dollars. A vivre longtemps en un même lieu, on s'enracine profondément, malgré soi. Ellie disait qu'elle serait plus heureuse ailleurs mais elle n'arrivait pas à partir.

Il ne me regardait pas, mais, en parlant ainsi, il me disait qu'il n'y avait pour moi aucune existence possi-ble loin de cette maison, loin de sa tendre sollicitude.

Je prouverais à Papa et à Arden que je pouvais m'ar-racher à mes racines. Même au prix de dures souffrances, j'allais fuir cette maison. Je m'obligeai à sortir les valises des placards, les ouvris et commençai d'y jeter pêle-mêle des vêtements. Je fis également les bagages de Sylvia.

La pendule de la table de nuit marquait dix heures dix. Je mis ma montre à l'heure. A midi, nous serions en route.

— Audrina ! dit Arden en entrant dans ma chambre. (Il chercha à m'enlacer.) Ne me fuis pas. Je t'aime, dit-il avec ferveur. Je t'ai toujours aimée. Parfois des choses terribles arrivent dans la vie des gens, et pourtant ils continuent à vivre ensemble. Ils retrouvent le bonheur. Domine ton ressentiment, Audrina. Sois courageuse. Aide-moi. Aide Sylvia.

En larmes, je m'arrachai à son étreinte.

— Je te quitte, Arden. Tu ne vaux guère mieux que Papa. Par votre faute, ma vie n'a été que mensonges !

Il ne répondit pas. Sans un mot, il me regarda terminer mes bagages. J'appuyai de tout mon poids sur le couvercle d'une des valises.

— Donc, tu pars, Dieu sait où. Tu ne m'as pas demandé mon avis. Tu te fiches de mon avis. Tu n'écouteras rien, ni raisonnements, ni explications. Tu trouves que c'est honnête ? De quoi te venges-tu ? Ton amour est une chose capricieuse, Audrina. Ne penses-tu pas que tu te dois de rester pour essayer de sauver notre mariage ?

— Je ne veux pas laisser Sylvia ici. Il y a dans cette maison je ne sais quoi d'étouffant. Ces murs ont vu trop de souffrances, trop de deuils pour qu'on puisse jamais trouver le bonheur. Je te quitte : sois heureux. Tu as échappé de peu au destin de mon père : un escroc, un tricheur, capable de voler ses propres filles.

Il eut un regard dur puis il marcha vers la porte. Il eut cette dernière phrase :

— Damian a cru agir pour ton bien.

Je saisis un presse-papier et le lui jetai à la tête. Je manquai ma cible. Il claqua la porte.

Quelques minutes plus tard, la porte se rouvrit doucement. A pas lents, Sylvia entra dans la pièce.

— Oui, Sylvia, je m'en vais. Nous nous en allons. J'ai fait tes bagages et quand nous serons arrivées, je t'achèterai de jolies robes. Cette maison est malsaine. Je ne veux pas que tu passes ta vie ici. Je veux que tu ailles à l'école, que tu te promènes dans des jardins et que tu aies des petits amis de ton âge. Maman nous a laissé une part de cette maison et Papa sera obligé de nous la racheter. Disons joyeusement adieu à Whitefern, et saluons notre nouvelle existence.

Ses yeux s'agrandirent et elle esquissa un mouvement de recul.

— Non... dit-elle dans un souffle, masquant son visage de son bras comme pour se protéger. Rester ici... à la maison.

Je lui expliquai patiemment mais elle ne voulut rien savoir et me fit comprendre qu'elle ne quitterait jamais Papa ni Whitefern.

Soit ! Qu'elle reste à Whitefern... Après tout, Papa et elle se convenaient parfaitement, tous les deux.

— Adieu, Papa, dis-je, une heure plus tard. Prends bien soin de toi. Il te faudra veiller sur Sylvia quand je serai partie.

Papa pleurait.

— Je n'ai jamais espéré qu'une chose de la vie : qu'il y ait une femme qui voie en moi un homme accompli, beau et noble. Je pensais que tu serais cette femme, Audrina. Ne pars pas. Je te donnerai tout ce que je possède, tout...

— Tu as Sylvia, Papa, répondis-je avec un pâle sourire, ne l'oublie pas. C'est toi qui as fait de Vera ce qu'elle a été. C'est toi qui as fait de moi ce que je suis, et tu as modelé le destin de Sylvia. Sois gentil avec elle. Pense aux traces que tu laisseras en elle lorsque tu lui raconteras tes histoires...

Je me tus brusquement. Sylvia se tenait sur le seuil du salon.

La terreur agrandit les yeux de Papa pendant un bref instant. Il le savait : maintenant, c'était elle qui avait le don, quel qu'il fût...

— Je prends la Mercedes, Papa. J'espère que tu me le permets.

Figé par le chagrin, il acquiesça.

— Que m'importe ! Tu pars. Ma vie est finie.

— Bonne chance, et adieu Sylvia. Si tu as besoin de moi, je reviendrai te chercher.

Je fis un dernier signe à Papa, qui s'était laissé tomber sur une chaise. Je me refusai à adresser à Arden le moindre regard. Il était prêt à partir à son travail. Je remerciai encore Sylvia de tout ce qu'elle avait fait pour moi. Ses yeux étaient emplis d'une étrange sagacité.

Arden porta mes bagages à la voiture et les plaça dans le coffre tandis que je m'installais au volant.

— Adieu, Arden, je n'oublierai jamais les bons moments que nous avons partagés. A ma façon, je t'ai aimé.

Amer, le visage crispé par la souffrance, il répondit :

— Tu reviendras. Tu crois pouvoir quitter ton mari, Whitefern, Sylvia et ton père, mais tu reviendras.

J'agrippai le volant. Cette voiture était le dernier cadeau de Papa, le plus somptueux. Après trois jours d'orage, le ciel était de nouveau clair et sans nuages. Le monde entier semblait s'ouvrir à moi. Je respirai profondément et me sentis soudain très heureuse. Libre, enfin libre.

Libérée de cette demeure aux allures de pièce montée où on avait oublié de placer les figurines de la mariée et du marié. Quelque part, loin d'ici, un lieu m'attendait où je pourrais vivre ma vie et enfin me retrouver.

Quel pouvoir, quelle force invincible commanda à

ma volonté de tourner la tête, et de laisser le doute m'envahir ? Je voulais fuir !

Lentement, lentement, mon regard se porta vers le premier étage : à la fenêtre de la chambre, à travers la vitre brouillée, un petit visage blême regardait au-dehors — un visage qui ressemblait tant au mien que je fus saisie de stupeur. Encadré d'une tignasse de couleur étrange et changeante, le petit visage diaphane s'approchait de la vitre, reculait, s'approchait, reculait. Je pouvais voir les lèvres remuer. Etaient-ce des mots, était-ce la chanson de la chambre aux jouets ? Je détournai la tête. Je tentai de mettre la clef de contact. Qu'avait donc ma main ? Elle tremblait. Elle refusait de m'obéir !

Non, non, Sylvia, laisse-moi partir ! J'ai fait pour toi tout ce que j'ai pu, je t'ai donné des années et des années de ma vie ! Laisse-moi ma chance, je t'en prie ! Laisse-moi vivre et me retrouver !

Le son des harpes éoliennes s'enfla, leur plainte lugubre me faisait si mal à la tête que j'avais envie de crier, crier — mais je restai sans voix.

J'eus une vision prémonitoire. Il allait arriver quelque chose de terrible à Papa et alors on enfermerait Sylvia et elle serait prisonnière à jamais.

Je lâchai la clef de contact et rouvris la portière. Je descendis et me précipitai dans les bras d'Arden. Son regard s'éclaira. En sanglotant, il enfouit son visage dans ma chevelure et nous nous étreignîmes désespérément. Nous échangeâmes un long regard.

Rejoignant Papa dans son amour pour moi, je venais d'accomplir la plus belle action de mon existence. Oui, j'étais bien Première Audrina, la Parfaite, celle qui toujours avait fait passer l'amour et la loyauté avant toute chose. Il n'était plus question que je quitte Whitefern. Vacillante, mais désormais lavée de toute souillure, je me sentais apaisée, consentante. Arden avait passé son bras autour de mes épaules. En réponse, je lui enlaçai la taille et nous regagnâmes le perron où se tenaient

Sylvia et Papa. La joie et le soulagement se lisaient sur leurs visages.

Entre Arden et moi, tout allait recommencer! A Whitefern! Et si cette fois encore c'était l'échec, nous recommencerions une troisième fois, puis une quatrième...

J'ai Lu Cinéma

*Une centaine de romans J'ai Lu ont fait l'objet
d'adaptations pour le cinéma ou la télévision.
En voici une sélection.*

Demandez à votre libraire le catalogue semestriel gratuit.

Alien (1115★★★)
par Alan Dean Foster
*Avec la créature de l'Extérieur, c'est la
mort qui pénètre dans l'astronef.*

Amityville II (1343★★★)
par John G. Jones
*L'horreur semblait avoir enfin quitté la
maison maudite : et pourtant... Inédit.*

Annie (1397★★★)
par Leonore Fleischer
*Petite orpheline, elle fait la conquête
d'un puissant magnat. Inédit. Illustré.*

Au delà du réel (1232★★★)
par Paddy Chayefsky
*Une terrifiante plongée dans la
mémoire génétique de l'humanité. Illustré.*

La Banquière (1154★★★)
Par Conchon, Noli et Chanel
*Devenue vedette de la Finance, le Pou-
voir et l'Argent vont chercher à l'abattre.*

Beau père (1333★★)
par Bertrand Blier
*Il reste seul avec une belle-fille de 14
ans, amoureuse de lui.*

Cabaret (Adieu à Berlin)
(1213★★★)
par Christopher Isherwood
*L'ouvrage qui a inspiré le célèbre film
avec Liza Minelli.*

Chanel solitaire (1342★★★★)
par Claude Delay
La vie passionnée de Coco Chanel.

Le Choc des Titans (1210★★★★)
par Alan Dean Foster
*Un combat titanesque où s'affrontent
les dieux de l'Olympe. Inédit, illustré.*

Dallas :
1 - Dallas (1324★★★★)
par Lee Raintree
*Dallas, l'histoire de la famille Ewing,
au Texas, célèbre au petit écran.*
2 - Les maîtres de Dallas
(1387★★★★)
par Burt Hirschfeld
Qui a tiré sur JR, et pourquoi ?
3 - Les Femmes de Dallas
(1465★★★★)
Par Burt Hirschfeld
*Kristin veut s'emparer de la fortune de
JR.*

Conan le barbare (1449★★★)
par Sprague de Camp
*L'épopée sauvage de Conan le Comme-
rien, face aux adorateurs du serpent.*

Dans les grands fonds (833★★★)
Par Peter Benchley
*Pourquoi veut-on empêcher David et
Gail de visiter une épave sombrée en
1943 ?*

Les Dents de la mer - 2e partie
(963★★★)
par Hank Searls
*Le mâle tué, sa gigantesque femelle
vient rôder à Amity.*

Des gens comme les autres
(909★★★)
par Judith Guest

Après un suicide manqué, un adolescent redécouvre ses parents.

2001 - l'Odyssée de l'espace (349★★)
par Arthur C. Clarke
Ce voyage fantastique aux confins du cosmos a suscité un film célèbre.

E.T.-l'extra-terrestre (1378★★★)
par William Kotzwinkle (d'après un scénario de Melissa Mathison)
Egaré sur la Terre, un extra-terrestre est protégé par des enfants. Inédit.

Elephant man (1406★★★)
par Michael Howell et Peter Ford
La véritable histoire de ce monstre si humain.

L'Exorciste (630★★★★)
par William Peter Blatty
A Washington, de nos jours, une petite fille vit sous l'empire du démon.

La Féline (Cat people) (1353★★★★)
par Gary Brandner
Lorsqu'elle aime, elle se transforme en léopard. Illustré.

Flash Gordon (1195★★★)
par Cover, Semple Jr et Allin
L'épopée immortelle de Flash Gordon sur la planète Mongo. Inédit. Illustré.

Galactica (1083★★★)
par Larson et Thurston
L'astro-forteresse Galactica reste le dernier espoir de l'humanité décimée.

Georgia (1395★★★)
par Robert Grossbach
Une fille, trois garçons, ils s'aiment mais tout les sépare. Inédit.

L'Ile sanglante (1201★★★)
par Peter Benchley
Un cauchemar situé dans le fameux triangle des Bermudes.

Kramer contre Kramer (1044★★★)
par Avery Corman
Abandonné par sa femme, un homme reste seul avec son tout petit garçon.

Love story (412★)
par Erich Segal
Le roman qui a changé l'image de l'amour.

Massada (1303★★★★)
par Ernest K. Gann
L'héroïque résistance des Hébreux face aux légions romaines.

La mort aux enchères (1461★★)
par Robert Alley
Une histoire d'amour et de mort dans la tradition de Hitchcock. Inédit.

Nimitz, retour vers l'enfer (1128★★★)
par Martin Caidin
Le super porte-avions Nimitz glisse dans une faille du temps. De 1980, il se retrouve à la veille de Pearl Harbor.

Officier et gentleman (1407★★)
par Steven Phillip Smith
Nul ne croit en Zack, sauf lui-même. Inédit.

Outland... loin de la Terre (1220★★)
par Alan Dean Foster
Sur l'astéroïde Io, les crises de folie meurtrière et les suicides sont quotidiens. Inédit, illustré.

Poltergeist (1394★★★)
par James Kahn
Une fillette absorbée dans un poste TV par des êtres démoniaques. Inédit.

Le prix du danger (1474★★★)
par Robert Sheckley
Jim joue sa vie à quitte ou double, en direct à la télévision.

Psychose phase 3 (1070★★)
par John Coyne
... ou le récit d'une terrible malédiction.

Pulsions (1198★★★)
par Brian de Palma et C. Black
Elle se sait la prochaine victime de la femme au rasoir. Inédit.

Ragtime (825★★★)
par E.L. Doctorow
Un tableau endiablé et féroce de la réalité américaine du début du siècle.

Rencontres du troisième type
 (947★★)
par Steven Spielberg
Le premier contact avec des visiteurs venus des étoiles.

Le retour de Martin Guerre
 (1433★★★)
par Davis, Carrière et Vigne
Douze ans après, un autre a pris sa place et son nom.

Shining (1197★★★★)
par Stephen King
La lutte hallucinante d'un enfant médium contre les forces maléfiques.

Sphinx (1219★★★★)
par Robin Cook
La malédiction des pharaons menace la vie et l'amour d'Erica. Illustré.

Star Trek (1071★★)
par Gene Roddenberry.
Un vaisseau terrien seul face à l'envahisseur venu des étoiles.

Star Trek II : la colère de Khan
 (1396★★★)
par Vonda McIntyre
Le plus grand défi lancé à l'U.S. Enterprise. Inédit.

The Thing (1366★★★)
par Alan Dean Foster
Prise dans les glaces, une créature revient à la vie. Inédit.

Le Trou noir (1129★★★)
par Alan Dean Foster
Un maelström d'énergie les entraînerait au delà de l'univers connu.

Un bébé pour Rosemary (1342★★★)
par Ira Levin
A New York, Satan s'empare des âmes et des corps.

Un mauvais fils (1147★★★)
par Claude Sautet
Emouvante quête d'amour pour un jeune drogué repenti. Inédit, illustré.

Les Valseuses (543★★★★)
par Bertrand Blier
Plutôt crever que se passer de filles et de bagnoles.

Vas-y maman (1031★★)
par Nicole de Buron
Après quinze ans d'une vie transparente, elle décide de se mettre à vivre.

Wolfen (1315★★★★)
par Whitley Strieber
Des être mi-hommes mi-loups guettent leurs proies dans les rues de New York. Inédit, illustré.

Achevé d'imprimer sur les presses de l'imprimerie Brodard et Taupin
7, Bd Romain-Rolland, Montrouge. Usine de La Flèche,
le 16 janvier 1984
1679-5 Dépôt Légal janvier 1984. ISBN : 2 - 277 - 21578 - 3
Imprimé en France

Editions J'ai Lu
27, rue Cassette, 75006 Paris
diffusion France et étranger : Flammarion

1578
★ ★ ★ ★